RECLAM-BIBLIOTHEK

Was immer Flüsse dem Menschen bedeutet haben – es hat seinen Niederschlag gefunden bei Philosophen und Historikern, bei Dichtern und Essayisten. Sie führen den Leser dieser Anthologie an Initiations- und Inspirationsquellen, an Grenzflüsse, an heilige Flüsse, mit denen sich Ursprungsmythen verbinden, und an Flüsse, die visionäre und reale Welten voneinander trennen. Sie zeigen den Fluß als Lebenselixier und Erotikon, aber auch seine todbringende Gewalt.

Der Blick auf Natur ist zeitbedingt. Daß Flüsse in der Literatur der deutschen Klassik vornehmlich brausen und fast überschäumen, während sie ein Jahrhundert später ruhig dahinziehen, oder daß Bäche bei den Romantikern murmeln und plätschern, in barocken Zeiten hingegen hüpfen und springen – dies offenbart höchst unterschiedliche Denkweisen und Empfindungswelten ganzer Epochen. Die stinkenden Kanäle und versickernden Flüsse in der Literatur des beginnenden 20. Jahrhunderts stehen dagegen in verwunderlicher Nachbarschaft zu Leonardo da Vincis apokalyptischer Vision von der Austrocknung unterirdischer Wasserwege. Panta rhei: Alles fließt. – Aber wie?

# Panta rhei

## Der Fluß und seine Bilder

Ein kulturgeschichtliches Lesebuch

Herausgegeben von Ute Seiderer

RECLAM VERLAG LEIPZIG

Mit 17 Abbildungen

ISBN 3-379-01677-2


Einzelne Nachweise unter »Quellen und Anmerkungen«

Reclam-Bibliothek Band 1677
1. Auflage, 1999
Reihengestaltung: Hans Peter Willberg
Umschlaggestaltung: Oberberg + Puder, Leipzig, unter Verwendung eines Fotos von Yin Xiu Zhen, 1996
Gesetzt aus Meridien
Satz: Document 2000, Satzstudio Annett Jost, Leipzig
Druck und Bindung: Ebner Ulm
Printed in Germany

# Inhalt

## I. Der Fluß und die Zeit



## II. Heilige Flüsse: Quellen der Inspiration und der Mythenbildung



## III. Bäche und Flüsse als Lebenselixier und Erotikon

## IV. Ströme



## V. Wasser des Todes und des Vergessens

## VI. Grenzflüsse



## VII. Vom Leben und Reisen an den Flüssen



## VIII. Flußkulturen des 20. Jahrhunderts

# I

# Der Fluß und die Zeit

Ich kann mich nicht an die Flüsse klammern, die schon im Meere sind; ich lebe im Fluß dieser Zeit; ich bin der Alte, mein Wirkungsbereich ist neu.

*Gustav Landauer, Brief an Hugo Warnstedt vom 13. März 1919*

1 Marc Chagall: *Die Zeit ist ein Fluß ohne Ufer*. Öl auf Leinwand. 1930/39

HERAKLIT

# Fragmente

FR. 12

Wenn man auch in denselben Fluß steigt, strömen doch immer wieder andere Wasserfluten zu; auch die Seelen steigen wie Dunst aus dem Feuchten empor.

FR. 49a

Wir steigen in denselben Fluß und doch nicht in denselben; wir sind es, und wir sind es nicht.

FR. 91

Man kann nicht zweimal in denselben Fluß steigen *nach Heraklit und nicht zweimal eine ihrer Beschaffenheit nach identische vergängliche Substanz berühren, sondern durch das Ungestüm und die Schnelligkeit ihrer Umwandlung* zerstreut sie sich und sammelt sich wiederum und naht sich und entfernt sich.

FR. 88

Ein und dasselbe offenbart sich in den Dingen als Lebendes und Totes, Waches und Schlafendes, Junges und Altes. Denn dieses ist nach seiner Umwandlung jenes, und jenes, wieder verwandelt, dieses.

FR. 126

Das Kalte wird warm, das Warme kalt, das Feuchte trocken, das Dürre naß.

FR. 62

Unsterbliche sind sterblich, Sterbliche unsterblich: die einen leben auf im Tod der anderen und ersterben in ihrem Leben.

*(um 500 v. Chr.)*

PLATON

## Sokrates über die Weisheit Heraklits

[...]

SOKRATES: O Guter, ich erblicke einen ganzen Schwarm Weisheit.

HERMOGENES: Was doch für einen?

SOKRATES: Lächerlich ist es freilich zu sagen, aber ich glaube doch, es hat seine Wahrscheinlichkeit.

HERMOGENES: In welcher Art denn?

SOKRATES: Ich glaube zu sehen, daß Herakleitos gar alte Weisheit vorbringt, offenbar dasselbe von Kronos und Rhea, was auch Homeros schon gesagt hat.

HERMOGENES: Wie meinst du das?

SOKRATES: Herakleitos sagt doch, daß alles davongeht und nichts bleibt, und indem er alles Seiende einem strömenden Flusse vergleicht, sagt er, man könne nicht zweimal in denselben Fluß steigen.

HERMOGENES: Ganz richtig.

SOKRATES: Wie nun? Dünkt dich der viel anders gedacht zu haben als Herakleitos, der aller andern Götter Urahnen »Kronos« und »Rhea« genannt hat? Oder meinst du, es sei von ungefähr, daß er beiden ihre Namen von Flüssen gegeben hat? Wie auch Homeros den Okeanos den Vater der Götter nennt und Tethys die Mutter; und ich glaube auch Hesiodos. Ja auch Orpheus sagt irgendwo:

Erst Okeanos selbst, der geräuschige, schreitet zur Ehe,
Der sich mit Tethys, von Mutterseit' ihm Schwester, begattet.

Betrachte nur, wie dies alles unter sich zusammenstimmt und wie es auch alles auf des Herakleitos Lehre sich bezieht.

HERMOGENES: Daran scheint wohl etwas zu sein, Sokrates, nur sehe ich noch nicht, was der Name der »Tethys« will.

SOKRATES: Das erklärt sich ja von selbst, daß es nur etwas versteckt der Name einer Quelle ist. Denn das Sickernde, Tanzende und Sinternde, *diattomenon* und *ethumenon*, ist das

Bild einer Quelle; und aus diesen beiden Worten ist der Name »Tethys« zusammengesetzt.

HERMOGENES: Das war gar herrlich, Sokrates.

[…]

*(um 393–388 v. Chr.)*

---

LUCIANO DE CRESCENZO

# Panta rhei

[…] Heraklit wurde von allen *ho skoteinos*, der Dunkle, genannt, von Timon von Phlius als ein »Rätselersinner«[1] bezeichnet, weil kein Mensch etwas verstand, wenn er sich schon einmal herabließ, in der Öffentlichkeit zu reden. Sein erster Kritiker war ein gewisser Krates, der zu seinen Schülern von Heraklits Werk *Von der Natur* sprach und erklärte: »Lest es ruhig, wenn ihr Lust habt, aber wenn ihr etwas verstehen wollt, müßt ihr tüchtiger sein als ein Taucher von Delos.«[2] Als wollte er damit sagen, daß nur ein Taucher, der es minutenlang unter Wasser aushält, eine solche Lektüre überstehen kann. Aristoteles ging noch strenger mit Heraklit ins Gericht und bezeichnete dessen Buch als ein »Verwirrspiel ohne Anfang und Ende«. […]

»Die Klarheit hängt von der Einfachheit der Worte und den Konjunktionen ab. Wenn diese fehlen, wie bei Heraklit,

1 Timon bezeugt: »Unter ihnen erhob sich der Schreier, der Schmäher der Menge, / Herakleitos, der Rätselersinner.« Diogenes Laertios: *De clarorum philosophorum vitis*, dt. *Leben und Meinungen berühmter Philosophen*, übers. von Otto Apelt. Hamburg 1990, IX 6.

2 »Kroton schildert in seinem Werk *Der Taucher*, ein gewisser Krates habe Heraklits Schrift zuerst nach Hellas gebracht und erklärt, es bedürfe einer Art delischen Tauchers, wenn man nicht an ihr ersticken wolle.« Diogenes Laertios, a. a. O., IX 12.

bleibt alles dunkel, und man weiß nicht, wo ein Satz anfängt und wo er aufhört.«[3]

Hingegen lesen wir in der *Anthologia Palatina* folgenden Rat:

»Entrolle das Buch des Heraklit von Ephesos nicht hastig bis zum Stab. Sein Weg ist sehr schwierig. Du wirst Dunkelheit und tiefe Nacht darin finden. Aber wenn dich ein Eingeweihter an der Hand führt, wird es für dich leuchtender als die strahlende Sonne.«[4]

Und was hat nun Heraklit so Bedeutendes gesagt, daß er in der Rangliste der Philosophen ganz oben steht? Von dem, was ich in der Schule gelernt habe, ist mir ehrlich gesagt nicht viel geblieben, denn damals habe ich mich fürs Abitur leichtsinnigerweise auf sogenannte »Präparationsheftchen« verlassen. Und auch diese waren mir noch zu ausführlich, so daß ich alles auf wenige Begriffe zusammenfaßte und auswendig lernte. Auf diese Weise wurde der arme Heraklit für mich »der mit dem Feuer«, während sein Kollege Thales »der mit dem Wasser« war. Nicht besonders viel, wenn man bedenkt, daß beide zu den bedeutendsten Vertretern des vorsokratischen Denkens gehören, aber es reichte, um vor der Prüfungskommission ein paar Worte herauszubringen.

Mein Eindruck ist der, daß Heraklits Lieblingsthema weniger die Suche nach *arké* (dem Urelement, mit dem alles seinen Anfang nahm) war, obwohl er so oft über das Feuer spricht, als vielmehr *Panta rhei*, das heißt das Werden im ständigen Kampf der Gegensätze. Der Hauptunterschied zwischen den beiden Leitgedanken ist der, daß beim ersteren ein Sieger vorgesehen ist, nämlich das Feuer, während beim letzteren ein Kampf zwischen gleich starken Kräften stattfindet, wobei keine der beiden einen Vorteil davon hätte, die andere zu besiegen, da sie sonst selber auch nicht überleben könnte. Und damit schließe ich mich nun ausdrücklich der Meinung jener an, die in Heraklit vor allem den Philosophen des *Panta rhei* sehen. [...]

Die ganze heraklitische Theorie ist also auf dem Konzept aufgebaut, daß auch im kleinsten Teilchen des Universums ein gnadenloser Kampf zwischen zwei gegensätzlichen Kräften stattfindet. Diese Kräfte (wie immer man sie nennen mag: Eros

3 Demetrios: *De elocutione*, 192.

4 *Anthologia Palatina*, IX 540.

und Eris, Amor und Discordia, Leben und Tod, Sein und Nichtsein, Gut und Böse, Kosmos und Chaos) sind immer feindlich, und nur ihnen allein verdanken wir unsere Existenz.

Genau betrachtet ist das italienische Wort *cosa* (Ding) nicht nur das Anagramm von *caos* (Chaos), sondern auch von *caso* (Zufall), denn nur der Zufall bewirkt, daß das Chaos zum Ding wird und sich dann wieder in Chaos verwandelt.

Dabei ergreift Heraklit aber weder Partei für das Gute noch für das Böse, und wenn er sich überhaupt für etwas entscheiden müßte, dann wohl am ehesten für den Haß, denn der Haß und nicht die Liebe schafft die Gegensätze. Liebe und Frieden sind für ihn nur Synonyme für den Tod.

Die Natur steht keinen Augenblick still, sondern ist von den Gegensätzen angetrieben, ständig im Fluß. Es gibt kein einziges beseeltes oder unbeseeltes Objekt auf dieser Welt, das sich nicht im Laufe der Zeit veränderte. Selbst jene Dinge, die auf den ersten Blick bewegungslos erscheinen, erleben bei genauerer Betrachtung doch eine Veränderung: eine eiserne Glocke rostet, ein Fels korrodiert, ein Baum wächst, ein Körper altert usw. *Panta rhei*, alles fließt. [...]

Mit anderen Worten: Alles verwandelt sich, vielleicht zunächst nur in einer einzigen Zelle, aber die Verwandlung ist unaufhaltsam. Symbol des Werdens ist das Feuer, Auslöser jeder Verwandlung.

Heraklit wußte natürlich noch nichts vom zweiten thermodynamischen Hauptsatz (die Welt endet zwangsläufig im Hitzetod) und von der Atombombe, aber er hat bereits intuitiv erkannt, daß im Inneren der Materie soviel Energie verborgen ist, daß damit der ganze Erdball in die Luft gesprengt werden kann. Das Entropiekonzept, verstanden als Maß der Unordnung dank der Präsenz gegensätzlicher Kräfte, hätte ihn begeistert.

Gerade diese Vorliebe für das Werden adelt ihn in unseren Augen. Thales, Anaximander und Anaximenes waren ja genau betrachtet nur Physiker. Obwohl auch sie die Materie als lebendiges Wesen betrachteten, versuchten sie die Phänomene stets durch natürliche Gründe zu erklären. Ereignisse, die vorher schlechtgelaunten Göttern zugeschrieben worden waren (ein Platzregen zum Beispiel Zeus, eine Seuche Apollo, ein Erdbeben Poseidon), fanden bei ihnen rationalere Erklärungen, mehr nicht. Der »schwarzgallige Heraklit«, wie ihn

Theophrast nannte,[5] gibt uns einen neuen Denkanstoß und macht im Vergleich zu seinen Vorgängern einen gewaltigen qualitativen Sprung. Das wirklich Neue an Heraklits Denken ist, daß er den Krieg nicht mehr als ein todbringendes Unheil sah, sondern als eine Lebensnotwendigkeit, ja als das Leben selbst: »Man muß aber wissen, daß der Krieg etwas Allgemeines ist und daß der Streit zu Recht besteht und daß alles durch Streit und Notwendigkeit entsteht.« (FR. 80)[6]

So unglaublich es klingen mag, aber etwa um die gleiche Zeit, vielleicht ein Jahrhundert früher oder später, fanden in Persien und im Fernen Osten ähnliche Vorstellungen Verbreitung. Als erster hatte Zarathustra die These aufgestellt, daß das Universum das logische Ergebnis eines gewaltigen Kampfes zwischen den guten und den bösen Geistern am Urbeginn der Zeiten sei. Hundert Jahre später deutete der Taoismus des Lao-tse und des Tschuang-tse die natürlichen Veränderungen als Folge eines täglichen Kampfes zwischen zwei gleichen Kräften: *yin* und *yang*.

Während Zarathustra den Mann zu den guten Geistern und die Frau zu den bösen zählt, stellt der Taoismus Mann und Frau auf eine Ebene: *yang* ist das beherrschende, das männliche Prinzip: Sonne, Feuer, Glanz, Härte, Wärme und Unternehmungslust; *yin* ist das nachgiebige, also das weibliche Prinzip: Mond, Wasser, Glanzlosigkeit, Weichheit, Kälte und Zaghaftigkeit.

Einige der Maximen des Lao-tse und Heraklits scheinen dem gleichen Geist entsprungen, aber es ist ausgeschlossen, daß sie sich gekannt und vielleicht voneinander abgeschrieben haben.

Lao-tse: »Wenn auf Erden alle das Schöne als schön erkennen, / so ist dadurch schon das Häßliche gesetzt. / Wenn auf Erden alle das Gute als gut erkennen, / so ist dadurch schon das Nichtgute gesetzt.« (Tao-te-king II)

Heraklit: »Krankheit macht die Gesundheit angenehm, Schlimmes das Gute, Hunger die Sättigung, Anstrengung die Ruhe.« (FR. 111)

Lao-tse: »Was du zusammendrücken willst, / das mußt du erst richtig sich ausdehnen lassen. / Was du schwächen willst, / das mußt du erst richtig stark werden lassen.« (Tao-te-king XXXVI)

5 Diogenes Laertios, a. a. O., IX 6.

6 Die Zählung der Fragmente Heraklits erfolgt nach der Ausgabe von Diels/Kranz [s. Quellen; Anm. d. Hg.].

Heraklit: »Der Weg aufwärts und abwärts ist ein und derselbe.« (FR. 60)

Was wäre die Welt ohne Kampf, so fragt sich Heraklit. Eine schreckliche lautlose und furchtbar langweilige Todeswüste. Viele andere haben nach ihm ähnliches gesagt. »Das Leben ist Bewegung«, meinte Montaigne[7], »Ruhe ist Tod«, ergänzte Pascal[8]. Keiner der beiden Widersacher darf je die Oberhand bekommen, denn sein Sieg würde gleichzeitig auch seine Niederlage bedeuten. Hätte Heraklit in den achtziger Jahren dieses Jahrhunderts gelebt, hätte er unseren christdemokratischen Politikern geraten, niemals das politische Gewicht der Kommunisten zu verringern. Genau betrachtet sind sie doch durch den Fall der Berliner Mauer und nicht wegen der Schmiergeldaffären von der Bildfläche verschwunden. [...]

Heraklit hat durch seine »dunkle Art« selber nicht wenig dazu beigetragen, daß so vielfältige Deutungen überhaupt möglich waren. Seine Thesen waren sozusagen Wasser auf jedermanns Mühle. Daher rate ich auch allen Philosophiestudenten, ihn, selbst wenn sie ein ganz anderes Thema behandeln, in ihrer Doktorarbeit fleißig zu zitieren: Das hinterläßt einen guten Eindruck, und das Risiko ist gleich Null. Ob von Hegel, Hobbes, Spencer, Bergson, Heidegger, Nietzsche (vor allem von Nietzsche) die Rede ist, der »Dunkle« paßt immer, denn er hat alles gesagt und gleichzeitig auch das Gegenteil von allem.

Auch Heraklit hatte seine braven Schüler, und wie so oft in solchen Fällen, versuchten sie noch heraklitischer zu sein als der Meister. Während er gesagt hatte, daß man nicht zweimal im gleichen Fluß baden könne, meinte sein Lieblingsschüler Kratylos, daß man dies noch nicht einmal ein einziges Mal könne. Und da Kratylos von der Sinnlosigkeit jedes Gesprächs überzeugt war, blieb er einfach stumm, wenn man ihn etwas fragte. War er einverstanden, beschränkte er sich darauf, einen Finger (natürlich den kleinen Finger) zu bewegen, war er nicht einverstanden, verharrte er in Schweigen und starrte ins Leere, und nichts auf der Welt, nicht einmal ein Erdbeben, hätte ihn zu einer Reaktion bewegen können.

*(1994)*

7 Montaigne: *Essais*, III 13.
8 Pascal: *Pensées*, 350.

# Der Geist des Meeres und der Flußgeist

Es war die Zeit der Herbstfluten. Hundert Bäche ergossen sich in den Ho, der in seinem stürmischen Laufe schwoll. Die Ufer wichen so weit auseinander, daß man einen Ochsen nicht von einem Pferd unterscheiden konnte.

Da lachte der Herr des Flusses laut auf vor Freude, daß die Schönheit der Erde sich zu ihm sammelte. Mit dem Strome fuhr er gen Osten, bis er das Nordmeer erreichte. Als er da ostwärts blickte und keine Grenzen der Wasser sah, änderten sich seine Mienen. Er schaute über die Fläche hin, seufzte und sprach zum Herrn des Nordmeers: »Ein Volksspruch sagt, wer hundert Abschnitte der Wahrheit empfing, vermeine, keiner komme ihm gleich. Solch einer war ich. Nun aber habe ich deine Schrankenlosigkeit geschaut. Wehe mir, hätte ich dein Haus nicht erreicht. Ich wäre auf ewig das Gelächter aller Erleuchteten geworden!«

Darauf antwortete der Herr des Nordmeers: »Man kann vom Meere nicht zu einem Brunnenfrosch sprechen: er sieht nicht über sein Loch hinaus. Man kann vom Eis nicht zu einer Sommerfliege sprechen: sie weiß nur ihre Jahreszeit. Man kann von Tao[1] nicht zu einem Schulmann sprechen: er ist in seiner Lehre eingemauert. Nun aber, da du aus deiner Enge herausgekommen bist und das große Meer gesehen hast, kennst du deine Unerheblichkeit, und ich kann zu dir von den Urgründen sprechen.

Da ist kein Wasser unter dem Himmel, das sich dem Meere vergleichen könnte. Wasser ohne Maß ergießt sich darein, und doch fließt es nicht über. Wasser ohne Maß wird ihm

1 *Tao* – das Wort »Tao« bedeutet den Weg, die Bahn. Da es auch den Sinn von »Rede« hat, ist es manchmal mit »Logos« wiedergegeben worden. Bei Lao-Tse, wo es immer metaphorisch entwickelt wird, ist es an die erste dieser Bedeutungen geknüpft; doch ist es der des Heraklitischen Logos insofern verwandt, als beide Termini »ein dynamisches Prinzip des Menschenlebens ins Transzendente versetzen, aber im Grunde nichts anderes meinen als das Menschenleben selber, das aller Transzendenz Träger und Wirklichkeit ist« (M. Buber, 1910).

entzogen, und doch nimmt es nicht ab. Frühling und Herbst bringen keine Änderung hervor; Überschwemmung und Dürre sind ihm gleicherweise unbekannt. Und so ist es allen Flüssen und Strömen unermeßlich überlegen. Dennoch würde ich niemals wagen, mich dessen zu rühmen. Denn ich empfange meine Gestalt von Himmel und Erde, meinen Lebensatem von Yin und Yang[2]. Vor Himmel und Erde bin ich wie ein Stein oder ein Bäumchen auf einem großen Berge. Ich kenne meine Unerheblichkeit, – was bleibt mir, dessen ich mich rühmen könnte?

Das Land zwischen den vier Meeren ist in Himmel und Erde wie ein Steinhäuflein in einem Moor. Das Reich der Mitte ist in dem Land zwischen den Vier Meeren wie ein Reiskorn in einem Speicher. Von allen Myriaden geschaffener Wesen ist der Mensch nur eines. Von allen Menschen, die in den neun Sphären der Erde wohnen, von ihren Früchten sich nähren und in Booten und Wagen fahren, ist der einzelne nur einer. Ist er in der Fülle der Dinge nicht wie die Spitze eines Haares in einem Pferdefell?«

»Soll ich also«, fragte der Herr des Flusses, »Himmel und Erde als unbedingt groß, die Spitze eines Haares als unbedingt klein ansehen?«

»Durchaus nicht«, antwortete der Herr des Meeres.

»Ausdehnung kennt keine Grenze; Zeit kennt kein Stillestehn; Schicksal kennt kein Gleichmaß; Werden kennt keine Sicherheit. So schaut der Weise den Raum und erachtet das Kleine nicht für gering, das Große nicht für erheblich; denn er weiß, daß Ausdehnung keine Grenze kennt. Er schaut den Ablauf und grämt sich nicht um das Ferne, jubelt nicht über das Nahe; denn er weiß, daß Zeit kein Stillstehn kennt. Er schaut Fülle und Mangel und entzückt sich nicht am Gelingen, verzagt nicht am Mißlingen; denn er weiß, daß Schicksal kein Gleichmaß kennt. Er schaut die Wechselbahn der

2 *Yin/Yang* – (chin. *dunkel/hell*): seit dem 5./3. Jahrhundert v. Chr. kosmologische Prinzipien innerhalb der chinesischen Philosophie, denen alle Wesen zugeordnet werden. Dem *Yin* entspricht das Weibliche (die Erde, die Nachgiebigkeit), dem *Yang* das Männliche (der Himmel, die Stärke). Beide Prinzipien werden in der symbolischen Darstellung des großen »Uranfangs«, der Schöpfung, zusammengefaßt.

Dinge und berauscht sich nicht am Leben, verzweifelt nicht am Tode; denn er weiß, daß Werden keine Sicherheit kennt.

Darum rechnet der Vollendete, daß er andern nicht übeltut, sich nicht zu Barmherzigkeit und Wohlwollen. Er sucht keinen Gewinn, aber er verachtet nicht, die es tun. Er strebt nicht nach Besitz, aber er rechnet es sich nicht zugute. Er verlangt von niemandem Hilfe, aber er rechnet es sich nicht nur zur Selbständigkeit und verachtet nicht, die sich fördern lassen. Er handelt anders als die Menge, aber er rechnet es sich nicht zur Ungewöhnlichkeit; und weil andere mit der Mehrheit gehen, verachtet er sie nicht als Heuchler. Die Ehren und Vorteile der Welt sind für ihn kein Anreiz, ihre Strafen und Schanden keine Hemmung. Er weiß, daß Recht und Unrecht nicht unterschieden, Groß und Klein nicht umgrenzt werden können.

Dieses hörte ich sagen: Der Mann von Tao hat keinen Ruf; vollkommene Tugend kennt kein Gelingen; der Vollendete weiß nichts von sich; – das ist der Gipfelpunkt der Selbstbestimmung.«

»Aber«, fragte der Herr des Flusses, »wie geschieht es dann, daß wir die inneren und äußeren Gegensätze von Wert und Wertlosigkeit, von Größe und Kleinheit scheiden?«

»Vom Tao aus gesehen«, antwortete der Herr des Meeres, »gibt es die Gegensätze des Wertes und der Wertlosigkeit nicht. Der einzelne aber schätzt sich hoch und die andern gering, und die Gesamtheit spricht dem einzelnen das Recht des Schätzens ab, um es sich zuzusprechen.

Vom Verhältnis: wenn wir sagen, ein Ding sei groß oder klein, nur weil es im Verhältnis zu andern groß oder klein ist, so gibt es in der Welt nichts, was nicht groß, nichts, was nicht klein ist. Wissen, daß Himmel und Erde ein Reiskorn, die Spitze eines Haares ein Gebirge ist, – dies heißt Erkenntnis der Verhältnismäßigkeit.

Von der Beziehung: wenn wir sagen, ein Ding sei wirklich oder es sei nicht wirklich, nur weil es eine Beziehung leistet oder nicht leistet, so gibt es in der Welt nichts, was nicht wirklich ist, nichts, was wirklich ist. Wissen, daß Osten und Westen vertauschbar und doch notwendig sind, – dies heißt Anordnung der Beziehungen.

Vom Wert: wenn wir sagen, ein Ding sei gut oder böse, nur

weil es in unseren Augen gut oder böse ist, so gibt es in der Welt nichts, was nicht gut ist, nichts, was nicht böse ist. Wissen, daß der Kaiser Yao und der Tyrann Khieh jeder von sich aus gut, jeder vom anderen aus böse war, – dies heißt Aufstellung des Richtmaßes.

Daher: die da Recht setzen wollen ohne sein Gegenspiel, Unrecht, oder die das Guttun setzen wollen ohne sein Gegenspiel, das Übeltun, – die fassen die Urgründe von Himmel und Erde nicht und nicht die Beschaffenheit der Dinge. Ebensogut könnte einer das Dasein des Himmels ohne das Dasein der Erde oder das Dasein des Yin ohne das Dasein des Yang annehmen, was deutlicherweise eine Undenkbarkeit ist. Wenn jene trotz der Darlegung der Wahrheit ihre Rede weiterführen, müssen sie Narren oder Schelme sein.

Herrscher haben unter verschiedenen Bedingungen dem Throne entsagt, Dynastien sind unter verschiedenen Bedingungen fortgesetzt worden. Die nicht den richtigen Augenblick trafen und im Gegensatz zu ihrem Zeitalter standen, wurden Thronräuber genannt. Die den richtigen Augenblick trafen und im Einklang mit ihrem Zeitalter standen, wurden Vaterlandsfreunde genannt. Gib dich zufrieden, o Herr des Ho: wie könntest du wissen, was wertvoll und was wertlos, was groß und was klein ist?«

»Wenn dem so ist«, sagte der Herr des Flusses, »was soll ich tun und was soll ich nicht tun?

Wie soll ich mein Ablehnen und Annehmen, mein Ergreifen und Lassen ordnen?«

»Vom Tao aus gesehen«, antwortete der Herr des Meeres, »sind Wert und Wertlosigkeit so wandelbar wie Hebung und Senkung, je nachdem, wo man steht. Irgendeins als beharrend betrachten heißt Tao widerstreben. Wenig und Viel sind wandelbar wie Geschenke, je nachdem sie der Gebende oder der Empfangende betrachtet. Sie als beharrend betrachten heißt sich an Tao vergehen. Sei einsichtig wie ein Herrscher, der unparteilich waltet. Sei gelassen wie ein Schutzgeist, der unparteilich austeilt. Sei weit offen wie der Raum, dem keine Schranke gesetzt ist. Umfange alle Dinge in deiner Liebe, und keines sei besser beherbergt als ein anderes. Dies heißt unbedingt sein, geeinten Blickes sein, außer aller Scheidung sein.«

*(um 300 v. Chr.)*

AUGUSTINUS

# Bekenntnisse

*XI. Buch*

**XX.** Das aber ist jetzt evident und klar: Zukünftiges und Vergangenes sind nicht; die Behauptung, es gebe drei Zeiten, Vergangenheit, Gegenwart und Zukunft, trifft nicht im strengen Sinne zu. Im strengen Sinne müßte man wohl sagen: Es gibt drei Zeiten, die Gegenwart von Vergangenem, die Gegenwart von Gegenwärtigem und die Gegenwart von Zukünftigem. Denn diese drei *sind* in der Seele in einem gewissen Sinne, und anderswo finde ich sie nicht: die Gegenwart des Vergangenen als Erinnern, die Gegenwart des Gegenwärtigen als Anschauen (contuitus), die Gegenwart des Zukünftigen als Erwarten. Erlaubt man mir, dies so auszudrücken, dann sehe auch ich drei Zeiten und gebe zu, es seien drei. Dann mag man auch sagen: »Es gibt drei Zeiten, Vergangenheit, Gegenwart und Zukunft.« Die Gewohnheit gestattet es fälschlich, also kann man so sagen. Mich kümmert das nicht, ich sträube mich nicht und tadle niemanden, solange man nur einsieht, was man da sagt, daß nämlich weder das Zukünftige noch das Vergangene existiert. Wir drücken uns ohnehin selten genau aus. Vieles sagen wir ungenau, aber man weiß schon, was wir sagen wollen.

**XXI.** Ich habe kurz vorher gesagt, daß wir Zeiten in ihrem Vorübergehen messen, so daß wir sagen können, die eine sei doppelt so lang oder genauso lang wie eine andere, oder was wir sonst beim Messen von Zeitteilen feststellen können. Also messen wir, wie ich schon sagte, die Zeiten, während sie vorübergehen. Fragte mich jemand: »Woher weißt du das?«, würde ich antworten: »Ich weiß das, weil wir messen und weil wir nicht messen können, was nicht existiert. Vergangenes und Zukünftiges existiert aber nicht.« Aber wie messen wir die gegenwärtige Zeit, wenn sie doch keinen Zeitraum einnimmt? Wir messen sie, während sie vorübergeht; ist sie vorübergegangen, wird sie nicht mehr gemessen, denn dann gibt es nichts mehr, was man messen könnte. Aber woher kommt sie, wohindurch geht sie, wohin verschwindet sie, während sie gemessen wird? Woher? Aus der Zukunft. Wohindurch? Durch die Gegenwart. Wohin? In die Vergangenheit. Also aus dem, was noch nicht ist, durch das hindurch, das der Ausdehnung entbehrt, in das hinein, was schon nicht mehr ist. Was wir messen, ist aber gerade die Zeit in einer bestimmten Ausdehnung. Wenn wir von einer einfachen, einer doppelt oder dreimal so langen, einer gleich langen oder einer ähnlich bezeichneten Zeit sprechen, bezeichnen wir immer Ausdehnungen. In welchem Raum messen wir also die vorbeigehende Zeit? In der Zukunft, von der her sie vorbeigeht? Aber wir können nicht messen, was noch nicht ist. In der Gegenwart, durch die sie hindurchgeht? Aber wir können nicht messen, was keine Ausdehnung hat. In der Vergangenheit, wohin sie vorbeigeht? Aber wir können nicht messen, was nicht mehr ist.

**XXIX.** Aber da deine Barmherzigkeit wertvoller ist als alles Leben, so sieh: Mein Leben ist zerteilendes Ausdehnen (distentio). Doch dein Arm fing mich auf, in meinem Herrn, dem Menschensohn. Er vermittelt zwischen deiner Einheit und unserer Vielheit. Wir leben in vielfachen Lebensbezügen unter vielfachen Rücksichten. Aber durch ihn soll ich erkennen, so wie ich in ihm erkannt bin. So kann ich frei werden vom Vergangenen und dem Einen folgen. Ich kann das Gewesene vergessen. Statt mich im Blick auf das zukünftig Vergängliche zu zerspalten, strecke ich mich aus (non distentus, sed extentus) nach dem, was vor mir ist, so daß ich nicht in Aufspaltung, sondern in einheitlicher Lebensrichtung (non secundum distentionem, sed secundum intentionem) die Ehre meiner höheren Bestimmung ergreife. Dort will ich dein Loblied hören und deine Freude schauen, die weder kommt noch geht. Jetzt aber vergehen meine Jahre unter Stöhnen, doch du, Herr, bist mein Trost und mein ewiger Vater. Ich hingegen, ich bin zersplittert in die Zeiten, deren Zusammenhang ich nicht kenne. Meine Gedanken, die innersten Eingeweide meiner Seele, werden zerfetzt vom Aufruhr der Mannigfaltigkeiten – bis ich in dir zusammenfließe, gereinigt und flüssig geworden im Feuer deiner Liebe.

*(386/388)*

---

PAUL FLEMING

## An seine Thraͤnen / Als Er von Ihr verstossen war

Fliest / fliest so / wie Ihr thut / Ihr zweyer Bruͤnnen Baͤche.
Fliest ferner / wie bißher mit zweymahl staͤrckrer Fluht.
Fliest / wie ihr habt gethan / und wie ihr itzt noch thut /
daß ich mich recht an der / die euch erpresset / reche.

Fliest immer Nacht und Tag / ob sich ihr Sinn / der freche /
der Feind-gesinnte Freund / das hochgehertzte Blut /
das mich uͤmm dieses hasst / dieweil ich ihm bin gut /
durch eine stetigkeit. Und große Staͤrcke breche:

Die Tropfen waschen aus den faͤsten Marmelstein.
Das weiche Wasser zwingt das harte Helffenbein.
Auch Eisen und Demant muß feuchten Sachen weichen.

Fliest ewig / wie ihr fliest. Es ist ja muͤglich nicht /
daß einst der harten nicht ihr fleischerns Hertze bricht /
das lange keinem Stahl' und Steine sich mag gleichen.

*(um 1635)*

JOHANN WOLFGANG VON GOETHE

# An den Mond

Füllest wieder Busch und Tal
Still mit Nebelglanz,
Lösest endlich auch einmal
Meine Seele ganz;

Breitest über mein Gefild
Lindernd deinen Blick,
Wie des Freundes Auge mild
Über mein Geschick.

Jeden Nachklang fühlt mein Herz
Froh- und trüber Zeit,
Wandle zwischen Freud' und Schmerz
In der Einsamkeit.

Fließe, fließe, lieber Fluß!
Nimmer werd' ich froh,
So verrauschte Scherz und Kuß,
Und die Treue so.

Ich besaß es doch einmal,
Was so köstlich ist!
Daß man doch zu seiner Qual
Nimmer es vergißt!

Rausche, Fluß, das Tal entlang,
Ohne Rast und Ruh,
Rausche, flüstre meinem Sang
Melodien zu,

Wenn du in der Winternacht
Wütend überschwillst,
Oder um die Frühlingspracht
Junger Knospen quillst.

Selig, wer sich vor der Welt
Ohne Haß verschließt,
Einen Freund am Busen hält
Und mit dem genießt,

Was, von Menschen nicht gewußt
Oder nicht bedacht,
Durch das Labyrinth der Brust
Wandelt in der Nacht.

*(1789)*

2 Fernand Khnopff: *Tränen um die Zeit.* Kreide auf Papier. 1889

RALPH WALDO EMERSON

# Two Rivers

Thy summer voice, Musketaquit,
Repeats the music of the rain;
But sweeter rivers pulsing flit
Through thee, as thou through Concord Plain.

Thou in thy narrow banks art pent:
The stream I love unbounded goes
Through flood and sea and firmament;
Through light, through life, it forward flows.

I see the inundation sweet,
I hear the spending of the stream
Through years, through men, through Nature fleet,
Through love and thought, through power and dream.

Musketaquit, a goblin strong,
Of shard and flint makes jewels gay;
They lose their grief who hear his song;
And where he winds is the day of day.

So forth and brighter fares my stream, –
Who drink it shall not thirst again;
No darkness stains its equal gleam,
And ages drop in it like rain.

*(1857)*

# Zwei Flüsse

Dein Sommerklang, Musketaquit,
Setzt die Musik des Regens fort;
Doch süß're Flut durchströmet dich
Wie du die Ebene von Concord.

Gezwängt bist du in engen Raum –
Mein liebster Strom zieht unbegrenzt
Durch Flut und Meer und Firmament;
Durch Licht, durch Leben fließt er fort.

Ich seh das Überfluten süß,
Ich höre, wie der Strom sich schenkt
Durch Jahre, Menschen, die Natur,
Durch Liebe, Denken, Macht und Traum.

Musketaquit, ein Kobold stark,
Er macht Juwelen aus Gestein;
Wer sein Lied hört, vergißt das Leid;
Wo er sich windet, ist der höchste Tag.

So hell geht er dahin, mein Strom,
Wer von ihm trinkt, hat nie mehr Durst;
Kein Dunkel trübt den steten Glanz,
Wie Regen tropft in ihn die Zeit.

HUGO VON HOFMANNSTHAL

## Über Vergänglichkeit

Noch spür ich ihren Atem auf den Wangen:
Wie kann das sein, daß diese nahen Tage
Fort sind, für immer fort, und ganz vergangen?

Dies ist ein Ding, das keiner voll aussinnt,
Und viel zu grauenvoll, als daß man klage:
Daß alles gleitet und vorüberrinnt.

Und daß mein eignes Ich, durch nichts gehemmt,
Herüberglitt aus einem kleinen Kind,
Mir wie ein Hund unheimlich stumm und fremd.

Dann: daß ich auch vor hundert Jahren war
Und meine Ahnen, die im Totenhemd,
Mit mir verwandt sind wie mein eignes Haar,

So eins mit mir als wie mein eignes Haar.

*(1894)*

FELIX BERNER

## Abends am Fluß

Im Fluß die Weidenschnur
spiegelt sich blasser.
Leben: des Vogels Spur,
geritzt in das fließende Wasser.

Schmatzendes Kieselgeschlurf
weiß nur das Fließen.
Bald wird Orions Wurf
die Beute spießen.

*(1961)*

---

JEAN-CLAUDE BEAUNE

## Der Fluß der Zeit

[...] Zweifellos ist deutlich geworden, wie sehr die Wasser- und Flußbilder mit der *Zeit* eine düstere Komplizenschaft eingegangen sind: Wenn die Zeit nicht abrupt auf einen geometrischen Raum zurückgeführt wird, der uniform oder zu glatt ist, als daß es noch vertretbar wäre, ist sie Träger von Mythen und Mysterien: Kronos, der für einen Griechen schon prähistorische Titan, trennt seine Mutter (Gaia, die Erde) von seinem Vater (dem Himmel) und verstümmelt ihn dabei. Er verschlingt seine Kinder schon bei der Geburt, mit Ausnahme des letzten, Zeus, der ihn zwingt, sein Verbrechen rückgängig zu machen, und ihn in den Tartaros wirft, den flüssigen Abgrund des Universums, die uranfängliche Hölle. Man kann einige bereits flüchtig wahrgenommene Elemente wiedererkennen ... Doch das Wesentliche liegt in der dumpfen und schrecklichen, dumpfen o d e r schrecklichen Kraft, welche der Zeit innewohnt: Reziproke und zugleich komplementäre Bilder von fließenden oder stehenden Gewässern, von Erkundungen an der Oberfläche oder vom Sturz in die Tiefe entwickeln sich so und finden aus der Distanz zur Ausgangsform zurück. In beiden Fällen widersetzt sich der Fluß, der sie gebiert, einem zu rational gedachten Raum, der deshalb korrigiert werden muß; doch der Fluß kann sein Leben auf zweierlei Art leben: zum Beispiel so, wie Bergson es sieht, der mit seinem *élan vital*, der kreativen Dauer, postuliert, daß die Ausgangsbewegung des Denkens und der Welt von einer Logik der Zeit bestimmt ist, die als integrale metaphysische Erfahrung wiederentdeckt wird. Wie der Fluß taucht die Zeit unter und sprudelt zugleich hervor, sie wandelt sich zu Fluten von bestimmter Dauer und Abfolge, sie verleiht dem Menschen seine Fähigkeit, frei zu sein und diese Erfahrung zu machen.

Die zweite Art widersetzt sich dieser Interpretation der Zeit, die bei allem guten Willen zu voluntaristisch und zu substantialistisch ist und die, so sagt Gaston Bachelard in *Die Dialektik der Dauer*, sie zwar lebendig machen will, sie aber dennoch zur Unbeweglichkeit verurteilt, dadurch daß sie sich auf den vollen Raum und das Bekannte beruft. Diese zweite Art verdammt uns, sagt er in einer schönen Formel, zur »Viskosität der Substanz«, sie führt im Namen der kreativen Dauer wieder eine unbewegliche und zwanghafte, also substantielle und sogar irreale Zeit ein. Bachelard zufolge – und die Metaphern werden immer »flußartiger« – muß man die Zeit als ein Medium ansehen, das fortschreitet, aber auch stagniert, das Schübe kennt und Pausen, das vielleicht auch zurückfließt, manchmal umherirrt und sich in kleinen Bächen verliert, kurz, das alle Attribute eines Flusses aufweist, der archetypisch ist, aber doch imstande, sich in einer unermeßlichen Vielzahl von aufeinanderfolgenden Arten und Individuen zu verkörpern. Wie das Wasser kennt die Zeit auf ihre stumme Weise ihren Lauf und ihre Abweichungen; sie verwirklicht sich auch in ihrem Anschwellen und ihren Stürmen, in ihren Ruhephasen gleichfalls, zweifellos ein anderer Aspekt des über ihr schwebenden Todes. Man muß der Zeit Zeit lassen, damit sie leben kann. Das Flußbild als Mutterbild der Bewegung findet so zu einer neuen Metamorphose, in Übereinstimmung mit der Sinfonie der Wasser von der Quelle bis zum Delta.

In der Tat: Ob bei der Zeit oder dem Fluß, es handelt sich immer um Bewegung, das Königsthema aller Physik seit der aristotelischen und also auch aller Metaphysik. Kann man Zeit und Wasser in Tropfen und Momente teilen? Welchen Wert hat für den Menschen eine Gegenwart, die wie ein Phantom vorbeieilt? Wie soll man mit dem leeren Raum der Tiefen und dem unermeßlich Kleinen umgehen, den beiden

Unendlichen des Menschen? Ein Fluß birgt alle diese philosophischen Fragen in seinen Falten, seinen Runzeln und selbst in seinen völlig ausgetrockneten Stellen.

Man kann die üppig wuchernden Mythen und ungeschickten Konzepte drehen, wie man will, der Fluß und allgemeiner: das flüssige Medium behalten seltsame Fähigkeiten. Sie gewähren Zugang zu einem nicht nur menschlichen, sondern kosmischen Anderen, und, mehr noch, zu einem jener herausgehobenen kulturellen Punkte, an dem alles auf *ein Wort* reduziert ist, auf ein einziges, unsagbares, nicht mögliches Wort. Es genügt, es auszusprechen oder es zu hören, damit alles vollbracht oder neu geboren wird, man weiß es nie. Denn auch die Sprache ist ein Fluß, und sprechen läuft darauf hinaus, in einen Ozean von Zeichen einen oberflächlichen Strom einzutragen. Schreiben, Bücher und Zeichen anhäufen bedeutet, Brücken bauen zu wollen, wo man doch sehr oft nur einem vorbestimmten Lauf folgt. Doch am Ende von irgend etwas existiert ein Zeichen, ein Wort wie der Abdruck des *Imaginären* …

Dafür zwei suggestive Beispiele: Das erste ist jenem außergewöhnlichen, ganz flüssigen, geheimnisumwobenen und dennoch transparenten Abenteuer *Gordon Pym* von E. A. Poe entnommen. Die amerikanische Odyssee, die heraufbeschworen wird, geht schon ihrem Ende entgegen in diesem schlafwandlerischen Roman, der von seinen Toten lebt, wirklichen und symbolischen, mitunter geschönten, aber auch verfaulten und ausgehungerten, unter ihnen auch Kannibalen, sogar im Innern eines ekelerregenden Schiffs, das auf seinem Weg eine Brigg kreuzt, die voller Toter und Verwesender ist. Da stellt man fest, wie sehr alles auf der Farbe beruht.

Die Materie ist die Farbe, und das kommende Land wird weiß wie Schnee sein. Es findet sich hier auch das Labyrinth als Finale, Zeichen, die in den Berg geritzt sind, Erde als Farbe, die zum Zeichen geworden ist und zum Zeichen von Zeichen bis hin zum letzten, unsagbaren: »Tekeli Li«, das allein aus dem Malstrom auftaucht, wo der Mensch auf seine ureigene Todessehnsucht trifft. Er wird trotz allem überleben, weil er das Zeichen nennt, fasziniert von seinem Tod, er, der nur Vampire gekannt hat, keine Frau, nur verschiedene Grade von Auflösung. Der Schwindel schafft den Abgrund, und die

Sehnsucht zu fallen verhindert im letzten Moment den Sturz. Als der Berg im Geröll zerschellt ist, glauben die Wilden (die rohe Eingeweide essen), ihre Beute gefaßt zu haben. Doch das Zeichen der Zeichen überbringt die höchste Botschaft, die zugleich die erste und letzte ist; das mysteriöse Tier und der sakrale Terror der Wilden ermöglichen dem letzten Mann, dem letzten Odysseus, nach Süden, bis hin zum weißen Giganten des Nichts, des Schweigens, zu segeln. Keine Frau, haben wir gesagt; doch in diesem für Baudelaire zutiefst humanen Text ist alles, was etwas »enthält«, Mutterleib (Schiff, Sarg, Höhle): nur ist jener Leib für den Menschen eine fötale Bleibe, die der Fäulnis und des kosmisch Elementaren. Poe benötigte zweifellos viel Ether, um diesen umgekehrten Ikarus-Mythos in Szene zu setzen, in dem das Ausgangsdreieck der Spitze zutreibt, Borges' letztem Wort, einzigartige Erinnerung an andere solche Worte, doch schrecklicher als diese, denn ganz und gar »menschlich« vielleicht, wenn Baudelaire recht hat. Das Wasser als Mutter hat in diesem Text seine elementarste traumhafte imaginäre Ausprägung gefunden.

Im Gegensatz zu diesem Eisberg steht die Lektion des Flusses, die Kurtz in Joseph Conrads *Herz der Finsternis* der Menschheit bis zu seinem letzten Aufschrei »das Grauen« erteilt. Im Bild des Wassers sah Poe das letzte Labyrinth der immateriellen Materie; um zu ihm zu gelangen, übernahmen Fäulnis und Tod die Rolle einer Initiation. Für Conrad besteht eine Osmose zwischen dem Jahrtausende alten Fluß, der zum Ende der Welt führt, und Kurtz, dem mysteriösen Menschen, der seine Kumpane fasziniert, dessen Existenz jedoch ungewiß bleibt, so verirrt, wie er ist am Ende von Wasser und Erde, die zusammengehören; am Ende der Nacht ebenso, auf dieser kolonialen Station, die man nur um den Preis unsäglicher Strapazen erreicht. Ein Schiffbruch bringt es mit sich, daß Marlow von Kurtz hört. Man braucht einige Monate, um den Dampfer zu reparieren; währenddessen schlägt man die Zeit auf dem Fluß tot; es kommt auch zu seltsamen, »sehr menschlichen« Begegnungen mit sich würdevoll gebenden Dummköpfen, die jedoch sehr präzise in ihren Anweisungen und ihren Handlungen sind, Sadisten ohne wirkliche Grausamkeit, die Schwarze, in eine Zwangslage geratene Kannibalen mit abgefeilten Zähnen, zu ihrer Zerstreuung auspeitschen ... Was das Ganze zusammenhält, ist der Fluß, Quell der Farben und Grundsubstanz der Dinge, der Fluß, der als Spiegel Komplotte sichtbar werden läßt und ein Entstehungsort für Imaginäres ist. Was außerdem die Handlung zusammenhält, ist das unsichere erste Bild, das sich Marlow von Kurtz macht, der noch weiter im Landesinnern lebt, noch weiter vorn, »dort, wo die Erde nicht wie die Erde aussieht«. Zu Mr. Kurtz zu gelangen ist schwierig – der Strom stinkt noch immer nach Fäulnis: nach den toten Wassern und dem verdorbenen Flußpferdfleisch, das die Wilden bei sich haben. Der Geruch nach Aas mischt sich mit dem des Flusses, beide verbrüdern sich und werden zum Anzeichen für die andere Welt, zu der Marlow endlich aufbrechen kann. Der so ersehnte Mr. Kurtz ist selbst zum Flußpferd geworden: In seinem Lager findet sich das beste Elfenbein Afrikas; doch er ist auch Philosoph, offensichtlich Moralist, der die anderen durch sein Wort und sein Beispiel bessern will. Krank, lebendes Résumé des absurden Europäers, den es in jene Gegend verschlagen hat, sagt er an dem Tag, an dem er stirbt, »als die Finsternis, die ihn umgibt, undurchdringlich geworden ist«, zweimal das fatale Wort: »das Grauen«. Marlow, fasziniert, tut sich schwer, dessen letzten Angehörigen bei seiner Rückkehr eine letzte Lüge zu überbringen. Denn Mr. Kurtz konnte nicht das Unsagbare sagen: die Urlast der Fäulnis des Flusses und der grauen Vorzeit der Erde. Die Mutter- und die Todeswasser haben diesem neuen Schiffbrüchigen eine Mission beschert, die weniger phantastisch ist als für Pym, aber genauso gewaltig: Ein Fluß ist zuallererst und vor allem die niemals durchschnittene Nabelschnur, die uns nicht mit unserem künftigen Leben verbindet, sondern mit unserem vergangenen Tod. Das mütterlich Imaginäre findet in den Wassern einen ewigen Quell.

[...]

*(1992)*

KONSTANTIN WECKER

# Man muß den Flüssen trauen

I

In manchen Sommern, sehr von Reinheit überflutet,
vielleicht noch eine Nachricht: Ihr gehts gut,
und sie hat Sehnsucht, und sie hat geblutet,
und du ertrinkst in dieser weichen Flut

von Glücken. Luft und Sinne stimmen.
Jedoch so ganz von unten her
beginnt das alles etwas zu gerinnen
und wird auf einmal schwer und ungefähr.

Du raffst dich auf. Noch klebt das an den Beinen.
Noch tanzen dir Sirenen um die Stirn.
Doch plötzlich packt es dich: Du mußt verneinen.
Und dich, bevor du aufgibst, neu verwirrn.

II

Man muß den Flüssen trauen: Sie verschwenden
sich jeden Zentimeter neu. Und weder Zeit
noch Dummheit kann das Fließen je beenden.
Und auch die Wolken sind zu neuem Flug bereit

und sterben nie. Ich will nach oben,
wo mich das Unfaßbare härter streift.
Es ist ganz klug, die Götter erst zu loben,
bevor man sie sich endlich greift.

*(1980)*

# II

# Heilige Flüsse: Quellen der Inspiration und der Mythenbildung

… als junger Student hatte ich fünf Monate Ferien im Jahr. Ich bin fast jeden Tag an die Nilufer gegangen, eine Schreibmappe unter dem Arm. […] Ich war allein mit dem Fluß, und Sie können sich das Glücksgefühl nicht vorstellen, das mich durchströmte, wenn ich dem Auf und Ab der Wellen zusah. Als ich dann anfing zu schreiben, war diese Bewegung, dieser Tanz des Nils in mein Nervensystem eingegangen und hatte meine Schreibweise mit einem bestimmten, regelmäßigen Rhythmus geprägt, den man noch heute darin findet.

*Nagib Machfus, 1992*

DAS ERSTE BUCH MOSE (2, 8–14)

## Die vier Ströme des Paradieses

8 Und Gott der HERR pflanzte einen Garten in Eden gegen
Osten hin und setzte den Menschen hinein, den er gemacht
hatte. 9 Und GOTT der Herr ließ aufwachsen aus der Erde
allerlei Bäume, verlockend anzusehen und gut zu essen, und
den Baum des Lebens mitten im Garten und den Baum der
Erkenntnis des Guten und Bösen. 10 Und es ging aus von
Eden ein Strom, den Garten zu bewässern, und teilte sich von
da in vier Hauptarme. 11 Der erste hieß Pischon, der fließt um
das ganze Land Hawila, und dort findet man Gold; 12 und das
Gold des Landes ist kostbar. Auch findet man da Bedolach-
harz und den Edelstein Schoham. 13 Der zweite Strom heißt
Gihon, der fließt um das ganze Land Kusch. 14 Der dritte
Strom heißt Tigris, der fließt östlich von Assyrien. Der vierte
Strom ist der Euphrat.

DER PROPHET HESEKIEL (47, 1–12)

## Der wunderbare Strom aus dem Tempel

Und er führte mich wieder zu der Tür des Tempels. Und
siehe, da floß ein Wasser heraus unter der Schwelle des Tem-
pels nach Osten; denn die vordere Seite des Tempels lag
gegen Osten. Und das Wasser lief unten an der südlichen
Seitenwand des Tempels hinab, südlich am Altar vorbei.
2 Und er führte mich hinaus durch das Tor im Norden und
brachte mich außen herum zum äußeren Tor im Osten; und
siehe, das Wasser sprang heraus aus seiner südlichen Seiten-
wand. 3 Und der Mann ging heraus nach Osten und hatte
eine Meßschnur in der Hand, und er maß tausend Ellen und
ließ mich durch das Wasser gehen: da ging es mir bis an die

Knöchel. 4 Und er maß abermals tausend Ellen und ließ mich
durch das Wasser gehen: da ging es mir bis an die Knie; und
er maß noch tausend Ellen und ließ mich durch das Wasser
gehen: da ging es mir bis an die Lenden. 5 Da maß er noch
tausend Ellen: da war es ein Strom, so tief, daß ich nicht
mehr hindurchgehen konnte; denn das Wasser war so hoch,
daß man schwimmen mußte und nicht hindurchgehen
konnte. 6 Und er sprach zu mir: Du Menschenkind, hast du
das gesehen? Und er führte mich zurück am Ufer des Flusses
entlang. 7 Und als ich zurückkam, siehe, da standen sehr
viele Bäume am Ufer auf beiden Seiten. 8 Und er sprach zu
mir: Dies Wasser fließt hinaus in das östliche Gebiet und
weiter hinab zum Jordantal und mündet ins Tote Meer. Und
wenn es ins Meer fließt, soll dessen Wasser gesund werden,
9 und alles, was darin lebt und webt, wohin der Strom
kommt, das soll leben. Und es soll sehr viele Fische dort
geben, wenn dieses Wasser dorthin kommt; und alles soll
gesund werden und leben, wohin dieser Strom kommt.
10 Und es werden an ihm die Fischer stehen. Von En-Gedi bis
nach En-Eglajim wird man die Fischgarne aufspannen; denn
es wird dort sehr viele Fische von aller Art geben wie im
großen Meer. 11 Aber die Teiche und Lachen daneben wer-
den nicht gesund werden, sondern man soll daraus Salz ge-
winnen. 12 Und an dem Strom werden an seinem Ufer auf
beiden Seiten allerlei fruchtbare Bäume wachsen; und ihre
Blätter werden nicht verwelken, und mit ihren Früchten hat
es kein Ende. Sie werden alle Monate neue Früchte bringen;
denn ihr Wasser fließt aus dem Heiligtum. Ihre Früchte wer-
den zur Speise dienen und ihre Blätter zur Arznei.

SIMON SCHAMA

# Heilige Zusammenflüsse

Es war seltsam, dachte Pater Felix Fabri, daß die Frauen im Niltal Krokodildung zu kosmetischen Zwecken verwendeten und darauf schworen, daß er die Falten in ihrer Haut glättete.[1] Aber Ägypten war im Herbst 1483 ja voll von Wundern und Ungeheuern. Er und achtzehn Mitpilger, die sich auf Kamelen durch die biblische Wüste gequält hatten, hatten viel für ihren Glauben erduldet. Sie waren von Beduinenbanden überfallen worden, in den Straßen von Gaza hatten kleine Sarazenenjungen mit Steinen nach ihnen geworfen, sie waren von grauen, blutdürstigen bissigen Flöhen so groß wie Haselnüsse gepeinigt worden, auf dem Gipfel des Berges Sinai hatten sie gefroren, und in den roten Schluchten von Südjudäa waren sie vor Hitze fast umgekommen. In der »Midianitischen« Wüste, die nach Fabris Schätzung »größer als ganz Deutschland« war, hatten sie sich verirrt und waren wie die verlorenen Stämme umhergewandert, während die wirbelnden, vom Wind getriebenen Sandkörner ihnen unbarmherzig ins Gesicht schnitten. In solch großer Not hatte der Diakon von Mainz, Bernhard von Breitenbach, erst das Augenlicht und dann den Verstand verloren. In Kairo zeigten sich auf ihren Gesichtern entsetzliche, stinkende Schwären, aber zumindest blieben sie von der Pest verschont, die jeden Tag ungezählte Opfer dahinraffte. Und am Nil selbst entsetzte sich Fabri über den Anblick von Nilpferden, die sich dort suhlten und, wie er meinte, darauf warteten, ihre Boote anzugreifen und die Fahrgäste in ihren glatten, rosafarbenen Rachen verschwinden zu lassen.[2]

Und doch gelang es Fabri, mitten in solchen unheiligen Schrecken exotische Freuden zu entdecken, an die er sich versuchsweise wagte und die er mit Schuldgefühlen genoß:

1 Für das Folgende habe ich mich auf die von Jacques Masson, S. J., übersetzte und herausgegebene Ausgabe *Le Voyage en Egypte de Felix Fabri*, Kairo 1975, gestützt.
2 Fabri, a. a. O., S. 640.

eine Handvoll frisch gepflückter Feigen; Steinkrüge mit schwarzem Wein; das dampfende Wasser eines maurischen Bades (eine Gewohnheit, die sich seiner Ansicht nach nur durch den einzigartig entsetzlichen Geruch erklären ließ, den die Türken ausströmten).

Und dann war da der große Fluß selbst, den er trotz all seiner menschenfressenden Nilpferde und furchterregenden Schlangen zu einem wahren Wunder aus Gottes Schöpfung erklärte, da er alles, was er berührte, mit Fülle segnete, sogar mitten in einer Wüstenwildnis.[3] Während andere, schnellere Flüsse am Land zerren und es aufbrechen, schrieb er in Anlehnung an Seneca, »entreißt und nimmt der Nil nichts, im Gegenteil, er vervielfacht den Reichtum«, er macht den Boden zuverlässig und düngt die Felder. Anders als die Fluten von Elend und Zerstörung, die er in Europa gesehen hatte, war die Überschwemmung des Nils eine »Flut der Freude«. Selbst die schrecklichen Dinge, die in den schlammigen Tiefen des Flusses wohnten, zeugten von seiner wundersamen Vitalität. Nichts in der gesamten Schöpfung war beispielsweise mit der Geschwindigkeit und Stärke des Wachstums zu vergleichen, welches das ausgeschlüpfte kleine Krokodil zu dem neun Meter langen Reptil heranwachsen ließ.

Wenn Fabri den Nil in eine Landschaft der Segnungen verwandelte, dann stand das im Widerspruch zur Tradition. Seit vielen Generationen war der heilige Fluß des Christentums (ebenso wie des Judentums) natürlich der Jordan.[4] Und als Stätte der Erlösung und Befreiung wurde der Jordan im Kontrast zum Nil definiert: Er war ein strömender, klarer Wasserlauf, kein träger, trüber Mäander; ein Ort der Reinheit in der Wüste, nicht der schwerfällig fließende, sich windende Flüssigdünger unheiligen, üppigen Lebens. Der lineare Fluß sollte den Auserwählten von einer historischen Epoche zur nächsten tragen: von der Sklaverei zur Freiheit, von Heidentum zu Theismus, von Verdammnis zu Erlösung. Dies waren Wasser, die nicht wieder umkehren würden.[5]

3 Ebd., S. 621.

4 Wyman H. Herendeen: *From Landscape to Literature: The River and the Myth of Geography*, Pittsburgh 1986, ein großartiges Buch im allgemeinen, dem ich im Hinblick auf Methodik viel verdanke.

5 Für eine eindrucksvolle Erörterung der Dichotomie zwischen linea-

Die Jordanquelle im schneebedeckten hohen Libanon und seine Mündung in den Abgrund des Toten Meeres nährten das Gefühl für seine vorbestimmte Gerichtetheit. Dieser Fluß hatte den Durst von Einsiedlern, Evangelisten und Propheten gestillt, von Männern, die den gemeinen Lehm der Menschheit und ihrer Laster mieden, während der Nil dem Luxus und der Eitelkeit Vorschub geleistet hatte. Das gesamte Epos der hebräischen Befreiung, wie es im 2. Buch Mose geschrieben stand, war eine Flucht vom Nil zum Jordan gewesen; eine götzendienerische und versklavte Vergangenheit, die zusammen mit dem Wagen des Pharao untergegangen war; ein neues Leben der Freiheit und Heiligkeit wurde mit der Überquerung des judäischen Flusses geweiht. Dies waren die Wasser Jehovas, nicht die des Osiris: schnell, zornig, reinigend, die Wasser der Wüstenberge und des Sturzbaches. Jeder, der die abgelegenen Stätten des essenischen Kultes in der Nähe von Qumrân besucht, wo anscheinend der frühchristliche Glaube herstammt, kann die Besessenheit von Waschungsritualen erkennen. An den Ufern des Toten Meeres, von den karminroten Schluchten der Wüste von Edom und Moab eingemauert, wurden Kanäle aus bleichem Stein angelegt, durch die die Abfälle (der Nahrung und des Körpers) in das Salzwasserbecken flossen, wo sie in salzigem weißem Nichts verschwanden. Es ist nicht überraschend, daß die frühesten ägyptischen Kirchenväter, vor allem der heilige Antonius, dem luxuriösen Nil den Rücken kehrten und ihre Klöster in den herben, ausgedörrten Wüsteneinöden der Sinai-Halbinsel errichteten.

So war es die Typologie des reißenden Jordans und nicht die des Nils, die wahrscheinlich die grundlegenden Rituale der Reinigung und Erlösung lieferte, aus denen sich die Taufe entwickelte. Doch man sollte den Unterschied nicht zu strikt nehmen. Der Pilger Antonius von Plaisance sah, wie die Rituale des Epiphaniasfestes vor Jerusalem die Gestalt einer Segnung des Jordanwassers annahmen. Genau an der Stelle, an der man Wasser für Taufen schöpfte, war im Fluß ein hölzerner Obelisk aufgestellt worden, der von einem Kreuz

ren und zyklischen Konzepten historischer Zeitabläufe siehe Stephen Jay Gould: *Time's Arrow, Time's Cycle: Myth and Metaphor in the Discovery of Geological Time.* Cambridge (Mass.) 1987.

überragt wurde.[6] Doch was bei oberflächlicher Betrachtung wie ein Ritual aussieht, das ein neues Leben verkündet, bewahrte in Wirklichkeit mächtige Verbindungen zum alten. Denn der Obelisk war das traditionelle ägyptische Sinnbild für die Sonnenstrahlen; und wenn er von einem Kreuz überragt wurde, dann wurde Christus als *Sol Invictus*, der Sieger über den Tod, eine eigenartig hybride Gottheit, die Wasser und Licht, Altes und Neues, Ägyptisches und Judäisches vereinte.

Genau wie also die offizielle christliche Politik der Ausrottung heidnischer Baumkulte durch das pragmatische Aufpfropfen, das Missionare wie der heilige Bonifatius betrieben, Lügen gestraft wurde, verwässerten auch alte heidnische Traditionen vom heiligen Strom als Stätte von Tod und Auferstehung häufig die Strenge der frühen Kirchenväter. Wissenschaftler wie Jean Daniélou, E. O. James und Per Lundberg haben die Auffassung vertreten, daß die Verleihung von Unsterblichkeit durch das Untertauchen im Taufakt etwas von den heidnischen nahöstlichen Mythen übernommen haben müsse, die die heiligen Flüsse Nil und Tigris als Wohnstätten der Toten identifizierten; diese wurden von einem Herrn, Tammuz oder Osiris, regiert, der eine Zone zwischen Sterblichen und Unsterblichen bewohnte und mit der Macht der Auferstehung ausgestattet war.[7] Der Isiskult war in allen Gebieten des lateinischen Europa, in denen die Bekehrung zum Christentum betrieben wurde, weit verbreitet.[8] Und da wir wissen, daß beispielsweise im Isistempel in Pompeji das Besprengen der Häupter der Gläubigen mit Wasser eine regelmäßig am Nachmittag stattfindende Übung war, erscheint die Annäherung heidnischer und christlicher Wasser-

6 Per Lundberg: *La Typologie baptismale dans l'ancienne église*. Leipzig/Uppsala 1942, S. 167; Jean Daniélou: *Primitive Christian Symbols*, transl. Donald Attwater, Baltimore 1964 (Übersetzung von: *Les Symboles chrétiens primitifs*, Paris 1961).

7 Für eine vollständige Erörterung siehe Lundberg, a. a. O.; ebenso Edwin O. James: *Christian Myth and Ritual*, Gloucester (Mass.) 1973.

8 Siehe die Einleitung zu J. R. Harris (ed.): *The Legacy of Egypt*. Oxford 1971, S. 4. Dieser Band enthält viele wertvolle Aufsätze zur Übermittlung ägyptischer Traditionen an die abendländische Kultur.

rituale nicht allzu unwahrscheinlich. Seneca hatte von dem verbreiteten Glauben berichtet, wonach das Trinken von Nilwasser unfruchtbare Frauen fruchtbar machen konnte, und in der Spätantike sowie im frühen Mittelalter wurden Fläschchen mit dieser schlammigen Brühe als Wunderarznei verkauft.[9]

Die frühen Väter der nahöstlichen Kirchen waren sich über die fortdauernde Wirksamkeit heidnischer Flußmythen gewiß im klaren. Felix Fabri erinnerte an die Geschichte von dem eifrigen Bilderstürmer Kaiser Theodosius und seinem Patriarchen Theophilus, der im Jahre 391 befahl , das »Serapeum« in Alexandria zu zerstören und die Statuen des Gottes zu verbrennen. Doch gleichzeitig mußte er die Hartnäckigkeit heidnischer Glaubensvorstellungen erkennen, welche die jährlichen Überschwemmungen mit den Opfergaben in Zusammenhang brachten, die den Gottheiten des Flusses – Hapi, Nilus und Sarapis – dargebracht wurden. Als die Überflutung des Nils ausblieb, gab es vorhersehbare Bestürzung, und man sah darin die Strafe dafür, daß der Kaiser die Tempel zerstört und die heiligen Stätten entweiht hatte. Theodosius soll geantwortet haben, daß schmutziger Götzendienst für das Unglück verantwortlich zu machen sei. Doch Selbstmorde und Opfer, die man in den Nil warf, setzten sich fort als verzweifelte Versuche, die beleidigten Flußgötter zu besänftigen.[10] Noch im 6. Jahrhundert war Kaiser Justinian, der die heidnische Religion im ganzen Römischen Reich verbot, gezwungen, den fortbestehenden Isis-und-Osiris-Kult in Philae zu dulden.

Auch an anderen Flüssen in ganz Europa hielten sich quasi-heidnische Bräuche von Besänftigung und Opfer bis weit ins späte Mittelalter hinein. Am Johannistag 1333 beispielsweise beobachtete Petrarca, wie sich Frauen in Köln Arme und Hände im Rhein wuschen, weil sie glaubten, »daß jedes bevorstehende Unglück des ganzen Jahres abgewaschen würde, wenn man sich an jenem Tage im Fluß wüsche«. O ihr, die ihr am Rhein wohnt, seid überaus glücklich zu schätzen, daß der Fluß euer Unglück abwäscht«, setzte

9 Seneca: *Naturales quaestiones*, 1,263.
10 Fabri, a. a. O., S. 631 f.

Petrarca hinzu, »das unsere dagegen vermag weder der Po noch der Tiber abzuwaschen.«[11]

In großen Teilen des Mittelalters legte die muslimische Eroberung Ägyptens denen, die immer noch in die Geheimnisse des Nils eindringen wollten, erhebliche Hindernisse in den Weg. Selbst die abenteuerlustigsten Pilger beschränkten sich auf die traditionellen Stätten des Heiligen Landes aus der Bibel. Als aber die Kreuzzüge nachließen und im 14. und 15. Jahrhundert die Handelsstraßen in der Levante wieder geöffnet wurden, verirrten sich einige kühne Seelen wie der flämische Adlige Josse van Ghistele doch nach Süden zum Roten Meer und zum Nil.

Das Auffällige an den Erzählungen dieser Generation von Reisenden war ihre hartnäckige Überzeugung, daß die Wasser des Nils letztlich im Paradies entsprängen. Van Ghistele zum Beispiel war sicher, daß er der Fluß »Gihon« sei, der im 1. Buch Mose 2,13 erwähnt wird als einer der vier Ströme, in die sich der ursprüngliche Fluß des Gartens Eden beim Verlassen desselben teilte. Und Felix Fabri ging noch viel weiter und konstruierte eine ganze sagenhafte Geographie, die letztlich den Jordan und den Nil zu einem einzigen heiligen Strom machte. Was ihm diese Vision eines heiligen Zusammenflusses gestattete, war die Zerstörung von Sodom und Gomorrha. Da diese Orte am tiefsten Punkt im Graben des Toten Meeres gelegen hätten, stellte sich Fabri ihre Zerstörung als Erdbeben vor, in dem die Felsen aufbrachen, die Städte in den Abgrund stürzten und das Tote Meer als ihr Sühnebecken schufen. Vor dieser Erschütterung sei das ganze Tal von Palästina, von Galiläa bis Akaba, ebenso grün und fruchtbar gewesen wie das Niltal; das Tote Meer hätte überhaupt nicht existiert, und der Jordan hätte einen würdevollen Lauf bis zu seiner Verbindung mit dem großen Strom Ägyptens genommen.[12] (Bemerkenswerterweise hatte er im Hinblick auf geologische, nicht theologische Abläufe recht mit der Annahme, daß das Tote Meer die nördliche Fortsetzung der Nilsenke sei.)

Nun stand Fabris Dominikanerkloster in Ulm am Zusam-

11 Petrarca: *Epistolae familiares.* Aachen, 21. Juni 1333.

12 Fabri, a. a. O., S. 645.

menfluß der Iller und der Donau, und so hatte er vielleicht über die spirituelle Bedeutung eines Zusammenflusses meditiert. Doch seine topographischen Spekulationen brachten mehr zusammen als zwei weit voneinander entfernte und gegensätzliche Landschaften. Sie belebten auch platonische Theorien von den kosmischen Einheiten, indem sie darauf beharrten, daß sich letztlich alle großen Gewässer der Region auf den einen einzigen Strom zurückführen ließen, der am Fuße des Baumes des Lebens im Paradiesgarten entsprang. Auch wenn Fabri ein frommer Dominikaner war, verschmähte er es doch nicht, die alte Tradition der Flußtopographie aufzugreifen, wonach die Wasser des Paradieses durch unterirdische Gänge und Passagen die entlegensten Teile der Erde erreichten, wo sie dann als die großen Flüsse Griechenlands, Indiens und Afrikas an die Oberfläche kamen. Auf Fabris geistiger Karte waren sie alle Teil eines einzigen gewaltigen Stroms. Und sowohl der Nil als auch der Jordan wurden von zweien der vier Flüsse gespeist, die im 1. Buch Mose erwähnt werden, nämlich der Jordan vom Tigris und der Nil (was noch unwahrscheinlicher war) letztlich vom Ganges, angeblich der »Pischon«, der erste der vier Ströme, die aus Eden flossen. So hatten Nil und Jordan tatsächlich ihren Ursprung im selben Urstrom, und »man kann also schließen, daß die Pilger, die vom Jordan und vom Nil getrunken haben, vom Wasser der vier Ströme des Paradieses getrunken haben, was kein geringer Ruhmestitel ist«.[13]

Eines können wir mit Sicherheit sagen: Fabri war nicht das Original. In seiner Karawane brachte er einen Packen antiker und neuzeitlicher Mythen und Sagen über die Gestalt der Welt mit, die am Ende des 15. Jahrhunderts Gemeingut waren. Wie zahlreiche andere Reisende seiner Generation stoppelte er seine Kosmologie aus mündlichen Überlieferungen, vielfach verstümmelten Fragmenten klassischer Texte (wie Herodot und Diodorus Siculus), ptolemäischer Geographie und den phantastischen Berichten spätmittelalterlicher Forschungsreisender zusammen. In solchen Visionen gab es keine klare Unterscheidung zwischen Astronomie und Astrologie, und

13 Ebd., S. 611 (zu den Vier Flüssen) und S. 635 (zu Fabris Schlußfolgerung).

beide spielten in Fabris Erwägungen zum jahreszeitlichen Steigen und Fallen des Nils unter den Sternzeichen Löwe und Jungfrau eine Rolle. Und seine anscheinend unbekümmerte Übernahme heidnischer und heiliger Texte verdankte sicher einiges den populären Anthologien klassischer Mythen und Überlieferungen, für die Boccaccios *Genealogie deorum gentilium* ein Beispiel ist.[14]

In diesen bunt zusammengewürfelten Kosmologien traten zwei wesentliche Merkmale hervor. Das erste, das letztlich auf Platon zurückgeht, war die grundlegende Einheit der Welt in der Zeit wie im Raum. Während sich die frühen Kirchenväter bemüht hatten, die Trennung der christlichen Weltsicht von heidnischen Weltanschauungen hervorzuheben, brachten die Altertumsforscher der Frührenaissance sie wieder zusammen. Und auch wenn man damals intensiv in heidnischen Mythen nach Motiven schürfte, die die christlichen Mysterien zu präfigurieren schienen, gelang es diesen Mythen doch häufig, die fromme Interpretation zu durchbrechen und eine Autorität und ein Fortleben eigener Art zu entwickeln. Während also der Nil jahrhundertelang als profane Schwester des heiligen Jordans wahrgenommen worden war, begann man in der Renaissance erneut, ihm die imperiale Größe zu verleihen, die Humanisten und Künstler so attraktiv fanden.

Zweitens entwickelte sich in der Flußliteratur des späten 15. und des frühen 16. Jahrhunderts eine Besessenheit, die *Quelle* zu mystifizieren. Zur urtümlichen Vorzeit zurückzukehren bedeutete schließlich, sich von Schöpfungsmythen verzaubern zu lassen, und der letzte Ursprung wurde als Urquell dargestellt. Philo Judaeus, ein Zeitgenosse Senecas, hatte bei der Behandlung der Flüsse des Paradieses eine *fons sapientiae* beschrieben: die mystisch offenbarte Einheit von Güte, Schönheit und Weisheit, die größte Annäherung an die Geheimnisse der Schöpfung, die man sich – auch metaphysisch – vorstellen konnte. Und vom frühen 16. Jahrhundert an wurde dieser Schwall esoterischer Erleuchtung als Becken

14 Siehe Jean Seznec: *Das Fortleben der antiken Götter: die mythologische Tradition im Humanismus und in der Kunst der Renaissance*, übers. von H. Jatho. München 1990.

mit bewegtem Wasser visualisiert und schließlich, in den Gärten und Parks der Renaissance-Villen, konkret gestaltet.[15]

*(1995)*

15 Siehe Elisabeth B. MacDougall/Naomi Miller: *Fons Sapientiae: Garden Fountains in Illustrated Books, from the Sixteenth to the Eighteenth Centuries,* Washington, D. C./Dumbarton Oaks 1977; Wasserläufe in Renaissancegärten behandelt M. Fagiolo, »Il significato dell'acqua e la dialettica del giardino«. In: ders. (ed.): *Natura e artificio,* Rom 1981, S. 144–153. Siehe ebenso zu diesem Thema Terry Comito: »Der humanistische Garten«. In: Monique Mosser/Georges Teyssot (Hg.): *Die Gartenkunst des Abendlandes: Von der Renaissance bis zur Gegenwart,* Stuttgart 1993, S. 38; zum Programm der Villa Lante siehe Claudia Lazzaro-Bruno: »The Villa Lante at Bagnaia: An Allegory of Art and Nature«. In: *Art Bulletin* 4, No. 59 (1977), S. 553–560; und zur Stellung der Gärten in der Renaissancekultur David Coffin: *The Villa in the Life of Renaissance Rome,* Princeton 1979.

---

HERMANN HESSE

# Am Flusse

Siddhartha wanderte im Walde, schon fern von der Stadt, und wußte nichts als das eine, daß er nicht mehr zurück konnte, daß dies Leben, wie er es nun viele Jahre lang geführt, vorüber und dahin und bis zum Ekel ausgekostet und ausgesogen war. Tot war der Singvogel, von dem er geträumt. Tot war der Vogel in seinem Herzen. Tief war er in Sansara verstrickt, Ekel und Tod hatte er von allen Seiten in sich eingesogen, wie ein Schwamm Wasser einsaugt, bis er voll ist. Voll war er von Überdruß, voll von Elend, voll von Tod, nichts mehr gab es in der Welt, das ihn locken, das ihn freuen, das ihn trösten konnte.

Sehnlich wünschte er, nichts mehr von sich zu wissen, Ruhe zu haben, tot zu sein. Käme doch ein Blitz und erschlüge ihn! Käme doch ein Tiger und fräße ihn! Gäbe es doch einen Wein, ein Gift, das ihm Betäubung brächte, Vergessen und Schlaf, und kein Erwachen mehr! Gab es denn noch irgendeinen Schmutz, mit dem er sich nicht beschmutzt hatte, eine Sünde und Torheit, die er nicht begangen, eine Seelenöde, die er nicht auf sich geladen hatte? War es denn noch möglich zu leben? War es möglich, nochmals und nochmals wieder Atem zu ziehen, Atem auszustoßen, Hunger zu fühlen, wieder zu essen, wieder zu schlafen, wieder beim Weibe zu liegen? War dieser Kreislauf nicht für ihn erschöpft und abgeschlossen?

Siddhartha gelangte an den großen Fluß im Walde, an denselben Fluß, über welchen ihn einst, als er noch ein junger Mann war und von der Stadt des Gotama kam, ein Fährmann geführt hatte. An diesem Flusse machte er halt, blieb zögernd beim Ufer stehen. Müdigkeit und Hunger hatten ihn geschwächt, und wozu auch sollte er weitergehen, wohin denn, zu welchem Ziel? Nein, es gab keine Ziele mehr, es gab nichts mehr als die tiefe, leidvolle Sehnsucht, diesen ganzen wüsten Traum von sich zu schütteln, diesen schalen Wein von sich zu speien, diesem jämmerlichen und schmachvollen Leben ein Ende zu machen.

Über das Flußufer hing ein Baum gebeugt, ein Kokosbaum, an dessen Stamm lehnte sich Siddhartha mit der Schulter, legte den Arm um den Stamm und blickte in das grüne Wasser hinab, das unter ihm zog und zog, blickte hinab und fand sich ganz und gar von dem Wunsche erfüllt, sich loszulassen und in diesem Wasser unterzugehen. Eine schauerliche Leere spiegelte ihm aus dem Wasser entgegen, welcher die furchtbare Leere in seiner Seele Antwort gab. Ja, er war am Ende. Nichts mehr gab es für ihn, als sich auszulöschen, als das mißlungene Gebilde seines Lebens zu zerschlagen, es wegzuwerfen, hohnlachenden Göttern vor die Füße. Dies war das große Erbrechen, nach dem er sich gesehnt hatte: der Tod, das Zerschlagen der Form, die er haßte! Mochten ihn die Fische fressen, diesen Hund von Siddhartha, diesen Irrsinnigen, diesen verdorbenen und verfaulten Leib, diese erschlaffte und mißbrauchte Seele! Mochten die Fische und Krokodile ihn fressen, mochten die Dämonen ihn zerstücken!

Mit verzerrtem Gesichte starrte er ins Wasser, sah sein Gesicht gespiegelt und spie danach. In tiefer Müdigkeit löste er den Arm vom Baumstamme und drehte sich ein wenig, um sich senkrecht hinabfallen zu lassen, um endlich unterzugehen. Er sank, mit geschlossenen Augen, dem Tod entgegen.

Da zuckte aus entlegenen Bezirken seiner Seele, aus Vergangenheiten seines ermüdeten Lebens her ein Klang. Es war ein Wort, eine Silbe, die er ohne Gedanken mit lallender Stimme vor sich hinsprach, das alte Anfangswort und Schlußwort aller brahmanischen Gebete, das heilige »Om«, das soviel bedeutet wie »das Vollkommene« oder »die Vollendung«. Und im Augenblick, da der Klang »Om« Siddharthas Ohr berührte, erwachte sein entschlummerter Geist plötzlich und erkannte die Torheit seines Tuns.

Siddhartha erschrak tief. So also stand es um ihn, so verloren war er, so verirrt und von allem Wissen verlassen, daß er den Tod hatte suchen können, daß dieser Wunsch, dieser Kinderwunsch in ihm hatte groß werden können: Ruhe zu finden, indem er seinen Leib auslöschte! Was alle Qual dieser letzten Zeiten, alle Ernüchterung, alle Verzweiflung nicht bewirkt hatte, das bewirkte dieser Augenblick, da das Om in sein Bewußtsein drang: daß er sich in seinem Elend und in seinem Irrsal erkannte.

»Om!« sprach er vor sich hin: »Om!« Und wußte um Brahman, wußte um die Unzerstörbarkeit des Lebens, wußte um alles Göttliche wieder, das er vergessen hatte.

Doch war dies nur ein Augenblick, ein Blitz. Am Fuß des Kokosbaumes sank Siddhartha nieder, legte sein Haupt auf die Wurzel des Baumes und sank in tiefen Schlaf. […]

*(1919–1922)*

3 Max Slevogt: *Morgen bei Luxor.* Öl auf Leinwand. 1914

NIKOS KAZANTZAKIS

# Buddha. Der blaue Fluß

*(Der Palast bebt. Das VOLK zittert, drängt sich zusammen und schreit entsetzt.)*

ALTER CHANG: Was ist das? Ich glaube brüllende Tiere zu hören!

*(Die drei WÄCHTER DES BLAUEN FLUSSES treten ängstlich zitternd auf.)*

ERSTER WÄCHTER: Herr, die wilden Tiere sind aus dem ganzen Tal und seinen Wäldern in deinen Hof geströmt!

ZWEITER WÄCHTER: Der Fluß hat sie vertrieben, Herr, und zitternd stiegen sie herauf und suchen bei dir Zuflucht!

DRITTER WÄCHTER: Tiger, Affen, Wölfe und Schakale, dazwischen Schafe, Ochsen und Kamele – Angst und Zittern hat sie alle brüderlich vereint.

ALTER CHANG: Sei gesegnet, alter Jangtse! Du verbrüderst jahrtausendealte Feinde, Schaf und Tiger haben jetzt begriffen, daß sie Brüder sind. Darum sei gesegnet!

ALLE HUREN *(zerren MÄNNER an sich)*:
Kommt! Kommt! Wir geben feine Küsse aus!
Euch kostet's gar nichts, gar nichts, alles ist geschenkt!
Wir geben gute, süße, wilde Küsse gratis aus!
Auf, Musikanten, regt die Instrumente, damit man nichts hört!

*(Sie machen Anstalten, zu tanzen, aber ihre Beine versagen. Sie stürzen zu Boden und brechen in Klagen aus.)*

ALTER CHANG: Arme, unglückliche Götter, unglückliche Menschen, unglückliche Tiere ... Arme Klümpchen Erde! Hu Ming, sag ein Wort, ein simples, klares Wort, damit die Menschen, wenn sie's hören, den Anblick des Todes gefaßt ertragen können,
dem Tod ins Gesicht sehn können, Hu Ming, ohne daß sie sich erniedrigen!

MAGIER: Das Wort, das du von mir wünschst, hab ich längst gesprochen, alter Chang, hast du es nicht vernommen?

ALTER CHANG: Was war dieses Wort, Hu Ming? Sag es noch einmal!

MAGIER: Buddha!

ALTER CHANG: Richtig! Richtig! Doch ich sprech nicht für uns. Buddha ist ein felsenreicher, öder Gipfel, viel zu hoch, selbst für die Falken!
Ich spreche für diese Taugenichtse, dummen Hühner, diese Kichererbsen und geilen Hurenelstern ...
Schau, wie sie sich auf dem Boden wälzen – manche heulen, andre fressen und besaufen sich, andre wieder küssen und werden abgeküßt ... und andere, noch ekelhaftere, stecken sich den Knoten ihres Sparstrumpfs in den Schoß ...
Hu Ming, wie widern mich die Menschen an! Hu Ming, ich mag von der Menschheit nichts mehr wissen!
Jangtsekiang, wilder Mönch des Buddha, kehr die Welt mit deinem Besen! Jangtse, Schmutzfeger Buddhas, fege, bis die Luft wieder rein ist!

*(Der Palast bebt immer stärker; die Treppen knarren.)*

ALTER KOANG: Herr, jemand naht auf der Treppe!

ALTER CHANG: Das ist der hohe Herrscher, der Jangtsekiang! Öffnet ihm die Türen! Zündet die großen Leuchter an!

*(Er hebt seinen ENKEL hoch.)*

Wir sind bereit, wir zwei, mein Enkel und ich – wir sind bereit!

*(Die MÄNNER und FRAUEN stoßen entsetzte Schreie aus. Der ALTE KOANG zündet rechts und links der großen Tür die zwei riesigen Seidenlampions mit den aufgemalten Drachen an. Der KANARIENVOGEL beginnt aus voller Kehle zu zwitschern.)*

Öffnet die Türen! Erhebt euch, Kinder, um ihn gebührend zu empfangen,
damit er nicht sagt, – welch eine Schande wär' das! – daß wir uns vor Angst nicht auf den Beinen halten können.
He, Erde, hörst du nicht! Steh auf! Rette die Ehre des Menschen!
Greift zu den Instrumenten, Musikanten, nicht fröhlich, nicht traurig, sondern stolz!
Komm auch du, Hu Ming! Komm auch du her, alter Koang, mein Bruder! Komm her, mein Enkel! Laßt uns zur Türe gehn und ihn willkommen heißen ...
Koang, öffne weit die Türen, beide Flügel!

*(Er hebt den Blick zur Decke und lauscht einen Augenblick lang dem Gezwitscher.)*

Mein Kanari, lebe wohl!

*(Zum MANDARIN:)*

Alter Schreiber, komm auch du!

MANDARIN: Nein, ich komme nicht! Ich bin beschäftigt; ich hab ein großes Werk begonnen und habe keine Zeit – ich falte die »Menschheitschronik« zu kleinen Schiffchen aus Papier.

*(Der ALTE KOANG öffnet die große Tür. Das bedrohliche Donnern des steigenden Flusses wird in voller Lautstärke hörbar.)*

MAGIER: Herr, alter Chang, hörst du das Donnern? Weißt du, wer das ist?

ALTER CHANG *(leise)*:
Sei still! Sei still, damit dich dieses unglückselige Volk nicht hört! Die Antwort halten sie nicht aus!

MAGIER *(leiser)*:
Hast du nun begriffen, Herr, wer der Jangtse ist?

ALTER CHANG: Ja, der Buddha!
*(Der ALTE CHANG geht auf die Tür zu. Das Wasser schlägt bereits donnernd bis an die Schwelle. Der ALTE CHANG verschränkt die Arme und verneigt sich.)*
Sei willkommen!
*(Vorhang.)*

*(1922–1941)*

---

HANS-GEORG BEHR

## Heilige Flüsse – dämonische Ufer

Auch höchst gebildete Nevar können den zweiten Satz von Beethovens Pastorale nicht verstehen. Das ist doch kein Thema und erst recht keines für eine edle Öffentlichkeit! Schon damit zeigen die Europäer, wie obszön ihre Romantik ist: Flußufer sind in Wahrheit höchst unrein, schlimmer noch als Kreuzwege und Straßen. Sie sind die Todeszonen. An ihnen endet das Leben, ehe seine Reste irgendwann einmal weggespült werden. Hier sind die Schlachtplätze, von denen bei Sonnenaufgang das Blut dampft, hier hocken die ärmeren Schichten mit wassergefüllten Konservendosen, und die Hunde und wilden Schweinchen, die hier ihre Heimstatt haben, warten auf das Ergebnis. Hier häuft sich an den Böschungen bei den Brücken der Müll der Stadt und verrottet langsam und stinkend, von Millionen Fliegen bewacht und von unreinen Tieren durchstöbert. Hier landen die Haare aus den Barbierläden, sorgsam durchmischt, damit keine Hexe sie identifizieren und zu Düsterem mißbrauchen kann, die abgeschnittenen Fingernägel und zerborstenen Tontöpfe. Und doch sind die Flußufer auch Orte der Reinigung. Aus einem Anstandsbuch für Brahmanen, Anfang des letzten Jahrhunderts:

*»Um dem Ruf der Natur zu folgen, beachte diese Regeln:*

*1. Nimm einen Wassertopf aus Metall und geh in die Richtung zum Fluß, mindestens einen Bogenschuß von deinem Haus.*
*2. Lege dein Unterkleid zur Seite und suche einen sauberen Platz auf ebenem Grund.*
*3. Vermeide unbedingt die Nähe von Tempeln, die Ränder von Flüssen, Teichen oder Wasserreservoirs, Wege oder häufig begangene Plätze, helle Erde, ein gepflügtes Feld oder die Nähe heiliger Bäume.*
*4. Du darfst zu diesem Zweck kein neues oder frischgewaschenes Kleid tragen.*
*5. Hänge die heilige Schnur über dein linkes Ohr und bedecke deinen Kopf mit deinem Gewand.*
*6. Hocke dich so niedrig wie nur möglich. Es wäre eine grobe Unanständigkeit, sich stehend oder nur halb hockend zu erleichtern, und noch unartiger wäre es, einen Baum oder eine Mauer zu benutzen.*
*7. In dieser Stellung wäre es höchst unanständig, zur Sonne oder zum Mond zu sehen, zu den Sternen, auf Feuer, einen Menschen, einen Tempel, ein Bildwerk oder einen heiligen Baum.*
*8. Beachte absolutes Stillschweigen.*
*9. Du darfst nichts kauen, nichts in deinem Mund haben und nichts tragen.*
*10. Du mußt, was zu tun ist, so schnell wie möglich tun und dich sofort erheben.*
*11. Es wäre höchst unanständig, hinter dich zu blicken.*
*12. Hast du alles beachtet, warst du tugendhaft und nicht ohne Verdienste. Jede Unart aber wird sich rächen.*
*13. Wasche deine Hände und Füße mit dem Wasser, das du mitgebracht hast. Nimm dann das Gefäß in deine Rechte, bedecke mit der Linken deine Scham und gehe zum Fluß, dich zu reinigen.*
*14. Dort angekommen, suche einen geeigneten Platz und geeignete Erde, dich zu säubern.*
*15. Nimm die richtige Erde, denn es gibt einige Arten, die du keinesfalls verwenden darfst, als da wären von weißen Ameisennestern, salzige Erde, Ton, Staub, gebleichte Erde, Erde unterhalb von Bäumen, aus Tempeleinfriedungen, von Bestattungsplätzen, von Weiden, Erde, die Asche ähnelt, von Ratten aufgeworfen wurde und ähnliches mehr.*
*16. Geh dann an den Fluß und hole frisches Wasser. Geh dann in eine gehörige Entfernung und wasche dir wieder Füße und Hände. Hast du kein Gefäß bei dir, grabe ein kleines Loch, in dem sich Wasser sammelt. Achte bei all diesen und den folgenden Fällen streng*

*darauf, daß kein besudeltes Wasser zurück in den Fluß fließt, denn dies wäre eine große Sünde.*
*17. Nimm eine Handvoll Erde in deine Linke, besprenge sie mit etwas Wasser und reibe damit die schmutzigen Teile deines Körpers. Wiederhole dies dreimal, jedesmal weniger Erde verwendend, jedoch stets gleich viel Wasser für die Reinigung.*
*18. Wasche nun fünfmal deine Hände, mit der Linken beginnend.*
*19. Reinige nun deinen Körper mit Seife aus Asche und Seifenfrucht.*
*20. Wasche nun fünfmal jeden Fuß, mit dem rechten beginnend, da du mit diesem stets den ersten Schritt tun sollst.*
*21. Nun wasche dich noch einmal nur mit Wasser.*
*22. Nun wasche dein Gesicht und spüle deinen Mund achtmal. Achte darauf, nur nach links auszuspucken, um nicht die guten Geister zu beleidigen.*
*23. Denke dreimal an Vishnu und trinke dabei etwas Wasser.*
*24. Nun reinige deine Zähne. Nimm dazu einen kleinen Zweig von Uduga, Rengu oder Neradu oder, falls du keine solchen findest, von irgendeinem dornigen, innen milchigen Strauch.*
*25. Ehe du ihn brichst, sprich zu den Baumgöttinnen: ›O Göttinnen, ich breche nur einen kleinen Zweig, um meine Zähne zu putzen. Gewährt mir dennoch langes Leben, Stärke, Ehren, Verstand, Vieh und Wohlstand, Klugheit, Urteilsvermögen, Gedächtnis und Kraft.‹*
*26. Nun schneide einen kurzen Zweig oder brich ihn und zerschlage ein Ende zwischen zwei gewaschenen Steinen zu einer Art Pinsel.*
*27. Nun putze damit deine Zähne, nach Norden oder Osten blikkend, und spüle deinen Mund gut mit Wasser.*
*28. Bei Neumond und an Ekadasi (dem elften Tag des Mondes) brich keinen Zweig, sondern nimm Mangoblätter.*
*29. An Tagen der Sonnen- oder Mondfinsternis sowie an den Todestagen von Vater und Mutter darfst du dir deine Zähne nicht putzen.*
*30. Nun gehe in den Fluß, das Element zu ehren. […]*
*31. Betrittst du den Fluß, gedenke Vishnus, der alles erhält, und sprich dreimal seinen Namen aus.*
*32. Gedenke Brahmas und daß es neun Brahmas gibt, die alle acht Millionen vierhunderttausend Arten des Seins geschaffen haben.*
*33. Denke dir alle Inkarnationen Vishnus.*
*34. Denke an Manu und seine vierzehn Inkarnationen, die uns das Gesetz des rechten Weges gaben.*
*35. Gedenke, daß wir im finsteren Zeitalter dieser Welt leben und daß dieses noch lange währen wird.*

*36. Gedenke der Welt, in der du lebst, und des großen Himmelsbaumes, dessen Schatten alle reinen Bäume sind.*
*37. Gedenke der Lebensregeln, die dir einen sicheren Rahmen bieten.*
*38. Gedenke des himmlischen Bergs Mahameru und grüße ihn, nach Westen gewandt.*
*39. Gedenke des Feuers und seiner Kraft.*
*40. Gedenke deines Mutterlandes und der Sprache deiner Väter.*
*41. Gedenke des Mondes.*
*42. Gedenke des Jahres, in dem du lebst.*
*43. Gedenke des Lebensabschnittes, in dem du lebst.*
*44. Gedenke der augenblicklichen Jahreszeit und grüße sie mit ihrem Namen.*
*45. Grüße den Mond des Tages.*
*46. Grüße den gerade beginnenden Tag mit seinem Namen.*
*47. Grüße den Stern des Tages.*
*48. Bedenke die Sternkonstellation dieses Tages.*
*49. Nun schreite in den Fluß und gedenke der heiligen Ganges. Sprich: ›O Ganges, die du aus Brahmas Gedanken entspringst, aus Shivas Haar zu Vishnus Füßen stürzt und nun über die Erde fließt, um die Sünden der Menschen wegzuwaschen, sie zu reinigen und ihr Glück zu sichern. Du bist die Nahrung und der Erhalt aller Geschöpfe. Ich denke an dich und in meinem Geist bade ich in dir. Laß mich rein sein und bewahre mich vor allem Bösen.‹*
*50. Nun denke an alle heiligen Flüsse, die Bagmati, Godavari, Sarasvati usw., und während du dich in das Wasser beugst, denke intensiv an die Ganges, als würdest du in ihr baden.*
*51. Nun wende dich an die Sonne zum* Boaum, *schöpfe dreimal Wasser mit deinen Händen und opfere es aus deinen Fingerspitzen. Bedenke, daß sich in den Farben des Lichtes bei diesem Vorgang das Existierende spiegelt.*
*52. Fülle nun Wasser in dein Gefäß und schreite zum Ufer.*
*53. Nun lege frische Kleidung an.*
*54. Gedenke Vishnus. Trinke zu seinen Ehren dreimal Wasser aus deinem Gefäß und ehre die Erde, indem du sie dreimal mit Wasser besprengst.«*

Das größte Wunder der heiligen Flüsse ist zweifellos, daß die Frommen ihre Morgenandacht ohne größere Schädigungen überleben. Ein Großteil der Religion ist Hygiene, oft mit einem erstaunlich hohen ökologischen Bewußtsein, und es liegt sicher an den Göttern, daß hier seit mehr als vierhundert Jahren keine Seuche wütete. [...]

*Ghats* sind die heiligen Uferbebauungen, breite Treppen in das Wasser für die Bäder, dazwischen vorragende Plattformen für die Verbrennung der Toten. Natürlich gehört auch ein mehr oder minder großes Heiligtum dazu, jeweils den »schrecklichen« Aspekten einer Gottheit geweiht, denn die Ufer sind der Ort der Dämonen. Die Ghats gehören der Allgemeinheit, für Zeremonien jedoch den einzelnen Kasten und Tempelgemeinschaften, die auch ihren Erhalt bestreiten. Und dann gibt es noch fromme Stiftungen, meist als testamentarische Verfügung von Reichen oder Mächtigen. Wie immer, wenn man seine Erben ärgern will, sind sie besonders luxuriös ausgestattet, oft mit großen Tempelhöfen und Wohnanlagen, in denen die Ärmsten unterkommen – Familien, die betrügerischen Bankrott machten oder wegen irgendwelcher Verbrechen aus ihren Kasten ausgestoßen wurden. Auf diese Weise wurden einige Meilen des Hauptflusses Bagmati eingeheiligt – allein sinistre Königswitwen, die ihre Herrscher umbringen ließen, büßten mit einem guten Dutzend Heiligtümer –, und für die traditionelle Uferverwendung blieben dazwischen nur schmale Streifen.

Und dann gibt es noch ganz besondere Ghats, an denen die Gottheiten ständig gegenwärtig sind und nicht erst von Priestern durch aufwendige Zeremonien herbeigebeten werden müssen. Das heiligste des Tales, das für den gesamten Hinduismus gleich nach Varanasi (Benares) rangiert, ist Pashupatinath, wo sich einst Shiva, der Herr des Sexus, mit seiner geliebten Göttin als Einhorn vergnügte. Die anderen Götter mußten ihn zu seiner göttlichen Pflicht erst im Wortsinn zurückvermöbeln, doch wer in einer bestimmten kalten Februarnacht hier mit viel Hanfrauch durchhält, darf sicher sein, im nächsten Leben nicht als Tier wiedergeboren zu werden.

Das ist die einzige Ausnahme der Regel, daß man sich nachts nicht an Flußufern aufhalten solle. Dort treiben dann nämlich nicht nur die Bhairabs ihr Unwesen, die reißzähnigen, blutsaugenden Dämonen Shivas, des Herrn aller Ufer, sondern dort jammern auch alle armen Seelen, die je Wasser verunreinigt haben. Verlangt man von einem Nevar etwas völlig Unzumutbares, Unanständiges, wird er knurren:

»Ich pisse ja auch nicht in Wasser.« Das ist in jenen Breiten verständlich – wer will denn auch nach seinem Tod bis zur nächsten Wiedergeburt all die Pisse wieder aus dem Wasser schöpfen müssen? [...]

*»Alles Sein entspringt dem Wasser. Alles Sein endet am Wasser. Alles Sein braucht Wasser. Nicht Dürstender, achte das Wasser. Unreiner, ehre das Wasser.« (Steintafel bei den Verbrennungsplätzen von Pashupatinath, ca. 4. Jahrhundert v. Chr.)*

Wie in allen Kulturen, wird nicht von Tod gesprochen. Jemand »wird in Baumwolle eingenäht«, »zum Fluß gebracht« und »bekommt Feuer«. Am Ufer wird »der eingenähte Rest« noch einmal mit dreimal sieben Güssen gewaschen, wobei wie immer streng darauf zu achten ist, daß nichts zurück in den Fluß fließt. Sobald er auf den Scheiterhaufen gehoben ist, wird an die Füße noch ein Gefäß mit Wasser gehängt, die Ganges symbolisierend und als Erleichterung für den Schritt in den Fluß der Wiedergeburt. Dreimal muß der älteste Sohn, von den nächsten Verwandten gestützt, mit seiner Fackel den Scheiterhaufen umrunden, ehe er »dem Mund das Feuer gibt«. Der wurde zu diesem Zweck diskret mit Petroleum gefüllt. Mit Wasser besprengtes Stroh, das dementsprechend qualmt, verhüllt barmherzig das Weitere. Die Asche wird sorgsam gewaschen und in den Fluß gestreut. [...]

*(1988)*

---

VIKTOR JEROFEJEW

## Das Wesen des Schöpfertums

[...] Ich bin zum Ganges gefahren, um das Wesen des Todes zu erkennen, und herausgefunden habe ich, was Kreativität ist. Der Ganges ist als himmlischer Fluß konzipiert, der die Sühne in sich trägt. Seine Kraft und Reinheit im Himalaja – das ist die Vorstellung vom Anfang. Der Ganges im Himalaja ist eine Metapher für Kreativität. Sein Wasser hat die Farbe der Begabung.

Wie alle Schöpfung ist der Ganges der Konflikt zwischen Idee und Verwirklichung. Während der Fluß die Berge verläßt, erlangt er irdische Kraft als Ersatz für den Verlust seiner Reinheit. Sogar am Fuße des Himalaja, in Rishikesh und Haridwar, ist der Ganges noch von so kraftvoller Reinheit, daß die Menschen Angst haben, darin zu fischen. Fischfang kommt hier einem Verbrechen gleich. Von einer Brücke aus kann man Fische jeder Form und jeder Größe beobachten, eine Versuchung für das Raubtier im Menschen.

Doch im Tal verwandelt sich der himmlische Ganges in einen menschlichen Fluß. Er nimmt den Schmutz des Lebens in sich auf. Jeder, der im Ganges badet, besonders in den heiligen Städten, wäscht seine Sünden von sich ab. Der Ganges verwandelt sich buchstäblich in einen Strom von Sünden. Er ist, wie das Schöpfertum, verdammt zu menschlicher Unvollkommenheit.

Kreativität heißt, eine anfängliche Idee mit menschlichem Inhalt zu füllen, deren Wesen in menschliche Symbole zu übersetzen, sie zu entstellen. Die Verwirklichung bedeutet nicht nur, die Idee offenzulegen, sondern auch, sie zuzudecken. Sie wird unrein. Der Schmutz, der sich in den Ganges ergießt zwischen Uttar Kashi, der ersten Stadt am Oberlauf in den Bergen, und Kalkutta – das ist das »unreine« Verhältnis zur Idee.

Als ich den Ganges in seinem Mittellauf bei Allahabad erblickte, war ich verwirrt und enttäuscht. Der Ganges war behäbig und weibisch geworden. Ein in die Jahre gekommener und nicht wiederzuerkennender Fluß. Aber es war trotz allem der einzige und unwiederholbare Ganges. Denn in Allahabad wird der Fluß wieder gereinigt. Am Sangam vereinigt sich der Ganges mit zwei weiteren Flüssen – mit einem sichtbaren und einem unsichtbaren, unterirdischen, dem Saraswati, der wiederum reinigende Kräfte hat. Nähme der Ganges nur das Wasser des sichtbaren Flusses in sich auf, wäre er dem Wunderkind ähnlich, das nach einem glänzenden Start aus der Puste gerät, wenn es aus dem Pfadfinderalter herauskommt.

Auf dem Ganges fahren bis kurz vor dem Ozean weder

Schiffe noch Motorboote. Aber von Allahabad bis Varanasi kann man in bemalten Kähnen rudern. Wer nicht auf dem Ganges mit einem indischen Bootsmann aus einer Tonpfeife durch die Gaze von zweifelhafter Sauberkeit Haschisch geraucht hat, der wird wenig von diesen Halluzinationen verstehen. Ich sehe den Fluß Saraswati mit seiner unterirdischen Farbe und ein kleines altes Weib mit dürren Affenärmchen. Sie ist die Mutter des *unsichtbaren* Schiffers. Sie ist die Mutter-Indien. Sie hat mir geholfen, ihren Sohn zu finden.

»Heho!« ruft der Bootsmann den Möwen zu und füttert sie mit Stückchen von einem Fladenbrot.

»Jao!« ruft der Bootsmann den Möwen zu, und sie fliegen davon.

Die Kreativität braucht eine zweite Reinigung – das ist es, was eine Reise den Ganges entlang zeigt. Und der Sangam bedeutet, die zusätzliche, reinigende Energie des Saraswati in dem Moment hinzuzufügen, wenn die Idee zerstört wird, weil sie verwirklicht wird.

Natürlich hängt vieles von der Kraft der Suggestion und Autosuggestion ab. Der Ganges ist in seinem Unterlauf weit entfernt von Keuschheit. Er ist schön in seiner gewöhnlichen irdischen Schönheit. Das eine Ufer ist sandig, das andere steil. Er fließt durch Savanne und feucht tropische Gegenden. Er ist vielgestaltig, beladen von Sünden und realer menschlicher Asche, die in seine Fluten gestreut wird. Er ist erfahren, er ist nachsichtig. Man fängt in ihm mit Netzen Fische und fährt auf ihm in Segelbooten. Aber er ist stark in seiner Erinnerung an die Idee und in seinem Glauben an die eigene Einzigartigkeit. Nichts ist übriggeblieben, und doch ist alles in diesem schmutzigen Wasser bewahrt.

Der Ganges ergießt sich in den Indischen Ozean, und noch 400 Meilen vom Ufer entfernt ist seine postume Spur zu sehen, die sich kraß vom Salzwasser des Ozeans abhebt. Er geht ein in die Unsterblichkeit des Ozeans mit seinen Unreinheiten, die man wohl paradoxerweise als Erinnerung interpretieren kann. Hier ist Frohlocken des Ironikers vorgesehen. Na bitte – der Zusammenbruch der Illusion! Aber der Ironiker bleibt ein Meister der vorletzten Wahrheit. Daß die Illusion zusammenbricht, ist letztlich auch nur eine Illusion.

Der Ganges als Begabung, die sich den Schmutz einverleibt hat, schließt sich zu einer runden Komposition: Wird die anfängliche Idee umgesetzt, dann wird auch der Verrat an ihr überwunden. Aber diese Überwindung des Verrats liest sich jedesmal anders.

*(1998)*

4 Helga Moehrke: *Mäander der Umarmung.* Photographie. 1985

OVID

## Verwandlungen

*III. Buch, 407–436*

Rein von Schlamm ein Quell, mit silberglänzenden Wellen,
dem kein Hirte genaht, keine Ziege, wie sie am Berghang
weiden, auch sonst kein anderes Vieh, den weder ein Vogel,
noch ein Wild getrübt, noch ein Zweig, gefallen vom Baume.
Rasen wuchs ringsum, von der nahen Feuchte ernährt, und
Wald, der von keiner Sonne den Ort will lassen erwärmen.
Müde vom Eifer der Jagd und der Hitze legte der Knabe
hier sich nieder, vom Anblick des Ortes gelockt und der Quelle.
Während den Durst er will löschen, erwuchs ein anderer Durst ihm.
Während des Trinkens liebt er, berückt von dem Reiz des erschauten
Bilds einen leiblosen Wahn, was Welle ist, hält er für Körper,
staunt sich selber an; und reglos bleibt mit gebanntem
Blick wie ein Standbild er starr, das aus parischem Marmor gehauen.
Liegend am Boden schaut er in das Sternenpaar, seine Augen,
schaut das Haar, das würdig des Bacchus, würdig Apollons,
schaut die Wangen, die glatten, den Elfenbeinhals, des Gesichtes
Anmut, das Rot auf ihm, gepaart mit schneeiger Weiße,
und er bewundert alles, worum er selbst zu bewundern.
Arglos begehrt er sich selbst, erregt und findet Gefallen,
wird verlangend verlangt, entbrennt zugleich und entzündet.
Küsse gab er, wie oft! vergebens der trügenden Quelle,
tauchte die Arme, wie oft! den erschauten Hals zu umschlingen,

mitten hinein in die Flut und kann sich in dieser nicht greifen,
weiß nicht, was er da schaut, doch was er schaut, daran brennt er.
Und der Wahn, der sie täuscht, er reizt seine Augen. – Was haschst verblendet du nur umsonst nach dem Schatten dem flüchtigen? – Nirgends
ist, was du suchst. Kehr dich ab! und du wirst, was du liebst hier, verderben.
Was du da siehst, ist der Schein des zurückgeworfenen Bildes,
aus sich selbst ist es nichts: mit dir erscheint es und bleibt es,
scheiden wird es mit dir, wenn du zu scheiden vermöchtest!

*(1 v./10 n. Chr.)*

---

GASTON BACHELARD

## Die Quelle des Narzißmus

II

Nicht das Verlangen nach einem einfachen mythischen Bild hat die Psychoanalyse veranlaßt, den Begriff des Narzißmus zu prägen. Vielmehr war es eine deutliche Ahnung davon, welche Rolle in der Psyche ganz natürliche und selbstverständliche Erfahrungen spielen können. Mit dem Namen einer mythischen Gestalt – der des Narziß – belegte sie jene Form der Liebe, die der Mensch für sein eigenes Spiegelbild hegt, die Liebe, welche er seinem eigenen Gesicht entgegenbringt, wenn es sich an der Oberfläche eines stillen Gewässers spiegelt. Denn das menschliche Gesicht, soviel wird deutlich, ist vor allem eins: ein Werkzeug der Verführung. Sich im Spiegel zu betrachten, dient der Vorbereitung auf kommende Taten. Das Gesicht, der Blick, alle Instrumente der Verführung werden in ihm geschärft und blankpoliert. Der Spiegel wird zum *Kriegsspiel*, in ihm übt sich eine Liebe, die bereit ist zum Angriff. [...]

Zunächst gilt es zu verstehen, was für die Psyche den besonderen Wert einer Spiegelfläche aus Wasser ausmacht. Was das Wasser nämlich bewirkt, ist eine *Verwandlung* unseres Spiegelbilds *in Natur*. Der stolze Akt intimer Selbstbetrachtung erhält dadurch eine gewisse Unschuld und Natürlichkeit zurück. Spiegel sind viel zu sehr Objekte der Zivilisation, leicht zu handhaben und nach den Gesetzen der Geometrie konstruiert; sie sind zu offensichtlich Werkzeug für den Traum, um selbst ein eigenständiges Traumleben führen zu können. Im Vorwort zu seinem persönlich anrührenden Buch hat Louis Lavelle auf die natürlich gegebene Tiefe einer Spiegelung im Wasser hingewiesen, auf die Unendlichkeit des Traums, die ein solcher Widerschein vortäuscht: »Narziß, vor einen Spiegel gestellt, wird sich an dem Widerstand aus Glas und Metall stoßen, der ihm im Weg ist. Er wird sich Stirn und Hände verletzen, und wenn er um das Hindernis herumgeht, so wird er nichts finden. Der Spiegel umschließt hinter seiner Oberfläche eine Welt, die ihm entzogen bleibt, in der er sich selbst erblickt, ohne sich anfassen zu können. Eine unbestimmte Entfernung trennt ihn von dieser Welt jenseits des Spiegels, er kann sie verringern, aber nie wird es ihm gelingen, sie ganz zu überwinden. Ganz anders ist dies mit der Quelle: Sie öffnet sich ihm ...«[1] Die Quelle wird zum Spiegel, der ein *freies Spiel der Einbildungskraft* erlaubt. Ihre eher unbestimmte, eher blasse Spiegelung verführt zur Idealisierung. Über das Wasser gebeugt, das sein Spiegelbild wiedergibt, spürt Narziß, daß seine Schönheit *noch weiter zunehmen* wird, daß sie noch nicht vollendet ist und daß es an ihm ist, dies zu tun. Der Spiegel aus Glas wirft ein Bild zurück, das im grellen Licht des Zimmers starr und unbewegt wirkt. Ein solcher Spiegel erhält erst dann wieder Leben und natürliche Kraft, wenn wir imstande sind, darin ein natürliches, lebendiges Wasser zu sehen, wenn die selbst *wieder Natur gewordene* Einbildungskraft fähig wird, einen

1 Louis Lavelle: *L'erreur de Narcisse*. Paris 1939, S. 11.

Anteil vom Wesen der Quellen und Flüsse in sich aufzunehmen.

Wir nähern uns hier einem wesentlichen Moment des *natürlichen Traums,* dem Bedürfnis nämlich, sich tief in die Natur einzuschreiben. Ein Traum, in seiner Tiefe, vollzieht sich nicht an *Objekten*. Er vollzieht sich, wenn er tief sein soll, in der *Materie*. Ein Dichter, der mit dem *Spiegel* beginnt, muß zum *Wasser der Quelle* gelangen, wenn er von der *ganzen poetischen Erfahrung* erzählen will. [...]

## III

Narziß macht sich also auf den Weg, begibt sich zu jener geheimen Quelle, die tief in den Wäldern liegt. Nur dort geschieht es, daß er sich *von Natur aus* als doppeltes Wesen fühlt; er streckt die Arme nach sich aus, er taucht mit den Händen in das Wasser, um nach seinem Ebenbild zu greifen, er spricht, und seine eigene Stimme antwortet ihm. Echo ist keine Nymphe, die in weiter Ferne bleibt. Sie lebt im Inneren der Quelle. Echo ist unablässig um ihn. Sie ist er selbst. Sie hat seine Stimme. Sie hat sein Antlitz. Wenn er sie hört, dann nicht in einem lauten Rufen. Er hört sie, wenn sie leise murmelt, wie mit seiner eigenen, verführerischen Stimme, seiner Stimme, welche die eines Verführers ist. Über das Wasser gebeugt, erkennt Narziß sich selbst, offenbart sich ihm eine Einheit, die zugleich eine Doppelung ist: männlicher und weiblicher Kräfte, vor allem aber eines wirklichen und zugleich idealen Wesens.

Was nahe der Quelle entspringt, ist ein *idealisierender Narzißmus,* dessen Bedeutung für eine Psychologie der Einbildungskraft hier kurz gestreift werden soll. Dies um so mehr, als die klassische Psychoanalyse die Rolle dieser Idealisierung zu unterschätzen scheint. Denn der Narzißmus wirkt nicht immer nur neurotisierend. Im Bereich des Ästhetischen – und darum auch in der Literatur – entfaltet er auch positive Qualitäten. Sublimierung muß nicht immer die Verneinung eines Begehrens bedeuten; sie richtet sich nicht ausschließlich *gegen* die Triebe. Sublimierung kann auch *für* ein Ideal geschehen. Narziß sagt dann nicht mehr: »Ich liebe mich, wie ich bin«, er sagt vielmehr: »Wie ich mich liebe, bin ich.« Weil ich mich mit Leidenschaft liebe, bin ich leidenschaftlich. Weil ich glanzvoll in Erscheinung treten will, darum erwecke ich allen Anschein, auch so zu sein. So kommt es, daß das Leben sich kleidet und schmückt, daß es Bild um Bild um sich legt. Das Leben weitet sich und verändert das Sein. Es breitet sich ins Offene aus, es erblüht. Die Einbildungskraft öffnet sich für entlegene Metaphern, nimmt teil an allem, was ringsum in Blüte steht. In dieser Dynamik nimmt auch das wirkliche Leben einen neuen Aufschwung. Um das wirkliche Leben steht es besser, wenn ihm seine kleinen Ausflüge in irreale Welten erlaubt sind.

Dieser idealisierende Narzißmus ist nichts anderes als eine sublimierte Form von Zärtlichkeit. Das im Wasser voller Verzückung betrachtete Bild wird zur Oberfläche einer rein visuellen Liebkosung. Keine zärtlich berührende Hand ist dafür nötig. Narziß gefällt sich in einer Liebkosung, welche die Linien eines Bildes nachzeichnet, rein virtuell und abstrakt bleibt. Nichts an diesem so zarten und so zerbrechlichen Bild ist mehr körperlich. [...]

## IV

Narziß an der Quelle aber widmet sich nicht nur der Versenkung in sich selbst. Sein eigenes Bild ist die Mitte einer ganzen Welt. Zusammen mit Narziß – und für ihn – spiegelt sich bewundernd der ganze Wald, der ganze Himmel wird sich des eigenen, großartigen Spiegelbildes bewußt. In seinem Buch *Narziß*, das für sich genommen eine lange Abhandlung wert wäre, liefert Joachim Gasquet hierfür eine Formel von bewundernswerter Knappheit, die eine ganze Metaphysik der Einbildungskraft umfaßt: »Die Welt ist ein unermeßlicher Narziß, der sich selber denkt.«[2] Wo könnte dies besser geschehen als in den eigenen Bildern? In der kristallenen Klarheit der Quelle bringt eine einzige Geste Unordnung in das Bild, das ein kurzer Moment der Ruhe wiederherstellt. Die im Wasser gespiegelte Welt verdankt sich allein der

2 Joachim Gasquet: *Narcisse.* Paris 1931, S. 45.

Ruhe. Welch wunderbare Schöpfung, die nichts anderes verlangt als Untätigkeit, nichts als eine verträumte Haltung! Wo die Welt sich um so besser abzeichnet, je länger man, ohne sich zu regen, vor sich hin träumt! Der egoistische Narzißmus weitet sich ganz natürlich hin zu einem *kosmischen Narzißmus*, der es wert ist, in seinen verschiedenen Ausformungen weiter untersucht zu werden. »Ich bin schön, weil die Natur schön ist, und die Natur ist schön, weil ich schön bin«, lautet der endlose Dialog zwischen der schöpferischen Einbildungskraft und ihren Modellen in der Natur. Der ins Allgemeine gewendete Narzißmus verwandelt alle Wesen in Blumen, und allen diesen Blumen verleiht er ein Bewußtsein ihrer Schönheit. [...]

*(1942)*

# III

# Bäche und Flüsse als Lebenselixier und Erotikon

Im Sommer durch einen Fluß waten
mit den Sandalen in der Hand:
o tiefe Lust!

*Buson*

TIBERIANUS

# Oden und Fragmente

*I. Ode*

Zwischen grasigen Gefilden floß ein Strom durch kühles Tal,
Ließ die Kieselsteine funkeln, war von Blütenflor umsäumt.
Oben schwarze Lorbeersträucher und der Myrten grün Gehölz
Ward bewegt vom sanften Lufthauch, der mit Schmeicheln sie umweht.
Unten aber war des Rasens Pfühl zu schönem Flor erblüht,
Krokus rötete den Boden, Lilie schuf ihn leuchtend weiß;
Doch den ganzen Hain erfüllte eines Veilchenteppichs Duft.
Zwischen diesen Frühlingsgaben und der Knospen holder Zier
Stand die Königin der Düfte, aller Farben Morgenstern:
Wie der Liebesgöttin Flamme ragt der Rose goldne Pracht,
Über feuchtem Rasen wölbte sich der Hain, von Tau benetzt.
Viele Bächlein sprudeln murmelnd hier und dort aus reichem Quell,
Strömen, gleiten, fluten, perlen in der Tropfen Lichterspiel.
Moose kleiden aus die Grotten, grüner Efeu rankt sich hin,
Aller Vögel süße Lieder tönten durch den Schatten dort:
Mit des Stromes Murmelrede klang es aus dem Laub in eins,
Denn des Zephyrs Muse hatte Melodienstrom erregt.
Wer durchwandelt jenen grünen Lustbezirk von Duft und Klang,
Den hat Vogel, Hain und Windhauch, Schatten, Strom und Blum erfreut.

*(um 300)*

KI NO TOMONORI

Warm weht der Abendwind
über das Ufer
des Sao-Flusses.
Ich warte auf die Geliebte.
Eine Möwe ruft voller Sehnsucht.

*(um 900)*

Die wogenden Algenhaare
tief in den Wirbeln des Stroms,
niemand sieht sie.
Und niemand sieht die Sehnsucht,
die in der Tiefe meines Herzens wogt.

*(um 900)*

LUDWIG TIECK

## Ein Abend im Walde

[…] Es war einer der heißesten Tage gewesen, als Sternbald gegen Abend das Gehölz besuchte, um sich seinen Gedanken zu überlassen. Im Walde erreichte der durchfließende Bach an der schönsten Stelle eine ziemliche Breite und Tiefe, der Ort war abgelegen, dichtes Gebüsch wuchs umher und machte hier die Kühlung noch schöner. Franz entkleidete sich und warf sich in die kühlen Wellen des kleinen Flusses. Sein Gemüt ward heiterer, als er sich rings vom frischen Elemente umgeben spürte, die Gebüsche rauschten um ihn, sein Auge verlor sich in die schöne Dunkelheit des dichten Waldes, und ihm fielen allerhand Gemälde ein, auf denen er ähnliche Darstellungen angetroffen hatte.

Indem er so nach dem Walde hineinschaute, sah er Emma aus der Dunkelheit hervorkommen. Erst traute er seinen eigenen Augen nicht, aber sie war es wirklich. Er verbarg sich in das dichte Gebüsch: sie kam näher und schien von der Hitze des Tages und des Weges ermattet, sie sank auf den Rasen hin, der mit frischem Grün den Bach umkränzte, dann löste sie die Schuhe ab und erprobte mit dem nackten Fuße und Beine die Kälte des Wassers. Sternbald fand sie schöner als je, er wandte seine Augen in keinem Momente von ihr; sie sah schüchtern und vorsichtig umher, dann machte sie den Busen frei und löste die schönen goldgelben Haare auf. Jetzt war sie nur noch mit einem dünnen Gewande bekleidet, das die schönen, vollen Formen ihres Körpers verriet, im Augenblicke stand sie nackt, verschämt und errötend da und stieg so in das Bad. Franz konnte sich in seiner Verborgenheit nicht länger zurückhalten, er stürzte hervor, sie erschrak, der grüne Rasen, die dichten Gebüsche waren Zeugen ihrer Versöhnung und ihres Glücks. – […]

*(1798)*

---

GASTON BACHELARD

## Die Funktion des Natürlichen

VII

Frisch und klar ist das Lied des Flusses. Das Geräusch des fließenden Wassers wird wie von selbst zur Metapher für Frische und Klarheit. Lachende Gewässer, spöttische Bäche, Wasserfälle von lärmender Heiterkeit finden sich in den unterschiedlichsten literarischen Landschaften. Dieses Gelächter, dieses Plätschern und Murmeln, so scheint es, ist die Kindersprache der Natur. Im Bach spricht eine Natur, die Kind geblieben ist.

Es fällt schwer, sich von dieser kindlichen Poesie zu lösen. Viele Dichter lassen die Bäche gluckern und glucksen, daß dies an den Tonfall erinnert, mit dem in der Babysprache die Kinderseelen durch monotone, zweisilbige Wiederholungen gebannt werden sollen: dudu, wehweh, eiei, wauwau.[1] Das ist der Tonfall, in dem die Bäche in Kindermärchen singen, wie sie sich die Erwachsenen ausgedacht haben.

Aber diese maßlos übertreibende Vereinfachung reiner und tiefer Harmonie, diese immerwährende Kindlichkeit, dieser poetische Infantilismus, der als Makel so vielen Gedichten anhaftet, dürfen nicht dazu führen, die in den Gewässern bewahrte Jugend zu unterschätzen und die Lebendigkeit zu verkennen, welche uns das Quellwasser lehrt. Diese Quellen – »Waldquellen«, die häufig in dichtem Gebüsch versteckt sind – sind schon zu hören, bevor man sie noch gesehen hat. Beim Erwachen schon hört man sie, noch an der Schwelle zum Traum. Faust ergeht dies so, als er am Ufer des Peneios lauscht – und aufmerkt:

*Scheint die Welle doch ein Schwätzen*
Worauf die Nymphen antworten:
*Wir säuseln, wir rieseln*
*Wir flüstern dir zu.*

(Faust. Der Tragödie Zweiter Teil, 2. Akt: Am unteren Peneios)

Aber besitzt dieser Mythos eine tatsächliche Kraft? Wie glücklich kann sich derjenige schätzen, der vom klaren Gesang eines Bachs geweckt wird, von einer wirklichen und lebendigen Stimme der Natur. Jeder neu beginnende Tag hat für ihn die Frische der Geburt. In der Morgenröte ist der Gesang des Bachs ein Lied von der Jugend, ein Gesang, der die ewige Jugend beschwört. Wer aber kann uns dieses *natürliche* Erwachen, dieses Erwachen *in der Natur* wieder zurückgeben?

1 Im Französischen: *dada, bobo, lolo, coco,* die Bezeichnungen der Babysprache für Pferd, Wehweh, Milch und Ei bzw. mein kleiner Schatz *(mon petit coco)* [Anm. d. Übers.].

VIII

An die Poesie der Lichtreflexe im Wasser, die oberflächlich genug bleibt, schließt sich eine Sexualmetaphorik an, die rein visuell bleibt, künstlich ist und häufig pedantisch wirkt. Sie bietet Raum für Nymphen und Naiaden, die mehr oder weniger gelehrt herbeizitiert werden. So entsteht ein Gemenge von Bildern und Begierden, ein ganz eigener kultureller Komplex, für den der Name *Nausikaa-Komplex* eingeführt werden sollte. Aber Nymphen und Nereiden, Dryaden und Hamadryaden sind inzwischen nichts anderes mehr als angestaubtes Schulwissen. Sie gehören zu einem Bildungsbürgertum, das nur aus Büchern gelernt hat. [...] So wie die Dichter sie beschreiben – oder erahnen lassen, was sie gesehen haben –, so wie die Maler sie immer wieder abbilden, ist die *Frau im Bade* in den Landschaften nie zu finden. [...] Und auch das Urbild, das Bild der Badenden, die sich in den Lichtreflexen des Wassers spiegelt, ist falsch. Sobald sie sich bewegt, zerstört die Badende das eigene Bild. Wer im Wasser schwimmt, kann sich nicht zugleich in ihm spiegeln. Das Bild der Wirklichkeit wird notwendig durch die Imagination ergänzt. Was in ihr als wirklich aufscheint, ist bloßer Wunsch.

Welche Sehnsucht, welche sexuelle Begierde aber ist es, die der Fluß erfüllen soll? Nichts anderes als das Begehren nach der Nacktheit der Frau. Welch klares Wasser, mag sich der Wanderer denken, welch treuer Spiegel für das schönste aller Bilder! Und so wird die Frau, die er sich badend darin vorstellt, jung und weiß sein, und sie wird nackt sein. Das Wasser beschwört eine Nacktheit herauf, die ganz *natürlich* ist, eine Nacktheit, die ihre Unschuld bewahrt hat. Im Reich der Imagination entsteigen Wesen, die völlig nackt und unbehaart sind, immer dem Ozean. Ein Wesen, das dem Wasser entsteigt, ist eine Spiegelung des Lichts, die allmählich erst materielle Form annimmt: es ist ein *Bild*, bevor es sein eigenes *Sein* erlangt, und es ist ein sehnsüchtiger Wunsch, bevor es zum Bild wird. [...]

*(1942)*

JOHANN WOLFGANG VON GOETHE

# Der Sohn des Fischers

Wir in einer alten, ernsten Stadt erzogenen Kinder hatten die Begriffe von Straßen, Plätzen, von Mauern gefaßt, sodann auch von Wällen, dem Glacis und benachbarten ummauerten Gärten. Uns aber einmal, oder vielmehr sich selbst ins Freie zu führen, hatten unsere Eltern längst mit Freunden auf dem Lande eine immerfort verschobene Partie verabredet. Dringender endlich zum Pfingstfeste ward Einladung und Vorschlag, denen man nur unter der Bedingung sich fügte: alles so einzuleiten, daß man zu Nacht wieder zu Hause sein könnte; denn außer seinem längst gewohnten Bette zu schlafen, schien eine Unmöglichkeit. Die Freuden des Tags so eng zu konzentrieren, war freilich schwer: zwei Freunde sollten besucht und ihre Ansprüche auf seltene Unterhaltung befriedigt werden; indessen hoffte man, mit großer Pünktlichkeit alles zu erfüllen.

Am dritten Feiertag, mit dem frühsten, standen alle munter und bereit, der Wagen fuhr zur bestimmten Stunde vor, bald hatten wir alles Beschränkende der Straßen, Tore, Brücken und Stadtgräben hinter uns gelassen, eine freie, weitausgebreitete Welt tat sich vor den Unerfahrnen auf. Das durch einen Nachtregen erst erfrischte Grün der Fruchtfelder und Wiesen, das mehr oder weniger hellere der eben aufgebrochenen Strauch- und Baumknospen, das nach allen Seiten hin blendend sich verbreitende Weiß der Baumblüte, alles gab uns den Vorgeschmack glücklicher, paradiesischer Stunden.

Zu rechter Zeit gelangten wir auf der ersten Station bei einem würdigen Geistlichen an. Freundlichst empfangen, konnten wir bald gewahr werden, daß die aufgehobene kirchliche Feier den Ruhe und Freiheit suchenden Gemütern nicht entnommen war. Ich betrachtete den ländlichen Haushalt zum erstenmal mit freudigem Anteil; Pflug und Egge, Wagen und Karren deuteten auf unmittelbare Benutzung, selbst der widrig anzuschauende Unrat schien das Unentbehrlichste im ganzen Kreise: sorgfältig war er gesammelt und gewissermaßen zierlich aufbewahrt. Doch dieser auf das Neue und doch Begreifliche gerichtete frische Blick ward gar bald auf ein Genießbares geheftet: appetitliche Kuchen, frische Milch und sonst mancher ländliche Leckerbissen ward von uns begierig in Betracht gezogen. Eilig beschäftigten sich nunmehr die Kinder, den kleinen Hausgarten und die wirtliche Laube verlassend, in dem angrenzenden Baumstück ein Geschäft zu vollbringen, das eine alte, wohlgesinnte Tante ihnen aufgetragen hatte. Sie sollten nämlich so viel Schlüsselblumen als möglich sammeln und solche getreulich mit zur Stadt bringen, indem die haushältische Matrone gar allerlei gesundes Getränk daraus zu bereiten gewohnt war.

Indem wir nun in dieser Beschäftigung auf Wiesen, an Rändern und Zäunen hin und wider liefen, gesellten sich mehrere Kinder des Dorfs zu uns, und der liebliche Duft gesammelter Frühlingsblumen schien immer erquickender und balsamischer zu werden.

Wir hatten nun schon so eine Masse Stengel und Blüten zusammengebracht, daß wir nicht wußten, wo mit hin; man fing jetzt an, die gelblichen Röhrenkronen auszuzupfen, denn um sie war es denn eigentlich doch nur zu tun; jeder suchte in sein Hütchen, sein Mützchen möglichst zu sammeln.

Der ältere dieser Knaben jedoch, an Jahren wenig vor mir voraus, der Sohn des Fischers, den dieses Blumengetändel nicht zu freuen schien, ein Knabe, der mich bei seinem ersten Auftreten gleich besonders angezogen hatte, lud mich ein, mit ihm nach dem Fluß zu gehen, der, schon ansehnlich breit, in weniger Entfernung vorbeifloß. Wir setzten uns mit ein paar Angelruten an eine schattige Stelle, wo im tiefen, ruhig klaren Wasser gar manches Fischlein sich hin und her bewegte. Freundlich wies er mich an, worum es zu tun, wie der Köder am Angel zu befestigen sei, und es gelang mir einigemal hintereinander, die kleinsten dieser zarten Geschöpfe wider ihren Willen in die Luft herauszuschnellen. Als wir nun so zusammen aneinandergelehnt beruhigt saßen, schien er zu langweilen und machte mich auf einen flachen Kies aufmerksam, der von unserer Seite sich in den Strom hinein erstreckte. Da sei die schönste Gelegenheit zu baden. Er könne, rief er, endlich aufspringend, der Versuchung nicht widerstehen, und ehe ich mich's versah, war er unten, ausgezogen und im Wasser.

Da er sehr gut schwamm, verließ er bald die seichte Stelle, übergab sich dem Strom und kam bis an mich in dem tieferen Wasser heran; mir war ganz wunderlich zumute geworden. Grashupfer tanzten um mich her, Ameisen krabbelten heran, bunte Käfer hingen an den Zweigen, und goldschimmernde Sonnenjungfern, wie er sie genannt hatte, schwebten und schwankten geisterartig zu meinen Füßen, eben als jener, einen großen Krebs zwischen Wurzeln hervorholend, ihn lustig aufzeigte, um ihn gleich wieder an den alten Ort zu bevorstehendem Fange geschickt zu verbergen. Es war umher so warm und so feucht, man sehnte sich aus der Sonne in den Schatten, aus der Schattenkühle hinab ins kühlere Wasser. Da war es denn ihm leicht, mich hinunterzulocken, eine nicht oft wiederholte Einladung fand ich unwiderstehlich und war, mit einiger Furcht vor den Eltern, wozu sich die Scheu vor dem unbekannten Elemente gesellte, in ganz wunderlicher Bewegung. Aber bald auf dem Kies entkleidet, wagt' ich mich sachte ins Wasser, doch nicht tiefer, als es der leise abhängige Boden erlaubte; hier ließ er mich weilen, entfernte sich in dem tragenden Elemente, kam wieder, und als er sich heraushob, sich aufrichtete, im höheren Sonnenschein sich abzutrocknen, glaubt' ich meine Augen von einer dreifachen Sonne geblendet: so schön war die menschliche Gestalt, von der ich nie einen Begriff gehabt. Er schien mich mit gleicher Aufmerksamkeit zu betrachten. Schnell angekleidet standen wir uns noch immer unverhüllt gegeneinander, unsere Gemüter zogen sich an, und unter den feurigsten Küssen schwuren wir eine ewige Freundschaft.

Sodann aber eilig eilig gelangten wir nach Hause, gerade zur rechten Zeit, als die Gesellschaft den angenehmsten Fußweg durch Busch und Wald etwa anderthalb Stunden nach der Wohnung des Amtmanns antrat. Mein Freund begleitete mich, wir schienen schon unzertrennlich; als ich aber hälftewegs um Erlaubnis bat, ihn mit in des Amtmanns Wohnung zu nehmen, verweigerte es die Pfarrerin, mit stiller Bemerkung des Unschicklichen, dagegen gab sie ihm den dringenden Auftrag: er solle seinem rückkehrenden Vater ja sagen, sie müsse bei ihrer Nachhausekunft notwendig schöne Krebse vorfinden, die sie den Gästen als eine Seltenheit nach der Stadt mitgeben wolle. Der Knabe schied, versprach aber mit Hand und Mund, heute abend an dieser Waldecke meiner zu warten.

Die Gesellschaft gelangte nunmehr zum Amthause, wo wir auch einen ländlichen Zustand antrafen, doch höherer Art. Ein durch die Schuld der übertätigen Hausfrau sich verspätendes Mittagessen machte mich nicht ungeduldig, denn der Spaziergang in einem wohlgehaltenen Ziergarten, wohin die Tochter, etwas jünger als ich, mir den Weg begleitend anwies, war mir höchst unterhaltend. Frühlingsblumen aller Art standen in zierlich gezeichneten Feldern, sie ausfüllend oder ihre Ränder schmückend. Meine Begleiterin war schön, blond, sanftmütig, wir gingen vertraulich zusammen, faßten uns bald bei der Hand und schienen nichts Besseres zu wünschen. So gingen wir an Tulpenbeeten vorüber, so an gereihten Narzissen und Jonquillen; sie zeigte mir verschiedene Stellen, wo eben die herrlichsten Hyazinthenglocken schon abgeblüht hatten. Dagegen war auch für die folgenden Jahrszeiten gesorgt: schon grünten die Büsche der künftigen Ranunkeln und Anemonen; die auf zahlreiche Nelkenstöcke verwendete Sorgfalt versprach den mannigfaltigsten Flor; näher aber knospete schon die Hoffnung vielblumiger Lilienstengel gar weislich zwischen Rosen verteilt. Und wie manche Laube versprach nicht zunächst mit Geißblatt, Jasmin, reben- und rankenartigen Gewächsen zu prangen und zu schatten. [...]

Es dämmerte schon, als wir uns der Waldecke wieder näherten, wo der junge Freund meiner zu warten versprochen hatte. Ich strengte die Sehkraft möglichst an, um seine Gegenwart zu erforschen; als es mir nicht gelingen wollte, lief ich ungeduldig der langsam schreitenden Gesellschaft voraus, rannte durchs Gebüsche hin und wider. Ich rief, ich ängstigte mich; er war nicht zu sehen und antwortete nicht; ich empfand zum erstenmal einen leidenschaftlichen Schmerz, doppelt und vielfach.

Schon entwickelte sich in mir die unmäßige Forderung vertraulicher Zuneigung, schon war es ein unwiderstehlich Bedürfnis, meinen Geist von dem Bilde jener Blondine durch Plaudern zu befreien, mein Herz von den Gefühlen zu erlösen, die sie in mir aufgeregt hatte. Es war voll, der Mund lispelte schon, um überzufließen; ich tadelte laut den guten Knaben wegen verletzter Freundschaft, wegen vernachlässigter Zusage.

Bald aber sollten mir schwerere Prüfungen zugedacht sein. Aus den ersten Häusern des Ortes stürzten Weiber schreiend heraus, heulende Kinder folgten, niemand gab Red' und Antwort. Von der einen Seite her um das Eckhaus sahen wir einen Trauerzug herumziehen, er bewegte sich langsam die lange Straße hin; es schien wie ein Leichenzug, aber ein vielfacher; des Tragens und Schleppens war kein Ende. Das Geschrei dauerte fort, es vermehrte sich, die Menge lief zusammen. »Sie sind ertrunken, alle, sämtlich ertrunken! Der! wer? welcher?« Die Mütter, die ihre Kinder um sich sahen, schienen getröstet. Aber ein ernster Mann trat heran und sprach zur Pfarrerin: »Unglücklicherweise bin ich zu lange außen geblieben, ertrunken ist Adolf selbfünfe, er wollte sein Versprechen halten und meins.« Der Mann, der Fischer selbst war es, ging weiter dem Zuge nach, wir standen erschreckt und erstarrt. Da trat ein kleiner Knabe heran, reichte einen Sack dar: »Hier die Krebse, Frau Pfarrerin«, und hielt das Zeichen hoch in die Höhe. Man entsetzte sich davor wie vor dem Schädlichsten, man fragte, man forschte und erfuhr so viel: dieser letzte Kleine war am Ufer geblieben, er las die Krebse auf, die sie ihm von unten zuwarfen. Alsdann aber nach vielem Fragen und Widerfragen erfuhr man: Adolf mit zwei verständigen Knaben sei unten am und im Wasser hingegangen, zwei andere, jüngere haben sich ungebeten dazu gesellt, die durch kein Schelten und Drohen abzuhalten gewesen. Nun waren über eine steinige, gefährliche Stelle die ersten fast hinaus, die letzten gleiteten und griffen zu und zerrten immer einer den andern hinunter; so geschah es zuletzt auch dem Vordersten, und alle stürzten in die Tiefe. Adolf, als guter Schwimmer, hätte sich gerettet, alles aber hielt in der Angst sich an ihn, er ward niedergezogen. Dieser Kleine sodann war schreiend ins Dorf gelaufen, seinen Sack mit Krebsen fest in den Händen. Mit andern Aufgerufenen eilte der zufällig spät rückkehrende Fischer dorthin; man hatte sie nach und nach herausgezogen, tot gefunden, und nun trug man sie herein.

Der Pfarrherr mit dem Vater gingen bedenklich dem Gemeindehause zu; der volle Mond war aufgegangen und beleuchtete die Pfade des Todes; ich folgte leidenschaftlich, man wollte mich nicht einlassen; ich war im schrecklichsten Zustande. Ich umging das Haus und rastete nicht; endlich ersah ich meinen Vorteil und sprang zum offenen Fenster hinein.

In dem großen Saale, wo Versammlungen aller Art gehalten werden, lagen die Unglückseligen auf Stroh, nackt, ausgestreckt, glänzend-weiße Leiber, auch bei düsterm Lampenschein hervorleuchtend. Ich warf mich auf den größten, auf meinen Freund; ich wüßte nicht von meinem Zustand zu sagen, ich weinte bitterlich und überschwemmte seine breite Brust mit unendlichen Tränen. Ich hatte etwas von Reiben gehört, das in solchem Falle hülfreich sein sollte, ich rieb meine Tränen ein und belog mich mit der Wärme, die ich erregte. In der Verwirrung dacht' ich ihm Atem einzublasen, aber die Perlenreihen seiner Zähne waren fest verschlossen, die Lippen, auf denen der Abschiedskuß noch zu ruhen schien, versagten auch das leiseste Zeichen der Erwiderung. An menschlicher Hülfe verzweifelnd, wandt' ich mich zum Gebet; ich flehte, ich betete, es war mir, als wenn ich in diesem Augenblicke Wunder tun müßte, die noch inwohnende Seele hervorzurufen, die noch in der Nähe schwebende wieder hineinzulocken.

Man riß mich weg; weinend, schluchzend saß ich im Wagen und vernahm kaum, was die Eltern sagten: unsere Mutter, was ich nachher so oft wiederholen hörte, hatte sich in den Willen Gottes ergeben. Ich war indessen eingeschlafen und erwachte verdüstert am späten Morgen in einem rätselhaften, verwirrten Zustande. […]

*(um 1820)*

EDUARD MÖRIKE

# Mein Fluß

O Fluß, mein Fluß im Morgenstrahl!
Empfange nun, empfange
Den sehnsuchtsvollen Leib einmal,
Und küsse Brust und Wange!
– Er fühlt mir schon herauf die Brust,
Er kühlt mit Liebesschauerlust,
Und jauchzendem Gesange.

Es schlüpft der goldne Sonnenschein
In Tropfen an mir nieder,
Die Woge wieget aus und ein
Die hingegebnen Glieder;
Die Arme hab ich ausgespannt,
Sie kommt auf mich herzugerannt,
Sie faßt und läßt mich wieder.

Du murmelst so, mein Fluß, warum?
Du trägst seit alten Tagen
Ein seltsam Märchen mit dir um,
Und mühst dich, es zu sagen;
Du eilst so sehr und läufst so sehr,
Als müßtest du im Land umher,
Man weiß nicht wen, drum fragen.

Der Himmel, blau und kinderrein,
Worin die Wellen singen,
Der Himmel ist die Seele dein:
O laß mich ihn durchdringen!
Ich tauche mich mit Geist und Sinn
Durch die vertiefte Bläue hin,
Und kann sie nicht erschwingen!

Was ist so tief, so tief wie sie?
Die Liebe nur alleine.
Sie wird nicht satt und sättigt nie
Mit ihrem Wechselscheine.
– Schwill an, mein Fluß, und hebe dich!
Mit Grausen übergieße mich!
Mein Leben um das deine!

Du weisest schmeichelnd mich zurück
Zu deiner Blumenschwelle.
So trage denn allein dein Glück,
Und wieg auf deiner Welle
Der Sonne Pracht, des Mondes Ruh:
Nach tausend Irren kehrest du
Zur ewgen Mutterquelle!

*(um 1834–1843)*

---

WILHELM BUSCH

Wärst du ein Bächlein, ich ein Bach,
so eilt ich dir geschwinde nach.
Und wenn ich dich gefunden hätt
in deinem Blumenuferbett:
Wie wollt ich mich in dich ergießen
und ganz mit dir zusammenfließen,
du vielgeliebtes Mädchen du!
Dann strömten wir bei Nacht und Tage
vereint in süßem Wellenschlage
dem Meere zu.

*(um 1874)*

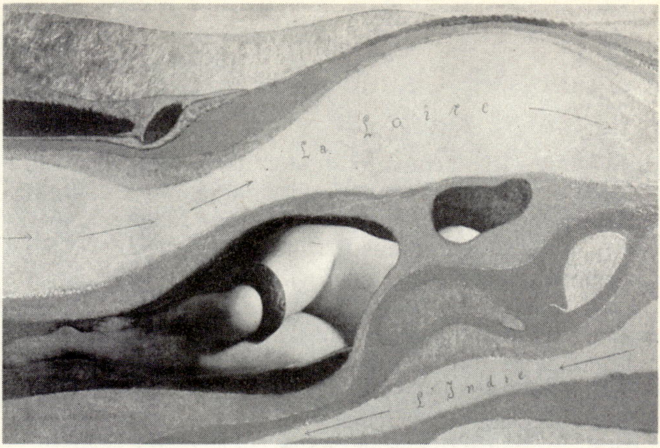


5 Max Ernst: *Der Garten Frankreichs.* Öl auf Leinwand. 1962

---

BERTOLT BRECHT

Der Fluß lobsingt. Die Stern im Gebüsch!
Geruch von Pfefferminz und Thymian!
Ein kleiner Wind macht unsre Stirnen frisch
So hat es Gott uns Kindern angetan
Das Gras ist weich: das Weib ohn Bitternis
Die schönen Weiden machen alles froh:
Heut ist die Lust den Willigen gewiß;
Es ist zum Nimmerwiederfortgehn so.

*(1920)*

HENRY MILLER

# Mademoiselle Claude

[...] Claude – ich dachte nur an sie und wie ich sie glücklich machen konnte. Spanien ... Capri ... Stambul ... ich konnte sie vor mir sehen, wie sie gemächlich im Sonnenschein dahinschlenderte, den Tauben Brotkrumen zuwarf oder sie beim Baden beobachtete, oder wie sie in einer Hängematte lag mit einem Buch in der Hand, einem Buch, das ich ihr empfohlen hatte. Das arme Mädchen, wahrscheinlich war sie in ihrem ganzen Leben nie weiter als bis nach Versailles gekommen. Ich konnte den Ausdruck in ihrem Gesicht sehen, wenn wir in den Zug einstiegen und später, wie sie neben einem Brunnen stand irgendwo in Madrid oder Sevilla. Ich konnte sie fühlen, wie sie neben mir herging, ganz nahe, weil sie mit sich allein nichts anzufangen wußte, und selbst, wenn wir stumm blieben, hatte ich es gerne. Lieber jemanden wie Claude neben sich haben als eine gottverdammte Plapperliese oder ein leichtes, kleines Geschöpf, das es immer nur darauf anlegt, etwas aus einem herauszuholen, selbst wenn sie mit einem im Bett liegt. Nein, bei Claude konnte ich mich geborgen fühlen. Später würde es vielleicht langweilig werden – später ... später. Ich war froh, an eine Hure geraten zu sein. Eine treue Hure! Jesus, ich kenne Leute, die sich kranklachen würden, wenn ich jemals so etwas sagte.

Ich machte Pläne über alles im einzelnen: die Orte, an denen wir verweilen würden, die Kleider, die sie tragen sollte, über was wir sprechen würden ... alles ... alles. Sie war Katholikin, vermute ich, aber das machte mir nicht das geringste aus. Mir war es sogar ganz recht. Es war viel besser, in die Kirche zu gehen, um die Messe zu hören, als Architektur und den ganzen Kram zu studieren. Wenn sie es haben wollte, würde auch ich katholisch werden ... zum Teufel noch mal! Ich würde alles tun, was sie von mir wollte – wenn es ihr Spaß machte. Ich begann mich zu fragen, ob sie wohl irgendwo ein Kind habe, wie das die meisten von solchen Mädchen haben. Man stelle sich vor: Claudes Kind! Nein, ich würde dieses Kind mehr lieben als mein eigenes. Ja, Claude mußte ein Kind haben – ich würde mich darum kümmern. Es würde eine Zeit kommen, dessen war ich sicher, wo wir ein großes Zimmer mit einem Balkon hätten, ein Zimmer mit einem Blick auf den Fluß und Blumen auf dem Fensterbrett und singende Vögel (im Geiste sah ich mich mit einem Vogelkäfig am Arm heimkommen. Auch recht, solange es sie glücklich machte!). Aber der Fluß – da müssen von Zeit zu Zeit Flüsse sein. Ich bin ganz versessen auf Flüsse. Ich erinnere mich, einmal in Rotterdam ... Der Gedanke jedoch, am Morgen aufzuwachen, wenn die Sonne durch die Fenster hereinflutet, neben einem eine gute treue Hure, die einen liebt, einen bis zum Wahnsinn liebt, die Vögel singen und der Tisch ist gedeckt, und während sie abwäscht und sich das Haar kämmt – all die Männer, mit denen sie verkehrt hat, und jetzt du, gerade du, und Schiffe fahren vorbei, Maste und Rümpfe, der ganze verfluchte Strom des Lebens fließt durch dich hindurch, durch sie, durch all die Männer, die hinter dir stehen und nach dir kommen, die Blumen und die Vögel und die Sonne, all das strömt herein, und der Duft erstickt dich, vernichtet dich. O Gott! Gib mir eine Hure, immer und ewig! [...]

*(um 1931)*

---

HAROLD BRODKEY

## Kindliche Leidenschaft

Zu den Komponenten frühen Wissens um Liebe gehören ein salziger Meeresarm und das gleißende Licht über dem Wasser vor den Fenstern eines Zimmers. Die Wände des Zimmers, die Geräusche von Schritten und spielenden Kindern draußen, die Gestalten und Stimmen drinnen. Und die Unschicklichkeiten des Kinderzimmers, die Antastbarkeit des eigenen Körpers und daß man imstande ist, mit Stimme, Händen, Lippen und Lächeln die intimen Bereiche anderer anzutasten, die Luft erzittern zu lassen und die anderen zu stören. Und die erstaunliche Konzentration auf alles Physische in der frühesten und frühen Kindheit, eine als Besorgnis verkleidete Konzentration, und alles vermengt mit der Erschaffung der Welt: *Schau, so leuchtet die Sonne, wenn sie untergeht … Nein, mein Engelchen, festhalten kannst du sie nicht; sie berührt dich; du kannst sie nicht berühren …* Die Barke draußen im Schatten des Rio, die Wasserluft – wie *unschicklich* und total wir in dieser Zeit Menschen und Augenblicke lieben, und die Beachtung und das Licht; wie wir die Ursachen und Hüter angenehmer Empfindungen unter unsere Kontrolle und Herrschaft zu bringen versuchen.

Im Alter des Exhibitionismus, wenn man klein ist, schimmert die Seele durch die Haut – die letztlich nur ein Wasserschleier über der Unschuld ist, welche durchscheint und auf anderen spielt wie ein Licht knapp unter der Wasseroberfläche. Das schwache Strahlen einer Undine oder kindlichen Najade gleicht etwas Glimmendem in dunklem oder licht tanzendem Wasser. Die Welt, die ganze Welt ist für das Kind so einladend wie Wasser.

Und, sehen Sie, dann muß ein Kind lernen, häßlich zu sein …

Das Wasserlicht dringt durch die hohen Fenster des protzigen Hauses meiner Eltern, eines Palazzo. […]

Ein Vogel singt ein sehr verschnörkeltes Lied. Und weiße Möwen mit Sichelflügeln und solche mit leicht geschwungenen dolchförmigen Flügeln gleiten und sausen im gelben und lachsfarbenen Licht dahin, das auf sie abfärbt. Sie streichen durch das Dunkel über dem glitzernden, gekräuselten, teils im Schatten, teils im Licht liegenden, leise schwappenden Canale della Giudecca, den im Westen noch sein eigener Dunst zurückprallenden Lichts bedeckt und der im teerigen, halbdunklen Leuchten taghell wirkt.

Die Katze springt auf die Gartenmauer aus verputzten Ziegeln, von denen der Verputz stellenweise abgebröckelt ist. Ein Vogel verschwindet zwitschernd in der changierend knall-knallgelben, partienweise blaßlila Luft. Violettes Zwielicht herrscht tiefer unten, wo die Kinder sind, wo ich bin, in den fast karnevalesk maskierten unteren Luftschichten. Die hübschen Gartenwege unter Bäumen, die damals sehr hoch erschienen – jedoch klein und venezianisch waren –, liegen fast ganz im Dunkel. Im Laubengang standen, fast ganz im Schatten – nur zum Teil fiel Licht auf sie –, mein ältester Bruder Carlo (eigentlich Charles), siebzehnjährig vielleicht, einen prachtvollen Schopf rötlichbraunen Haars über einem Teil seines sehr schmalen Gesichts, und ihm gegenüber ein Mädchen, das unter dem Laubengang, im gleichsam umschattenden Gleißen der Stunde, dunkelrosig war. Sie hatten die Arme umeinander gelegt. Sie umarmten sich.

Zwischen den Büschen ist es fast Nacht. Die beiden dort küssen sich. Küssen sich? Nun, sie sahen einander an und grinsten, lachten vielleicht sogar beinahe und probierten dann (nehme ich an) mit einer gewissen erregten Verlegenheit die eine oder andere Art zu küssen aus. Die Dichte ihres Schweigens war denkwürdig. Ich nehme an, sie sträubten sich aktiv gegen alles weitere Schweigen, gegen das steile Abgleiten in heftiger sexuelles Schweigen. Oder gegen den Koller der Sinnlichkeit. Oder gegen nervöse oder entnervte Zustände, gegen allzu starke Spasmen des Empfindens. Ich glaube, die Schwingungen ihrer implodierenden Hitze und ihr Zurückweichen davor übertrugen sich auf mich.

In der blassen Benommenheit meines fünften Jahrs auf Erden, nach den erheblichen Rasereien meiner früheren Jahre, sah ich sie sich im Schatten küssen, dann das Läuten und blecherne Scheppern der Glocken in der Stadt, und in der folgenden Stille ging die Pantomime weiter. Ich sah zu. Ich hatte schon Leute gesehen, die sich küßten, hatte selbst Liebkosungen und anstrengendes Getätschel und mich verstrubbelnde Hände erlebt, hatte nahe Körper gespürt und Gesichter mit Gefühlen darin. Hinter jedem Gesicht der mir vertrauten Welt steckte eine endlose Liebesgeschichte, und sein erotisches Geschick lag darin angedeutet.

Vielleicht erkannte ich partiell, mit Eifersucht, wieviel weniger zum Lachen diese Grenzverletzung war als diejenigen, die ich kannte. Vielleicht erkannte ich meine Sehnsüchte in anderer Form wieder. Ich sah die sexuelle Tönung der Momente, die Färbung, die wirkliche Zärtlichkeit der Gegenwart verleiht, spürte das Sexuelle in jedem Moment der Welt.

Ich hatte Küsse und Liebkosungen unmittelbar erfahren, das Umarmtwerden, das Getragenwerden, die Augenblicke auf einer der Schultern meines Bruders oder an der eleganten Brust meiner Mutter, die für mich ihre Perlen ablegte, damit ich den Kopf an ihren Hals schmiegen konnte, die innerlichen Farben und bestürzende Düfte und umwerfende Empfindungsfluten, die gepuderten Wangen meiner Mutter, das stopplige Kinn meines Vaters, die gestärkte Bluse meines Kindermädchens, die Haare meines Bruders. Sinnlichkeit war mir nicht fremd.

Geklingel und Getrommel unter einem Laubengang in der Hitze – so empfand ich die ausdrucksvollen Zärtlichkeiten von Händen und Lippen, die geflüsterten Schmeichelworte. Wie unerklärlich doch erwachsene Körper sich anfühlten, schwankende Gebirge, muskulös und flußgleich, und die gewaltigen Massen so großer Torsi und Schenkel, der zähe Tang der Haare.

Und die heftigen Strömungen sich regender Muskeln selbst in weicheren Körpern und die in ihnen fließenden Emotionen – alles war bewegt, war emotional und ruhelos und vertraut.

Doch die Emotionen angesichts des Liebespaars im Garten waren anders. Aus meiner Distanz zu den Liebenden wurde ein Terrain, das ich in meinem Leben durchqueren würde. Ich würde mein Leben weitgehend der Erkundung dieser Dinge widmen, ich sah die Welt neu, möchte ich sagen, nicht eine neue Welt; ich glaube, daß keine andere Welt existiert, daß es keine andere Welt gibt als die der Zeit und Zärtlichkeiten.

Im rosigen Perlmutt meine frühen Latenzperiode erschien mir die kodierte Stille des unerklärlichen Schauspiels mit seiner niederen Pracht leidenschaftlicher Bedeutungsfülle als das greifbare Zentrum der Distanz Erwachsener von mir. Erwachsene standen mir in meiner relativen Unschuld sehr fern.

Die Wasserlaute jenseits des Gartens, das Klacken von Schritten auf einer gepflasterten Calle, ein Vaporetto, das einem Landesteg zuschnaufte, untermalten den Augenblick mit seinen Gefühlen. Kindheit ist Verhaftetsein in einem familiär gefächerten Schicksal. Als dieses Kind in diesem Haus wurde mir das Schicksal zuteil, stets bewußt zu lieben und mich nach Liebe zu sehnen, oft schmollend, doch oft auch amüsiert. [...]

*(1992/1994)*

# IV

# Ströme

Aber am letzten Tag des Festes, der der höchste war, trat Jesus auf und rief:
Wen da dürstet, der komme zu mir und trinke! Wer an mich glaubt, wie die Schrift sagt, von des Leibe werden Ströme lebendigen Wassers fließen.

*Johannes 7, 37–38*

HORAZ

# Oden

*IV. Buch, 2, 5–32*

Wie vom Gebirge der Strom stürzt,
den Regengüsse über sein Bett anschwellten,
so brauset, so stürmet des unerreichbaren Pindars
vollströmender Gesang.

Er verdient den Lorbeer Apollos,
wenn er neue Worte durch kühne Dithyramben
fortwälzt und in regellosen
Rhythmen dahinrauscht;

oder Götter singt und Heroen,
der Götter Blut, durch deren Hand die Centauren
verdienten Tod fanden und die scheußliche
Flammenhauchende Chimära fiel;

oder wenn er Streitroß und Kämpfer preiset, welche der Elische
Palmzweig vergöttert nach ihrer Heimat zurückführt
und sie mit dem Geschenke beehret, das köstlicher ist
als hundert Ehrensäulen;

oder den Jüngling beweint, welcher der jammernden Braut
entrissen ward, seine Stärke und Mut und goldenen Sitten
zu den Sternen erhebt und dem schwarzen
Orkus neidet.

Mächtig hebt die Luft den Dircäischen Schwan,
so oft er die hohen Wolken-
Regionen hinanfleucht. Ich aber, Antonius,
gleich der Matinischen Biene,

welche mit sauerer Arbeit dem lieblichen
Thymian Honig entsaugt, dichte ich, klein wie sie,
im Hain und am Ufer des quellenreichen Tiburs
mühsame Lieder.

*(33/17 v. Chr.)*

---

JOHANN WOLFGANG VON GOETHE

## Mahomets-Gesang

Seht den Felsenquell
Freudehell,
Wie ein Sternenblick!
Über Wolken
Nährten seine Jugend
Gute Geister
Zwischen Klippen im Gebüsch.

Jünglingfrisch
Tanzt er aus der Wolke
Auf die Marmorfelsen nieder,
Jauchzet wieder
Nach dem Himmel.

Durch die Gipfelgänge
Jagt er bunten Kieseln nach,
Und mit frühem Führertritt
Reißt er seine Bruderquellen
Mit sich fort.

Drunten werden in dem Tal
Unter seinem Fußtritt Blumen,
Und die Wiese
Lebt von seinem Hauch.

Doch ihn hält kein Schattental,
Keine Blumen,
Die ihm seine Knie' umschlingen,
Ihm mit Liebesaugen schmeicheln;
Nach der Ebne dringt sein Lauf,
Schlangewandelnd.

Bäche schmiegen
Sich gesellig an.
Nun tritt er
In die Ebne silberprangend,
Und die Ebne prangt mit ihm,
Und die Flüsse von der Ebne
Und die Bäche von Gebürgen
Jauchzen ihm und rufen: Bruder,
Bruder, nimm die Brüder mit,
Mit zu deinem alten Vater,
Zu dem ew'gen Ozean,
Der mit weitverbreit'ten Armen
Unsrer wartet;
Die sich, ach, vergebens öffnen,
Seine Sehnenden zu fassen;
Denn uns frißt in öder Wüste
Gier'ger Sand,
Die Sonne droben
Saugt an unserm Blut,
Ein Hügel
Hemmet uns zum Teiche.
Bruder,
Nimm die Brüder von der Ebne,
Nimm die Brüder von Gebürgen
Mit, zu deinem Vater mit!

Kommt ihr alle! –
Und nun schwillt er
Herrlicher, ein ganz Geschlechte
Trägt den Fürsten hoch empor,
Und im rollenden Triumphe
Gibt er Ländern Namen, Städte
Werden unter seinem Fuß.

Unaufhaltsam rauscht er über,
Läßt der Türme Flammengipfel,
Marmorhäuser, eine Schöpfung
Seiner Fülle, hinter sich.

Zedernhäuser trägt der Atlas
Auf den Riesenschultern, sausend
Wehen über seinem Haupte
Tausend Segel auf zum Himmel
Seine Macht und Herrlichkeit.

Und so trägt er seine Brüder,
Seine Schätze, seine Kinder
Dem erwartenden Erzeuger
Freudebrausend an das Herz.

*(1772/73)*

---

JOSEPH ANTON KOCH

## Der Rheinfall bei Schaffhausen

[…] Nun kam ich bei dem gerade am Fall stehenden Geländer an. Hier sah ich den schönsten Teil des mit donnernder Kraft herabstürzenden Stroms, welcher in milchweiß schäumenden donnernden Wogen über chaotisch übereinander geworfene schwarz gezackte Felsmassen und Trümmer mit donnerndem Gebrüll und unermeßlicher Kraft wütend darniederstürzt. Hier sieht man nichts als Staub, Sturm, Wind, entsetzlich dareinschmetternde Kraft. Hier kochen, brausen, krachen und peitschen sich auseinander die wütend über trotzende Felsen herabgeschleuderten Wellen, welche schnell dem grausen Abgrund zueilen. Hinten nach kommen unzähliche und unermeßliche, welche die vorderen ereilend sie mit verstärktem Schlag mit sich hinunterschleudern. Hier

6 Joseph Anton Koch: *Rheinfall.* Federzeichnung. 1791

hub ich meine Augen auf, und sahe Wunder, eine unermeßliche Wassermasse schäumte darnieder, und war anzusehen wie ein durch ein entsetzliches Erdbeben auseinander schmetternder Berg, welcher im Staub aufgelöst darniederstürzt. Der ungestüme Fluß schlägt fürchterlich tönend an die von seiner Wut bebenden Felsen, welche ihm kräftig zu widerstehen sich standhaft erkühnen. Im Abgrunde siedet schäumend der tobende schneeweiße Fluß, dessen stark geschleuderten donnernden Wellen sich wild zerteilen und hoch himmelan steigen, wo sie die erschütterte Luft durchschwirren, und sich als Regen wiederum oben zu Anfang des tobenden Flusses niederlassen, um wieder darniedergedonnert zu werden. Das erhabene Schauspiel bewegte meine durch Götter unterdrückte Seele aufs äußerste, gleich dem wilden Strom wallte mein Blut, pochte mein Herz. Es schien mir, als riefe mir der Gott des Rheins vom zackigten Fels zu: Steh auf, handle, sei tätig mit standhafter Kraft, stemme dich gewaltig gegen Despotismus, reiß auseinander die schimpflichen Bande, welche dich fesseln, sei unerschütterlich wie der Fels, den ich bekämpfe, in der Verteidigung der Freiheit der Menschheit.

So schien mich der donnernde Strom aufzurufen. Ich stand auf und erstaunte. Große und erhabene Gefühle wurden in mir rege, die Hand irgendeiner Gottheit schien heftig auf mich zu wirken. Die Strahlen der Sonne erleuchteten das erhabene Ganze und verschönerten die einzelnen Teile desselben. Der siebenfarbigte Bogen des Friedens schwebte dreimal übereinander über den staubenden Wellen, welche glänzende in der Luft spielende Perlen auswerfen. In der untersten Tiefe des stürzenden Flusses wütet und donnert es so heftig und unaufhörlich, daß man glauben sollte, die Erde müsse sich gewaltsam eröffnen. [...] Dieses erhabene Schauspiel ist ein großes Chaos, ein Bild der Zerstörung und fähig, große Ideen zu erwecken. [...]

*(1791)*

---

FRIEDRICH HÖLDERLIN

## Der gefesselte Strom

Was schläfst und träumst du, Jüngling, gehüllt in dich,
  Und säumst am kalten Ufer, Geduldiger,
    Und achtest nicht des Ursprungs, du, des
      Ozeans Sohn, des Titanenfreundes!

Die Liebesboten, welche der Vater schickt,
  Kennst du die lebenatmenden Lüfte nicht?
    Und trifft das Wort dich nicht, das hell von
      Oben der wachende Gott dir sendet?

Schon tönt, schon tönt es ihm in der Brust, es quillt,
  Wie, da er noch im Schoße der Felsen spielt',
    Ihm auf, und nun gedenkt er seiner
      Kraft, der Gewaltige, nun, nun eilt er,

Der Zauderer, er spottet der Fesseln nun,
Und nimmt und bricht und wirft die Zerbrochenen
Im Zorne, spielend, da und dort zum
Schallenden Ufer und an der Stimme

Des Göttersohns erwachen die Berge rings,
Es regen sich die Wälder, es hört die Kluft
Den Herold fern und schaudernd regt im
Busen der Erde sich Freude wieder.

Der Frühling kommt; es dämmert das neue Grün;
Er aber wandelt hin zu Unsterblichen;
Denn nirgend darf er bleiben, als wo
Ihn in die Arme der Vater aufnimmt.

*(um 1801)*

---

CLEMENS BRENTANO

Ich eile hin, und ewig flieht dem Blicke
Des Lebens Spiegel fort in wilder Flut,
Die Sehnsucht in die Ferne nimmer ruht,
Und weinend schaut Erinnerung zurücke
Da blickt aus einer Blume neu Geschicke.
Zwei blaue Kelche voll von Liebesglut
Erwecken in dem Flüchtling neuen Mut;
Daß er das Leben wieder jung erblicke.
Er hat den Sinn die Aussicht wiederfunden,
Er sieht im klaren Strome abgespiegelt,
Des Wechsel-Lebens zwiefach-lieblich Bild,
Die Fläche ruht und schwillt in tiefen Stunden,
Wenn Leidenschaft die Trunkenheit entzügelt,
Und Liebe sich dem Strome nackt enthüllt.

*(um 1800)*

NOVALIS

# Heinrichs Traum

Heinrich war erhitzt, und nur spät gegen Morgen schlief er ein. In wunderliche Träume flossen die Gedanken seiner Seele zusammen. Ein tiefer blauer Strom schimmerte aus der grünen Ebene herauf. Auf der glatten Fläche schwamm ein Kahn. Mathilde saß und ruderte. Sie war mit Kränzen geschmückt, sang ein einfaches Lied, und sah nach ihm mit süßer Wehmut herüber. Seine Brust war beklommen. Er wußte nicht warum. Der Himmel war heiter, die Flut ruhig. Ihr himmlisches Gesicht spiegelte sich in den Wellen. Auf einmal fing der Kahn an sich umzudrehen. Er rief ihr ängstlich zu. Sie lächelte und legte das Ruder in den Kahn, der sich immerwährend drehte. Eine ungeheure Bangigkeit ergriff ihn. Er stürzte sich in den Strom; aber er konnte nicht fort, das Wasser trug ihn. Sie winkte, sie schien ihm etwas sagen zu wollen, der Kahn schöpfte schon Wasser: doch lächelte sie mit einer unsäglichen Innigkeit, und sah heiter in den Wirbel hinein. Auf einmal zog es sie hinunter. Eine leise Luft strich über den Strom, der eben so ruhig und glänzend floß, wie vorher. Die entsetzliche Angst raubte ihm das Bewußtseyn. Das Herz schlug nicht mehr. Er kam erst zu sich, als er sich auf trocknem Boden fühlte. Er mochte weit geschwommen seyn. Es war eine fremde Gegend. Er wußte nicht wie ihm geschehen war. Sein Gemüth war verschwunden. Gedankenlos ging er tiefer ins Land. Entsetzlich matt fühlte er sich. Eine kleine Quelle kam aus einem Hügel, sie tönte wie lauter Glocken. Mit der Hand schöpfte er einige Tropfen und netzte seine dürren Lippen. Wie ein banger Traum lag die schreckliche Begebenheit hinter ihm. Immer weiter und weiter ging er, Blumen und Bäume redeten ihn an. Ihm wurde so wohl und heymathlich zu Sinne. Da hörte er jenes einfache Lied wieder. Er lief den Tönen nach. Auf einmal hielt ihn jemand am Gewande zurück. Lieber Heinrich, rief eine bekannte Stimme. Er sah sich um, und Mathilde schloß ihn in ihre Arme. Warum liefst du vor mir, liebes Herz? sagte sie tiefatmend. Kaum konnte ich dich einholen. Heinrich weinte. Er drückte sie an sich. – Wo ist der Strom? rief er mit Thränen. – Siehst du nicht seine blauen Wellen über uns? Er sah hinauf, und der blaue Strom floß leise über ihrem Haupte. Wo sind wir, liebe Mathilde? – Bey unsern Eltern. – Bleiben wir zusammen? – Ewig, versetzte sie, indem sie ihre Lippen an die seinigen drückte, und ihn so umschloß, daß sie nicht wieder von ihm konnte. Sie sagte ihm ein wunderbares geheimes Wort in den Mund, was sein ganzes Wesen durchklang. Er wollte es wiederholen, als sein Großvater rief, und er aufwachte. Er hätte sein Leben darum geben mögen, das Wort noch zu wissen.

*(1802)*

---

STEFAN GEORGE

## Stimmen im Strom

Liebende klagende zagende wesen
Nehmt eure zuflucht in unser bereich ·
Werdet geniessen und werdet genesen ·
Arme und worte umwinden euch weich.

Leiber wie muscheln · korallene lippen
Schwimmen und tönen in schwankem palast ·
Haare verschlungen in ästige klippen
Nahend und wieder vom strudel erfasst.

Bläuliche lampen die halb nur erhellen ·
Schwebende säulen auf kreisendem schuh –
Geigend erzitternde ziehende wellen
Schaukeln in selig beschauliche ruh.

Müdet euch aber das sinnen das singen ·
Fliessender freuden bedächtiger lauf ·
Trifft euch ein kuss: und ihr löst euch in ringen
Gleitet als wogen hinab und hinauf.

*(um 1894)*

---

JOSEPH CONRAD

## Ein Morgen auf Borneo

[…] Es gibt Situationen, da sich der wilde und der sogenannte zivilisierte Mensch auf der gleichen Ebene begegnen. Man darf wohl annehmen, daß Dain Maroola von seiner zukünftigen Schwiegermutter nicht besonders entzückt war und daß der Appetit, den diese ehrenwerte Dame auf blanke Dollars an den Tag legte, nicht gerade seinen Beifall fand. Doch an diesem nebelverhangenen Morgen, als Babalatchi die Staatsgeschäfte beiseite legte, um in Bulangis Flüßchen nach seinen Reusen zu sehen, war Maroola mit sich und der Welt zufrieden; er empfand nichts als Ungeduld und Sehnsucht, als er zur Ostseite der Insel paddelte, welche das bewußte stille Gewässer umschloß. […]

Neben dem Baumstamm tauchte jetzt der Bug von Ninas Kanu auf, da sie im Heck saß, ragte er hoch aus dem Wasser. Maroola legte die Hand auf den Steven und sprang leichtfüßig ins Boot, wobei er es kräftig abstieß. Das leichte Boot gehorchte dem neuen Antrieb und glitt um Haaresbreite an dem Baumstamm vorbei, und als wolle er gehorsam das Seine dazutun, trieb der Fluß das Kanu mit der Breitseite zur Strömung und trug es lautlos und schnell zwischen den unsichtbaren Ufern dahin. Und abermals vergaß Dain zu Füßen Ninas die Welt, fühlte sich hilflos von einer gewaltigen Gefühlswoge fortgetragen, von einer tosenden Flut von Freude, Stolz und Verlangen; und wieder empfand er mit überwältigender Gewißheit, daß kein Leben denkbar sei ohne jenes Wesen, das er mit leidenschaftlicher Kraft in einer langen Umarmung an sich preßte.

Mit leisem Lachen machte sich Nina sanft von ihm los.

»Du wirst das Boot noch umwerfen, Dain«, flüsterte sie.

Er sah ihr einen Augenblick lang sehnsüchtig in die Augen und gab sie mit einem Seufzer frei. Dann streckte er sich auf dem Boden des Kanus aus, legte den Kopf auf ihre Knie, und den Blick nach oben gewandt, faßte er mit den Armen nach hinten, bis die Hände die Taille des Mädchens umschlossen. Sie beugte sich über ihn, schüttelte den Kopf, und die lose herabfallenden langen schwarzen Haare umrahmten ihre beiden Gesichter.

Und so trieben sie dahin; er sprach mit der elementaren Beredsamkeit des Wilden, der sich rückhaltlos einer überwältigenden Leidenschaft hingibt, während sie sich tief herabneigte, um die geflüsterten Worte zu verstehen, die für sie süßer waren als das Leben selbst. In solchen Augenblicken gab es für diese beiden jenseits der Wände des schmalen, zerbrechlichen Bootes nichts. Es war ihre Welt, erfüllt von ihrer inbrünstigen, alles verzehrenden Liebe. Sie achteten weder des dichter werdenden Nebels noch der Brise, die sich vor Sonnenaufgang legte; sie vergaßen die großen Wälder um sie her, die ganze tropische Natur, die in feierlicher, eindrucksvoller Stille das Erscheinen der Sonne erwartete.

Über dem tiefhängenden Flußnebel, der das Boot mit seiner Fracht jungen leidenschaftlichen Lebens und allesvergessender Glückseligkeit verbarg, verblaßten die Sterne, und von Osten her zog über den Himmel ein silbergrauer Schimmer herauf. Kein Lüftchen regte sich, kein Blatt raschelte, kein Platschen eines springenden Fisches störte die friedliche Stille, die alles Leben an den Ufern des großen Flusses umfing. Erde, Fluß und Himmel waren in tiefen Schlaf gehüllt, und es war, als würden sie nie daraus erwachen. Das ganze überschäumende Leben und Treiben der tropischen Natur schien sich in den feurigen Augen, in den stürmisch schlagenden Herzen der beiden Wesen gesammelt zu haben, die unter dem weißen Nebelschleier im Kanu auf der glatten Wasserfläche dahintrieben.

Plötzlich schoß eine große Garbe gelber Strahlen hinter der

schwarzen Wand von Bäumen empor, die die Ufer des Pantai säumten. Die Sterne erloschen, die kleinen schwarzen Wölkchen hoch droben leuchteten einen Augenblick glutrot auf, und der dichte Nebel, von der sanften Brise, diesem Seufzer der erwachenden Natur, aufgerührt, wirbelte umher und zerriß zu phantastischen Fetzen, zwischen denen das gekräuselte Wasser des Flusses im hellen Tageslicht glitzerte. Große Scharen weißer Vögel kreisten kreischend über den schwankenden Wipfeln. An der Ostküste war die Sonne aufgegangen.

Dain kehrte als erster zu den Sorgen des Alltags zurück. Er richtete sich auf und blickte hastig den Fluß hinauf und hinunter. Achtern entdeckte sein Blick Babalatchis Boot und noch einen kleinen schwarzen Fleck auf dem glitzernden Wasser, das war Taminahs Kanu. Behutsam kroch er nach vorn und ergriff kniend ein Paddel. Nina im Heck nahm ihres zur Hand. Vornübergebeugt paddelten sie los und wirbelten mit jedem Schlag das Wasser auf. Rasch glitt das kleine Fahrzeug dahin und ließ ein schmales Kielwasser hinter sich, das weißer, glänzender Schaum wie Spitzen umsäumte. Ohne den Kopf zu wenden, begann Dain zu sprechen: »Hinter uns ist jemand, Nina. Wir dürfen ihn nicht herankommen lassen. Ich denke, er ist zu weit weg, um uns zu erkennen.«

»Vor uns ist auch jemand«, keuchte Nina, ohne im Paddeln innezuhalten.

»Ich glaube, ich weiß, wer das ist«, erwiderte Dain. »Die Sonne blendet zwar, aber ich nehme an, das ist das Mädchen Taminah. Sie kommt jeden Morgen auf meine Brigg, um Gebäck zu verkaufen – manchmal bleibt sie den ganzen Tag da. Es macht nichts; steuere mehr zum Ufer hin, wir müssen unters Gebüsch. Mein Kanu ist nicht weit von hier versteckt.«

Während er sprach, schweifte sein Blick an den breitblättrigen Nipapalmen entlang, die sie auf ihrer schnellen, schweigsamen Fahrt streiften.

»Paß auf, Nina«, sagte er schließlich, »dort, wo die Wasserpalmen aufhören und unter dem schiefen Baum die Äste herabhängen. Halte auf den großen grünen Ast zu.«

Er erhob sich aufmerksam, und das Boot trieb langsam zum Ufer, von Nina mit einer leichten, geschickten Bewegung des Paddels gesteuert. Als sie nahe genug waren, ergriff Dain den großen Ast, beugte sich zurück und stieß das Kanu unter dem niedrigen grünen Bogen aus dicht ineinander verfilzten Schlingpflanzen hindurch, der den Eingang zu einer winzigen Bucht bildete, welche das letzte große Hochwasser aus dem Ufer herausgewaschen hatte. Dort war sein Boot an einem Stein festgemacht, und er stieg hinein, wobei er Ninas Kanu festhielt. Im nächsten Augenblick glitten die beiden kleinen Nußschalen mit ihren Insassen ruhig nebeneinander dahin, spiegelten sich im dunklen Wasser in dem dämmrigen Licht, das sich nur mit Mühe durch das Gewölbe aus dichtem Blattwerk zwängte, während darüber, hoch oben in der Helle des Tages riesige flammendrote Blüten loderten und auf ihre Köpfe einen Schauer großer tauglitzernder Blütenblätter herniederrieseln ließen, die in einem unablässigen duftenden Strom langsam herabwirbelten. Und über ihnen, unter ihnen, im schlafenden Wasser, überall um sie her in einem Kreis üppiger Vegetation war unermüdlich die tropische Natur am Werke in der warmen, von starken durchdringenden Düften geschwängerten Luft: Pflanzen schossen in die Höhe, ineinander verflochten, verwoben in unentwirrbarem Knäuel, krochen brutal und wie toll übereinander in der furchtbaren Stille eines verzweifelten Ringens um das lebenspendende Sonnenlicht von oben – als hätte sie mit einem Mal Entsetzen gepackt über die brodelnde Fäulnis da unten, über Tod und Verwesung, woraus sie entsprangen.

»Wir müssen uns jetzt trennen«, sagte Dain nach langem Schweigen. »Du mußt sofort wieder umkehren, Nina. Ich warte, bis die Brigg hier vorbeikommt, und gehe dann an Bord.«

»Und wirst du lange fortbleiben, Dain?« fragte Nina leise.

»Lange!« rief Dain. »Bleibt denn ein Mann freiwillig lange dort, wo es dunkel ist? Wenn ich nicht bei dir bin, Nina, komme ich mir wie ein Blinder vor. Was ist das Leben für mich ohne Licht?«

Nina beugte sich hinüber, nahm mit stolzem, glücklichem Lächeln Dains Gesicht in die Hände und sah ihm zärtlich und doch forschend in die Augen. Offenbar hatte sie dort die eben geäußerten Worte bestätigt gefunden, denn ein Gefühl dankbarer Sicherheit erleichterte ihr die Last des Kummers in dieser Abschiedsstunde. Sie glaubte ihm, daß er, der Sproß vieler großer Rajas, der Sohn eines großen Fürsten, der Herr über Leben und Tod, den Sonnenschein des Lebens nur in ihrer Gegenwart erfuhr. Eine gewaltige Woge von Dankbarkeit und Liebe wallte ihm aus ihrem Herzen entgegen. Wie konnte sie nur all dem sichtbaren Ausdruck verleihen, was sie für den Mann empfand, der ihr Herz mit soviel Freude und soviel Stolz erfüllte? Und in dem großen Aufruhr der Leidenschaft überkam sie blitzartig die Erinnerung an jene verachtete und beinahe vergessene Zivilisation, die sie in Tagen voller Zwang, Kummer und Zorn nur flüchtig kennengelernt hatte. Unter der kalten Asche dieser verhaßten und unglücklichen Vergangenheit fand sie das Zeichen der Liebe, den passenden Ausdruck für die grenzenlose Glückseligkeit der Gegenwart, Bürgschaft einer hellen, strahlenden Zukunft. Sie warf Dain die Arme um den Hals und preßte in einem langen, brennenden Kuß ihre Lippen auf die seinen. Überrascht und erschreckt von dem Sturm, den diese seltsame und ihm bis dahin unbekannte Berührung in seiner Brust entfesselte, schloß er die Augen, und noch lange, nachdem Nina ihr Kanu in den Fluß hinausgestoßen hatte, verweilte er reglos, wagte nicht einmal, die Augen zu öffnen, aus Angst, diese berauschende Seligkeit, die er zum ersten Mal gekostet hatte, zu verlieren.

Nun, dachte er, fehlte ihm nur noch die Unsterblichkeit, um den Göttern zu gleichen. Das Wesen, das so die Tore zum Paradies öffnen konnte, mußte sein werden – würde bald schon für immer die Seine sein!

Er öffnete gerade rechtzeitig die Augen und sah durch den Bogen von Schlingpflanzen den Bug seiner Brigg langsam ins Blickfeld kommen, als das Schiff auf dem Weg stromab an ihm vorüberglitt. Er dachte, daß er jetzt an Bord gehen müßte. Aber er verspürte keine Lust, den Ort zu verlassen, an dem er erfahren hatte, was Glückseligkeit bedeutet. »Es ist noch Zeit, mögen sie nur fahren«, murmelte er vor sich hin; und wieder schloß er unter dem roten Schauer aus duftenden Blütenblättern die Augen und versuchte sich die Szene mit all ihrem Entzücken und all ihrer Angst zurückzurufen.

*(1895)*

CHRISTOPH ASENDORF

# Ströme und Strahlen

Die Szene: ein nebliger Morgen auf Borneo. Tropische Natur, dichthängende Schlingpflanzen, wimmelndes Leben und zugleich die Ruhe der Schöpfung; in der Luft ein Strom duftender Blütenblätter. Schimmerndes Licht, plötzlich ein großer Fächer gelber Strahlen, Wolken erglühen, der Dunstschleier verschwindet, Blüten flammen auf, Blätter blitzen im Tau. Das Wasser fließt, gurgelt, wirbelt, rauscht, braust, glitzert, ist gekräuselt, trägt einen schimmernden Schaum, strömt. Der Raum scheint grenzenlos, ohne Oben und Unten. In einem Boot, treibend in der Strömung des Flusses, ein Liebespaar: die Frau mit Flechten langen Haares, der Mann wehrlos dahingetragen von einer mächtigen Welle des Gefühls auf einem Strom von Freude, Stolz und Verlangen. Vorher: Ungeduld und Sehnsucht, hinterher: eine unendlich strömende Welle von Dankbarkeit und Liebe. Wie ein Blitz die Erinnerung an die Zivilisation, Tage des Zwanges, die Gegenwart als berauschende Seligkeit, vor sich eine helle, strahlende Zukunft.

So ungefähr könnte die stenographische Zusammenfassung einiger Seiten aus Joseph Conrads 1894 erschienenem Roman *Almayers Wahn* lauten,[1] eine Zusammenfassung, die hier ausschließlich aus den vorfindlichen Elementen montiert wurde. Der Ort ist entlegen, das Geschehen aber führt ins Zentrum der europäischen Avantgarde um 1900. Conrad schmückt seine Beschreibung mit Ketten beinahe identischer Merkmale, die alle eines aussagen: alles strömt, fließt, ist im Übergang; nichts ist fest. Strömungsmetaphern begegnen zu dieser Zeit in den verschiedensten kulturellen Kontexten; sie bezeichnen das Schillern und ständige Sich-Verändern der Wahrnehmung, den Fluß der Dinge und Empfindungen. Sie sind orts- und gegenstandsunabhängig, finden Verwendung zur Darstellung großstädtischen Betriebes so gut wie zu Beschreibungen von Vorgängen in der Psyche oder der Natur.

1 Joseph Conrad: *Almayers Wahn*. Frankfurt a. M. 1980, S. 77 ff.

Mit der impressionistischen Maltechnik ist alles fest Umrissene aufgelöst, die Farbpartikel scheinen durch die Atmosphäre zu gleiten. Licht umspielt die Figuren, und in vielen Fällen entsprechen die Sujets diesen technischen Gegebenheiten: Szenen entspannten sommerlichen Lebens, fast körperlose Figuren, die zu schweben scheinen wie buchstäblich die Frau auf der *Schaukel* von Renoir.[2] Auffällig oft gehen die Maler aufs Wasser, Manet malt die *Barke*, Monet lange vor den Seerosen schon *La Grenouillère*, ein kleines Inselchen, wie schwebend auf dem Wasser, das das Licht des Himmels und die Schatten der Bäume in eine Vielzahl von Reflexen zerfließen läßt, während die locker gruppierte Menschenmenge ganz der Betrachtung dieses Schauspiels hingegeben zu sein scheint.

Wasser ist ein Stoff, der besonders gut zur Darstellung dieser Wirklichkeitsauffassung geeignet ist, nicht allerdings sturmbewegtes Meer, sondern das Wasser von sommerlichen Flüssen, Seen oder Teichen mit seinen eigenen Bewegungsgesetzen: ein langsames, träges Strömen oder Kreisen, sich überlagernde Wellen, mit einem Wechsel der Reflexe und dem von Aufregung und Beruhigung – ein Stoff, der in der Bewegung doch immer gleich zu bleiben scheint. Hier ist kein dramatischer Konflikt, sondern Bewegung gleichsam im Stillstand oder entspanntes Strömen. [...]

Für alle Richtungen der Lebensphilosophie, des Vitalismus, gilt, daß sie von Vorstellungen des Werdens oder der Bewegung ausgehen; das »Erleben« oder die Intuition sind wichtiger als ein Denken in Begriffen und logischen Ordnungen. Die allgemeine Vorstellung von Wirklichkeit als Werden liegt Bergsons zentralem Theorem vom Lebensstrom, dem élan vital, zugrunde. Georg Simmel erörtert in der *Philosophie des Geldes* (1900) wesentlich konkreter die Rolle dieses flüssigen Elements, das alle Substanzen in Funktionen und Relationen und damit in offene Prozesse auflöst; er faßt in seiner *Soziologie* die dem entsprechende Form der Vergesellschaftung in ein lebensphilosophisches Bild, sieht »ein ewiges Fließen und Pulsieren, das die Indi-

2 Vgl. Werner Hofmann: *Das irdische Paradies*. München 1974, S. 186 ff.

viduen verkettet ... all die tausend von Person zu Person spielenden momentanen oder dauernden, bewußten oder unbewußten, vorüberfliegenden oder folgenreichen Beziehungen ...«

Für dieses Fließen und Pulsieren, d.h. die ständige, regel- oder unregelmäßige Folge von Impulsen, erfindet die Literatur eine Darstellungstechnik, es ist der innere Monolog als Übersetzung des sogenannten Bewußtseinsstroms. Weit konsequenter als sein Vorläufer Dujardin, der dieses Mittel 1888 in einem Roman verwendet hatte, nutzt Schnitzler den inneren Monolog – und führt ihn damit in die deutschsprachige Literatur ein – in seiner Erzählung *Leutnant Gustl*[3] aus dem Jahre 1900; es ist das Jahr, in dem auch Freuds *Traumdeutung* erscheint.

Das Gleiten der Empfindungen wird nicht, durch Einschübe eines Erzählers etwa, unterbrochen – nur Gedankenstriche, Auslassungspunkte und gelegentliche Absätze zeigen kurze Unterbrechungen des Impulsstromes. Ein ständiges Springen von Gegenstand zu Gegenstand, vor denen jeder immer wieder entschwindet, noch bevor er fixiert werden kann. Den Kopf des Leutnants durchziehen aggressive Neigungen, sexuelle Reize, Ängste um seine Offiziersehre; ohnmächtig durch die Überlagerung von Impulsen – »... aber natürlich, nervös bin ich gewesen – all die Sachen, die da zusammengekommen sind ...«[4] –, versagt er bei ihrer Verteidigung. Schnitzler stellt zwar einen für die k.u.k. Monarchie repräsentativen Charakter vor und verliert darüber seinen Offiziersrang, da die Armee, die einzig noch die Einheit des labilen Staatswesens garantieren kann, ihr Ansehen geschädigt sieht, die Schreibtechnik aber, der des psychoanalytischen Gesprächs verwandt, zeigt unabhängig davon die Auflösung des Bildes eines fest gefügten, triebbeherrschenden und willensstarken Subjektes und statt dessen eines, das von einer Vielzahl von Einflüssen beherrscht wird.

3 S. Hartmut Scheible: *Arthur Schnitzler*. Reinbek 1976, S. 78 ff.; vgl. Theodor W. Adorno: George und Hofmannsthal. In: *Prismen*. Frankfurt a. M. 1976, S. 237.

4 Arthur Schnitzler: Leutnant Gustl. In: *Casanovas Heimfahrt* (Erzählungen). Frankfurt a. M. 1973, S. 45.

Kennen alle diese Wahrnehmungsweisen noch den Wechsel von Spannung und Entspannung, so ist den späten Arbeiten van Goghs die Permanenz eines Spannungszustandes abzulesen, der alle Dinge wie in einen Sog mit sich reißt. *Landschaft mit Olivenbäumen, Die Sternennacht* oder *Straße mit Zypressen* – in diesen Bildern, 1889/90 in Saint-Remy gemalt, sind die Gegenstände in gestrichelte Wellenlinien aufgelöst, die Pinselstriche scheinen den Kraftlinien in sich überlagernden Magnetfeldern zu folgen oder um kosmische Licht- und Kraftzentren zu kreisen. Alles ist in einen Strudel oder Bewegungsstrom hereingerissen; in einem Brief beschreibt van Gogh seine psychische Verfassung, deren Ausdruck die Bilder ganz direkt zu sein scheinen: »Die Erregungen, die mich vor der Natur ergreifen, steigern sich bei mir bis zum Ohnmächtigwerden.«[5] Er beschreibt ein Ausgeliefertsein, ein individuelles Drama; Malewitsch aber beansprucht ihn später als Vorläufer der futuristischen Ästhetik: »Seine Landschaften, Genres, Porträts dienten ihm als Ausdrucksformen einer dynamischen Kraft, und er eilte, um in zerfetzten, nadelförmigen malerischen Fakturen die Bewegung des Dynamismus auszudrücken; jeden Keim durchströmte Elektrizität ...«[6]

Strindbergs Tagebücher, so der Band über die Jahre 1894 bis 1897, den er unter dem Titel *Inferno* veröffentlichte, verbinden die eigene Bewußtseinskrise stellenweise sehr genau mit den Phänomenen des modernen Lebens. Ihn irritiert das Gefühl, von unsichtbaren Kräften verfolgt zu werden. Die Anonymität der sozialen Beziehungen in einem großstädtischen (Pariser) Hotel wird bedrohlich; beängstigend ist die unsichtbare Nähe von Menschen, die sich bewegen, ohne daß eine Einsicht in ihre Motive möglich ist. So heißt es über einen Zimmernachbarn: »Seltsam ... ist, daß er seinen Stuhl zurückschiebt, wenn ich meinen bewege; daß er meine Bewegungen wiederholt, als wolle er mich durch seine Nachahmung necken. ... Wenn ich schlafen gehe, legt sich der Andere nieder ... Ich höre ihn, wie er sich parallel mit mir

5 Zitiert nach Walter Hess: *Dokumente zum Verständnis der modernen Malerei.* Hamburg 1956, S. 27.

6 Zitiert nach: *Sieg über die Sonne. [Ausstellungskatalog]* Berlin 1983, S. 241.

ausstreckt.«[7] Die Anonymität erleichtert diesen Beziehungswahn, eine reale Rückkopplung mit dem Anderen ist unter diesen Umständen unmöglich. Vergleichbar eine andere Wahrnehmung: »Sobald ich in ein Hotel eingezogen bin, bricht ein Lärm los ...: Schritte schleppen und Möbel werden gerückt. Ich wechsle das Zimmer, ich wechsle das Hotel: Der Lärm ist da, über meinem Kopfe. Ich gehe in die Restaurants: Sobald ich mich im Speisesaal an den Tisch setze, beginnt das Gepolter.«[8] Die Umwelt ist ständig präsent, das Subjekt kann sich nicht abschließen; es ist permanent durchquert von Geräuschen, die alle Kräfte absorbieren. Das Subjekt ist zur Folie degradiert, in die sich die Bewegungen der anderen einschreiben.

Das gesellschaftliche Leben erscheint als Spannungsfeld, in das die Subjekte willenlos hereingezogen werden und sich auflösen: »(Allein) fühlte er, wie seine Nerven sich ordneten und beruhigten. Er fand sich selber wieder als etwas Abgeschlossenes, das für sich existierte. Er strahlte nicht mehr aus, sondern verdichtete sich.«[9] Der nervöse Leib ist körperlos, beliebig aufladbar mit Spannungen. Die nervösen Zustände nehmen bei Strindberg die Form eines Elektrowahns an: die Gegenstände verwandeln sich in Elektrisiermaschinen, die das Subjekt zum Opfer von Strömen machen. Er bemerkt »das amerikanische Bett, dessen vier in Messingkugeln endende Pfeiler den Leitern einer Elektrisiermaschine gleichen«; fühlt sich von elektrischen Drähten belästigt, die bis ans Bett laufen.[10] Elektrischer Strom fließt ihm ins Herz, die Lungen hören auf zu arbeiten; verfolgt von Elektrikern empfängt er elektrische Duschen usw.[11]

Strindbergs Elektrowahn entfaltet sich vor dem Hintergrund der schnell veränderlichen anonymen sozialen Beziehungen in der Großstadt, in der die Objekte, Dinge wie Menschen, nur mehr als Nervenreize erfahren werden, die unheimliche

7 August Strindberg: *Inferno-Legenden*. München 1923, S. 97.
8 Ebd., S. 180; vgl. S. 225.
9 August Strindberg: *Entzweit-Einsam*. München 1921, S. 59.
10 Strindberg: *Inferno*, S. 115 f., 181; vgl. S. 100 f.
11 Ebd., S. 161, 107.

Spannungszustände erzeugen. So heißt es über das Verkehrswesen: »Steig allein in einen voll besetzten Eisenbahnwagen. Keiner kennt den anderen, alle sitzen still da. Alle empfinden je nach dem Grad ihrer Empfindlichkeit ein großes Unbehagen. Da geht eine mannigfaltige Kreuzung verschiedener Strahlen vor sich, die allgemeine Beklemmung erzeugt. Es ist nicht warm, aber man glaubt zu ersticken: die Geister, die zum Übermaß mit magnetischen Fluida geladen sind, fühlen ein Bedürfnis zu explodieren; die Intensität der Ströme, verstärkt von Influenz und Kondensation, vielleicht sogar von Induktion, hat ihr Maximum erreicht. Dann nimmt einer das Wort: Die Entladung hat stattgefunden, und die Neutralisierung ist eingetreten.«[12]

Die dichte Zusammendrängung der Menschen bedeutet eine Aufhebung der Distanz. Die Erfahrung, welche Strindberg beschreibt, verifiziert im Labor des Eisenbahnwaggons ein zentrales Theorem aus Canettis Studie über *Masse und Macht*. Dort heißt es, unter Benutzung des gleichen Bildes aus dem Bereich der Elektrizität: »Der wichtigste Vorgang, der sich innerhalb der Masse abspielt, ist die Entladung.«[13] Gemeint ist damit, daß erst die Entladung die Masse definiert – erst durch sie werden die Individuen, deren enges Zusammensein zu Spannungen führt, da sie den zu ihrer Entfaltung notwendigen Freiraum nicht mehr zur Verfügung haben, gleichsam zusammengeschmolzen, aufgelöst in einen Strom entindividuierter und gleicher Elemente. Was Canetti als den Ausnahmezustand der Massenerfahrung beschreibt, die, wenn auch schnell vorübergehende, Begeisterung über die Aufhebung der Distanzen, ist für Strindberg eine Alltagserfahrung – das Durchströmtwerden von Einflüssen in großstädtischem Verkehr, und das ist eine Erfahrung, die paranoide Verfolgungs- und Auflösungsängste weckt.

Er beschreibt ein Erlebnis in Berlin, die Rede ist von einem »Strom von Menschen«: »Als wir in den Tiergarten hineinfuhren, stößt dieser Strom auf einen Gegenstrom; aber die beiden Ströme flossen durch einander hindurch und an einander vorbei, ohne nach einander zu sehen, ohne die Toilet-

12 Ebd., S. 269 f.

13 Elias Canetti: *Masse und Macht*. München 1979, Bd. 1, S. 12 f.

ten und die Gesichter zu mustern, denn sie wußten wohl, daß sie alle gleich waren ...[14] Das erinnert an den Gleichschaltungsvorgang, als den Canetti die Massenentladung beschrieben hatte, und Strindberg kämpft hier den gleichen Kampf wie gegen die übermächtigen und entmächtigenden elektrischen Ströme – die oben zitierte Passage setzt er mit der Bemerkung fort: »... mich aber sahen sie an.« Gleich den elektrischen Strömen bedrohen ihn die Menschenströme, aus der Menge heraus attackiert ihn ein Hund, irritieren ihn Kokotten; schließlich wird ihm die ganze Menge, der »Volksstrom«, zu einer »Prozession von menschähnlichen Wesen« zu keinem anderen als dem Zweck, seine Absonderung zu bedrohen und ihn zum Opfer zu machen. Diesem »Spießrutenlaufen« zieht er schließlich den Trost der Einsamkeit vor; der »Aufruhr« aber, dem er mit knapper Not entronnen ist, öffnet ihm die Augen für die Arbeiten eines Künstlers, die er bisher für Übertreibungen gehalten hat: »Ich habe solche menschenähnlichen Wesen in Ensors okkulten Maskenszenen ... gesehen.«[15] Dieser Hinweis Strindbergs erlaubt vielleicht, auf dem Umweg über einen zeitgenössischen Künstler seine Stromphobie in einen spezifischen kulturellen Kontext einzuordnen.

Strindbergs Darstellung verweist in der Kombination von Masse und Maske auf die Bilderwelt Ensors.[16] Auf dessen Blatt *Die Kathedrale* von 1886 drängen sich zwei Massen aneinander, die Soldaten, die in den Vordergrund marschieren, und die dort plazierte Menge sonderbar Vermummter, die in jede Richtung zu drängen scheint. Der Platz ist vollständig ausgefüllt von den beiden Mengen, deren Verhältnis zueinander ebenso unklar bleibt wie das Ziel ihrer Bewegung, die in einem Gefilz von Kräften zu ersticken droht. [...]

So, wie hier die Selbständigkeit der Subjekte aufgelöst ist, so ist es für Ensor auch die Sicherheit der Orientierung im Raum. Schon der Platz vor der Kathedrale scheint nach links unten wegzukippen; auf dem Blatt *Die Güldensporenschlacht*

14 Strindberg: *Entzweit-Einsam*, S. 256.

15 Ebd., S. 255, 258.

16 Dazu Wilhelm Fraenger: *James Ensor. Die Kathedrale* (1926). In: *Von Bosch bis Beckmann*. Köln 1985, S. 296 f.

von 1895 scheinen die Raumgrenzen zu fliehen, die ebene Fläche, auf der ein sicherer Stand möglich ist, hat sich zu einem Kugelsegment aufgebläht, auf dem die Figuren kämpfen, rutschen und stürzen. Fraenger weist auf die »ausgebeulten Fronten der Kolonnen, die in ungleich gespannten, weiten Kurvaturen, wie schwingende Sehnen, hingezeichnet sind! Diese geschmeidig federnden Umgürtungen des Schlachtfelds, welche sich ruhelos in sich verschieben und zerdehnen, rufen die eindrucksvollste Suggestion schwankender Raumverhältnisse hervor.«[17] Für die miniaturisierten Menschen ist in diesem dynamisch bewegten Raum kein Überblick mehr möglich. Die Körper haben keinen Halt mehr wie in einer vermeßbaren Dreidimensionalität mit klaren Perspektiven – und in diesem Punkt, der Auflösung eines statischen Raumbildes, koinzidieren die stürzenden Räume Ensors mit den schwebenden Visionen des Impressionismus.

Für Ensor ist ähnlich wie für Strindberg die Zivilisation zu einer Macht geworden, die Dinge und Menschen permanent umwälzt, zu einem beständigen Aufruhr der Elemente, die auf das Subjekt eindringen und es zu überfluten drohen. *Peste dessous, peste dessus, peste partout* lautet der bezeichnende Titel eines Blattes, auf dem eine Gruppe von Menschen von einem Wasserschwall, Ausdünstungen und Rauchwolken umgeben und beinahe paralysiert erscheint. – Das Subjekt ist durchlässig geworden: Ensor stellt sich selbst dar als den Einflüssen von Dämonen ausgeliefert (»Démons me turlupinant«). Die Schlieren der Strichführung und die Klauen der Dämonen ergeben ein unübersichtliches Liniengewirr; die nervösfahrige Zeichentechnik verwischt jeden klaren Raumeindruck und vermischt das Subjekt mit seiner phantastischen Umgebung. – *Les cataclysmes* von 1888: ein Blatt, über das Ensor sagte, daß er hier Futurismus geschaffen habe, ohne es zu wissen.[18] Das erscheint nicht so abwegig, wenn man sich Ensors Darstellung der Dynamik und Simultaneität von (Massen-)Bewegungen etwa im Hintergrund seines großen Gemäldes *Der Einzug Christi in Brüssel* von 1888/89 vor Augen

17 Ebd., S. 305.
18 *James Ensor.* [Galleria Henze – Katalog 28] Campione d'Italia 1983, S. 25.

führt; die Kataklysmen aber, das sind Sturmböen, Feuerstürme, Sturmfluten und ein stürzendes Gebirgsmassiv – in der Mitte der Zusammenstoß und die Explosion zweier Eisenbahnzüge, während auf einem Waggon Narren noch die Pauke schlagen: ein Malstrom, der alles mit sich reißt.

Ströme bezeichnen Natürliches wie Technisches, stehen für Wasser und Elektrizität, für Entspannung so gut wie für Spannung; sie sind die vieldeutige Metapher einer Welterfahrung, der alles Feste abhanden gekommen zu sein scheint, in der alles vermischt oder verbunden ist, aber auch sichernde Distanzen und Zwischenräume verschwunden sind, ohne daß es, im doppelten Wortsinn, eine Möglichkeit der Isolierung gäbe, und diese Erfahrung verbindet die Vision entspannten Strömens bei Joseph Conrad, den Elektrowahn Strindbergs und Ensors apokalyptische Katastrophenstrudel.

*(1989)*

---

INGEBORG BACHMANN

## Strömung

So weit im Leben und so nah am Tod,
Daß ich mit niemand darum rechten kann,
reiß ich mir von der Erde meinen Teil;

dem stillen Ozean stoß ich den grünen Keil
mitten ins Herz und schwemm mich selber an.

Zinnvögel steigen auf und Zimtgeruch!
Mit meinem Mörder Zeit bin ich allein.
In Rausch und Bläue puppen wir uns ein.

*(1957)*

JOHANNES BOBROWSKI

## Heimweg

Blau.
Die Lüfte.
Der hohe Baum,
den der Reiher umfliegt.
Und das Haus,
einst, wo nun der Wald
herabkommt,
klein und weiß
das Haus, und der grüne Schimmer,
ein Weidenblatt.

Wind. Er hat mich geführt.
Vor der Schwelle lag ich.
Er hat mich bedeckt. Wohin
sollt ich ihm folgen? Ich hab
Flügel nicht. Meine Mütze
abends
werf ich den Vögeln zu.

Dämmrung. Die Fledermäuse
fahren ums Haupt mir. Das Ruder
zerbrochen, so werd ich nicht sinken, ich gehe
über den Strom.

*(um 1960)*

HAROLD BRODKEY

# Die Taue sind gelöst

[…] Man kann die Welt satt haben – die Gebete-Macher, die Gedichte-Macher satt haben, deren Rituale zerstreuend und menschlich und angenehm sind, aber noch ärger als ärgerlich, weil sie ohne Wirklichkeit sind – während einem die Wirklichkeit selbst sehr lieb bleibt. Man möchte noch Blicke auf das Wirkliche erhaschen. Gott ist etwas Unermeßliches, während diese Krankheit, dieser Tod, der in mir steckt, dieses kleine, eng umrissene Ereignis, lediglich real ist, restlos, ohne ein Wunder zu bergen – oder eine Lehre. Ich stehe auf einem frei treibenden Floß, einem Kahn, der sich auf der biegsamen, fließenden Oberfläche eines Stroms bewegt. Es ist eine unsichere Situation. Ich weiß nicht, was ich tue. Die Unwissenheit, die angespannte Balance, die abrupten Stöße und die Instabilität breiten sich in kleinen, immer weitere Kreise ziehenden Wellen über meine sämtlichen Gedanken aus. Frieden? Den hat es auf der Welt niemals gegeben. Doch auf dem geschmeidigen Wasser, unter dem Himmel, unverankert, reise ich nun dahin und höre mich lachen, zuerst aus Nervosität und dann vor echtem Staunen. Ich bin davon umgeben.

*(1996)*

V

# Wasser des Todes und des Vergessens

Ein Fluß, in dem lange niemand ertrunken ist,
taugt nichts. Flüsse sind das Racherinnsal der Götter.

*Alexander Widner, Die Stadt*

PLATON

# Sokrates' letzte Erzählung

... von der Gestalt der Erde, soweit ich mich darüber belehren ließ, und von ihren vielen Reichen darf ich wohl noch zu euch reden.

SIMMIAS: Aber das soll uns auch genügen, Sokrates.

SOKRATES: Ich habe mir erzählen lassen zunächst, daß, wenn die Erde wirklich eine Kugel ist mitten im Himmel, sie weder die Luft noch sonst eine Stütze braucht, um nicht zu fallen, daß vielmehr die gleichmäßige Bildung des Himmels und das Gleichgewicht der Erde genügten, diese zu halten. Denn sehet, ein Ding im Gleichgewicht inmitten eines gleichmäßig Gebildeten wird keine Ursache haben, sich nach der einen Seite mehr zu neigen als nach der anderen; sich selber gleich, wird es in derselben Lage verharren. Das habe ich also gleich zuerst darüber gehört.

SIMMIAS: Es mag wohl auch richtig sein.

SOKRATES: Und dann ließ ich mir sagen, daß die Erde sehr groß sei, und daß wir Menschen vom Phasis bis zu den Säulen des Herakles einen sehr kleinen Teil der Erde bewohnten um das Meer herum gleich Ameisen und Fröschen um einen Sumpf, und daß andere zahllose Wesen in anderen ähnlichen zahllosen Räumen lebten. Denn überall um die Erde herum gebe es viele Höhlungen, verschieden an Gestalt und Größe, in die das Wasser und der Nebel und die Luft fließen. Die Erde selbst aber schwebe rein mitten im Himmel, allwo die Sterne leuchten. Die meisten von denen, die sich mit diesen Dingen beschäftigen, nennen diesen Himmel Äther, und das, was da unaufhörlich in die Höhlungen der Erde fließt, soll eben ein Niederschlag dieses Äthers sein. Wir Menschen wissen nicht, daß wir in solchen Höhlen hausen, und meinen, über der Erde zu wohnen – es ist, als glaubte einer, der auf dem Grunde des Meeres lebt, über dem Meere zu schweben, und als hielte er darum das Meer für den Himmel, weil er in dessen Spiegel Sonne und Sterne erschaute; wegen seiner Schwerfälligkeit und Schwäche wäre er niemals bis an diesen

Spiegel des Meeres gekommen und aus dem Meere emporgetaucht und hätte niemals gesehen, um wieviel reiner und schöner alles hier wäre als unten in seiner Heimat, und hätte auch nie darüber etwas vernommen von einem, der diese Herrlichkeit wirklich geschaut. Und so ergeht es uns: wir leben in einer Höhle der Erde und glauben über der Erde zu wohnen, und wir nennen die Luft Himmel und lassen durch diesen Himmel die Sterne wandeln. Es ist ganz dasselbe: weil wir schwach sind und schwer, sind wir nicht imstande, bis hinauf an die äußersten Grenzen der Luft zu dringen. Denn wenn einer bis dorthin käme oder auf Flügeln aufflöge, müßte er auch, gleichwie auftauchende Fische die Ufer sehen, jene weiten Räume erblicken und, wenn seine Natur stark genug wäre und den Anblick ertrüge, erkennen, daß dort der wahre Himmel sei und das wahre Licht und die wahre Erde. Denn unsere Erde hier und alles Gestein, der ganze Raum ist wie verwüstet und wie verwittert, gleichwie was im Meere ragt, von der salzigen Flut angenagt ist. Denn nichts wächst im Meere, nichts reift hier, möchte man sagen, und überall siehst du nur Klüfte und Sand und Kot und Schlamm auch noch an den Küsten, nichts darf hier mit der Schönheit unserer Erde verglichen werden. Doch dürfte sich die Schönheit der großen Erde noch viel mehr von unserer unterscheiden. Und wenn ich euch schon ein Märchen erzählen darf, Simmias, so lohnt es sich wohl noch zu hören, wie alle Dinge auf dieser Erde unmittelbar unter dem Himmel sind.

SIMMIAS: Gewiß, wir alle wollten dieses Märchen, wie du es nennst, gerne hören, Sokrates.

SOKRATES: Es heißt, Freund, zunächst, wenn jemand auf die Erde von oben blickte, so würde sie den aus zwölf Lederstücken gebildeten Bällen gleichen, in so vielen Farben leuchtet sie; unsere Farben, deren sich die Maler bedienen, sind gleichsam die Proben dieser überirdischen. Dort aber leuchtet die ganze Erde in solchen Farben, nur sind sie noch viel tiefer und reiner als unsere. Ein Teil der Erde ist ganz purpurn und von herrlicher Schönheit, ein anderer von der Farbe des Goldes, ein dritter weißer denn Alabaster und Schnee, und so sind hier noch alle anderen Farben, und alle sind reicher und schöner als die, welche unser

Auge hier erblickt. Ja selbst die mit Wasser und Luft gefüllten Höhlungen erglänzen in einer bunten Mischung aus allen diesen Farben, so daß du dir die ganze Erde als ein einziges, unterbrochenes Farbenspiel denken magst. Auch wachsen auf dieser Erde die ihr eigenen Bäume und Blumen und Früchte, und ebenso sind die Gebirge und Steine von schönerer Bildung, wie geschliffen und durchsichtig und von reicherer Farbe. Unsere kostbarsten Edelsteine, der Karneol, der Jaspis, der Smaragd und alle anderen, sind kleine Stücke jenes Gesteines. Alle Gebirge dort sind ganz aus Edelsteinen, nur noch schöneren. Das mag davon kommen, daß alles Gestein dort rein ist und nicht angefressen und zersetzt wie hier vom Wasser und Nebel und von der Luft, denn diese entstellen die Steine und die Erde und alle Tiere und Pflanzen und machen sie krank. Die Erde trägt diese ganze Pracht und auch das Gold und Silber als Schmuck. Alles das leuchtet hier auf und wächst in großer Menge und an allen Orten, so daß der Erde Anblick die Augen beseligt. Es leben auf ihr viele Menschen und Tiere: die einen wohnen mitten im Lande, die anderen rings um die Luft, gleichwie wir an den Küsten des Meeres leben, wieder andere auf luftumspülten Inseln, die vor dem Festlande lagern. Mit einem Worte, was uns hier Wasser und Meer, das ist jenen die Luft, und was uns die Luft, ist jenen der Äther. Und die Witterung ist dort so glücklich gemischt, daß die Menschen ohne Krankheit leben und ein viel höheres Alter erreichen als wir, und an Schärfe des Gehörs und Gesichts und an Vernunft überragen sie uns in demselben Maße, in welchem die Luft reiner ist als das Wasser und der Äther reiner als die Luft. Auch haben sie dort Haine und Tempel, in denen leibhaftig die Götter wohnen, und von diesen Göttern kommen ihnen Stimmen und Weissagungen und Zeichen und womit sonst noch Götter mit Menschen verkehren. Und die Menschen sehen hier Sonne und Mond und Sterne, wie diese wirklich sind, und jegliche Seligkeit ist ihnen nahe. So ist nun, heißt es, die ganze Erde gestaltet und alles, was die Erde umgibt. Und um die Erde herum im Kreise liegen den Höhlungen entsprechend viele Räume, die einen tiefer und weiter geöffnet als der Raum, in dem wir Menschen leben, andere sind wohl gleichfalls tiefer, doch haben sie einen engeren Schlund, wiederum andere sind auch breiter in der Tiefe und flacher als unsere Erde. Und alle diese Räume sind unter der Erde an vielen Stellen enger oder weiter durchbohrt, so daß ein Raum in den anderen greift und Kanäle die Räume verbinden, durch welche in großen Massen das Wasser von einem Raum in den anderen stürzt wie in Mischkrüge. Ungeheure, ewig fließende Ströme mit heißem und kaltem Wasser wälzen sich unter der Erde, auch viel Feuer und Feuerströme, Ströme mit feuchtem, mehr oder weniger trübem Schlamme, gleichwie in Sizilien vor dem Lavastrome sich zunächst der Schlamm ergießt. Mit diesen Strömen, heißt es, sind alle diese Räume erfüllt nach allen den Richtungen, die jeder Strom nimmt. Und alles das bewegt sich hinauf und hinunter, gleichsam als arbeitete ein Hebewerk mitten in der Erde. Und dieses Hebewerk selbst ist also eingerichtet: Eine von diesen Erdspaltungen ist besonders groß und bohrt sich mitten durch die ganze Erde, jene, von der Homeros sagt: »Fern, wo tief sich euch spaltet der Schlund der Erde.« Homeros an anderer Stelle und viele Dichter nennen diesen Schlund auch Tartaros. Hier münden alle Ströme, und dem Tartaros entquellen sie wiederum, und alle werden so wie der Boden, den sie durchströmen. Und nur darum fließen alle Ströme dort ein und aus, weil dieses große Wasser weder Grund noch Boden hat. So schwebt es denn und flutet hier auf und ab, und die Luft und der Sturm wehen und blasen und folgen dem Wasser, so dieses sich in die diesseitigen und jenseitigen Gegenden der Erde wirft, denn gleichwie der Atem des Menschen ein- und ausströmt, bildet die Luft, die sich mit dem Wasser erhebt, gewaltige und unbändige Stürme beim Ein- und Ausströmen. Sooft das Wasser in den unteren Raum, wenn man ihn so nennen darf, entweicht, fließt es in das Gebiet der jenseitigen Ströme und füllt dieses wie mit Pumpen. Indem das Wasser aber dieses Gebiet wieder verläßt und nach oben strömt, füllt es die Betten der diesseitigen Ströme, und diese vollen Ströme laufen durch Kanäle und durch die Erde und kommen in jene Räume, in welche sie sich den Weg bahnen, und bilden dort Meere und Seen und Flüsse und Quellen.

Von da aber taucht das Wasser wieder unter die Erde, durcheilt längere oder kürzere Räume und wirft sich abermals in den Tartaros mehr oder weniger unterhalb der Stelle, aus der es herausgepumpt war. Das ganze Wasser fließt jedenfalls unterhalb seines Ausflusses wieder ein. Und einige Ströme brechen genau der Stelle gegenüber wieder hervor, in welche sie eingeflossen waren, andere an derselben Stelle. Es gibt Ströme, die im Kreise laufen und wie Schlangen ein- oder mehrmals die Erde umschlingen und dann möglichst tief unten wieder einfließen. Tiefer als bis in die Mitte der Erde vermögen die Ströme nicht zu dringen, denn beide Strömungen führt die Richtung nach jeder von beiden Gegenden wieder steil hinauf. So gibt es denn gar viele und große und mannigfach gewundene Ströme, und unter diesen vielen will ich dir vier nennen. Der größte unter diesen ist der Okeanos, der im Kreise um die Erdscheibe flutet. In entgegengesetzter Richtung strömt der Acheron, durch öde Lande und unter der Erde eilend ergießt er sich in den Acherusischen See. Dorthin zum See kommen die Seelen der meisten Verstorbenen, dort weilen sie eine bestimmte Zeit, die einen länger, die anderen kürzer, und von dort werden diese Seelen wieder ausgeschickt zu neuen Geburten. Der dritte Fluß nimmt seinen Lauf mitten zwischen jenen beiden und wirft gleich nach seinem Ausfluß seine Wasser in ein weites, feuerflammendes Land und bildet einen See größer als unser Meer, voll siedenden Wassers und heißen Schlammes. Von hier aus läuft er im Kreise trübe und schlammig und schlingt sich um die Erde und kommt auch an das andere Ufer des Acherusischen Sees, ohne daß die beiden Gewässer sich mischten. Und nachdem er sich mehrmals um die Erde geschlungen, wirft er sich in den Tartaros. Wir nennen diesen Strom Periphlegethon; Teile seines Feuers werden von den feuerspeienden Bergen ausgeworfen, wo immer du diese auf unserer Erde triffst. In entgegengesetzter Richtung zum Periphlegethon fällt der vierte Fluß zunächst in ein wildes, schreckliches Land, er ist, heißt es, von dunkelblauer Farbe. Die Menschen nennen ihn den stygischen Fluß und den See, den er bildet, Styx. Hier im Styx speist er sich mit gewaltigen Wassermassen und taucht dann unter die Erde, läuft in vielen Windungen und kommt dem Periphlegethon gegenüber wieder hervor und nähert sich von der anderen Seite dem Acherusischen See. Auch er mischt nicht seine Wasser mit dem Wasser des Sees und fließt um ihn herum und wirft sich dem Periphlegethon gegenüber in den Tartaros. Die Dichter geben ihm den Namen Kokytos. So nun die Verstorbenen an den Ort kommen, wohin jeden sein Schutzgeist führt, werden zunächst die, welche ein edles und heiliges Leben geführt haben, von den anderen gesondert. Die für mittelmäßig befunden wurden, werden an den Acheron gebracht, besteigen hier die Kähne, die ihrer warten, und kommen auf diesen zum Acherusischen See; dort wohnen sie und büßen und reinigen sich vom Unrecht. Doch wird hier auch jedem der Lohn für das, was er Gutes gewirkt. Alle, deren Frevel für unsühnbar befunden werden, die großen Tempelräuber und Mörder, werden in den Tartaros geworfen, und aus dem Tartaros gibt es kein Entkommen mehr. So einer sich eines wenn auch großen, doch sühnbaren Verbrechens schuldig gemacht hat, Söhne, die sich im Zorne am Vater oder an der Mutter vergriffen, diese Tat aber ihr ganzes Leben lang bereut haben, Totschläger, auch sie werden in den Tartaros geworfen, doch, nachdem sie daselbst ein Jahr lang geweilt, speien die Wellen sie wieder aus, den Totschläger in den Kokytos und den, der sich am Vater oder an der Mutter vergangen, in den Periphlegethon. Und diese beiden Ströme bringen die Frevler wieder zurück vor den Acherusischen See, und hier rufen die Büßer nach ihren Opfern und nennen sie und fallen vor ihnen auf die Knie und flehen sie an, sie wieder heraus in den See zu lassen und in ihre Schar aufzunehmen. Wenn diese nun die Bitten erhören, so schreiten die Büßer aus dem Flusse, und ihre Leiden hören auf. Wenn nicht, nun so werden sie abermals in den Tartaros gebracht und von hier weiter in die beiden Ströme und müssen so lange leiden, bis ihr Flehen vor denen Gehör findet, an welchen sie gefrevelt haben. Denn so will es die Strafe, welche die Richter ihnen zuerkannt haben. Diejenigen nun, welche sich einer frommen Führung mehr und mehr beflissen haben, werden aus allen diesen Räumen in der Erde entlassen und erlöst wie aus Gefängnissen und gelangen hinauf an lichte Sitze und wohnen über der Erde. Und wenn unter diesen welche mit der Philosophie ihre Seele gereinigt haben, so leben diese ohne Leiber alle künftige Zeit und erheben sich zu noch schöneren Räumen – ich darf diese euch hier nicht schildern, denn dazu fehlt mir jetzt die Zeit. Aber schon um der Dinge willen, die ich euch jetzt beschrieben habe, müssen wir alles aufbieten, Simmias, daß wir schon in diesem Leben uns die Tugend und Vernunft aneignen. Denn der Preis ist hoch und die Hoffnung groß. Daß sich alles genau so füge, wie ich es jetzt erzählt habe, darauf darf freilich ein vernünftiger Mann nicht bauen wollen; daß es aber so oder ähnlich um unsere Seelen und deren Wohnsitze stehe, wenn die Seele unsterblich ist, dürfen wir wohl glauben, und es lohnt sich auch, diesen Glauben zu wagen. Das Wagnis ist edel, und mit diesem Glauben soll sich ein jeder gleichsam bezaubern und weihen. Schließlich habe auch ich nur deshalb so lange an diesem Märchen gesponnen. Und darum braucht auch ein Mann um seine eigene Seele unbesorgt zu sein, der in diesem Leben jeder Lust des Leibes entsagt und jeden Schmuck verworfen hat, weil das ihm fremd ist und sein Leiden nur noch größer macht, dieses hohen Preises wegen, sage ich, braucht ein Mann um seine Seele unbesorgt zu sein, der nach Erkenntnis gestrebt und um die Seele nicht den fremden, sondern den ihr eingeborenen Schmuck getan hat: die Gerechtigkeit, die Besonnenheit, den Mut, die Freiheit und Wahrheit, und also geschmückt auf seine Fahrt nach der Unterwelt wartet, um zu ziehen, wenn das Geschick ihn ruft. Ihr alle, Simmias du, du Kebes, alle, alle werdet ihr späterhin jeder zu seiner Zeit die Reise antreten; mich ruft jetzt schon, würde ein Tragiker sagen, das Schicksal. Die Stunde ist gekommen, daß ich mich nach dem Bade umsehe; es ist, meine ich, besser, daß ich mich bade, bevor ich das Gift trinke, ich erspare dadurch den Weibern die Mühe, meinen Leichnam zu waschen. […]

*(387–367 v. Chr.)*

DANTE

# Die Hölle

*Siebenter Gesang, 100–130*

Wir gingen durch den Kreis zum andern Rande,
Zu einer heißen Quelle, deren Wasser
Sich in den Anfang eines Grabens stürzen.
Das Wasser war noch dunkler als der Purpur,
Und wir, begleitet von den grauen Wogen,
Traten dort unten ein auf andrem Wege.
Dort wird ein Sumpf mit Namen Styx gebildet
Von jenem trüben Fluß, wenn er am Fuße
Des bösen, grauen Strandes angekommen.
Und ich, der ich mit Spannung ringsum schaute,
Sah dort ein schmutzig Volk in jenem Sumpfe;
Sie waren alle nackt, mit bösen Mienen.
Sie schlugen sich, und nicht nur mit den Händen,
Mit Köpfen, mit der Brust und mit den Füßen,
Indem sie mit den Zähnen sich zerfleischten.
Der gute Meister sagte: »Sohn, nun siehst du
Die Seelen derer, die der Zorn besiegte,
Und außerdem sollst du als sicher glauben,
Daß unterm Wasser Leute sind, die seufzen;
Sie lassen oben noch das Wasser sprudeln,
Wie dir das Auge sagt, wohin du schauest.
Gedrängt im Schlamme sagen sie ›Wir waren
Elend im süßen, sonnenfrohen Äther,
Da wir im Innern Unlustnebel trugen.
Jetzt müssen wir im schwarzen Kote büßen.‹
Dies Lied hört man in ihren Kehlen gurgeln,
Sie können's nicht mit klaren Worten sagen.«
So haben wir ein großes Stück umgangen
Des schmutzigen Brunnens, zwischen Schlamm und Ufer,
Den Blick zu denen, die den Kot verschlucken,
Und kamen dann zuletzt zu einem Turme.

*(1307–1321)*

GIORGIO DE SANTILLANA / HERTHA VON DECHEND

# Über Zeit und die Flüsse

[…] Große Dichter scheinen sich gegenseitig zu verstehen und über Informationen zu verfügen, die dem Publikum für gewöhnlich vorenthalten werden; Dante setzt dort ein, wo die *Aeneis* aufhört. Wie die Jenseitswanderer, die ihren Weg durch die inneren Kreise der Hölle gehen (*Inferno* VII.102), gelangen Dante und Vergils Schatten als sein Führer an einen kleinen Fluß, der aus dem Felsen sprudelt. »Sein Wasser war düsterer als graublau ist« – das ist die Styx. Und indem sie ihn entlanggehen, erreichen sie den schwarzen stygischen Sumpf, in den die Seelen jener eingetaucht werden, welche das Leben »in milden, sonnendurchglänzten Lüften droben« gehaßt und es voll Gram und Boshaftigkeit verbracht haben. Dann müssen sie sich den Zinnen der Feuerstadt des Dis stellen, dem Festungswall der Unteren Hölle, der von Teufelslegionen und von den Furien mit der schrecklichen Gorgo höchstpersönlich bewacht wird. Erst nachdem ein Himmelsbote interveniert hat, springen die verriegelten Tore durch die Berührung mit dem Stab (eine Spielart von Aeneas' Goldenem Zweig) auf, um den Wanderern den Zutritt in die Stadt der ewigen Verdammnis zu gewähren. Als sie im inneren Kreis weitergehen, kommen sie an einen Fluß aus kochendem roten Wasser, der später in einen Wasserfall übergeht und sich in die Tiefe des Abyssus (*baratro* = Tartaros) stürzt. An dieser Stelle bemerkt Vergil (XIV.85): »Von allem, was ich bisher dir gezeigt, seit wir das Tor durchschritten, das für jeden, der an die Schwelle kommt, schon offen steht, hat nichts sich deinem Auge dargeboten, bemerkenswert wie dieser schmale Bach, an dem die Flammenflocken all zergehen.« Das sind gewichtige Worte nach alldem, was sie bereits durchgemacht haben. Es folgt ihnen eine Erklärung, die ziemlich weit hergeholt klingt: »Ein verwüstetes Land liegt mitten in dem Meer«, beginnt Vergil, »und Kreta heißt das Land; dort war ein Reich [mit Saturn als König, H. v. D.], und Unschuld herrschte einst.« Dort, im Schoße des Berges Ida, wo Zeus von Rhea geboren wurde, befinde sich eine riesige

Höhle, in der eine Statue sitze. Dante folgt hier einer alten Überlieferung, die man bei Plinius finden kann und nach der ein Erdbeben eine Höhle in den Berg riß, in welcher man eine gewaltige Statue fand, über die nicht viel gesagt wird, außer daß sie 46 Ellen hoch war. Dante scheint für seine Beschreibung jedoch eine berühmte Vision des Propheten Daniel heranzuziehen. Nachdem König Nebukadnezar den Propheten gebeten hatte, ihm einen bösen Traum zu deuten, den er vergessen hatte, betete Daniel zu Gott, damit dieser ihm den Traum offenbare:

> *»Du, König, hattest einen Traum, und siehe, ein großes und hohes und hell glänzendes Bild stand vor dir, das war schrecklich anzusehen. Das Haupt dieses Bildes war von feinem Gold, seine Brust und seine Arme waren von Silber, sein Bauch und seine Lenden waren von Kupfer, seine Schenkel waren von Eisen und teils von Ton. Das sahst du, bis ein Stein herunterkam, ohne Zutun von Menschenhänden; der traf das Bild an seinen Füßen, die von Eisen und Ton waren, und zermalmte sie […] Der Stein aber, der das Bild zerschlug, wurde zu einem großen Berg, so daß er die ganze Welt füllte.«*[1]

An diesem Punkt verabschiedet sich Dante von Daniel, und mit jener Unbekümmertheit, die ihn selbst dann auszeichnet, wenn er von Heiligen Propheten spricht, die er als seinesgleichen behandelt, entläßt er den königlichen »Mumpitz« in Babylon. Sein Instinkt sagt ihm, daß die Vision in Wirklichkeit mit älteren und erhabeneren Subjekten zu tun haben muß, nämlich mit dem Kosmos selbst. Entsprechend führt er die Vision auf seine eigene Weise zu Ende: Die vier Metalle stehen für die vier Zeitalter des Menschen, und außer dem Gold (Symbol des Zeitalters der Unschuld) wird jedes von einem Riß, aus dem Tränen fließen, gespalten. Aus diesen Tränen entstehen die Flüsse, welche die Sünden der Menschheit in die Unterwelt tragen. Es sind die Flüsse Acheron, Styx und Phlegethon. Wir haben erwähnt, daß Dante die ursprünglichen Wasser der Styx als graublau oder stahlblau *(perso)* beschreibt – genauso, wie es bei Hesiod und Sokrates geschrieben steht, die er nie gelesen hat. Er mag es Servius oder Macrobius entnommen haben,

1 *Der Prophet Daniel* 2. 31–35.

aber das ist unerheblich. Bemerkenswert ist hingegen die peinliche Genauigkeit, mit der er die nur vage verstandene Überlieferung der Lapislazuli-Landschaft der Styx konserviert, eine Landschaft, von der sich herausstellen wird, daß sie sich über die ganze Welt ausdehnt. Soweit es den Phlegethon betrifft, folgt der Verlauf des Stroms ziemlich genau der Route, die Sokrates für den Pyriphlegethon, den »flammenden Fluß«, anzugeben wußte. Wir haben im *Phaidon* eine weit unten angesiedelte, feurige Region gesehen, die von einem Lavastrom durchquert wird, der sogar richtiges Feuer an die Erdoberfläche spuckt. Während manche Interpreten glaubten, er fließe durch das Erdinnere, verlegten andere den Pyriphlegethon, wie auch die anderen Flüsse, in die menschliche Seele.[2] Allerdings gibt es kaum Zweifel, daß es sich bei ihm, wie Albrecht Dieterich geltend gemacht hat,[3] ursprünglich um einen Strom feurigen Lichts am Himmel handelte, vergleichbar dem Eridanus. Auf alle Fälle windet sich der flammende Sturzbach, wie er in der *Aeneis* genannt wird, in Spiralen nach unten, deren Weg in Dantes Topographie sorgfältig nachgezeichnet wird, bis er sich mit den anderen Flüssen vereint und sie gemeinsam kaskadenartig in den eisigen See des Kokytos stürzen – »zur letzten Tiefe«, denn hier ist das Zentrum, der Tartaros, wo Luzifer selbst im Eis gefroren ist. (Dante ist der christlichen Tradition respektvoll begegnet, nach der das Universum sozusagen diabolozentrisch ist.) Aber warum behauptet er, der Feuerfluß sei so extrem »bemerkenswert«?

Georg Rabuse[4] hat dieses Rätsel in einer sorgfältigen Analyse von Dantes drei Welten gelöst. Zunächst hat er anhand

2 Siehe Macrobius: *Commentary on the Dream of Scipio 1.* 10.11 [übersetzt von Stahl (1952), 128]: »Entsprechend nahmen sie an, daß der Phlegethon nichts weiter als das Feuer unseres Zorns und unserer Leidenschaft ist, daß der Acheron den Verdruß darstellt, den wir über etwas Gesagtes oder eine Tat empfinden …, daß der Kokytos irgend etwas symbolisiert, was uns zum Wehklagen bringt oder zu Tränen rührt, und daß die Styx alles verkörpert, was den menschlichen Geist in den Abrund gegenseitigen Hasses stürzt.«

3 A. Dieterich: *Nekyia* (1893), 27.

4 G. Rabuse: *Der kosmische Aufbau der Jenseitsreiche Dantes* (1958), 58–66, 88–95.

eines wenig bekannten Manuskripts der Spätantike, dem sogenannten »Dritten Vatikanischen Mythographen«, herausgefunden, daß das kreisförmige Territorium der Hölle, welches von dem Roten Fluß besetzt wird, »von bestimmten Schreibern« als das genaue Gegenstück zum Kreis des Mars am Himmel gedacht war, »denn sie lassen die Himmel in der Unterwelt beginnen« (*3*.6.4).[5] Somit hatte Numenius zu guter Letzt doch recht: Die Flüsse sind planetarisch. Dante pflichtete dieser Lehrmeinung bei und verfeinerte sie mit einer Fülle paralleler Charakterzüge. Der zentral im Planetensystem plazierte Mars war für ihn deshalb wichtig, weil dieser die stärksten Kräfte des Guten und Bösen *in Gang* hielt. Als zentrale Note in der Tonleiter *kann* er allerdings auch zur harmonisierenden Kraft werden. Darauf legt die hermetische Tradition, wie auch Dante selbst, ausdrücklich Wert. Ist Mars jene planetare Macht, welche für Apollon steht? Das muß künftigen Nachforschungen überlassen bleiben.

In seinem Paradies plazierte Dante in den Himmel des Mars das Symbol des Kreuzes (»Ich bin nicht gekommen, um Frieden zu bringen, sondern ein Schwert«), ein Symbol rücksichtslosen Heldenmuts und höchster Opferbereitschaft, für das als Beispiel sein eigener Vorfahr diente, ein Kreuzritter, mit dem sich Dante leidenschaftlich identifizierte. In den Mars-Kreis der Hölle setzte er, wenn auch widerwillig, die meisten der großen Persönlichkeiten, die er eigentlich verehrte – von Farinata, Kaiser Friedrich II. und dessen Kanzler Pier della Vigna bis hin zu Brunetto, Capaneus und vielen stolzen Eroberern. Sogar Ulixes (=Ulysses, Odysseus) gehört dorthin, gekleidet in die »altehrwürdige Flamme« die mehr ein Symbol seiner »Wut« denn seiner Hinterlist ist. Tugenden sind dort unten mit dem Minus-Zeichen versehen; sie werden als feurige Verweigerung, »blinde Gier und Jähzorn« angesehen, die sich selbst ahnden. Aber ihre Träger sind nichtsdestoweniger im großen und ganzen edel: so wie im *Nihongi* Mutig-

5 Siehe *Scriptores Rerum Mythicarum Latini*, herausgegeben von Georgius Heuricus Bode (1968; 1. Auflage 1834), *1*, 176: »Eundem Phlegethontem nonnulli, qui a caelo infernum incipere autumant, Martis circulum dicunt sicut et Campos Elysios … circulum Jovis esse contendunt.«

Schnell-Ungestüm-Männlich, die Macht des Handelns par excellence. Die Sanftmütigen mögen die Erde erben; aber über das Königreich des Himmels heißt es: *violenti rapiunt illud*. Christus steht bei Dante für den Heliand, den erobernden Helden, den Richter der Lebendigen und der Toten: *rex tremendae majestatis*.

Wie dem auch sein mag – das Gleichgewicht zwischen oben und unten, der Flüsse mit den Planeten, bleibt erhalten. Mit einem Kunstgriff führt Dante an dieser Stelle den Koloß von Kreta ein, der aus archaisch-mythischem Material beschaffen ist. Die Flüsse mit den Weltaltern gleichsetzend, hebt Dante die Identität der Flüsse mit der Zeit hervor: hier nicht als jene Zeit gemeint, die werden läßt, sondern als jene, die vergehen läßt – jene Zeit also, welche den »sündhaften Schmutz« mit sich trägt, die Bürde der gelebten Lebensirrtümer.

In den Köpfen der Menschen des 13. Jahrhunderts war die archaische Struktur noch sehr lebendig. Darüber hinaus wird jedoch – über den Kreis des Mars – eine überraschende Einsicht erkennbar: Durch die feierlich-christliche Architektur des Gedichts, durch den subtil-logischen Aufbau sowie jenseits des »Schleiers seltsamer Verse« und der Absicht, welche sie bemänteln, schimmert eine Ahnung dessen hindurch, wofür der Autor mehr Sorge trug, als er zugeben würde: die eigene existentielle Wahl des Menschen Alighieri. Dichter können ihre eigene Wahrheit nicht verbergen. Ein Ulixes, der in einem letzten verzweifelten Versuch, welcher durch die Ordnung der Dinge von vornherein zum Scheitern verurteilt ist, gen Südwesten aufbricht, um »jene Welt, die den Sterblichen versagt ist«, zu erreichen, der angesichts seines Ziels von dem Strudel verschlungen wird – *das* ist das Symbol. Es wird von dem Dichter nicht bewußt enthüllt, sondern durch die Kraft der Zeilen selbst, und es schimmert aus so weiter Entfernung wie das Licht, das von einem quasistellaren Objekt zu uns dringt. Gewiß, der Grieche blieb ebenso wegen seiner rücksichtslosen Findigkeit in der Hölle verloren wie wegen seiner Gottlosigkeit: Vergil hatte ihn als »schrecklich und wild« gebrandmarkt. Dieses Urteil wurde angenommen. Doch war es Ulixes, der bis zum letzten – und sogar gegen Gott – ging, um sich Erfahrung und Wissen zu erkämpfen. Sein luziferischer Hochmut bleibt unserer Erinnerung besser erhalten als die Harmonie der Himmelschöre.

Die erste Quelle, die uns bei dieser riskanten Recherche weiterhilft, ist Homer, »der Lehrer von Hellas«. Die Reise des Odysseus in den Hades ist die erste Expedition dieser Art in der griechischen Literatur. Sie wird von dem müden Helden unternommen, um den Schatten von Teiresias über die Zukunft zu befragen. Der Rat, den er schließlich bekommt, fällt auf verblüffende Weise aus dem Rahmen seiner Abenteuer sowie der *Odyssee* selbst heraus. Es wird notwendig sein, auf diese merkwürdige Prophezeiung zurückzukommen. Aber was die Reise an sich betrifft, gibt Kirke dem Helden folgende Segelanweisung:

*»Hast du den Mast gestellt und die hellen Segel gebreitet,*
*Setze dich hin und des Bóreas Hauch wird treiben dein Fahrzeug.*
*Aber sobald mit dem Schiff den Okéanos du überquert hast,*
*Wo das flache Gestade und Haine der Persophoneia,*
*Hoch gewachsene Pappeln und fruchtabwerfende Weiden,*
*Lasse sodann dein Schiff dort an des Okéanos Strudeln*
*Landen, und geh selbst hin zum modrigen Hause des Hades.*
*Dort wo zum Ácheron der Pyriphlégethon und der Kokytos*
*Strömen, welcher ein Abfluß ist des stygischen Wassers,*
*Ist ein Fels, wo die beiden brausenden Ströme sich einen.*
*Dort, o Heros, dränge dich heran, so wie ich dich heiße,*
*Grabe du dort ein Loch, eine Elle nach hierhin und dorthin,*
*Gieße drauf ringsumher die Spende für alle die Toten …«*[6]

Viele Jahrhunderte später verfaßte Krates von Pergamon, ein Mathematiker und Mythograph zur Zeit Alexanders, einen bemerkenswerten Kommentar zu dieser Textpassage. Er ist uns durch Strabon[7] erhalten geblieben: Odysseus, der von Kirkes Insel kommend zum Hades segelt und wieder zurück, muß jene »Ausbuchtung des Okeanos benutzt haben, die vom Winter-Wendekreis (des Steinbocks) bis zum Südpol reicht«; und Kirke half nach, indem sie den Nordwind schickte. Das

6 Homer: *Odyssee 10*. 508–518, übers. von R. Hampe (1979), 169 f.
7 *The Geography of Strabo* (LCL) *1*. 1.7; zu *Odyssee 11*. 639 ff. (kólpon epì tòn nótion pólon epò tou cheimerinou tropikou diêkonta) siehe Hans Joachim Mette: *Sphairopoiia* (1936), 75, 250.

ist eine rätselhafte Geographie. Aber aus astronomischer Sicht ergibt sie einen Sinn, und Krates scheint gute Gründe gehabt zu haben, den Südpol zum Ziel zu machen.

Die nächste Information gibt Hesiod in seiner *Theogonie* (775–814), und sie ist sehr obskur. Nachdem er von den »hallenden Wohnungen« des Hades und von Persephone gehört hat, sagt er:

*Dort wohnt die den Unsterblichen verhaßte Göttin, die furchtbare Styx, die älteste Tochter des (in sich selbst) zurückfließenden Okeanos. Entfernt von den Göttern bewohnt sie ein berühmtes Haus, überdeckt mit großen Steinen. Rundum reckt es sich ganz mit silbernen Säulen zum Himmel empor. Nicht oft kommt die schnellfüßige Tochter des Thaumas, Iris, als Botin auf dem breiten Rücken des Meeres.*

*Wenn Streit oder Kampf unter den Unsterblichen sich erhebt und wenn einer von denen lügt, die die olympischen Wohnungen innehaben, dann schickt Zeus die Iris, den großen Schwur der Götter zu besorgen: aus der Ferne das vielgenannte Wasser im goldnen Gefäß, das kalte, das aus steilem, hochgelegenem Felsen herabfließt (zu holen).*

*Tief strömt es unter der weitwegigen Erde aus dem heiligen Strom durch die schwarze Nacht, eine Abzweigung des Okeanos Der zehnte Teil (davon) aber ist (der Styx) zugeteilt. Neun (Teile) fließen um die Erde und um den breiten Rücken des Meeres, in silbernen Wirbeln gewunden ins Meer herabfallend. Der zehnte aber fließt aus einem Felsen als große Not für die Unsterblichen. Wer, nachdem er (beim Schwören) das (Wasser des Styx) ausgegossen hat, einen Meineid schwört von den Unsterblichen, die das Haupt des schneebedeckten Olymps bewohnen, der liegt da atemlos für ein volles Jahr. Niemals kommt er der Speise von Ambrosia und Nektar näher, sondern er liegt atemlos und sprachlos auf dem ausgebreiteten Lager, und ein tiefer Schlaf [=* coma*; H. v. D.] umfängt ihn.*

*Aber wenn er diese Krankheit beendet hat, dann wird von ihm für ein großes Jahr (d. h. acht Jahre lang) eine um die andere (immer) schwerere Arbeit erwartet. Neun Jahre lang ist er ausgeschlossen von den Göttern, den ewig seienden, weder hat er Gemeinschaft mit ihnen bei Beratungen noch bei den Mahlzeiten. Neun volle Jahre. Im zehnten aber hat er wieder Gemeinschaft (mit den Göttern) auf den Versammlungen der Unsterblichen, die die olympischen Wohnungen innehaben. Für einen solchen Schwur setzten die Götter das unaussprechliche Wasser des Styx, das uralte. Es strömt dahin durch felsiges Gelände.*

*Dort sind von der dunklen Erde und dem nebligen Tartaros und dem immerwogenden Meer [=* pontos*; H. v. D.] und dem sternenreichen Himmel nebeneinander von allem die Ursprünge und Grenzen, schmerzlich dumpf. Die Götter sogar hassen es. Dort sind schimmernde Tore und eine* *eherne unerschütterliche Schwelle, aus unendlich langen Wurzeln gefügt, von selbst gewachsen. Draußen aber, entfernt von allen Göttern, wohnen die Titanen, jenseits des finsteren Chaos.*[8]

Dies ist Hesiods Version vom »Fundament des Abyssus«. Ihre speziellen Details machen die Verwirrung noch perfekter, wie es dem Gegenstand gebührt. Das schwierige Wort *ogygion*, das oft mit »uranfänglich« übersetzt wird, scheint unbestimmt Dinge jenseits von Zeit und Raum zu bezeichnen, man könnte sagen: den verborgenen Schatz am Ende des Regenbogens. So wurde auch die Ruhestätte genannt, in der Kronos die Zeit seiner Wiederkehr abwartet. Aber das paradoxe Anhäufen von Ursprüngen, Grenzen, »unendlich langen Wurzeln« der Erde, des Meeres und des Himmels wie auch der Tartaros selbst beseitigen jeden Gedanken an einen Standort im Innersten der Erde, wie der Sinn dieser kryptischen Wörter im allgemeinen empfunden wurde. Mit »zur letzten Tiefe« muß »jenseits der anderen Seite der Erde« gemeint gewesen sein, und aus Gründen der Symmetrie muß es auf eine Region gegenüber unserem Pol verwiesen haben. Über die schimmernden Tore und die eherne unerschütterliche Schwelle wird an einer anderen Stelle im Text gesagt, daß sie die Pforten der Nacht und des Tages darstellen. Zwei Jahrhunderte später spricht Parmenides, die allegorische Sprache Hesiods aufgreifend, wieder von diesen Pforten der Nacht und des Tages.[9] Aber sein Bildnis fällt deutlicher aus, wie es sich für seine unbeirrbare geometrische Vorstellungskraft gehört. Die Tore befinden sich »hoch oben im Äther« und führen zum Wohnsitz der Göttin der Wahrheit und Notwendigkeit; und auch für ihn müssen sie sich aus explizit symmetrischen Gründen am Pol befinden. Wir haben einmal versuchsweise den Nordpol vorgeschlagen. Aber viele gleichwertige Anhaltspunkte deuten nunmehr auf den anderen Pol hin, den unbekannten: den völlig Unzugänglichen. Hesiod sagt, die Styx sei eine Abzweigung des Himmels-Okeanos »unter der weitwegigen

8 Hesiod: *Theogonie*, übers. von K. Albert (1983, 4. Aufl. 1990), 109 f.
9 G. de Santillana: *Prologue to Parmenides*. University of Cincinnati, Semple Lecture, 1964. Abgedruckt in G. de Santillana: *Reflections on Man and Ideas* (1968), 82.

Erde«; seine schreckliche Göttin lebt in einem Haus, das »sich ganz mit silbernen Säulen zum Himmel empor« reckt; das Wasser fließt von einem hochgelegenen Fels herab. Es kann von Iris erreicht werden, die mit ihrem Regenbogen vom »Haupt des schneebedeckten Olymps« herbeieilt. Diese *ogygische* Region, die den Göttern verhaßt ist, muß sich sowohl unter als auch jenseits der Erde befinden; das könnte soviel bedeuten wie »auf der anderen Seite des Himmels«. Homer benutzte nie die Wörter »oben« und »unten« im engeren Sinne: Er ließ Odysseus einfach auf einer weit entfernten flachen Küste an Land gehen.

Aber was hat es mit der fürchterlichen Styx auf sich, die der Kern des Mysteriums zu sein scheint? Er ist ein Fluß des Todes – selbst für die Götter, die wenigstens damit rechnen können, nach der vorgegebenen Zeit aus ihrem Koma zu erwachen. Styx-Wasser ist jeder Materie feindlich gesonnen: Es zerbricht Glas, Metall, Stein und jeden Behälter. Nur einem Pferdehuf kann es nichts anhaben, sagt die Legende.[10] Sie fügt hinzu, daß für Menschen das Wasser unweigerlich zum Tode führt – außer an einem bestimmten Tag des Jahres, wenn es sich in das Wasser der Unsterblichkeit verwandelt. Doch weiß niemand diesen Tag. […]

*(1969/1992)*

10 Pausanias *8.* 18.4–6 zitiert nach J. G. Frazer: *Pausanias' Description of Greece 4* (1913), 248–256; siehe auch Otto Waser, Roscher *4*, Spalten 1574, 1576. Pausanias läßt offen, ob Alexander mit Hilfe des stygischen Wassers umgebracht wurde – wie es die Sage behauptet – oder nicht.

LEONARDO DA VINCI

# Von Flüssen und unterirdischen Wasseradern

Vom Ursprung der Flüsse.

Der Körper der Erde ist wie die Körper der Lebewesen von den Verzweigungen der Adern durchwoben, die alle miteinander zusammenhängen und zur Nahrung und zur Belebung dieser Erde und ihrer Geschöpfe bestehen. Sie kommen aus den Meerestiefen, und dorthin müssen sie nach vielerlei Drehungen durch die Flüsse wieder zurück, die ihrerseits in den Höhen durch das Aufbrechen dieser Adern entstehen. Und wenn du sagen wolltest, die Regenfälle im Winter und die Schneeschmelze im Sommer seien der Grund für das Entstehen der Flüsse, könnte man dich an die Flüsse erinnern, die in den heißen Ländern Afrikas entspringen, wo es weder regnet noch schneit, weil die übermäßige Hitze immer alle Wolken in der Luft auflöst, die von den Winden dorthin getrieben werden; und wenn du sagen würdest, daß die Flüsse, die im Juli und im August anschwellen, von dem Schnee kommen, der im Mai und im Juni schmilzt, weil die Sonne auf die Berge Skythiens scheint und das Schmelzwasser in manche Täler fließt und Seen bildet, durch die es dann in unterirdische Adern und Höhlen eindringt, die am Ursprung des Nils wieder herauskommen, so ist das falsch, denn Skythien liegt tiefer als der Ursprung des Nils, da Skythien 400 Meilen nahe am Schwarzen Meer liegt und der Ursprung des Nils 3000 Meilen vom Ägyptischen Meer entfernt liegt, in das er seine Wasser ergießt.[1]

Wie in den großen Meerestiefen die Wasseradern der Welt entstehen.[2]

1 *Leicester Codex* 33 v. (ca. 1506–1508). 36 Blätter, von Leonardo selbst zusammengestellt. Das größte zusammenhängende Dokument über seine Studien zum Wasser, zur Erde und zu den Himmelskörpern. Seit 1994 im Privatbesitz von Bill Gates, Seattle, USA. Vormals hg. vom R. Istituto Lombardo di Scienze e Lettere (Premio Tomasoni), von Gerolamo Calvi. Mailand 1909. Reprint Florenz 1980.

2 *Leicester Codex* 17 v.

Das Wasser bewegt sich nicht von selbst, außer es fließt abwärts. Das Wasser ist das höchste, das vom Mittelpunkt seiner Sphäre am weitesten entfernt ist; und die Wasseroberfläche wird die niedrigste genannt, die der Mitte ihrer Sphäre am nächsten liegt. Keine Wasseroberfläche, die an die Luft grenzt, kann tiefer liegen als die Oberfläche ihrer Sphäre. Das Wasser des salzigen Meeres ist in den tiefsten Tiefen süß.

In immerwährender Bewegung wandeln die Wasser aus den tiefsten Tiefen der Meere zu den höchsten Gipfeln der Berge, wobei sie die Natur des Schweren mißachten; und in diesem Fall macht das Wasser dasselbe wie das Blut der Lebewesen, das sich immer vom Meer des Herzens aus bewegt und zu ihren Köpfen hochfließt; und wer dort eine Ader aufbrechen würde, [*sähe*], wie man an einer geplatzten Ader in der Nase sehen kann, daß sich das ganze Blut von unten zu der geplatzten Ader nach oben bewegt. Wenn das Wasser aus einer geplatzten Ader der Erde heraustritt, folgt es der Natur der anderen Dinge, die schwerer sind als die Luft, und strebt deswegen immer nach den tiefer gelegenen Orten. Das Wasser wird schneller sein, das in einer weniger schrägen Geraden (der Senkrechten näher) abwärts fließt, und das Wasser wird gemächlicher fließen, das sich einem schrägeren Grund folgend bewegt.

Unzählige Male haben der Nil und die anderen großen Flüsse das gesamte Element des Wassers ins Meer ergossen und es ihm zurückgegeben; und die Wasseradern ziehen in unendlichen Verzweigungen durch den Körper der Erde. Und das Wasser verwandelt sich auf so viele und so mannigfache Weisen, wie die Orte sind, die es durchfließt.[3]

Riesengroße Flüsse fließen unter der Erde. […]
Die Binnenmeere werden immerfort kleiner.
Die Binnenmeere entstehen durch das Einstürzen der von den Flüssen unterhöhlten Berge. […][4]

3 *Leicester Codex* 21 v.

4 *Codex Atlanticus* 160 v. a (1480–1518). Biblioteca Ambrosiana, Mailand. 1222 Seiten. Schriften und Zeichnungen aus vielen Lebensjahren, von Pompeo Leoni zusammengestellt. Reprod. und veröffentl. von der Regia Accademia dei Lincei. Mailand 1897.

Das Wasser ist recht eigentlich das, was als lebenspendender Saft dieser dürren Erde geschenkt ist; und die Ursache, die es durch ihre verzweigten Adern entgegen dem natürlichen Drang alles Schweren treibt, ist recht eigentlich die, welche die Säfte in allen Arten lebendiger Körper antreibt. Und das, was unter der größten Bewunderung seiner Betrachter aus der tiefsten Meerestiefe zu den höchsten Bergeshöhen emporsteigt und durch die aufgebrochenen Adern herausrinnend ins tiefe Meer zurückkehrt [...], erhebt es sich bald mit erzwungener Bewegung, und bald stürzt es seinem natürlichen Drang folgend hinab, und so vereint in seinen immerwährenden Kreislauf, fließt es hin und her durch die Gänge und Kanäle im dunklen Körper der Erde.[5]

Alle Binnenmeere und die Buchten der Meere werden von den Flüssen erzeugt, die in diese Meere fließen.[6]

Es bleibt das Element des Wassers eingeschlossen zwischen den zusammengewachsenen Rändern der Flüsse, und man sieht das Meer von dem gewachsenen Land eingeschlossen; und die umgebende Luft, welche die aufgeweichte Maschine der Erde einzuwickeln und zu umgrenzen hat, und ihre Dicke, die sich zwischen dem Wasser und dem Element des Feuers befand, wird schrumpfen und des notwendigen Wassers entbehren. Die Flüsse werden ohne ihre Wasser sein, die fruchtbringende Erde wird keine Triebe mehr hervorschießen lassen; und die Felder werden nicht mehr im Schmuck der sich neigenden Ähren stehen; alle Tiere werden sterben, da sie kein frisches Gras mehr auf den Weiden finden, und den raubgierigen Löwen, Wölfen und anderen Tieren, die vom Raub leben, wird die Nahrung fehlen, und die Menschen werden nach vielen Zufluchten das Leben lassen müssen, und das Menschengeschlecht wird sterben. Und so wird die fruchtbare und fruchtbringende Erde öd, dürr und unfruchtbar sein; und weil die Feuchtigkeit in das Wasser in ihrem Bauch eingeschlossen ist, wird sie dank ihrer lebendigen

5 *Arundel Codex* 236 v. (um 1508). British Library, London. 283 Blätter, von Leoni zusammengestellt. Schriften und Zeichnungen zu vielerlei Themen.

6 *Codex Atlanticus* 160 v.

Natur noch einige Zeit ihre Form bewahren, so daß sie, nachdem die kalte dünne Luft zu Ende ist, notwendigerweise mit dem Element des Feuers endet. Da wird von ihrer Oberfläche nur Asche zurückbleiben, und das wird das Ende der irdischen Natur sein.[7]

*(um 1480–1518)*

---

JUAN BOSCH

## Der Fluß und sein Feind

Meine Geschichte ereignete sich an einem Ort unterhalb von Villa Rivas, am Ufer des Yuna. Wenn der Yuna dort vorbeifließt, hat er bereits viele Kilometer zurückgelegt und die verschiedensten Landstriche fruchtbar gemacht. Von seiner Quelle in der unwegsamen Kordillere strömt der große Fluß in ruhigem und stetigem Lauf Dutzende Abhänge hinunter, bis er schließlich als eine gewaltige, aber auch friedliche Welt der Fluten den Ort erreicht, von dem ich spreche.

Ich verlebte damals einige Ferientage bei meinem alten Freund Justo Félix. Am nächsten Morgen mußte ich in die Hauptstadt zurück, und so verbrachte ich den letzten Abend im Wohnraum seines Hauses, einem mächtigen Gebäude aus Holz, das auf hohen Pfählen gebaut war, damit der Fluß nicht in die Räume dringen konnte, wenn er über die Ufer trat. An jenem Abend saßen wir zusammen: mein Gastgeber, der es sich in einem Schaukelstuhl bequem gemacht hatte; seine Frau, die sehr schlank und weißhaarig war und still über einer Näharbeit saß; Justos jüngste Tochter, ein sehr hübsches junges Mädchen mit rosiger Gesichtsfarbe und üppigem, kastanienbraunem Haar; zwei Enkelkinder Justos, Balbino Coronado und ich.

7 *Arundel Codex* 155 v.

Die Lampe verbreitete nur schwaches Licht, und die Ecken des Raumes blieben im Halbdunkel. Balbino hatte sich auf einen einfachen Stuhl gesetzt. Ich war vom Eßzimmer her eingetreten und konnte Balbino nicht übersehen, weil er direkt vor mir saß. Ich war ihm noch nie begegnet, und als ich ihn an jenem Abend sah, spürte ich sofort, daß ich einen schwierigen Menschen vor mir hatte. Er blickte nicht auf. Wortkarg und sehr steif saß er auf seinem Stuhl und rührte sich nur, um in hohem Bogen auf den Boden zu spucken, was er sehr häufig tat. Bisweilen blitzte es für einen Moment in seinen Augen, und sie strahlten, nämlich dann, wenn er die Tochter meines Gastgebers ansah, die das zu stören schien und die nicht aufzublicken wagte. Ich hielt sie für ein Paar, das sich gestritten hatte oder bei dem sich ein Streit anbahnte.

Justo begann, von interessanten Dingen zu reden und zu erzählen, wie er gelernt hatte, die in den Wäldern und an den Hängen der nahen Kordillere lebenden Wildschweine mit dem Buschmesser zu jagen, und bei dem Zauber seiner Worte meinte man, das Geschehen selbst vor Augen zu haben und die geheimnisvolle, unergründliche Macht der Wildnis zu spüren, die sich an beiden Ufern des Yuna erstreckt. Er erzählte von einer Jagd, an der er im Vorjahr teilgenommen hatte, und seine Erzählgabe, die nüchternen und treffenden Beschreibungen, füllten seinen Bericht mit Spannung. Ich folgte seiner Geschichte, ohne mich zu rühren, als ich sah, wie Balbino plötzlich aufstand, Gute Nacht wünschte und zur Tür ging. Justo verstummte, sah ihm nach, blickte dann zu seiner Frau und seiner Tochter, und während er das Gesicht verzog, so als wollte er sagen: »Was ist los?« oder auch: »Der ist weg!«, schwieg er und wirkte besorgt. »Ein eigenartiger Mensch«, bemerkte ich, um die Atmosphäre aufzulockern. Justo nickte langsam. »Ziemlich«, war seine ganze Antwort.

Die Frau meines Freundes fragte etwas, das die Verwaltung des Hofes betraf, und vertiefte sich mit ihrem Mann in ein Gespräch über häusliche Probleme. Das Mädchen hob den Kopf, sah mich an und lächelte. Ich fand sie sehr anziehend. Sie hatte einen klaren Blick und wirkte gesund und lebhaft. Bis dahin hatte ich das noch nicht bemerkt. Da ich glaubte, daß zwischen ihr und Balbino irgend etwas war, fand ich es normal, daß er, wenn sie sich gestritten hatten, mit einem so unfreundlichen Gesicht gegangen war, denn das Mädchen war einen Streit wohl wert. Ich sagte etwas zu ihr, wir fingen an zu reden, und schon rückte Balbino in den Hintergrund. Leider dauerte das nur kurze Zeit. Die Enkel meines Freundes gingen bald ins Bett, und wenig später gab Justos Frau ihrer Tochter ein Zeichen, diese bat um Erlaubnis, sich zurückziehen zu dürfen, wünschte Gute Nacht, und Mutter und Tochter gingen auf ihre Zimmer. Mein Gastgeber und ich blieben allein zurück.

Die eindrucksvolle Stille jener Stunde erfüllte mich mit tiefem Wohlbehagen. Man hörte das leise Rauschen des Waldes und des Flusses, der Nachtwind strich durch die nahe gelegenen Bäume. Vom Wohnzimmer aus sah man, wie die Glühwürmchen herumschwirrten und die Finsternis erhellten, und ein Grillenchor erweckte den Eindruck, als würde Musik von seltenem Zauber über der Erde emporsteigen.

Dies war meine letzte Nacht an diesem Ort, und ich wollte sie genießen. Ich verspürte den Wunsch, über Balbino Coronado zu sprechen, etwas über sein Leben zu erfahren, denn dieser Mann interessierte mich wirklich. Ich verspürte aber auch so etwas wie geistige Trägheit, die mich daran hinderte zu sprechen. Ich stand auf und ging zur Tür.

»Heute nacht geht der Mond früh auf«, sagte mein Gastgeber hinter mir. »Ich würde gern sehen, wie er sich im Fluß spiegelt«, sagte ich. Da lud mich Justo ein, ihm zu folgen. Wir stiegen die Stufen hinab und gingen einen schmalen Weg entlang, bis wir auf das Geröll am Flußbett stießen.

Eine gewaltige Masse an Bäumen verbarg das Wasser, und es roch hier scharf und süßlich zugleich. Wir sprachen kein Wort. Bisweilen zeigte Justo auf einen Stein oder einen Ast, an dem ich mich verletzen konnte, aber ich hörte kaum zu. Ich wollte nichts anderes, als diese Nacht genießen. Hier spürte man die Kraft der Erde. Heiter und lieblich sang der Fluß, einige Insekten zirpten, und die unzähligen Blätter der Bäume rauschten leise. Plötzlich erschien zwischen den dichten Zweigen ein blasses grünes Licht, zart und wie verzaubert, und wir sahen, wie die Wellen des Flusses Gestalt annahmen, hin und her schlugen, sich wie etwas Lebendiges bewegten. Der ganze Ort erschien plötzlich wie eine unwirkliche Welt. Das Spiel von Licht und Schatten erweckte die Bäume und das Geröll zum Leben, und ein kaum wahrnehmbarer, doch harmonischer Reigen schien anzuheben, so als hätten Wasser, Bäume und Steine zum Klang des Windes sanft zu tanzen begonnen.

Dieses ruhige und wunderbare Bild nahm mich so gefangen, daß ich dastand, ohne mich zu rühren, bis Justo sagte, daß das Mondlicht verschwinden würde. Düstere Wolken, die über den Himmel zogen, verdeckten ihn nach und nach. Mein Freund und ich verließen den Platz. Ich war so aufgewühlt, daß ich darüber reden mußte. Ich sprach von der Landschaft, von der Majestät des Yuna, von dem Glück, dort leben zu dürfen. Justo hörte mir schweigend zu, so als habe er noch nie jemanden so reden hören. Wir gingen sehr langsam. Ab und zu drang ein Lichtstrahl durch die Wolkenmassen und erhellte den Ort. Mein Freund nahm mich am Arm und begann zu sprechen.

»Den Menschen«, sagte er, »kann man nicht verstehen. Es stimmt doch wirklich, wenn man sagt, daß jeder Kopf eine Welt für sich ist!« Ich wartete darauf, daß er weitersprechen würde, denn diese Worte schienen keinen Zusammenhang mit dem zu haben, was ich gerade gesagt hatte. Er mußte meinen fragenden Gesichtsausdruck bemerkt haben.

»Ja, mein Freund, ich weiß, wovon ich rede«, fuhr er fort. »Hier ist ein Beispiel: Haben Sie Balbino Coronado gesehen, den jungen Mann, der vor einer Stunde bei uns war? Wissen Sie, warum er so ein merkwürdiges Gesicht machte?«

»Ich nehme an«, erwiderte ich, »er ist in Ihre Tochter verliebt, und es ärgerte ihn, daß sie ihn nicht beachtete.« Mein Freund lächelte überlegen. »Nein, das ist es nicht. Er war deshalb so, weil er es fühlt, wenn das Hochwasser des Yuna kommt.«

»Er fühlt es?«

»Oder er ahnt es, wenn Sie diesen Ausdruck angemessener finden.«

Ich konnte nicht umhin, Justo verblüfft anzusehen. Er schien meinem Blick keine Bedeutung beizumessen. »Sie haben«, sagte er, »gerade davon gesprochen, was für einen tiefen Eindruck der Fluß auf Sie gemacht hat, nicht wahr? Ich dagegen kenne jemanden, Balbino Coronado, der gegen den Yuna tödlichen Haß empfindet, einen Haß, den man gewöhnlich nur einem Menschen entgegenbringt, der einem sehr geschadet hat.« Die Worte meines Freundes machten mich neugierig. »Erklären Sie mir das doch genauer!« bat ich.

In der Mitte des Hofes lag ein Baumstamm. Das Licht, das manchmal durch die Wolkendecke brach, verlieh der Erde, den Häusern und Steinen eine gräuliche Farbe. Alles schien hier bewegungslos. Das langsame Wogen der Baummasse am Flußufer vermittelte den Eindruck, als würde der Hof ganz allmählich einen gespenstischen Abhang hinuntergleiten. Über der schwarzen Masse der Bäume wölbte sich der bleierne Himmel, und ich fühlte, daß hier nur die Pflanzenwelt an ihrem Platz war. In dem schweigenden Herzen dieser Nacht war der Mensch überflüssig. Vielleicht weil wir von diesem Gefühl geleitet wurden, hatten mein Freund und ich sehr leise gesprochen, so als fürchteten wir, hier als Eindringlinge zu gelten. »Wollen wir uns auf diesen Baumstamm setzen?« fragte Justo.

Ich nickte. Mein Freund setzte sich neben mich, zündete eine Zigarette an und begann zu sprechen. Seine Worte klangen gedämpft. Er erklärte mir, daß dem Yuna zweimal oder doch wenigstens einmal im Jahr am Oberlauf Wasser zuströmt und er zu steigen beginnt. Immer schneller, immer breiter fließt er dann von der Kordillere hinab, bis er schließlich als gewaltige Wassermasse hinunterstürzt. Dann führt der Fluß, wenn er die Ebenen erreicht, so viel Wasser mit sich, daß er über die Ufer tritt. Die Bewohner der Region können dann nur zusehen, wie der Yuna sich nach und nach der ganzen Fläche bemächtigt, in die Äcker eindringt, die Savannen und die tiefer gelegenen Landstriche überschwemmt. Bisweilen bricht das Hochwasser mit ungeheurer Gewalt ein, dann hört man den Fluß Tag und Nacht toben und sieht, wie die Wassermassen schwarz und wütend herabbrausen und die höchsten Dämme erstürmen und in reißendem Strom die Anhöhen erreichen, wo die Leute ihre Hütten bauen. Wenn das geschieht, entwurzelt das Hochwasser Bäume, reißt Häuser und Vieh mit sich und schwemmt ganze Landstücke davon, weil das Wasser den Boden unterhöhlt und zerstört. Die Familien, die am Ufer wohnen, flüchten sich auf die Anhöhen und nehmen ihre Schweine, Hühner und Kühe mit. Von seinem Haus aus hatte Justo bei einer dieser Überschwemmungen gesehen, wie das Land kilometerweit unter Wasser stand, und einmal hatte seine Familie tagelang das Haus nicht verlassen können, weil der Fluß sogar bis dorthin vorgedrungen war und unaufhörlich gegen die Holzpfähle schlug, die das Haus trugen.

»Ich kenne den Yuna, als wäre er ein Mensch«, versicherte mein Freund, »und ich liebe ihn sehr, weil ich weiß, daß diese Überschwemmungen das ganze Gebiet fruchtbar machen. Balbino Coronado dagegen haßt ihn bis auf den Tod.«

Mein Freund verstummte. Ich stellte mir noch einen Moment lang vor, wie dieser Ort wohl aussah, wenn er vom Wasser überflutet war.

»Und warum haßt er ihn?« fragte ich schließlich.

»Sehen Sie, bis vor drei Jahren besaß Balbino Coronado hier ein Stück Land, recht wenig natürlich, nur knapp einen Hektar, aber er nutzte es wie niemand sonst, holte alles heraus, was so ein kleines Stück Land hergibt. Es hatte ihn wohl viel Arbeit gekostet, diesen kleinen Besitz zu erwerben. Das Land lag am Flußufer, nicht weit von hier, hinter uns auf der anderen Seite des Berges. Vor zwei Jahren um diese Zeit kam das Hochwasser und verschlang sein Land in einer Nacht. Am nächsten Morgen war das Stück Land von Balbino Coronado Flußbett geworden, und der Fluß fließt heute noch dort entlang. Der Junge wurde beinahe wahnsinnig, und meiner Meinung nach ist er seitdem nicht ganz richtig im Kopf.«

Die Geschichte war merkwürdig. Ich wollte mehr wissen, und mein Freund erzählte mir, daß er Balbino häufig dort angetroffen hatte, wo sein Land gewesen war. Und da hatte er mit weit aufgerissenen Augen auf den majestätischen und gleichmütigen Fluß gestarrt.

»Vorhin«, so erklärte er mir, »als ich Sie wie berauscht am Ufer des Yuna sah, dachte ich an Balbino, für den der Fluß nichts Schönes an sich hat. Deshalb sagte ich Ihnen, daß jeder Kopf eine Welt für sich ist.«

»Wie merkwürdig«, erwiderte ich nur. Mein Freund zog ein paar Mal an seiner Zigarette, sah zum Himmel hinauf und sagte etwas von möglichem Regen. Dann stand er auf. »Gehen wir schlafen«, sagte er. »Morgen reisen Sie ab, und wir müssen früh aufstehen, um alles für die Fahrt zu richten.«

Ich folgte ihm zum Haus, und noch von der Tür aus betrachtete ich einen Moment lang die schlafende Landschaft. Riesige dunkle Wolken flogen über den Himmel, und hoch oben sah man undeutlich den Mond. Vor dem Einschlafen dachte ich noch eine Weile an Balbino Coronado. Seine Geschichte war wirklich merkwürdig. Ich bedauerte, ihn nicht früher kennengelernt zu haben. Ich hätte versucht, ihm näherzukommen, ihn zu ergründen; aber ich dachte nicht lange darüber nach, da ich bald einschlief.

Sehr früh hörte ich Stimmen vor meinem Zimmer. In aller Eile stand ich auf, weil ich dachte, daß es vielleicht schon spät sei, und als ich die Tür öffnete, sah ich Balbino, der unverständliche Worte von sich gab und dabei wild gestikulierte. Justo stand vor ihm und sah ihn eindringlich an.

»Beruhige dich, Balbino!« sagte er. Ich ging zu ihnen. Balbino hatte Justo an den Schultern gepackt, seine Augen waren weit aufgerissen, sie glänzten und verrieten seine Erregung. In seinem Gesicht spiegelte sich Angriffslust, und allem Anschein nach erfüllte ihn eine tiefe Qual.

»Er kommt wieder! Ich sage Ihnen, er kommt wieder!« versicherte er mehrmals. Offensichtlich war er verzweifelt, doch ich wußte nicht, weshalb. Sein Aussehen glich ganz dem eines Verrückten. Mein Freund faßte ihn an den Hüften und führte ihn weg. Sie wollten gerade das Eßzimmer verlassen, als Justos Tochter erschien. Sofort blieb Balbino stehen und senkte den Kopf. Sie rügte ihn mit liebevoller Stimme: »Was soll denn das? Willst du etwa nicht auf mich hören?« Balbino rührte sich nicht. Ich war verwirrt und hätte schwören können, daß er rot geworden war. »Geh in die Küche«, befahl die Tochter meines Freundes sanft, »und laß dir Frühstück geben.« Still und fast beschämt ging Balbino mit gesenktem Kopf davon. Das Mädchen sah ihm nach, wandte sich dann zum Vater und machte eine Geste des Bedauerns.

»Wenn Balbino so ist, hört er nur auf sie«, versuchte Justo mir zu erklären.

»So? Was soll das heißen?«

»Es ist das Hochwasser. Er glaubt, daß der Yuna heute steigt.«

»Heute? Das scheint mir aber nicht so.«

Justo lächelte. »Sie werden nicht fahren, mein Freund. Balbino hat sich in dieser Frage noch nie geirrt.«

»Und was hat meine Abreise mit dem Yuna zu tun?«

»Habe ich Ihnen das gestern abend nicht erklärt? Wie wollen Sie diesen Fluß überqueren, wenn er ausbricht?«

Wir begannen mit dem Frühstück und setzten unsere Unterhaltung fort. Die Enkel meines Freundes redeten unentwegt und erzählten Geschichten von den Überschwemmungen. Bald darauf begann es zu regnen, und es war mir unmöglich, auch nur einen Fuß vor die Tür zu setzen. Durch das Fenster sah ich, daß der Hof unter Wasser stand. Das Singen des Regens machte Justos Tochter schläfrig. »Dieser Regen macht den armen Balbino noch ganz verrückt«, versicherte sie.

Mißmutig, weil meine Pläne gescheitert waren, ging ich auf mein Zimmer und blieb bis zum Mittag im Bett. Zu dieser Stunde schien der Regen nachgelassen zu haben. Unter dem Haus knurrten die Hunde und gackerten die Hühner. Windstöße fuhren durch die nahen Bäume.

Alle im Haus wirkten schlecht gelaunt, und nur der kleinere von Justos Enkeln schien sich über die bevorstehende Überschwemmung zu freuen. Die Arbeiter, die von Zeit zu Zeit hereinkamen, sprachen kein Wort, und alles war von Sorge überschattet.

Am späten Nachmittag hatte der Regen vollständig aufgehört. Ich stand auf der Veranda und sah einigen Enten zu, die sich in den Pfützen vergnügten, als Balbino hereinstürzte und an mir vorbeilief, ohne mich zu bemerken. Das Haar hing ihm in die Stirn, er war noch aufgeregter als am Morgen, und seine Augen funkelten noch stärker. Er packte Justo am Arm und sagte: »Hören Sie nicht, wie er heranbraust, dieser Teufel?« Justo sah ihn ernst an. »Nun hör schon auf damit!« befahl er knapp. »Ich höre nichts. Das bildest du dir nur ein. Außerdem ist Lucía da und wird mit dir schimpfen.«

Balbino war offensichtlich beeindruckt. Er wandte sich zum Ausgang, kam aber plötzlich noch einmal zurück. »Ich bring ihn um! Wenn er steigt, bring ich ihn um! Ich schwöre bei meiner Mutter, daß ich ihn umbringen werde!«

Im Wohnraum hörte man Lucías Stimme, und wie besessen stürzte Balbino zur Treppe, sprang die Stufen hinab und verschwand im Hof. Ich dachte, er würde gleich wahnsinnig werden.

Schnell brach die Nacht herein. Die ersten Stunden verbrachten wir im Wohnraum und unterhielten uns über Verschiedenes. Als die Familie schlafen ging, wollte ich mir von der Veranda aus das düstere Naturschauspiel ansehen. Ein bleierner Himmel, wie rauchverhangen und nur schwach erhellt durch den Mond, den schwere Wolken verhüllten, lastete drückend auf der Ebene, so weit das Auge reichte. Im Hof glänzte hier und da das zur Ruhe gekommene Wasser.

»Wollen wir hinuntergehen und sehen, was der Fluß macht?« fragte Justo. Eigentlich lag mir nicht viel daran, ich ließ mich aber überreden mitzugehen. Wir nahmen eine andere Abkürzung als am Abend zuvor. Eine ganze Weile gingen wir an den dichten, mächtigen Bäumen entlang, und auf einmal lag hinter einer Flußbiegung überraschend der weite Horizont vor uns. Es gab hier keinerlei Vegetation; wir befanden uns an einer Art breitem Geröllstrand. Dort machte der Fluß eine scharfe Biegung nach Osten, und von unserem Standort aus konnten wir am anderen Ufer eine kahle Ebene überblicken, die sich bis dorthin zu erstrecken schien, wo die ersten Ausläufer der Kordillere beginnen mußten.

Vom Yuna erhob sich ein dumpfes Rauschen, drückend wie eine Drohung. Offensichtlich war der Fluß an dieser Stelle ruhig. Dort, wo wir standen, war der Strand abschüssig, und zwei Meter weiter unten schlug das Wasser leise rauschend an das Ufer. Das diffuse Licht dieser Nacht lag über der Landschaft. Die Bäume, die man rechts und links erkennen konnte, wirkten düster, unbeweglich, und verbreiteten einen schwachen Glanz. Justo war schweigsam und ernst, er schien die weite Wasserfläche, die zu unseren Füßen rauschte, aufmerksam zu betrachten. Plötzlich ergriff er meinen Arm und zeigte auf die Biegung, hinter der der Fluß auftauchte.

»Sehen Sie nur!« rief er. Ich versuchte, etwas zu sehen, konnte aber nicht erkennen, was meinen Freund beunruhigte.

»Sehen Sie doch, dort kommt er, dieser Teufel!«

Seine vor Aufregung oder Angst zitternde Hand deutete nachdrücklich ins Dunkel, während die andere sich in meinen Arm krallte. Jetzt sah ich genauer hin. Mit einem Mal glaubte ich, ein anschwellendes Rauschen zu hören, das in Sekundenschnelle stärker wurde. Alle meine Sinne waren angespannt. Plötzlich sah ich eine riesige Woge trüben Wassers, die auf dem Fluß heranrollte und sich brausend in die so ruhig scheinende Wasserfläche stürzte. Ich sah, wie sie vorwärts stürzte, abfiel und sich von neuem aufbäumte, ich sah sie brodeln und rötlichen Schaum verspritzen, ich sah, wie sie voller Wut an den Ufern des Yuna riß, wie sie sich schüttelte, drehte und schäumte wie ein vom Wahnsinn besessener Mensch. Baumstämme und Tiere trieben auf dem Kamm einer Welle vorbei, und nach dieser kam eine andere und danach wieder eine und gleich darauf noch eine. Jetzt war das Wasser nur noch einen Meter von uns entfernt. Das lebendige Naß begann, sich über die Ebene, die vor uns lag, zu ergießen, und in wenigen Minuten war die ganze Flußbiegung, an deren Ufern schwankendes Schilfrohr wuchs, zum Flußbett geworden, und das Schilf verschwand immer schneller unter dem unaufhaltsamen Vormarsch des Wassers.

Ich muß zugeben, ich war erschrocken. Ich sah das Wasser aus der Flußbiegung brechen, und ich sah, wie es vom Land Besitz ergriff. Ich dachte an die Nacht davor, die so lieblich, so voller Zauber gewesen war, und ich dachte an die Bauern, denen die Überschwemmung Schweine und Rinder rauben würde und die sie aus ihren Häusern vertreiben würde. Wortlos beobachtete Justo das Geschehen, genauso angespannt wie ich.

Ich weiß nicht, wie lange wir dort standen. Mein Freund hatte wohl genug gesehen, denn er bat mich zu gehen. Ich hätte diese trübe Landschaft, die denen der ersten Schöpfungstage ähnlich sein mußte, gern noch länger betrachtet. Das schwache Mondlicht über der versunkenen Ebene, das dumpfe Brausen des Flusses, der unablässig an den Steilhang schlug, und der traurige Anblick der Pflanzenwelt vermittelten das Gefühl, die ganze Natur sei in Angst versetzt; geradeso hatte ich in der Nacht zuvor gemeint, daß selbst die Steine Frieden ausstrahlten.

Wir verließen den Platz, noch immer das drohende Rauschen des Flusses im Ohr. Justo sprach auf dem Weg davon, was die Leute der Umgebung erwartete, und wir gingen um die Pfützen herum auf das Haus zu, als plötzlich aus dem Dunkel eine menschliche Gestalt auftauchte, die bei unserem Anblick verwirrt schien. Doch ihre Verwirrung dauerte nur Sekunden. Ganz plötzlich stürzte der Unbekannte davon, und die Hunde setzten ihm mit wütendem Gebell nach.

Einen Moment lang wußten wir nicht, was wir tun sollten. Plötzlich drehte Justo sich um, packte mich am Hemdsärmel und rief: »Laufen Sie!«

Dann rannte er wie gejagt hinter dem fliehenden Schatten her. Ich war völlig durcheinander und begriff nicht, was eigentlich geschah. »Laufen Sie!« schrie Justo noch einmal.

Was fühlte ich? Es war weder Mut noch der Wunsch zu kämpfen, das ist mir klar, und ich will weder mir noch sonst jemandem etwas vormachen. Vielmehr schämte ich mich darüber, daß meinem Freund etwas zustoßen könnte, während ich dastand, und vielleicht hatte ich Angst, an diesem Ort und in dieser gespenstischen Nacht allein gelassen zu werden. Ich lief ebenfalls, lief wie einer, der vor einer drohenden Gefahr flieht. Ich sah Justo in der Dunkelheit der großen Baummasse verschwinden und folgte ihm, ohne zu wissen, warum. Ich spürte den Wind in den Ohren, und das ausdauernde Geheul der Hunde quälte und ängstigte mich. Der Schatten, den wir verfolgten, durchquerte einen schmalen Lichtstreifen, der auf einen freien Raum zwischen den Bäumen fiel. Mir fuhr blitzartig der Gedanke durch den Kopf, daß der Unbekannte sich zwischen den Bäumen versteckt halten und auf Justo warten könnte, um ihn aus dem Hinterhalt anzugreifen.

»Justo! Justo!« schrie ich in der Absicht, ihn zu warnen. Aber er hörte mich nicht. Ich rechnete mir aus, daß wir nahe am Fluß sein mußten, vielleicht zwanzig Meter entfernt. Man konnte das Rauschen des Wassers bereits hören, dieses dumpfe Raunen, das die Wellen aufsteigen ließen, und plötzlich sah ich den Yuna durch die Baumstämme hindurch, und ich sah, wie sich die schemenhafte Gestalt in die Fluten stürzte, in der rechten Hand eine Waffe, die in dem trüben Licht unheilvoll aufblitzte.

»Justo! Justo!« schrie ich noch einmal. Aber er konnte mich schon nicht mehr hören. Meine Stimme versagte, ich rang nach Luft, und das Herz drohte mir zu zerspringen. Die verdammten Hunde näherten sich dem Wasser und kläfften noch wütender. Von den nahe gelegenen Höfen gaben andere Hunde das Gebell zurück. Als ich das Ufer fast erreicht hatte, hörte ich Justos wütende Schreie.

Und als ich schließlich, ganz kalt von der Anstrengung, erschöpft und dem Umfallen nahe, zu der kleinen Lichtung gelangte, wo ich Justo vermutete, sah ich mitten im Wasser einen Menschen, der mit den Wellen kämpfte und mit einem Buschmesser auf die Wasseroberfläche einstach. Was man von seinem Gesicht erkennen konnte – das Funkeln in den Augen und der scharfe Zug um den Mund –, vermittelte den Eindruck, daß er von einer Wut besessen war, die kein normaler Mensch empfinden konnte. Seine Stimme übertönte das Toben des Wassers. »Du verdammter Fluß, du!« schrie er.

Vom Ufer aus rief ich laut schreiend nach Justo. Eine weitere große Woge näherte sich tosend dem Mann, der sich mitten im Yuna wand und wild um sich schlug. Ich sah, wie das Wasser auf ihn zukam, es kochte, schäumte, rollte sich ein und verschlang sich selbst. Die bräunliche Masse schlug von einem Ufer zum anderen, und die Steine am Ufer hüpften wie Blätter, und der Lehm wurde von der blindwütenden Kraft mitgerissen. Ich sah, wie das Wasser näher kam, und ich sah den Ausdruck von Wut, der zum letzten Mal die Gesichtszüge des Mannes verzerrte. Noch einmal erhob er das Buschmesser, dann schob sich ein Stamm, der von der Strömung vorbeigetragen wurde, zwischen ihn und meinen Blick. Justo Félix, der jetzt neben mir stand, schrie, und sein Schrei hallte von einem Ufer zum anderen.

»Balbiiinoooo! Komm raus, Balbiiinoooo!« Aber Balbino kam nicht.

Fünf Tage später, als das Hochwasser zurückging, sah man, daß der Fluß seinen Lauf geändert hatte, und der Hektar Land von Balbino Coronado lag nun außerhalb des Flusses, bereit, als gutes Ackerland bebaut zu werden. Jedoch dürfte es, soweit ich gehört habe, keine Früchte tragen, denn Balbino Coronado hatte keine Erben.

*(1964)*

7 Alfred Kubin: *Wassermann und Nixe.* Federtusche. Um 1918

JOSEPH VON EICHENDORFF

## Die Hochzeitsnacht

Nachts durch die stille Runde
Rauschte des Rheines Lauf,
Ein Schifflein zog im Grunde,
Ein Ritter stand darauf.

Die Blicke irre schweifen
Von seines Schiffes Rand,
Ein blutigroter Streifen
Sich um das Haupt ihm wand.

Der sprach: »Da oben stehet
Ein Schlößlein überm Rhein,
Die an dem Fenster stehet:
Das ist die Liebste mein.

Sie hat mir Treu versprochen,
Bis ich gekommen sei,
Sie hat die Treu gebrochen,
Und alles ist vorbei.«

Viel Hochzeitsleute drehen
Sich oben laut und bunt,
Sie bleibet einsam stehen
Und lauschet in den Grund.

Und wie sie tanzen munter,
Und Schiff und Schiffer schwand,
Stieg sie vom Schloß herunter,
Bis sie im Garten stand.

Die Spielleut musizierten,
Sie sann gar mancherlei,
Die Töne sie so rührten,
Als müß das Herz entzwei.

Da trat ihr Bräut'gam süße
Zu ihr aus stiller Nacht,
So freundlich er sie grüßte,
Daß ihr das Herze lacht.

Er sprach: »Was willst du weinen,
Weil alle fröhlich sein?
Die Stern so helle scheinen,
So lustig geht der Rhein.

Das Kränzlein in den Haaren
Steht die so wunderfein,
Wir wollen etwas fahren
Hinunter auf dem Rhein.«

Zum Kahn folgt' sie behende,
Setzt' sich ganz vorne hin,
Er setzt sich an das Ende
Und ließ das Schifflein ziehn.

Sie sprach: »Die Töne kommen
Verworren durch den Wind,
Die Fenster sind verglommen,
Wir fahren so geschwind.

Was sind das für so lange
Gebirge weit und breit?
Mir wird auf einmal bange
In dieser Einsamkeit!

Und fremde Leute stehen
Auf mancher Felsenwand,
Und stehen still und sehen
So schwindlig übern Rand.« –

Der Bräut'gam schien so traurig
Und sprach kein einzig Wort,
Schaut in die Wellen schaurig
Und rudert immerfort.

Sie sprach: »Schon seh ich Streifen
So rot im Morgen stehn,
Und Stimmen hör' ich schweifen,
Vom Ufer Hähne krähn.

Du siehst so still und wilde,
So bleich wird dein Gesicht,
Mir graut vor deinem Bilde –
Du bist mein Bräut'gam nicht!« –

Da stand er auf – das Sausen
Hielt an in Flut und Wald –
Es rührt mit Lust und Grausen
Das Herz ihr die Gestalt.

Und wie mit steinern'n Armen
Hob er sie auf voll Lust,
Drückt ihren schönen, warmen
Leib an die eis'ge Brust.

Licht wurden Wald und Höhen,
Der Morgen schien blutrot,
Das Schifflein sah man gehen,
Die schöne Braut drin tot.

*(1809)*

---

HEINRICH HEINE

Ich weiß nicht, was soll es bedeuten,
Daß ich so traurig bin;
Ein Märchen aus alten Zeiten,
Das kommt mir nicht aus dem Sinn.

Die Luft ist kühl und es dunkelt,
Und ruhig fließt der Rhein;
Der Gipfel des Berges funkelt
Im Abendsonnenschein.

Die schönste Jungfrau sitzet
Dort oben wunderbar;
Ihr goldnes Geschmeide blitzet,
Sie kämmt ihr goldenes Haar.

Sie kämmt es mit goldenem Kamme
Und singt ein Lied dabei;
Das hat eine wundersame,
Gewaltige Melodei.

Den Schiffer im kleinen Schiffe
Ergreift es mit wildem Weh;
Er schaut nicht die Felsenriffe,
Er schaut nur hinauf in die Höh.

Ich glaube, die Wellen verschlingen
Am Ende Schiffer und Kahn;
Und das hat mit ihrem Singen
Die Lore-Ley getan.

*(1827)*

---

BERNHARD BLUME

## Das ertrunkene Mädchen

*Rimbauds »Ophélie« und die deutsche Literatur*

[...] natürlich [ist] das Motiv an sich nicht neu; daß ein Mädchen den Tod im Wasser sucht oder erleiden muß, das hat es immer in der Literatur gegeben. Was hingegen neu ist, ist die sozusagen lyrische Wendung, die das Motiv im 20. Jahrhundert nimmt. Bis dahin ist der Tod im Wasser der Höhepunkt oder die abschließende Katastrophe eines epischen oder dramatischen Verlaufs. Wenn die Flut über Hebbels Klara, über Storms Lore Beauregard, über Keyserlings Annemarie von Bassenow zusammenschlägt, sind wir dem Leidensweg eines Menschen bis ans Ende gefolgt; es bleibt nun nichts mehr zu berichten übrig. Die eigentümliche Veränderung des seelischen Klimas, die im 20. Jahrhundert eintritt, läßt sich vielleicht nicht zuletzt an der beispiellosen Popularität erkennen, deren sich eine Figur wie die *Inconnue de la Seine* erfreut hat. Die angebliche Totenmaske eines unbekannten Mädchens, das vor rund fünfzig Jahren aus der Seine gezogen worden sein soll, hat die Gemüter der Menschen so im Bann gehalten, daß die billigen Gipsabgüsse zu einem der beliebtesten Objekte der Pariser Andenkenindustrie werden konnten. Selbst ein Dichter wie Rilke konnte sich dem Zauber der Legende nicht entziehen: in einem Satz des *Malte* taucht das Gesicht der Unbekannten einen kurzen Augenblick auf, als das »Gesicht der jungen Ertränkten, das man in der Morgue abnahm, weil es schön war, weil es lächelte, weil es so täuschend lächelte, als wüßte es«. So wie Rilke ihn formuliert, hat der Satz denselben zweideutigen Reiz, den die Figur des Mädchens selbst ausstrahlt. Rilke wußte, was er tat, als er der Unbekannten das Geheimnis ließ, in dem sie sich verbarg; nicht zuletzt beruhte doch wohl die seltsame Wirkung dieser Totenmaske darin, daß sie nicht, wie es Bilder sonst tun, die Erinnerung an vergangenes Leben heraufbeschwor, sondern daß hier ein namenloser Mensch war, von dem man nur eins wußte: daß er *tot* war. Es mag sehr wohl sein, daß noch im Bereich des Süßlich-Sentimentalen und auf bildhafte Art dieselbe Wendung sichtbar wurde, die sich im Werke mancher Dichter um die Jahrhundertwende vollzog. Bei Arthur Schnitzler etwa, der, von *Sterben* bis zu *Flucht in die Finsternis*, das Leben alles Sinns und alles Inhalts entleerte und am Ende, einzige Wirklichkeit, nichts übrigließ als den Tod.

Wie sehr sich die Perspektive im 20. Jahrhundert verschoben hat, ließe sich leicht an einem Stoff wie dem der Agnes Bernauer aufzeigen, der Geschichte von dem Mädchen, das ertränkt wird, weil es zu schön ist. Man braucht dabei noch gar nicht an Hebbels Drama zu denken, sondern einfach an die alte Ballade, die anfängt: »Es reiten drei Reiter zu München hinaus, sie reiten wohl vor der Bernauerin Haus«, und die dann die Ereignisse erzählt, wie sie sich nacheinander abspielen, erst die Warnung an die Agnes Bernauer, dann ihre Tötung in der Donau, dann den daraus folgenden Krieg zwischen Vater und Sohn, und die aufhört:

*So wollen wir stiften ein ewige Meß,*
*daß man der Bernauerin nicht vergeß,*
*man wolle für sie beten, ja beten.*

Der Schluß hat seinen guten Sinn: zwar ist Schaudervolles berichtet worden, die Welt ist für einen Augenblick aus den Fugen gegangen, aber am Ende wird das höhere Gesetz, unter dem sie steht, sichtbar gemacht, die verletzte Ordnung wird, wenigstens im Anruf, wiederhergestellt. Und nun stelle man sich vor, daß ein moderner Dichter ein Gedicht schreibt, das zwar *Agnes Bernauer* heißt, in dem sich aber kein Herzog mehr mit einer Baderstochter »treu verspricht«, in dem kein Sohn fünftausend Reiter gegen seinen Vater ins Feld führt, und wo kein Gott mehr ist, zu dem man beten kann, sondern in dem alles, was geschehen ist, ausgelöscht und gleichgültig geworden ist, und der Dichter uns nichts zeigt als den Leichnam eines Mädchens, der einsam einen großen Strom hinuntertreibt. Dieses Gedicht von der Agnes Bernauer gibt es zwar nicht; aber ein anderes Gedicht, in dem genau dasselbe mit einer anderen berühmten literarischen Figur, mit Shakespeares Ophelia, geschehen ist, gibt es in der Tat. Und damit ist zugleich das große französische Vorbild genannt, ohne das die deutschen Gedichte vom ertrunkenen Mädchen nicht zu denken sind: Arthur Rimbauds »Ophélie«.

Mit rücksichtslosem Griff hat Rimbaud die rührende Gestalt der Ophelia aus dem Ganzen von Shakespeares Drama herausgerissen; nichts als ein lyrischer Klang aus dem Bericht ihres Todes, den die Königin gibt, tönt bei ihm noch nach und bildet gleichsam den Ausgangspunkt seines Gedichts: jener Augenblick, als die Kleider der ins Wasser gestürzten Ophelia sich ausbreiten und sie noch ein Weilchen auf der Flut dahintragen; und so [...] läßt Rimbaud nun das tote Mädchen den dunklen Strom hinabziehn. Dies Gedicht, 1870 von einem Sechzehnjährigen geschrieben, hat rund vierzig Jahre später vor allem auf die Generation des frühen Expressionismus, auf Dichter wie Alfred Wolfenstein, Paul Zech, Gottfried Benn, Georg Heym und später in den zwanziger Jahren auf Bertolt Brecht, um nur die wichtigsten zu nennen, eine faszinierende Wirkung ausgeübt. Es ist nicht nur, wie Rimbauds Dichtung überhaupt, immer wieder übersetzt worden, sondern es hat auch sehr eigenartige und tief bezeichnende Veränderungen erfahren. Aber noch vor der Betrachtung dieser Neuformungen drängt sich die Frage auf, weshalb wohl ein Gedicht, das auf den ersten Anblick ganz der makabren Phantasie eines Einzelgängers entsprungen zu sein scheint, eine so bereitwillige und so tiefgehende Aufnahme gefunden hat. Diese Wirkung wäre nicht zu verstehen, wenn nicht die Generation nach 1910 in diesem Gedicht –

bewußt oder unbewußt – einen Ausdruck ihres eigenen Lebensgefühls gefunden hätte. Sieht man näher zu, so zeigt sich, wie dieses in die deutsche Literatur übernommene französische Gedicht im Deutschen keineswegs ein Fremdkörper geblieben ist; es reiht sich vielmehr in eine sehr lange und sehr konsequente Entwicklung ein: im Bilde des toten, bewegungslos den Strom hinabgetragenen Körpers offenbart sich die Spätform eines großen lyrischen Symbols, – des Flusses. Die besondere Funktion, die gerade das Bild des Flusses in der Lyrik der letzten 150 Jahre ausgeübt hat, läßt sich hier nicht im einzelnen verfolgen; für den, der dies tut, wird fast bestürzend klar, wie deutlich sich selbst an einem so einfachen lyrischen Thema wie dem des fließenden Wassers das Sinken des allgemeinen Lebensgefühls ablesen läßt. Noch Goethe hatte – man denke an »Mahomets Gesang« – im Bilde des Stromes vor allem die mitreißende Wucht und aneignende Kraft gesehen, das Größer- und Breiterwerden; Strom war für ihn im Grunde dasselbe was Pflanze war: Sinnbild lebendigen Wachstums. Spätere aber hatten dann immer stärker die Richtung nach abwärts erlebt, das »wunderbare Sehnen dem Abgrund zu«, wie Hölderlin, die Katarakte und tödlichen Wirbel, wie Lenau, und das ewig rauschende Fließen der ewig vergehenden Zeit, wie Tieck, Eichendorff, Brentano.

Diese Thematik geht in der Folge nicht mehr verloren.

*Wie abgerissene Wiesenblumen*
*Ein dunkles Wasser mit sich reißt,*
*So glitten mir die jungen Tage,*
*Und ich hab nie gewußt, daß das schon*
*Leben heißt.*

So klagt Hofmannsthals Tor. »Es ist ein leeres Boot, das am Abend den schwarzen Kanal heruntertreibt«, das ist das Bild des Lebens bei Georg Trakl. Die Häufung, die Verschärfung, die verzweifelte Steigerung des Motivs um die Jahrhundertwende ist symptomatisch für ein zunehmendes Erlebnis des allgemeinen Niedergangs, für einen schwindenden Glauben an den Sinn des menschlichen Tuns. Schneidend, unbarmherzig spricht Nietzsche, wiederum im Bild des Stroms, der ganzen Epoche das Urteil: »Unsere ganze europäische Kultur bewegt sich seit langem schon mit einer Tortur der Spannung, die von Jahrzehnt zu Jahrzehnt wächst, wie auf eine Katastrophe los: unruhig, gewaltsam, überstürzt: einem Strome ähnlich, der *ans Ende* will, der sich nicht mehr besinnt, der Furcht davor hat, sich zu besinnen.« Voraus schickt Nietzsche diesen Sätzen die prophetisch-programmatische Erklärung: »Ich beschreibe, was kommt, was nicht mehr anders kommen kann: *die Heraufkunft des Nihilismus*.« [...]

Das erstaunliche ist nun, daß mit dem Augenblick, in dem Rimbauds »Ophelia« in die deutsche Literatur eingeht, tatsächlich eine Steigerung der Untergangs-Symbolik gefunden ist. [...] Bei Brentano war es immerhin noch ein lebendiger Schiffer im Kahne gewesen, den die Strömung hinwegnimmt; die im Wasser treibende Leiche aber ist der zum *Ding* erniedrigte Mensch. Kein lebendiger Wille mehr, der sich in sein Schicksal ergeben oder ihm Widerstand leisten kann, sondern ein willenloses Etwas, das alle Bestimmung über sich verloren hat.

Dies ist jedoch noch nicht alles, was dieses Gedicht merkwürdig macht. Denn die deutsche Literatur begnügt sich nicht einfach damit, es aufzunehmen und sich anzueignen, was an sich schon charakteristisch genug wäre, sie formt es vielmehr auf eine höchst bezeichnende Art um. Es ist hier nicht möglich, die verschiedenen Bearbeitungen, die Rimbauds »Ophélie« gefunden hat, als Ganzes nebeneinanderzustellen; doch schon ein Vergleich der ersten vier Zeilen einzelner Fassungen wird die Richtung deutlich machen, in der die Entwicklung weitergeht.

Diese vier ersten Zeilen lauten im Urtext so:

*Sur l'onde calme et noire où dorment les étoiles,*
*La blanche Ophélia flotte comme un grand lys,*
*Flotte très lentement, couchée en ses longs voiles ...*
*– On entend dans les bois lointains des hallalis.*

Hält man daneben nun die deutsche Fassung Alfred Wolfensteins, so kann kaum ein Zweifel bestehen, daß hier nicht mehr beabsichtigt ist als eine Übersetzung:

*Auf dunkler Flut, wo Sterne ruhn, wie eine schmale*
*Und lange weiße Lilie schwimmt Ophelia hin,*
*Von fernen Wäldern, Jagden, Feiern kommen Hornsignale,*
*In ihren Schleiern langsam schwimmt Ophelia hin.*

Wo Wolfenstein von Rimbaud abweicht, dürfte es sich eher um Ungenauigkeiten oder Unvermögen als um Absicht handeln. Er läßt manchmal weg, er tut manchmal ein bißchen hinzu; aber im ganzen bemüht er sich, dem Original zu folgen. […]

Paul Zech nun hat seine Übersetzung von Rimbauds Werk selbst eine freie Nachdichtung genannt. Bei ihm lautet die erste Strophe folgendermaßen:

*Auf schwarzer Flut, beschneit vom bleichen Schein*
*des Nachtgestirns, treibt weit die weiße Braut*
*Ophelia. Der Wind ist in den Bäumen laut,*
*wo schon die Blätter zittern angstallein.*

Zech überträgt Rimbauds Gedicht bewußt in eine andere Tonart; er verschiebt es in der Richtung des Schreckens und der Angst; stilistisch in einen krasseren und lauteren Tonfall, der sich dem Expressionismus nähert. Von den zwei Beiwörtern, die »Flut« bei Rimbaud hat, »calme« und »noire«, wird »calme« unterdrückt; aus »où dorment les étoiles« wird »beschneit vom bleichen Schein des Nachtgestirns«, wobei Zech noch ein Spiel mit den ei-Lauten treibt, das sich fortsetzt in »Treibt weit die weiße Braut«, was offenbar den schneidenden Klang von Wörtern wie »weiß« und »bleich« intensivieren soll. Denn Weiß, bei Rimbaud die Farbe der Unschuld, wird nun zur Farbe des Schreckens, die »weiße Blume bleiernen Entsetzens«, wie es bei Georg Heym heißt.[1] Die »zitternden Blätter« der vierten Zeile von Zechs Fassung sind aus der bei Rimbaud folgenden Strophe vorausgenommen; das »angstallein« jedoch ist reine Zutat und zeigt, worauf es Zech vor allem ankommt. Dieselbe Tendenz der Verschärfung geht durch das ganze Gedicht. […]

All dies klingt jedoch beinahe zahm, sobald man es gegen den Anfang von Georg Heyms »Ophelia« stellt:

*Im Haar ein Nest von jungen Wasserratten,*
*Und die beringten Hände auf der Flut*
*Wie Flossen, also treibt sie durch den Schatten*
*Des großen Urwalds, der im Wasser ruht.*

1 *Gesammelte Gedichte* (Zürich 1947), S. 197.

Zwar läßt Heym die Grundvision von Rimbauds »Ophelia« bestehen, die langsame Fahrt des toten Mädchens den schwarzen Fluß hinab, aber der Fluß selbst fließt nun durch eine völlig andere Landschaft, die Georg Heyms eigene Welt konstituiert und deren Pole der Urwald auf der einen Seite und die moderne Industriestadt auf der anderen Seite sind. Urwald ist hier nicht etwa ein exotisches Stück Landschaft weit weg in einer fabelhaften Ferne, sondern gleichsam in uns und um uns, wuchernd im Umkreis der dem Untergang geweihten Städte, Symbol dessen, was Jünger später die Heraufkunft des Elementaren genannt hat, Symbol der Natur, die eine überreif gewordene und zerfallende Kultur zu überwachsen und wieder an sich zu nehmen droht. Diesen unteren, aus dem Boden aufsteigenden Mächten zugeordnet ist die Ratte, die hier bei Heym, bei Trakl, Hauptmann, Benn ihr unheimliches Wesen treibt, Bote des Verfalls und der Fäulnis.

*Der Mund eines Mädchens, das lange im Schilf gelegen hatte,*
*sah so angeknabbert aus,*

beginnt Gottfried Benn ein Gedicht, das ironischerweise »Schöne Jugend« betitelt ist, schöne Jugend für die Ratten nämlich, die sich hier gütlich tun. Sicherlich im saloppen Zynismus seiner zwölf Zeilen eins von Benns schwächsten Erzeugnissen, hat dies Gedicht seine symptomatische Bedeutung als eine Art Abfallsprodukt von Rimbauds »Ophélie«. Neben diesen späten Fassungen erscheint Rimbauds Gedicht nun beinahe als Ausdruck klassizistischer Überlieferung, ein im Rückblick gesehen fast zartes Gebilde, Landschaft aus Stille, Sternen, Wasserrosen, weißen Schleiern, überglänzt vom beherrschenden Sinnbild der Lilie. So, als zartes Gebilde, wirkt das Gedicht selbst in Rimbauds eigenem Werk, in welchem man es in gewissem Sinne als eine Vorform des »Bateau Ivre« ansehen kann. Denn das trunkene Schiff, das die reißenden Flüsse heruntergeschwommen kommt, nimmt ja das eine große Bewegungsmotiv der »Ophelia« wieder auf, übersetzt es freilich zugleich in eine wildere und größere, Rimbaud viel eigenere Tonart. Die Umbildung, die das Gedicht in der Literatur *nach* Rimbaud erfährt, ist vielleicht nicht weniger radikal; sie geht jedoch Schritt für Schritt vor sich und läßt sich deshalb verfolgen.

Den ersten Schritt hat noch im 19. Jahrhundert Georges Rodenbach unternommen. In einem Zyklus von Aquarium-Gedichten, seltsamen Sinnbildern eines sich selbst bespiegelnden, in sich gläsern abgeschlossenen Geistes, steht als drittes, die Reihe unterbrechend, ein Ophelia-Gedicht. Rodenbachs Ophelia ist ohne Rimbauds Vorbild nicht zu denken; sein Gedicht unterscheidet sich von dem Rimbauds jedoch sehr wesentlich, und zwar in zwiefacher Hinsicht: es läßt weg und es fügt hinzu. Worauf fast ganz verzichtet wird, ist der geistige Gehalt; die Beziehung auf Shakespeares *Hamlet*, die Deutung von Ophelias Schicksal, die den ganzen Mittelteil von Rimbauds Gedicht ausfüllt, ist nahezu völlig verschwunden; was sich statt dessen in den Vordergrund schiebt, ist die Welt des Pflanzenhaften. Man könnte versucht sein, einzuwenden, daß Rimbaud, mit dem Bild der Lilie jedenfalls, das er zweimal so auffallend hervortreten läßt, ähnliche Absichten verfolgt. In Wahrheit aber bedeutet die Pflanze bei Rodenbach und Rimbaud ganz Verschiedenes. Das Bild der Lilie sagt paradoxerweise – von den visuellen Eindrücken und Assoziationen, die es hervorruft, abgesehen – nichts anderes als was ohne Bild, direkt ausgesprochen, lautet: sie war zu *menschlich* (»trop humain et trop doux«). Die sich lösenden, im Wasser fließenden Haare von Rodenbachs Ophelia hingegen, die sie dem Spiegelbild der Weide ähnlich machen, führen vom Menschlichen weg. Denn die Weide ist ja nicht, wie es die Lilie ist, ein Bild der Seele. Die Frage aber »Bin ich oder bin ich nicht?«, die Rodenbachs Ophelia sich stellt,

*›Suis-je ou ne suis-je pas?‹ songe-t-elle, fidèle*
*Au souvenir des mots d'Hamlet, seigneur volage,*

diese Frage ist keine Hamlet-Frage, auch nicht einfach ein traumhafter Anklang an »Sein oder Nichtsein«, sondern sie hat, von Ophelia gestellt, einen veränderten Sinn bekommen; sie erfaßt den Augenblick des Übergangs, jenen Augenblick, in dem Ophelia nicht mehr Mensch ist und noch nicht Natur, ehe sie eingeht ins Reich der anonymen Mächte. [...]

Rimbauds Ophelia hingegen *wahrt* ihre Identität. Diese Ophelia geht nicht ein ins Reich der Elemente, sondern zieht, eingehüllt in ihre Schleier, Attribute ihrer Menschheit, unentstellt und unberührt durch die Zeit, vom Dichter genannt, gestaltet, in ihrem Wesenhaften dauernd, als Person erhalten. […]

Im Grunde wollen alle diese Schlüsse nichts anderes als was die alte Ballade von der Agnes Bernauer auch will, wenn sie verlangt, »daß man der Bernauerin nicht vergeß«. Immer wieder wird an die alte Aufgabe des Dichters gerührt, Taten und Leiden, Schicksale, im Gedächtnis der Menschen zu bewahren. Die bittere Einsicht aber, daß alles vergessen wird, liegt der bisher wohl letzten Formung von Belang zugrunde, die das Ophelia-Motiv gefunden hat, Bertolt Brechts Gedicht »Vom ertrunkenen Mädchen«, das folgendermaßen schließt:

*Als ihr bleicher Leib im Wasser verfaulet war*
*Geschah es (sehr langsam), daß Gott sie allmählich vergaß*
*Erst ihr Gesicht, dann die Hände und ganz zuletzt erst ihr Haar,*
*Dann ward sie Aas in Flüssen mit vielem Aas.*

Brechts letzte Zeile faßt die Entwicklung zusammen, die das Motiv seit Rimbaud gehabt hat. Es ist die Entwicklung von Shakespeares Ophelia zur Wasserleiche. Eingeleitet wird diese Umformung von Rodenbach, durchgeführt wird sie von Georg Heym. Schon bei Rodenbach beginnt die Verschiebung der Figur zum Gattungswesen, die kein Einzelschicksal mehr hat. An Hamlet zugrunde gehen kann nur Ophelia; im Wasser ertrinken kann jedes Mädchen. Aber gerade deshalb ist es verständlich, daß Rodenbach von Ophelia spricht, als ob es nicht nur diese gäbe, daß er von *einer* Ophelia spricht oder von Ophelien, so wie man von einer Undine spricht oder von Undinen, von einer Leiche oder von Leichen.

Im Zuge derselben Entwicklung liegt es, wenn man vom Namen Ophelia das Dingwort *ophélisation* gebildet hat, so wie das Gaston Bachelard tut, wenn er Rodenbachs berühmten Roman *Bruges-la-morte* als die *»ophélisation«* einer ganzen Stadt bezeichnet.[2]

2 *L'eau et les rêves* (Paris 1942), S. 121. Dies Buch, das der Ophelia-Gestalt ein eigenes Kapitel widmet, verfolgt allerdings, obwohl auf Dichtung begründet, keine literarhistorischen Ziele, sondern ist der geistvolle Versuch einer psychologisch-symbolischen Typenlehre. Es entwickelt den Typus der Ophelia aus Shakespeares Drama und erwähnt weder Rimbauds noch Rodenbachs Ophélie noch auch die deutschen Weiterbildungen des Motivs.

Georg Heym aber hat sich nicht nur damit begnügt, Rimbauds Ophelia in ein ganz anderes Klima zu verpflanzen, er hat das Thema vom Tod im Wasser immer wieder aufgenommen, am ausführlichsten im »Tod der Liebenden im Meer«, von dem zwei Fassungen existieren, und in dem Gedicht »Die Tote im Wasser«. Diese Tote, die durch die Hafenstadt ins Meer hinaustreibt, hat nun wirklich keinen Namen mehr, sie ist anonym wie all der Abfall, der neben ihr im Wasser schwimmt, und mit diesen toten Dingen teilt sie das Schicksal alles Stofflichen, sich aufzulösen und zu verwesen:

*Der Stadtnacht Spülicht treibt*
*Wie eine weiße Haut im Strom und reibt*
*Sich an dem Dampfer, der im Docke ruht.*

*Staub, Obst, Papier, in einer dicken Schicht,*
*So treibt der Kot aus seinen Röhren ganz.*
*Ein weißes Tanzkleid kommt, in fettem Glanz*
*Ein nackter Hals und bleiweiß ein Gesicht.*

*Die Leiche wälzt sich ganz heraus. Es bläht*
*Das Kleid sich wie ein weißes Schiff im Wind.*
*Die toten Augen starren groß und blind*
*Zum Himmel, der voll rosa Wolken steht.*

*Das lila Wasser bebt von kleiner Welle,*
*– Der Wasserratten Fährte, die bemannen*
*Das weiße Schiff. Nun treibt es stolz von dannen,*
*Voll grauer Köpfe und voll schwarzer Felle.*

*Die Tote segelt froh hinaus, gerissen*
*Von Wind und Flut. Ihr dicker Bauch entragt*
*Dem Wasser groß, zerhöhlt und fast zernagt.*
*Wie eine Grotte dröhnt er von den Bissen.*

*Sie treibt ins Meer …*

Hier bei Heym tritt nun, wie bei Benn und bei Brecht, ein weiteres Element in den Vordergrund, das verständlich macht, warum gerade das Bild des ertrunkenen Mädchens eine so seltsame Faszination auf führende Dichter der Zeit ausgeübt hat: neben der Richtung nach abwärts, dem Untergang zu, neben der Verkörperung extremer Willenlosigkeit vermag dies Motiv noch ein anderes beunruhigendes und beklemmendes Thema der Zeit in sich aufzunehmen, – das der Fäulnis. [...]

Gedichte wie »Ophelia«, wie »Die Tote im Wasser« sind ja nicht schwächlicher Ausdruck der Verfallenheit an Untergang, Sterblichkeit und Vernichtung, sondern der Versuch, das Schreckliche ins Bewußtsein zu heben und auszuhalten. Für eine Dichtergeneration, die keine Gewißheit einer Fortdauer mehr kennt und der aller Glaube an ein Jenseits erloschen ist, heißt es nun, *diese* Erde sich *ganz* zu eigen zu machen, auch jene Bezirke, die bisher als unbetretbar gegolten hatten. So jedenfalls sah Rilke die Aufgabe an; der *Malte* bezeugt, wie tief er in die Zone des Schreckens eindrang. Aber diese Zone war nur die eine, bisher im Dunkeln gebliebene Seite des Daseins, die Seite, als deren furchtbares Symbol das Bild des ertrunkenen Mädchens sich gezeigt hatte. Rilke freilich blieb dieser dunklen Sphäre nicht verhaftet; im »Doppelbereich« zu Hause fand er ein tieferes Sinnbild, das *beide* Bereiche umfaßte: den Brunnen. Es sind die Brunnen gemeint, deren Trog aus alten steinernen Särgen gebildet wird, römische Sarkophage. Sehr wohl ist Rilkes Gefühl vertraut, wie einst in diesen Särgen

*in langsam sich verzehrenden Gewändern*
*ein langsam Aufgelöstes lag –*

Aber diese Endlichkeit des Irdischen ist nicht das ganze Irdische. Denn, heißt es im Gedicht weiter:

*Da wurde von den alten Aquädukten*
*ewiges Wasser in sie eingelenkt –:*
*das spiegelt jetzt und geht und glänzt in ihnen.*

Ewiges Wasser. Es ist dasselbe Wasser, das als schwarzer Strom die tote Ophelia ins Meer hinabgetragen hat, trauervolles Sinnbild der unrettbaren Vergänglichkeit alles Irdischen. Und doch zugleich, als Wasser, kostbares Gleichnis der Dauer, der ewig fließenden, ewig strömenden, sich ewig erneuernden Kraft des Lebens.

*(1954)*

GEORG HEYM

## Ophelia

I

Im Haar ein Nest von jungen Wasserratten,
Und die beringten Hände auf der Flut
Wie Flossen, also treibt sie durch den Schatten
Des großen Urwalds, der im Wasser ruht.

Die letzte Sonne, die im Dunkel irrt,
Versenkt sich tief in ihres Hirnes Schrein.
Warum sie starb? Warum sie so allein
Im Wasser treibt, das Farn und Kraut verwirrt?

Im dichten Röhricht steht der Wind. Er scheucht
Wie eine Hand die Fledermäuse auf.
Mit dunklem Fittich, von dem Wasser feucht
Stehn sie wie Rauch im dunklen Wasserlauf,

Wie Nachtgewölk. Ein langer, weißer Aal
Schlüpft über ihre Brust. Ein Glühwurm scheint
Auf ihrer Stirn. Und eine Weide weint
Das Laub auf sie und ihre stumme Qual.

II

Korn. Saaten. Und des Mittags roter Schweiß.
Der Felder gelbe Winde schlafen still.
Sie kommt, ein Vogel, der entschlafen will.
Der Schwäne Fittich überdacht sie weiß.

Die blauen Lider schatten sanft herab.
Und bei der Sensen blanken Melodien
Träumt sie von eines Kusses Karmoisin
Den ewigen Traum in ihrem ewigen Grab.

Vorbei, vorbei. Wo an das Ufer dröhnt
Der Schall der Städte. Wo durch Dämme zwingt
Der weiße Strom. Der Widerhall erklingt
Mit weitem Echo. Wo herunter tönt

Hall voller Straßen. Glocken und Geläut.
Maschinenkreischen. Kampf. Wo westlich droht
In blinde Scheiben dumpfes Abendrot,
In dem ein Kran mit Riesenarmen dräut,

Mit schwarzer Stirn, ein mächtiger Tyrann,
Ein Moloch, drum die schwarzen Knechte knien.
Last schwerer Brücken, die darüber ziehn
Wie Ketten auf dem Strom, und harter Bann.

Unsichtbar schwimmt sie in der Flut Geleit.
Doch wo sie treibt, jagt weit den Menschenschwarm
Mit großem Fittich auf ein dunkler Harm,
Der schattet über beide Ufer breit.

Vorbei, vorbei. Da sich dem Dunkel weiht
Der westlich hohe Tag des Sommers spät,
Wo in dem Dunkelgrün der Wiesen steht
Des fernen Abends zarte Müdigkeit.

Der Strom trägt weit sie fort, die untertaucht,
Durch manchen Winters trauervollen Port.
Die Zeit hinab. Durch Ewigkeiten fort,
Davon der Horizont wie Feuer raucht.

*(um 1910)*

BERTOLT BRECHT

# Vom ertrunkenen Mädchen

1

Als sie ertrunken war und hinunterschwamm
Von den Bächen in die größeren Flüsse
Schien der Opal des Himmels sehr wundersam
Als ob er die Leiche begütigen müsse.

2

Tang und Algen hielten sich an ihr ein
So daß sie langsam viel schwerer ward.
Kühl die Fische schwammen an ihrem Bein
Pflanzen und Tiere beschwerten noch ihre letzte Fahrt.

3

Und der Himmel ward abends dunkel wie Rauch
Und hielt nachts mit den Sternen das Licht in Schwebe.
Aber früh ward er hell, daß es auch
Noch für sie Morgen und Abend gebe.

4

Als ihr bleicher Leib im Wasser verfaulet war
Geschah es (sehr langsam), daß Gott sie allmählich vergaß
Erst ihr Gesicht, dann die Hände und ganz zuletzt erst ihr Haar.
Dann ward sie Aas in Flüssen mit vielem Aas.

*(1920)*

8 Honoré Daumier: *Das letzte Bad.* Federzeichnung auf Stein. 1840

IVÁN GARCÍA

# Tod auf Tod

Er tauchte am Flußufer auf
Gefangen zwischen zwei Steinen
Treibend

Die erste Person, die ihn sah, war kein Fischer und auch kein Milchhändler, der seine Kannen dort gewaschen hätte; Manuela, die heimlich dort vorbeikam (die alten Frauen sagen, sie wissen, warum), durchquerte schweigend das ganze Dorf, um es dem Pfarrer zu erzählen.

Und was habe ich damit zu tun? Sag es dem Bürgermeister oder der Polizei, ich muß mich auf die Messe vorbereiten.

Das war um vier, eine halbe Stunde später klopfte es an die Tür von Don Francisco, dem Dorfältesten.

Ein Toter liegt im Fluß.

Mußt du um diese Zeit kommen, um mir das zu erzählen?

Es gefiel ihm nicht besonders, daß man ihm die Tür vor der Nase zuschlug, aber da konnte man nichts machen, und er ging in den Laden, der zugleich Wirtschaft war, um einen Kaffee zu trinken und Zeit zu gewinnen.

So früh schon, Serafín!

Ich wollte eigentlich einen Spaziergang durch die Felder machen, aber dann beschloß ich, hierher zu kommen. Du weißt ja: die Schlaflosigkeit.

Nichts Neues?

Nichts.

Don Franciscos Frau blickte drein wie ein geprügelter Hund, dann ging sie zum Fenster, das von dem Julias nur durch ein Gäßchen getrennt ist, und sagte es ihr im Flüsterton. Beide schlossen die klapprigen Fensterläden, und in dem schmalen Durchgang belauerten die Mäuse wieder die Hühner. Der Sohn der Nachbarin fragte, ob er draußen spielen durfte. Der Vater erlaubte es nicht und sagte dann zu seiner Frau:

Tja, die Sache wird brenzlig!

Es schien, als ob die Sonne nicht aufgehen wollte oder doch aufgegangen war, aber die Wolken die Nacht nicht losließen. Julia ging unter dem Mangobaum und den Bananenstauden hindurch, was man nicht tun darf, nachdem man gebügelt hat, weil sie einen Krampf verursachen, und erzählte es Doña Venancia, die schon das Buch, den Rosenkranz und die Mantilla in der Hand hielt.

Jesusmariaundjosef! Das muß ich Don Alonso sagen.

Beinahe fällt sie wegen eines Mangokerns, den der kleine Neffe, der gestern den ganzen Tag bei ihr war, einfach weggeworfen hatte. Über das Wellblech hinweg sprach sie sehr bekümmert mit Don Alonso, während sich dieser im Hemd vor der Waschschüssel unter dem Kirschbaum rasierte. Die Ehefrau kam mit entsetztem Gesicht auf den Hof hinaus, und hinter dem Handtuch versteckt, schickte er sie mit einer Handbewegung wieder weg. In der Küche sagte er dann zu ihr:

Wenn er es ist, hat er selbst schuld, man kann nicht ständig gegen alles protestieren. Was geht ihn das an, wenn der Pfarrer sich verkauft hat, wenn der Bürgermeister nichts anderes als eine Marionette, wenn die Polizisten Diebe in Uniform sind, wenn … wenn die Regierung schlecht ist, wenn wir verkommen sind? Er ist ein Dummkopf: Wenn er sich zum Feind derer macht, die ihm Arbeit geben können, dann bleibt ihm nur noch zu verhungern. Er ist ein Faulpelz! Ich denke nicht daran, mir wegen eines Idioten selbst zu schaden. Ich werde es öffentlich bestreiten, mit einem Brief oder sonstwie.

Und obwohl ihr eine Träne entwischte, war sie einverstanden und machte sich daran, ihm zwei Drei-Minuten-Eier zu kochen.

Bist du sicher, daß es nicht der Sohn von Don Alonso ist?

Ja, der hier ist dunkelblond.

Auf dem Polizeirevier, verschlossene Türen, kein Licht, es wurde geredet.

Und du, was hattest du da zu suchen?

Ich war bei Justina. Du weißt schon …

Warst du es wirklich nicht?

Gott bewahre!

Meint ihr nicht, daß wir es melden müssen?

Wir würden uns fürchterlichen Ärger einhandeln.

Ärger gibt es sowieso.

Sollen ihn doch andere entdecken! Wenn wir es sagen, wer glaubt uns dann, daß nicht wir ihn untergetaucht haben?

Stimmt. Es ist besser, den Schein zu wahren. Die Sache ist nun einmal passiert! Ich will mir die Hände nicht schmutzig machen. Diese Regierung wankt, und dann kommt eine andere und dann, das Volk wird uns, ohne lange zu fackeln, einen Kopf kürzer machen. Ich habe noch nie einen umgebracht.

Und ich auch nicht.

Ich? Wo denkt ihr hin!

Der Leichnam lief Gefahr
Von der Strömung mitgerissen zu werden
Aber es schien irgendein Interesse daran zu bestehen
Daß er dort blieb
Irgendein geheimnisvolles Interesse

Doña Venancia trat ein, um die alte, noch rüstige Margarita abzuholen, und sie brauchten länger als gewöhnlich. Die fünfzehnjährige Juana kam halberschrocken aus dem Haus und begab sich zum Haus des Bürgermeisters, danach ging sie wieder »nach Hause« (das mit dem »nach Hause« in Anführungszeichen, denn dort wird sie nur aufgezogen und nicht gerade wie eine Tochter behandelt). Auf dem Weg zur Kirche begaben sich die zwei Alten noch zur Witwe Domínguez, mit der sie sich nicht sehr gut verstehen, aber beide waren sich einig darüber, daß man den Umständen Rechnung tragen muß. Der Bürgermeister drohte seiner Frau eine Tracht Prügel an, wenn sie ihn weiterhin bedrängte.

Mich geht das nichts an.

Du bist die zivile Autorität.

Ich will mich aber nicht in Politik einmischen.

Vielleicht ist er einfach hingefallen.

Nein, mein Kind, heutzutage fällt keiner hin, er wird umgelegt!

Der Sohn von Domínguez besuchte den Sohn von Pérez, als trotz der Wolken schon kein Zweifel mehr darüber bestand, daß es Tag war. Der Glasbehälter, der als Glocke fungiert, gab auffallend unrhythmische Schläge von sich, was verkündete, daß es der Priester war, der läutete, denn der Küster, ein Schwuler ohne viele Opfer (die Eltern bewachten des Nachts ihre Jünglinge), gelangte beim Messeläuten zu seinem höchsten künstlerischen Ausdruck. An diesem Tag erfüllte er seine Pflicht nicht, denn als er am Fluß vorbeikam und sah, dachte er: Besser, ich sage, ich bin krank, schließlich gehe ich seit fünfzehn Jahren denselben Weg, und niemand wird mir glauben, daß ich heute, einfach so, woanders langgegangen bin. Im Vorhof der Kirche versammelten sich ein paar Frauen und tuschelten. Sie sahen aus wie Fliegen über einem Tropfen Honig, als Manuela die Sakristei betrat.

Betrachten Sie das, was ich Ihnen heute morgen gesagt habe, als Beichtgeheimnis.

Als solches habe ich es die ganze Zeit über betrachtet.

Der Sohn von Pérez, von dem gesagt wird, er sei ein Volksverhetzer, machte seinem Ruf alle Ehre, er suchte ein paar Häuser auf und schleuderte es jedem ins Gesicht, den er auf der Straße traf. Fiquito, ein gutgelaunter Trunkenbold, schrie vor dem Polizeirevier, mit dem Rücken zur Kirche, rechts das Café der Chinesen und links das Bürgermeisteramt:

Will denn die Polente heut nicht rauskommen?

Und der Bürgermeister verlangte von seiner Frau, daß sie zur Messe ging, sonst würde das den Leuten merkwürdig vorkommen; sonst würde dieser Schnapskolben auch vor seiner Tür zu schreien anfangen. Die Autorität wird ja nicht mehr respektiert! Als sein Vater nach den Kühen sah (eine war kurz vor dem Kalben), ging Julias Sohn schließlich raus, um mit seinen Freunden zu spielen. Sie sagte zu ihm:

Du sollst nicht schwitzen, denk an deine Erkältung!

Aber schon als sie um die Ecke waren, fing er an zu schwitzen. Als sie an der Kirche vorbeikamen, sangen sie »Kommt, Kinder, zum Tabernakel, denn Jesus ist am Weinen«. Mehr Ehrerbietung bitte! schrie ihnen eine an der Tür kauernde Bettlerin zu, und die alten Frauen gingen hinein.

Gegrüßet seist du, Maria, voll der Gnade, der Herr ist mit dir, es heißt er sei einer von den Rebellen in den Bergen aber ist er denn von hier? es sieht nicht so aus, die Frucht deines Leibes, Jesus, mal sehen was die Polizei sagt ha!, bitte für uns Sünder, ich habe gehört er ist sehr blond und sehr kräftig gebaut aber ganz häßlich die Nase und alles andere wie der Teufel persönlich klar daß er Kommunist war, Amen, Amen, Vater unser, der Du bist im …

Das Dienstmädchen im Haus der Schwestern Alberti flüsterte dem vom Laden, nachdem sie ein Pfund Kaffee verlangt hatte, lange ins Ohr. Bis dahin hatte Serafín bereits zwei Tortillas aus zwei Eiern mit zwei halbreifen in Erdnußöl schwimmenden Bananen gegessen. Ñingo, der außer Ladeninhaber auch noch Koch und Laufbursche ist, ging zu ihm und wischte den Tisch ab, so als wollte er ihn blitzblank polieren.

Ist der Sohn von Don Alonso endlich aufgetaucht?

Ja, er ist in die Hauptstadt gegangen, um Arbeit zu suchen. Er hat seiner Mutter geschrieben. Er lebt!

Hat er sie bekommen, die Arbeit?

Er sagt, daß es auch da schwierig ist.

Er wird weiter protestieren, der Arme. Willst du noch was?

Heute ist hier wenig los, oder? Genehmigen wir uns einen Milchkaffee.

Die drei Polizisten gingen frühstücken. Einer von ihnen, dessen graues Hemd schon fast weiß war, pfiff den Jaleo eines Merengue, von dem nur er sagen könnte, welcher es ist. Der andere näherte sich dem, der vor ihm ging, als wollte er ihn ins Ohr beißen.

Und wenn wir sagen, es war ein Soldat?

Wie könnten wir das der Regierung erklären?

Ganz einfach, mein Lieber, ganz einfach.

Und die drei pfiffen den Jaleo des Merengue, von dem nur sie sagen könnten, welcher es ist. Sie betraten den Laden und begrüßten den Besitzer und Serafín, der schwitzte und erleichtert aufatmete. Der Sohn von Pérez war hereingekommen, um eine Schachtel Zigaretten zu kaufen, Haß erfüllte ihn, er spuckte auf den Boden und rannte fast zu dem Grundstück, wo Julias Mann die Kühe weiden läßt (alle beschweren sich wegen des Gestanks nach Mist, aber ihm gehört mehr als das halbe Dorf). Dort warteten drei junge Leute auf ihn.

Hast du ihn gesehen?

Ich trau mich nicht hineinzugehen, sie überwachen mich.

Wer kann das sein?

Was er wohl getan hat?

Ich habe ihn von weitem gesehen; es besteht kein Zweifel, er ist wirklich tot.

Fast so tot wie wir. Nur daß er verfault und wir nicht. Wir verfaulen auch, man merkt es nur nicht!

Ob er aus einem Dorf flußaufwärts ist?

Sehr wahrscheinlich.

Wie lange werden wir uns noch in unserer eigenen Scheiße herumwälzen! Sein Tod: eine Perle; wir: Säue, Perle-Säue, Säue-Perlen.

Vielleicht hat er sich nur umgebracht.

Unsinn!

Vielleicht ist es das, was wir tun sollten.

Und die Flugblätter?

Die haben sie immer noch nicht fertig, die sind ganz schön unzuverlässig.

Ist der Tote nicht vielleicht einer von denen, die mit Don Alonsos Sohn zu den Aufständischen gingen?

Möglich. Es heißt, daß sie mit den Bauern nicht klargekommen sind.

Mit denen im Dorf auch nicht, verdammt noch mal!

Der Ministrant, der Jüngste der Montolíos, der, um seinen Weg abzukürzen, über das Grundstück kam, fuhr zusammen, als er die Gruppe sah, und machte sich schnellstens aus dem Staub, er rannte wie vom Teufel besessen durch die Straßen, und ohne diesen draußen zu lassen, rannte er hilfesuchend zum Priester vor dem Altar. Trotz der Messe, der Rosenkranz ging weiter:

Geheiligt werde Dein Name, Dein Reich komme, und weißt du daß Manuela ihren Mann betrügt jedesmal wenn er wegen Geschäften unterwegs ist? das ist alt meine Liebe es heißt daß jetzt Serafín dran ist weil der Sohn von Pérez ihr wegen der Tochter von Núñez den Laufpaß gegeben hat sie treffen sich nachts in dem Häuschen nahe bei der Brücke Tercer Misterio.

Und der Meßdiener, jetzt nicht mehr außer Atem, nutzte den Moment, als der Priester zur Kanzel schritt, um ihm ein Geheimnis anzuvertrauen; und dieser, der schon das Treppchen hochstieg, antwortete, ohne sich umzudrehen und mit zusammengekniffenem Mund:

Misch dich nicht in Dinge ein, die dich nichts angehen.

Sein Körper zeigte die Spuren der Jugend
Obwohl es möglich ist, daß sie schon hinter ihm lag
Den Mund halb geöffnet

Zähne gleichmäßig und weiß
Gleichsam ein Strahlen in den Augen
Ein Leuchten
Etwas von Protest in der Miene
Im Trockenen jetzt der Kopf
Die Stirn weit
Noch lebendig das Haar
Das Wasser vergessend
Ganz sanft durchwühlt
Mit einer rötlichen Färbung
Wie von Kohle in der Nacht
Die verlgüht
Man könnte erahnen
Obwohl er nun ruhte
War er nicht glücklich gestorben

Als Don Francisco und Don Olegario sich fragten, wer der Tote sein konnte und wer ihn warum umgebracht hatte; als die Polizisten ihr Frühstück beendeten und Serafín von der Tür des Ladens auf die Straße sah; als die Messe zu Ende ging; als die jungen Leute vom Grundstück nichts mehr zu bereden hatten; als die Stille aus Fenstern und Türen zu bersten drohte, da liefen die Kinder durch die Straße und sangen nach der Melodie von »Zwei und zwei«: »Ein Toter liegt im Fluß, morderimordera; ein Toter liegt im Fluß, morderalalalala.«

Auf einmal kam Leben ins Dorf: Alle traten mit erstaunten Gesichtern auf die Straße, redeten, machten sich auf den Weg zum Fluß, der Bürgermeister vorneweg, die Polizisten gleich dahinter und in der Menge Don Alonso und seine Frau, Señor Montolío (von dem böse Zungen behaupten, daß die Fünfzehnjährige, die die alte Margarita großzieht, seine Tochter und die einer Schwester Margaritas ist, die an Tuberkulose und ledig gestorben war, aber Genaues weiß man nicht), Don Olegario, Don Francisco, die Schwestern Alberti, Fiquito, die Pérez, die Concepcións, die Frauen Mordán (Mutter und Tochter, denn der Vater ist gelähmt), schließlich das ganze Dorf. Die aus der Kirche mußten sich beeilen, um den Zug einzuholen, der Priester trug einen Teil seines Meßgewandes, und der Meßdiener hatte sich die Soutane um die Hüften geknotet. Sie kamen an.

Kennt ihn jemand?

Don Alonso und seine Frau lächelten erleichtert beim Anblick des Toten. Ein langes Schweigen. Der Meßdiener, der sich verspätet hatte, sagte:

O Gott, war das ein schöner Mann.

Julias Mann schimpfte sie aus, leise, weil sie den Sohn nicht ermahnt hatte, vom Fluß wegzubleiben; sie aber meinte, leise, daß es so besser sei, denn Kinder sind unverdächtig.

Holen wir ihn nun raus? Es wäre gut, ihn zu fotografieren, bevor wir ihn hochheben.

Das sagte Pedro, der Anwalt, aber der Vorschlag kam nicht an, denn der Fotograf erscheint nie. Es wurde erneut still, Serafín beobachtete Manuela, die den Kopf gesenkt hielt, die Alten beobachteten beide, der Sohn von Pérez betrachtete diese mit einem spöttischen Lächeln in den Augen und verzogenem Mund, alle verhielten sich so, als hätte gerade die Erde gebebt, Don Francisco trocknete sich den Schweiß, ohne daß es heiß gewesen wäre, Doña Venancia klagte über ihre Hühneraugen und Fiquito, der mit Würde die Schnäpse ertrug, sagte:

Er ist bestimmt aus einem andern Dorf. So ein Pech: hier zu stranden, um unsere Ruhe zu stören.

Und der Ertrunkene erhob sich
Und ging in den Fluß
Bis das Wasser ihm zum Hals reichte
Dann wandte er sich mit vorwurfsvollem Blick um
Es konnte auch einfach nur Traurigkeit sein
Er schwamm ein Stück
Und ließ sich von den Fluten bedecken
Das letzte was man sah
War seine verzweifelte Hand
Als sagte sie
Nochmals
Adiós

Der Sohn von Pérez und der Sohn von Julia sagten, daß sie ihn um Hilfe schreien hörten, als die Strömung ihn forttrug.

*(1979)*

In den Flüssen nördlich der Zukunft
werf ich das Netz aus, das du
zögernd beschwerst
mit von Steinen geschriebenen
Schatten.

*(1967)*

Die Schwermutsschnellen hindurch,
am blanken
Wundenspiegel vorbei:
da werden die vierzig
entrindeten Lebensbäume geflößt.

Einzige Gegen-
schwimmerin, du
zählst sie, berührst sie
alle.

*(1967)*

Eingeschlossen
in die Smaragdbahn,

Larvenschlupf, Sternschlupf, mit allen
Kielen
such ich dich,
Ungrund.

*(um 1970)*

JOHN VON DÜFFEL

# Vom Wasser

[...] Erst im Hotelzimmer holte ich die Blätter wieder unter meinem Mantel hervor. Es handelte sich um eine Reihe von skizzenhaften Kohlezeichnungen, die mein Großvater angefertigt haben mußte. Sie zeigten allesamt ein und dasselbe Motiv: die Papier- und Pappenfabrik auf der Mißgunst, eingebettet in die Landschaft des Orpetals, die eben noch in winterlicher Tristesse an den Seitenfenstern des Taxis vorbeigeglitten war, diese mir so vertraute, zugehörige Landschaft, durch die der schwarze Strom meiner Kindertage floß in der Unterschiedslosigkeit von Wirklichkeit, Erinnerung und Traum.

Und eben jene Kohleskizzen liegen jetzt wieder vor mir, an diesem durch und durch verregneten Märztag in Basel, an dem ich mich bislang nicht vor die Tür meines Hotelzimmers getraut habe, obwohl es mein fester Vorsatz war, jeden dieser Tage am Rhein zu verbringen, auf das Wasser schauend und vom Wasser erzählend. Denn nur deswegen war ich hiergeblieben, nachdem sie ihre Foto-Ausstellung erfolgreich eröffnet hatte und neuen Aufgaben entgegeneilte. Ich war geblieben, weil dieser frühjahrsgrüne Fluß, der unmittelbar der neuen Jahreszeit zu entspringen schien, während ringsum noch alles im Zeichen des verblassenden Winters stand, weil dieser breite, lebendige Strom mich seit meinem ersten Tag in Basel anzog, weil ich wie selbstverständlich jede freie Minute am Rhein verbrachte, und weil ich so lange an diesem Wasser sitzen wollte, bis ich herausfand, warum das so war.

Nur am heutigen Tag, an dem die spärliche Aussicht aus meinem Fenster in Rinnsalen von grauem Regen zerfließt und ich wie eingesperrt in meinem Zimmer den Spuren des Sterbens noch einmal nachgegangen bin bis hin zu den Kohlezeichnungen meines Großvaters, der kurz vor seinem Tode völlig besessen zu sein schien von dem einen und einzigen Motiv seines Lebens, der Papier- und Pappenfabrik auf der

Mißgunst, die er immer und immer wieder malte, malen mußte, nur heute finde ich nicht den Weg hinunter zum Fluß. Etwas hält mich hier fest, das Gefühl, nicht fertig geworden zu sein. Und ich breite zum wiederholten Male die Zeichnungen über Tisch und Bett aus, gemäß den verschiedenen Datumsangaben, mit denen die Blätter versehen sind. Ich bringe sie in eine chronologische Reihenfolge, Tag um Tag fortschreitend bis zum Tag seines Todes, und gehe die Skizzen noch einmal durch.

Vielleicht waren es Bilder einer Unveränderlichkeit. Vielleicht zeigten sie nur, daß sich nichts geändert hatte an seinem Lebensmotiv, an dieser Fabrik, die ihn um die Krüppelfreiheit brachte, Maler zu sein, wie ein Maler zu sehen, die ihn nicht fortließ an die Sorbonne in Paris, in ein anderes Leben. Vielleicht legten sie Zeugnis davon ab, daß es jeden Tag und jede Nacht ein und dieselbe Sache war, um die seine Gedanken kreisten, ein und dieselbe Sache, die seine Phantasie mit unzähligen Sorgen fesselte, von denen er sich so wenig freimachen konnte, daß die Papier- und Pappenfabrik auf der Mißgunst, die ihn um seine Kunst gebracht hatte, schließlich das einzige war, was er noch malen konnte. Und das, was heute vor mir liegt, sind Bilder einer Blendung, einer Verstrickung in dieses eine, einzige Motiv, das ihn mehr bewegte, als einen Maler sein Motiv bewegen darf, weil es sein ganzes Leben unauflöslich an sich band. Vielleicht.

In bin drauf und dran, trotz des heftigen Dauerregens hinunter an den Rhein zu gehen. Womöglich gibt es auf all diese Fragen keine wirkliche Antwort, und schon gar keine Antwort auf meine Frage nach dem Grund für die Anziehung des Wassers. Doch mir fällt auf, daß es der Fluß ist, der sich auf all diesen Bildern verändert. Ja, es ist die glatte, schwarze, sich schlängelnde Bahn der Orpe, die jeder Betrachter zunächst nur für das landschaftliche Beiwerk dieser Bilder halten würde, die von Tag zu Tag zunehmend weiter, breiter, dunkler wird, mehr und mehr Raum einnimmt und sich schließlich wie eine angeschwollene schwarze Ader voll von geronnenem Blut in die Eingeweide der Fabrik ergießt. Und auf einmal denke ich, es ist der Tod, der Tod ist keine Person, kein Harkemann und auch nicht der Schatten meines gedemütigten Onkels, es ist der Fluß mit seinem schwarzen Wasser, die schattenhafte Tiefe selbst mit ihren rattenwimmelnden Armen, mit dem Fleisch und den Gräten der Fische, die denjenigen ertrinken machen und ihm den bläulichen Schimmer der Ertrunkenen ins Gesicht malen, den das Wasser selbst nicht zu fassen bekommt.

Hat er es gewußt? Hat er es gewollt? Wollte der Herr der Mißgunst, daß ihn die Gräten der Orpe-Forellen zu Tode würgen? Hatte er sie darum in solcher Zahl gefangen und ihre Zubereitung unter den zarten Händen der Gnädigen überwacht? Wollte er den Tod des schwarzen Wassers aus ihrer geschmeidigen Hand empfangen, aus der Hand des Franzosenliebchens, das seine Gunst, seine Liebesbezeugungen weitergeschenkt hatte an die Zwangsarbeiter des Lagers am Orpeufer, wofür er sie in Schutz nehmen mußte, diese freigebige Frau, die er nie ganz besitzen sollte und in der es kein Weiterleben für ihn gab? Dann, also, waren diese Zeichnungen sein Abschiedsbrief an uns, das Testament eines Selbstmörders, der seinen letzten Willen malt und zeigt, daß es der Tod aus Wasser ist, der ihn zu sich ruft, aus einem immer schwärzer, immer dunkler und düsterer werdenden Wasser, das sich glatt, geschmeidig, gefährlich auf das Motiv des Lebens zuschlängelt wie das seidige Haar dieser unbesitzbaren Frau, die ihm den Tod bringen soll, den er vom schwarzen Schweigen des Wassers erbittet – nein. Nein, ich weigere mich, diesen Gedanken weiter zu denken. Ich habe zu lange in diesem Zimmer gesessen, ich bin den Spuren des Sterbens ein Stückchen zu weit nachgegangen. Höchste Zeit, daß ich mich an die frische Luft begebe, hinuntergehe zum Rhein und wieder einen klaren Kopf bekomme.

Ohne zu zögern, werfe ich mir den Mantel über, laufe die Treppe hinunter, vorbei an der Rezeption, hinaus in den Regen, der unbeweglich und grau über den mittelalterlichen Kulissen der Stadt hängt. Und ich rieche den Rhein bereits, bevor ich ihn sehe, seinen mit Regen vermischten, quellend kühlen Atem. Und endlich zeigt sich seine breite, bewegte Bahn, trüb und aufgeschwemmt vom einströmenden Regen.

Bis an die Uferwege reicht der reißende Schwall aus Schlamm, Regen und dem immer wiederkehrenden Wasser des Stroms. Wie verlorene Schwimmer treiben allerlei abgerissene Äste, Windbruch und entwurzeltes Gesträuch in der lehmfarbenen Flut hinab, gelegentlich einen knorrigen Arm aus dem Wasser streckend, der von den Strömungen und Strudeln wieder hinuntergezogen wird.

Und wenn es wirklich der Tod war, den mein Großvater in seine letzten Bilder hineingemalt hatte, der Tod in Gestalt von wachsenden, raumgreifenden Schatten aus schwarzem Wasser?

Dieser Tod war immer schon gegenwärtig. Er war da beim Biß und Anschlag der Fische, im unmittelbaren Kampf von Instinkt gegen Instinkt. Er war in allen unsern Ängsten, in der flehenden Bitte, das Wasser möge nicht mit kalter Hand nach unseren Herzen greifen, und in der von Zeiten und Distanzen überlagerten Todesangst beim Marathon. Er lauerte jenseits der Schwelle aus Erschöpfung und atmete mit in den keuchenden, stöhnenden Lungen der Schwimmer. Und er war die Angst vor dem Start, diese immer größer werdende, mit den Jahren fast unüberwindliche Angst. Er war die Angst und die Anziehung des Wassers.

Mir schlägt der Regen ins Gesicht, da ich dies denke, und das dahinstürzende Wasser des Rheins fliegt wie Gischt in heftigen Windböen auf. Doch ich habe mich so weit im Griff, daß ich sehr wohl durchschaue, wie gefährlich dieser Gedanke ist, vielleicht zu gefährlich, um ihn ganz alleine zu denken, ohne ein anderes Gegenüber als diesen reißenden, sich überstürzenden Strom. Überhaupt sollte ich sie anrufen, jetzt, da ich dem Geheimnis des Wassers ein gutes Stück nähergekommen bin und vielleicht wieder zu ihr fahren könnte, weil sich mein Verbleiben in Basel damit erübrigt hat und ich etwas klarer sehe als noch vor wenigen Tagen.

Ich klettere die Böschung der Uferstraße hinauf zu einer Telefonzelle auf einer von Bänken umstellten Plattform. Regen klatscht gegen die Scheiben der Kabine, die, kaum daß ich eingetreten bin, von meinem Atem beschlägt. Am anderen Ende meldet sich eine männliche Stimme. Wer ist da, frage ich. Der Mann am anderen Ende sagt mehrmals Hallo – hat er nicht einen französischen Akzent? –, dann höre ich ihre Stimme. Sie kichert zunächst etwas verlegen, ich rufe zu einem ungünstigen Zeitpunkt an, doch sie macht keine langen Ausflüchte, sagt, sie müsse mir etwas erklären, und erklärt, was immer wir beide miteinander hatten, für beendet. Ich höre zu, sage zu allem »ja«, nur damit sie weiß, ich höre zu. Ob ich noch dran bin? Ja. Jaja. Sie will mir Lebwohl sagen, ich bejahe. Und wo willst du jetzt hin? Es ist die erste Frage, die sie mir stellt, und ein »Ja« reicht hier nicht mehr aus. Ans Wasser, sage ich. Ans Wasser? Zum letzten Mal höre ich ihre Stimme. Ich nicke stumm, als müßte sie es längst wissen: Wir kehren immer zum Wasser zurück.

*(1998)*

# VI

# Grenzflüsse

Die Müdigkeit: eine stille Brücke, die vom Ufer des Lebens zum Ufer des Todes führt.

*Milan Kundera, Die Unsterblichkeit*

9 Dieric Bouts: *Johannes weist auf Jesus hin: »Siehe, das Lamm Gottes«.* Eichenholz. Um 1470

JEAN-CLAUDE BEAUNE

# Der Mensch am anderen Ufer

Man muß schon einer sehr heraklitischen Auffassung von der Philosophie anhängen, um den Fluß einfach als »philosophisches Konzept« anzusehen. Die Wissenschaft, die ihrer Pflicht im stillen Kämmerlein nachkommt, tut sich sehr schwer, ihn in ihr eigenes Denken hineinzunehmen. Menschen, die in einem Delta leben, wissen, worum es geht; eine Überschwemmung ist keine Randerscheinung. Andererseits sind die großen Zivilisationen dort entstanden, wo der Urschlamm beides ist: ein Risiko auf Dauer und eine Lebenshoffnung. Ohne diese Urfäulnis hätten die beiden Pole des Fortschritts, für die Lévi-Strauss das Begriffspaar »das Rohe und das Gekochte« eingeführt hat, sicher keine Chance, eines Tages zusammenzutreffen, um dem Menschen ein anderes Schicksal zu bescheren.

Der Fluß vereinigt und trennt zugleich; von der Quelle bis zur Mündung muß die Fahrt seinem Lauf folgen; die Bilder schreiten mit den Wassern fort und stellen unvermeidlich die Frage: Wer ist der Mensch am anderen Ufer, dessen Silhouette ich vage in diesem zu gefälligen Spiegel erkenne? Schwimmende, horizontale Bilder, die sich auf der Grenze bewegen, fordern mich auf, mich zu orientieren und zu entscheiden: Soll ich töten oder kommunizieren oder vielleicht beides? Doch der Fluß und das Wasser ganz allgemein nähren auch vertikale Bilder, Bilder vom Fallen, vom Ertrinken, von der Anziehungskraft der flüssigen Tiefen mit ihrem graugrünen Etwas, das zu rein oder zu eisig ist, um meine Existenz zu dulden. Es gibt einen leeren Raum der Wasser, der von deren Atmung zeugt: Der Fluß kommt aus dem Innern der Erde und steigt mit Wasserhosen und Typhonen zum Himmel empor, er ist Trichter und Pumpe der Realität.

So stellt sich der Fluß als komplexes Medium dar, das künstlich wie ein Kanal sein kann oder wie eine Welt aus Fabrikbeton (der Rhein Heideggers zum Beispiel), das auch unter Wasser vorkommt (es gibt Ströme im Ozean) oder aber Symbol des Hades ist, bevölkert von Teufeln, Aufenthaltsort der Toten und Abwesenheiten (es bleiben »vertikale« Bilder auch mit ihren Fähren und Monstern). Mit seiner Ambivalenz als Mutter- und Todesgewässer ist der Fluß unsere Bestimmung und unsere Verhöhnung; so ist er unser *Spiegel*, wenn er nicht unser Sterben ist, und eine Gelegenheit, ein immer anderes Verhältnis zur Welt zu erproben, angefangen bei den kosmischen Katastrophen bis zur universellen Weisheit des Anglers. Platon weiß das, der sich zu dem zuerst Erwähnten mit den »sehr flüssigen« Apokalypsen im *Timaios* und im *Kritas* (dem Mythos von Atlantis) und zu dem zuletzt Genannten mit dem Urbild des Fischers im *Sophistes* gesellt. In diesen beiden Fällen – man fühlt es – verläßt man das Feld des Begriffs oder der Idee: Man berührt eine Metaphysik des Schweigens, die jeden schlüssigen Diskurs über die Vorexistenz von Fluß und Wasser sinnlos macht. [...]

Alles könnte anfangen wie der Laughton-Film *Die Nacht des Jägers*. Zwei Kinder, die sich verirrt und die Orientierung verloren haben, fliehen vor einem exaltierten »preacher«, verbringen die Nacht auf dem Fluß und erleben den Anbruch eines neuen Tages: Es erscheinen riesige Pflanzen, beinah phantastische Tiere, Teufel und schließlich die Sonne, die immer viel gibt, zu viel zweifellos, als daß man es bewahren könnte. Doch der Fluß, er bleibt der Zeitgenosse frühester Epochen: Zuerst Lebens- und Todeslinie, findet die *deadline* in ihm ihr bestes Paradigma. Repräsentativ für eine ganze Zivilisation der »verlorenen Prärie« im Sinne von J. Cabau, gestaltet die amerikanische Literatur – Autoren wie Cooper, Steinbeck, Faulkner bis Selby, von Hemingway ganz abgesehen – ein odysseeartiges Abenteuer. In ihm stehen sich zwei Figuren symmetrisch und komplementär gegenüber: der Mensch, für den nach Weber das Gekochte charakteristisch ist, und der Indianer, für den das Gebratene den gleichen Stellenwert hat. Auf der einen und auf der anderen Seite der Grenze zeugen sie von der anfänglichen Macht des Negativen, des Todes, den alles Leben in sich birgt, da es ja aus ihm hervorgeht. Der Western als literarisches und filmisches Genre bewegt sich auf dieser *Grenze*, die eine der starken Achsen der amerikanischen Literatur markiert. Der Terminus *Grenze* ist im übrigen seltsam, denn an ihm erkennt man, wie zerbrechlich Macht sein kann und wie hartnäckig sie jenes Andere sucht, das ihr schließlich Anerkennung zollen kann, auch wenn diese immer ungewiß ist.

Das Individuum, das sich quer zu diesem Grenzemblem stellt, ist das Resultat der Spaltung der universellen Flüssigkeit des Lebens, in die sich einfache Figuren gestellt haben; des Lebens, das Bewegung dieser Figuren ist, ein Prozeß, in dem das Andere und das Selbst ihre ursprüngliche Einheit finden. Der individuelle Held spielt mit dem umgekehrten Bild seiner selbst, das ihm der Fluß zurückschickt. Wie für alle tragischen Helden, nur radikaler, sind die Fluidität der Unterschiede und ihre universale »Auflösung« nur die andere Seite der Spaltung dieses flüssigen, undifferenzierten Lebens, auf das er seine Individualität gründet. Wir erlauben uns hiermit eine sehr respektlose Anleihe bei der *Phänomenologie des Geistes* (B IV, C II und III), weil dort der Ausgangsbegriff Flüssigkeit vorkommt, ja beherrschend ist, und auch von Grenze die Rede ist, sobald das Selbstbewußtsein hervortritt. Hegel verwendet diese Wörter nicht zufällig, selbst wenn wir hier ihrer Bedeutung etwas Gewalt antun. Das Epos des Menschen auf der dramatischen Suche seiner selbst, das uns dieses Werk (und die Hegelsche Philosophie insgesamt) erzählt, geht von einer Flußmetapher aus: Die einfache Flüssigkeit ist das Ansich, und der Unterschied ist das Andere, aber durch diesen Unterschied (die unendliche Bewegung, von der das ruhige Medium aufgezehrt wird) verkehrt sich das Leben seinerseits in dem Tanz des Universellen und des Individuellen, auf den sich die neue Flüssigkeit und ihre Metamorphosen einlassen. Um noch für einen Augenblick bei dem Bezug zur amerikanischen Literatur zu bleiben: Bevor eine mehr oder weniger dialektische Beziehung zwischen Herrn und Sklaven entstand, als der Fluß auf die großen Seen zufloß, wo der Zuckerrohrpflanzer zum Metallbearbeiter geworden ist, mußte der Mensch zu seinem Mythos finden, dem Mythos des Deltas, in dem alles elementar ist, in dem die universelle Flüssigkeit die einer »Urfäulnis« ist: Der Mensch kommt dann darauf, das Reale und das Symbolische auf ein Imaginäres zu beziehen, das Nirgendwo, welches das Zeichen der Zeichen verbirgt, oder das absolute Anderswo der höchsten Flüssigkeit.

Auf welches Modell oder Dreieck auch immer zurückgegriffen worden ist, der Fortgang ist odysseeartig: Dieser Grenze verhaftet, der Todes- und Lebenslinie, wo alles fließend ist, sucht der Mensch wieder bei sich anzukommen, doch eines Tages ergibt es sich, daß er unweigerlich allein im Tiefen taucht, sei er nun Cowboy oder Detektiv, Konsul oder Mörder; von diesem Tag an verkehrt er nur noch mit Monstern oder Göttern, genau solchen Spottgeburten wie er, trauriges Bild der Dualität (eine Maus für einen Menschen in einer ländlichen Version von E. A. Poes *William Wilson*). Der entscheidende Selbstmord ist der logische Schlußpunkt eines unmöglich gewordenen Transfers, denn die Götter sind tot, da ja, wie Borges festgehalten hat, Billy the Kid sich in Bill Harrigan sucht und verliert, »der junge Bursche mit den Pistolenschüssen, die die Wüste betäuben«; er leistet sich den Luxus eines Ozeans von Einsamkeit und Mut, eines »langen und lästerlichen Todeskampfs«, wenn sein Double, der Kommissar Garrett, ihn seinerseits ermordet. Zwischenmedium, metaxu mobile wie sein Schatten und der unsere, aber auch Spiegel, der das Erbärmliche unserer Betriebsamkeit korrigiert (der Traum des Doktor Frankenstein wurzelt im Ertrinken), erfüllt der Fluß nur das unmögliche Versprechen der Zeit; es ist dies ganz sicher ein Kindertraum, also ein modellhaft aus dem Ödipuskomplex erwachsener Traum, nur tiefer, fötaler: Die Metapher Mutter–Wasser gewinnt in diesem Augenblick einen sonderbaren Wert genau wie die metamorphe Gestalt dieses Ensembles.

Diesseits und jenseits von Leben und Tod folgt der Fluß seinem ihm eigenen Lauf: Er begrenzt *von innen* das Schicksal des Menschen auf dessen Weg; des Menschen, der den Tod humanisieren will, dadurch daß er sein Bild wiederfindet und somit eine neue Angst vor dem Anderen schürt – die Angst, die der unerwartete Wilde erregt (der die schöne Ordnung der Zeichen und der Arbeit stören kommt, die Robinson eingeführt hat). Der Mensch auf der Insel – eine andere Facette des Menschen am anderen Ufer wie auch der furchterregende Fährmann, der zum enzyklopädischen Tod hinführt, dem Tod, der in jener doppelten Welt von Buch und Schiff konzentriert ist (dessen Spiegel kein anderer ist als der Weiße Wal): Quiqueg, mit dem Ismael seltsame, trübe Beziehungen unterhält, erinnert auf seine Weise an Peeters, den Gefährten von Gordon Pym ... Doch *Moby Dick* ist ein absolutes Werk, ein vollkommenes System, Träger seines eigenen Schicksals und seiner Harmonie von Markierungen und Zeichen, genauso kohärent und herausfordernd wie das Schiff, was es unter einem anderen Blickwinkel auch ist.

Mit seiner historisch gewachsenen odysseeartigen Kultur kreist das wirkliche oder symbolische (wenn nicht kafkaeske) Amerika um seine innere Grenze, die auch seine Nabelschnur ist, wodurch es sich gelegentlich auf den Ursprungsmorast seiner dem Tod und dem Leben gleichermaßen verschriebenen Kindheit beruft. Es geht also den Weg der von der »gemeinen« Vernunft zu räumlich aufgefaßten Zeit zurück, um an seine eigene Vorgeschichte zu gelangen: Es stürzt den Gang der Philosophie mit einer dionysischen Bewegung um, die versucht, den Tod zu vermenschlichen, um eine unsagbare, denn primäre, fötale Furcht zu bannen. Doch der Tod ist immer gegenwärtig, wenn der Sohn der Vater wird und das Embryo der Vater des Sohnes: Die Bindung sogar des Sex an den Tod umkreist die Bakterie, den graugrünen Strom der Genesis und der Apokalypse, auf dem die beiden Kinder in dem Laughton-Film umherirren, auf der Suche nach ihrer unsagbaren Sprache. Der Fluß lehrt dann, daß Ortsveränderung zur Analyse nicht genügt: Man verharrt weiter vor dem Sprachlosen eines *Imaginären*, einer Sehnsucht nach dem Menschen am anderen Ufer, die den gewöhnlichen Krieg ins Transzendente kehrt, die den Wahn der Outlaws umkehrbar macht. Der große Andere weist die letzte Unschuld eines Menschen auf, der Wesen, nicht Objekt sein will. Da das Mutter-Wasser des Flusses immer noch das Medium ist, in dem dieses Wesen sich entgegen allem Anschein erträumt – und die Literatur zeugt davon –, ist die nach diesem Muster entworfene Welt eine Welt ohne Frauen – oder so gut wie: Alle sind sie die Squaw oder das idealisierte Bild einer sehr fernen Penelope. Ihr Sinn ergibt sich nur aus den Prüfungen, die der Mann durchstehen mußte, um ein stets mobiles Ziel zu erreichen (Odysseus, nach Ithaka zurückgekehrt, bleibt dort nicht, sondern wird anderswo sterben, besessen von seinem Traum: Der Mann mußte das Göttliche mit Kalypso und das Animalische bei Circe streifen. Wie Odysseus erkennt er sich nur selbst, wenn er bei den

Phäaken von seiner eigenen Geschichte singen hört. Man kennt die Fortsetzung. Der Fluß ist Grenze für sich selbst, für jede Natur und Kultur, die in uns ist und die ungewisse Identität bis zur ursprünglichen Dynamik des Sprachlosen treibt.

*(1992)*

---

DAS BUCH DER RICHTER (12, 4–7)

## Schibboleth

Jiftach scharte alle Männer von Gilad zuhauf und kriegte mit Efrajim,
und die Männer von Gilad schlugen Efrajim.
Denn einst pflegten die zu sprechen:
Entronnene Efrajims seid ihr, Gilad,
mittzwischen Efrajim, mittzwischen Mnasche!
Nun bemächtigte sich Gilad der Jordanübergänge Efrajims.
Es geschah, wenn die Entrinnenden Efrajims sprachen: Ich möchte hinüber,
sprachen die Männer von Gilad zu dem: Bist du ein Efratiter?
sprach er dann: Nein,
sprachen sie zu ihm: Sprich doch: Schibbolet, Strömung,
er aber sprach: Sſibbolet, und brachte es nicht zurecht, richtig zu reden,
sie faßten ihn und metzelten ihn an den Übergängen des Jordans.
Zu jener Frist fielen von Efrajim zweiundvierzigtausend.

Jiftach richtete Jifsrael sechs Jahre.
Jiftach der Giladit starb und wurde in einer der Städte Gilads begraben.

10 Anonymer Künstler: *Austausch der Bräute auf dem Bidassoa.* Öl auf Leinwand. 1615

MAX VON SCHENKENDORF

## Das Lied vom Rhein

Es klingt ein heller Klang,
Ein schönes deutsches Wort
In jedem Hochgesang
Der deutschen Männer fort:
Ein alter König hochgeboren,
Dem jedes deutsche Herz geschworen –
Wie oft sein Name wiederkehrt,
Man hat ihn nie genug gehört.

Das ist der heilge *Rhein*,
Ein Herrscher, reich begabt,
Des Name schon, wie Wein,
Die treue Seele labt.
Es regen sich in allen Herzen
Viel vaterländsche Lust und Schmerzen,
Wenn man das deutsche Lied beginnt
Vom Rhein, dem hohen Felsenkind.

Sie hatten ihm geraubt
Der alten Würden Glanz,
Von seinem Königshaupt
Den grünen Rebenkranz;
In Fesseln lag der Held geschlagen:
Sein Zürnen und sein stolzes Klagen,
Wir haben's manche Nacht belauscht,
Von Geisterschauern hehr umrauscht.

Was sang der alte Held? –
Ein furchtbar dräuend Lied:
»O weh dir, schnöde Welt!
Wo keine Freiheit blüht,
Von Treuen los und bar von Ehren!
Und willst du nimmer wiederkehren,
Mein, ach! gestorbenes Geschlecht
Und mein gebrochnes deutsches Recht!«

»O meine hohe Zeit!
Mein goldner Lebenstag!
Als noch in Herrlichkeit
Mein Deutschland vor mir lag.
Und auf und ab am Ufer wallten
Die stolzen adlichen Gestalten,
Die Helden, weit und breit geehrt
Durch ihre Tugend und ihr Schwert!«

»Es war ein frommes Blut
In ferner Riesenzeit
Voll kühnem Leuenmut
Und mild als eine Maid.

Man singt es noch in späten Tagen,
Wie den erschlug der arge Hagen.
Was ihn zu solcher Tat gelenkt,
In meinem Bette liegt's versenkt.«

»Du Sünder! wüte fort!
Bald ist dein Becher voll;
Der Nibelungen Hort
Ersteht wohl, wenn er soll.
Es wird in dir die Seele grausen,
Wann meine Schrecken dich umbrausen;
Ich habe wohl und treu bewahrt
Den Schatz der alten Kraft und Art!« –

Erfüllt ist jenes Wort:
Der König ist nun frei,
Der Nibelungen Hort
Ersteht und glänzet neu!
Es sind die alten deutschen Ehren,
Die wieder ihren Schein bewähren:
Der Väter Zucht und Mut und Ruhm,
Das heilge deutsche Kaisertum!

Wir huldgen unserm Herrn,
Wir trinken seinen Wein.
Die Freiheit sei der Stern!
Die Losung sei der Rhein!
Wir wollen ihm aufs Neue schwören;
Wir müssen ihm, er uns gehören.
Von Felsen kommt er frei und hehr,
Er fließe frei in Gottes Meer!

*(1814)*

ALFRED KUBIN

# Die andere Seite

## XX

Als das Archiv mit seinen Schätzen in Flammen aufging, saß ich auf meinem alten Lieblingsplatze am Strom, dessen Gewässer die Himmelsglut spiegelte. Die noch nie dagewesenen Dinge, welche ich in der letzten Zeit mit angesehen, hatten mich aus meiner Apathie aufgerüttelt. Ich fühlte mein erstarrtes Herz tauen – das übermenschliche Unglück der Traumstädter drohte mich zu erdrücken. Ich hoffte auf den Tod, gleichviel in welcher Gestalt er mich überfallen würde. Daß mit dieser Schreckensnacht alles aus sein müsse, schien nur zu klar. Aber warum wartet das Schicksal so lange und übertrifft sich selbst im Anhäufen qualvollster Martern?

Störungen des Sehvermögens überfielen nun die Traumleute. Zuerst war es ein Regenbogenschein, der die Gegenstände umgab. Später verschoben sich für ihre Augen alle natürlichen Proportionen, kleine Häuschen hielten sie für vielstöckige Türme, die falschen Perspektiven täuschten sie und verursachten ihnen Bangigkeit, sie glaubten sich eingeschlossen, wo sie es nicht waren. Es kam ihnen vor, als hingen die Gebäude gegen die Straßen hinüber, oder balancierten auf zu schmalen Fundamenten. Ihnen entgegenkommende Menschen verdoppelten oder vervielfachten sich, wurden zu Ansammlungen! Sie hoben die Beine, um über eingebildete Hindernisse hinweg zu schreiten, tasteten sich auf allen vieren den Boden entlang, stets vor sich einen Abgrund wähnend.

Viele Menschen verfielen dem Massenselbstmord. Verfolgt und abgehetzt bis zum äußersten, waren sie die widerstandslose Beute von Träumen geworden, in welchen ihnen der Befehl zur eigenen Vernichtung erteilt wurde. Was noch übrig blieb, war dermaßen verwirrt im Kopf, daß sie wahrscheinlich die Bitterkeit ihrer letzten Stunden nicht gespürt haben.

Plötzlich hieß es, Patera sei selbst erschienen. Von vier Dienern habe er sich in einer Sänfte auf den Markt tragen lassen, eine spitze Tiara auf dem Haupte, angetan mit einem grünsamtenen Mantel, der reich mit Perlenstickerei verziert war, wie ein Kardinal die Leute segnend. Der Amerikaner, seiner ansichtig werdend, habe einen Pflasterstein ergriffen und sich wie ein Rasender auf den Herrn gestürzt. Zertrümmert flog die Krone in den Staub. Der Kopf – ein Wachspuppenkopf – zerschellte wie eine Eierschale; die Augen waren mit Quecksilber gefüllte Glaskugeln, die Prunkkleider waren mit Stroh ausgestopft gewesen, – der Meister eine Mystifikation, nichts weiter!

Das Militär hatte längst seine Patronen verschossen. Es rannte in schmierigen roten Hosen im Sturmschritt mit gefälltem Bajonett auf die zerlumpten Tollwütigen. Durch Schnaps angefeuert, kannten sie kein Pardon. Der Amerikaner stellte sich auf die Seite der Soldaten, welche dem herrisch auftretenden Mann, seitdem sie von der Wachspuppe gehört hatten, zujubelten. Archiv, Post, Bank brannten und erleuchteten die Straßen taghell.

Von dem hochgelegenen französischen Viertel schob sich langsam wie ein Lavastrom eine Masse von Schmutz, Abfall, geronnenem Blut, Gedärmen, Tier- und Menschenkadavern. In diesem, in allen Farben der Verwesung schillernden Gemenge stapften die letzten Träumer herum. Sie lallten nur noch, konnten sich nicht mehr verständigen, sie hatten das Vermögen der Sprache verloren. Fast alle waren nackt, die robusteren Männer stießen die schwächeren Weiber in die Aasflut, wo sie, von den Ausdünstungen betäubt, untergingen. Der große Platz glich einer gigantischen Kloake, in welcher man mit letzter Kraft einander würgte und biß und schließlich verendete.

Aus Fensterlöchern hingen die starren Leiber entseelter Zuschauer, deren gebrochene Blicke dieses Königreich des Todes spiegelten.

Verrenkte Arme und Beine, gespreizte Finger und geballte Fäuste, geblähte Tierbäuche, Pferdeschädel, zwischen den langen gelben Zähnen die wulstige blaue Zunge weit vorgestreckt, so schob sich die Phalanx des Untergangs unaufhaltsam vorwärts. Greller Lichtschein flackerte und belegte diese Apotheose Pateras.

## XXI

Unberührt von allem, was sich begab, blieben die Blauäugigen. Sie blickten ruhig über den Fluß. Allerdings mußte auch bei ihnen etwas vorgehen, denn vor ihren sonderbaren Wohnstätten hatten sie große Kessel aufgestellt. Tag und Nacht sah man sie daran herumhantieren. Augenscheinlich wurde etwas gekocht. Der Wind trug einen beißenden, übelriechenden Qualm herüber, der zum Husten reizte. Der Gestank verwandelte sich bald in Wohlgeruch. Die Blauäugigen, die sonst so ernst und bedächtig waren, tanzten jetzt um die Kessel und sangen monotone, schleppende Chöre. Unsere Banden wollten hinüber. – Längst hatte man herausbekommen, daß man in der Vorstadt lange nicht so unter dem Ungeziefer und dem Schmutz litt. Die Brücke war jedoch eingestürzt und fortgeschwemmt worden. Boote gab es nicht mehr, ein Schwimmversuch zwischen den Reptilien des Stromes wäre Selbstmord gewesen.

Ich weilte am Ufer, wo ich auf einem Brückenpfeiler saß. Nicht mehr fähig, diese Szenen, die meine Fassungskraft übertrafen, zu ertragen, wollte ich meinem Leben ein gewaltsames Ende bereiten. Fasziniert starrte ich in die trüben Fluten, die ich mir zum Grabe erkoren hatte. – Im nächsten Augenblick sollten sie mich aufnehmen. Ich hatte das deutliche Gefühl, daß mir etwas ungeheuer Großes jetzt bevorstehen müsse.

Langsam, ganz allmählich ließ ich mich hinuntergleiten, – *es war wie im Traum!*

Unter gurgelndem Sausen bildete sich mitten im Wasser ein gähnender Trichter und ein schwarzes Loch saugte den Strom in sich. Die noch immer glimmenden Überreste der Mühle versanken zischend in weißen Dämpfen.

Die Lange Gasse stürzte in sich zusammen, ich erblickte infolgedessen den Palast, der von hier aus sonst nicht sichtbar gewesen war. Hellrot beschienen und erhaben ragte seine geschlossene Masse über die Trümmer. Ich dachte, jetzt müßten Posaunen ertönen, das jüngste Gericht sei angebrochen. In tobenden Katerakten stürzte sich der Negro in das gierig geöffnete Maul des schwarzen Strudels, das sich auf seinem Grunde aufgetan hatte. Fische und Krebse zappelten im Schlamm und blieben an den Wasserpflanzen hängen.

Da gewahrte ich eine kleine Schar Männer am jenseitigen Ufer, die durch das sandige Flußbett herüberkamen: die Blauäugigen. Gesenkten Hauptes schritten sie an mir vorbei. Zuerst ein gebücktes Wesen mit einem vielfach gefurchten, wie zersprungenen Gesicht, als wäre es tausend Jahre alt. Von dem ungewöhnlich hohen Schädel fielen lange schlichte Silbersträhnen. Es kam mir einen Augenblick in den Sinn, es könnte eine Frau sein. Dann die anderen! Lauter hohe, abgezehrte Gestalten. Der letzte, ein wenig größer und aufrechter schreitend, blickte sich nach mir um. Ich schaute in das schönste Gesicht, das ich je gesehen habe, das Antlitz Pateras ausgenommen. Wie aus Porzellan geformt, war das reine Eirund des Kopfes. Mit den durchsichtig dünnen Nasenflügeln, dem schmalen, etwas eingedrückten Kinn, kam mir der Mann wie ein überfeinerter Mandschuprinz oder wie ein Engel aus einer buddhistischen Legende vor. Seine schlanken, langen Gelenke sprachen von äußerster Entwicklung der Rasse. Alles Haar war abgeschabt und vollkommen glatt spannte sich seine Haut. Mit einem unvergleichbaren Blick aus seinen blauen Augen sah er mich an. Das konnte keine Zurückweisung sein – ich folgte ihm nach.

Da dehnte und streckte sich der Boden wie Kautschuk, ein betäubender Knall wie von vielen hundert Kanonen erschütterte die Luft. Langsam neigte sich die Fassade des Palastes, bog sich wie ein Fahnentuch im Wind und begrub den großen Platz unter ihrem Angesicht. –

Von allen Türmen Perles ertönten die Glocken, melodisch, imposant läuteten sie den Schwanengesang der sterbenden Stadt. Ich war zu Tränen gerührt, mir war als schritte ich im Leichenzug beim Begräbnis des Traumreiches.

Ich folgte den blauäugigen Männern durch ein schmales Tor, das in die Felswand eingelassen war. Im trüben Licht einzelner Fackeln führte eine lange Stiege mit ungleichmäßigen Stufen empor. Meine Führer verschwanden in einem Felsgeschoß, das seitlich in die Wand gegraben war. Ich aber stieg immer höher, um mich nach einem geschützten Platz umzusehen, und gelangte wieder ins Freie und sah den geröteten Himmel über mir. Ich befand mich in der alten Bergfestung. Einzelne Geschütze standen noch auf die Stadt gerichtet, sonst waren die Lafetten zerbrochen und die bronzenen Rohre lagen verstreut auf den Wällen. Schroff fiel hier die Bergwand einige hundert Meter ab. Ich setzte mich. Unter mir sah ich ein Labyrinth von Gängen, ich traute meinen Augen kaum! Die Stadt war vollständig unterminiert gewesen wie ein Maulwurfsbau. Ein breiter Tunnel verband den Palast mit der Vorstadt, andere reichten bis weit in das Land hinein. Diese nun offen daliegenden Gänge füllte jetzt das dunkle Wasser des Negro, alles was noch stand, versank allmählich in ihnen. – Von der anderen Seite flutete der Sumpf immer näher heran.

Das Geläute war verstummt, die Türme eingestürzt, nur der große Uhrturm stand noch, seine mächtige Glocke summte in tiefen Baßtönen. Leben sah ich kaum mehr. Ein kleiner Trupp Menschen schien nur entronnen zu sein. Sie schossen nach allen Richtungen auseinander und fuhren dann wieder auf einen Punkt zusammen, wie Marionetten, von einer einzigen Schnur regiert; so sahen sie von hier oben aus. –

Zwecklos schienen die Leute da unten herumgehetzt zu werden. Endlich rasten alle, einem unsichtbaren Kommando folgend, über die Trümmer in erstaunlichen, letzten Sprüngen gegen den Strom, setzten durch sein leeres Bett und warfen sich gegen die Vorstadt.

Aus einem großen Loch in der Erde blies ein eiskalter Wind zu mir herauf, so daß die Flüchtlinge über den Haufen purzelten. Das unheimliche Loch atmete die ausgestoßene Luft wieder ein, Bretter, Balken und Menschen verschwanden in ihm; wie eine Windhose war es anzusehen. – Nur einige wenige entkamen und wollten sich in den Häuschen der Vorstadt verstecken. Dann hörten die Windstöße auf, und vorsichtig streckte sich ein Kamelskopf aus dem dunklen Loche. Er saß an einem endlosen Hals, blickte sich klug um und hob sich bis zur Höhe meines Standortes. Da lachte er lautlos und zog sich wieder zurück.

Die Hütten fingen an, sich zu bewegen, die Windmühlen schlugen mit ihren Armen nach den Eindringlingen, die Strohdächer sträubten ihr struppiges Haar, die Zelte blähten sich, als beherbergten sie Winde, die Bäume griffen mit ihren Ästen nach den Menschen, die Stangen bogen sich wie Rohre, schließlich kletterten die Tempelchen und Häuser aufeinander und *sprachen* mit entsetzlich lauter, vernehmlicher Stimme in schnarrendem Ton seltsame Worte – – eine unverständliche, dunkle Häusersprache! – – –

In den Kanälen schwammen noch immer Leichen, die jetzt langsam in den Schoß der Erde eingesogen wurden. Dann verwischte sich alles vor mir, ich glaube noch bemerkt zu haben, daß die Häuserpyramide in der Vorstadt krachend zusammenstürzte.

Es war, wie wenn sich eine Wasserschicht zwischen mich und die Dinge da in der Tiefe schieben wollte. Von oben senkten sich Nebel, undeutlich verschwimmend glänzte der Feuerherd, einige Male noch hörte ich ein Massengeschrei, ein langgedehntes; ohooo – ohoooo – – – – dann sah ich nichts mehr, alles war in dichten Nebel gehüllt, kaum die Hand vor Augen konnte ich erblicken. – – – Bald wurde es heller, eine große glänzende Scheibe war am Himmel, unzählige glimmernde Pünktchen überdeckten das dunkelblaue Firmament … Es waren der Mond und die Sterne … Seit drei Jahren hatte ich diesen Anblick entbehrt, fast vergessen hatte ich diese große Welt über uns, und ich mußte mich dem Eindruck dieses unendlich hohen Himmels eine Weile willenlos hingeben. Eine scharfe Kälte drang mir in die Knochen und ich blickte fröstelnd hinab. Die weite Wolkenbank, der Himmel des Traumreichs, hatte sich gesenkt.

Da begann ein dumpfes Rollen in der krausen Wolkenmasse unter mir, ein Donnern, als stürmten unsichtbar die apokalyptischen Reiter daher, endlos schwoll es an, brandete an den steilen Bergen, kam doppelt und dreifach zurück, nahm ab und stieg ins Ungeheure, verteilte sich, grollte aus allen Hochtälern und über alle Pässe, wollte kein Ende nehmen, dauerte lange, lange und verebbte langsam. – –

Das war der *Untergang des Traumreichs.*

Eine graue Decke war über das Land gebreitet, am Horizont ragten klar im Mondlicht die Gletscher des Tienschangebirges.

*(1909)*

OTTO ZUR LINDE

# Charon

Es geht ein Fluß, der strömt die Wässer
Von unten her.
Tief, tief im Grunde stehen Fässer:
Ein jedes faßt ein Meer.
Das quillt: aus Schächten sonder Sohlen,
Dem Grund entflohn,
Der überm Leeren hallt im Hohlen;
Bis dorthin dringt der Ton.
Sinkt leerwärts, alles Leichte lassend,
Das – schwer – vom Grab
Sich lichtwärts hebt, im Leben blassend –
Zur Nacht folgt mir hinab!
Im letzten Dämmer, da das Lichte
Vom Finstern flieht,
Seht innern Vorhofs Traumgesichte:
Hört meines Charons Lied!
Weh! – weh! – Werdandi am Webstuhl.
Unerbittlich ist der Tod.
Seelenfährmann urlebendig,
Fracht – friedlose – fährt mein Boot.
Meines Ruders Schlag treibt rückwärts,
Tod tat Traumes Tore weit,
Alles Werdende verbannend.
Meinen Nachen trägt die Zeit.
Todverfehmtes Leben fahr ich
In des Wirkens Wahn und Drang.
Zwischen Tod und Raum singt Charon
Seines Zwieseins Zweifelsang.
Wer – wer – wünscht meinen Nachen?
Wer – wer – wähnt in Schuld?
Wieder hat am Webstuhl Werdandi
Meines Nachens Leitseil gespult.
Seelen unselig, seid ihr an Bord?
Wachst du, Werdandi? Höre das Wort!
Wahn! alles Volle ist hohl.

Wunsch! unser Glück ist Not.
Weh! es wird, was soll.
Weilen wehrt der Tod.
Wobst du, Werdandi, wobst du?
Wirbel wälzen weltauf.
Hobst du, Werdandi, hobst du?
Leben lügt leidigen Lauf.
Welle Wille wölbeverwebt,
Hölle Helle Höhlen her hebt,
Weh weht, Werdandi, weht weh,
Weh weht weh,
Weht weh …

*(1913)*

---

INGEBORG BACHMANN

## Die Geheimnisse der Prinzessin von Kagran

Es war einmal eine Prinzessin von Chagre oder von Chageran, aus einem Geschlecht, das sich in späteren Zeiten Kagran nannte. Denn der heilige Georg, der den Lindwurm in den Sümpfen erschlagen hat, damit nach dem Tod des Ungeheuers Klagenfurt entstehen konnte, war auch hier in dem alten Marchfelddorf, jenseits des Donaustroms, tätig, und es erinnert eine Gedenkkirche an ihn, nahe vom Überschwemmungsgebiet.

Die Prinzessin war sehr jung und sehr schön und sie hatte einen Rappen, auf dem sie allen anderen vorausflog. Ihre Gefolgsleute beredeten und baten sie, zurückzubleiben, denn das Land, in dem sie waren, an der Donau, war immer in Gefahr, und Grenzen gab es noch keine, wo später Raetien, Markomannien, Noricum, Moesien, Dacien, Illyrien und Pannonien waren. Es gab auch noch kein Cis- und Transleithanien, denn es war immer Völkerwanderung. Eines Tages ritten die ungarischen Husaren aus der Pußta herauf, aus dem weiten, ins Unerforschte reichenden Hungarien. Sie brachen mit ihren wilden asiatischen Pferden herein, die so schnell waren wie der Rappe der Prinzessin, und alles fürchtete sich sehr.

Die Prinzessin verlor die Herrschaft, sie geriet in viele Gefangenschaften, denn sie kämpfte nicht, aber sie wollte auch nicht dem alten König der Hunnen oder dem alten König der Awaren zur Frau gegeben werden. Man hielt sie als Beute gefangen und ließ sie bewachen von den vielen roten und blauen Reitern. Weil die Prinzessin eine wirkliche Prinzessin war, wollte sie sich lieber den Tod geben, als sich einem alten König zuführen lassen, und ehe die Nacht um war, mußte sie sich ein Herz fassen, denn man wollte sie auf die Burg des Hunnenkönigs oder gar des Awarenkönigs bringen. An Flucht dachte sie und sie hoffte, daß ihre Bewacher einschliefen vor Morgengrauen, aber ihre Hoffnung wurde immer geringer. Auch ihren Rappen hatte man ihr genommen, und sie wußte nicht, wie sie aus dem Heerlager je herausfinden und in ihr Land mit den blauen Hügeln zurückkommen sollte. Schlaflos lag sie in ihrem Zelt.

Tief in der Nacht, da meinte sie, eine Stimme zu hören, die sang und sprach nicht, die raunte und schläferte ein, dann aber sang sie nicht mehr vor Fremden, sondern klang nur noch für sie und in einer Sprache, die sie bestrickte und von der sie kein Wort verstand. Trotzdem wußte sie, daß die Stimme ihr allein galt und nach ihr rief. Die Prinzessin brauchte die Worte nicht zu verstehen. Bezaubert stand sie auf und öffnete ihr Zelt, sie sah den unendlichen dunklen Himmel Asiens, und von dem ersten Stern, den sie erblickte, fiel eine Sternschnuppe herab. Die Stimme, die zu ihr drang, sagte ihr, sie dürfe sich etwas wünschen, und sie wünschte es sich von ganzem Herzen. Vor sich sah sie plötzlich, in einen langen schwarzen Mantel gehüllt, einen Fremden stehen, der nicht zu den roten und blauen Reitern gehörte, er verbarg sein Gesicht in der Nacht, aber obwohl sie ihn nicht sehen konnte, wußte sie, daß er um sie geklagt und für sie voller Hoffnung gesungen hatte, mit einer nie gehörten Stimme, und daß er gekommen war, um sie zu befreien. Er hielt ihren Rappen am Zügel, und sie bewegte leise die Lippen und fragte: Wer bist du? wie heißt du, mein Retter? wie soll ich dir danken? Er legte zwei Finger auf seinen Mund, das erriet sie, er hieß sie schweigen, er bedeutete ihr, ihm zu folgen, und schlug seinen schwarzen Mantel um sie, damit niemand sie sehen konnte. Sie waren schwärzer als schwarz in der Nacht, und er führte sie und den Rappen, der leise seine Hufe aufsetzte und nicht wieherte, durch das Lager und ein Stück in die Steppe hinaus. Die Prinzessin hatte noch immer seinen wunderbaren Gesang im Ohr und sie war dieser Stimme verfallen, die sie wiederhören wollte. Sie wollte ihn bitten, mit ihr stromaufwärts zu ziehen, aber er antwortete nicht und übergab ihr die Zügel. Sie war noch immer in der größten Gefahr, und er gab ihr ein Zeichen, zu reiten. Da hatte sie ihr Herz verloren, und sie hatte doch sein Gesicht immer noch nicht gesehen, weil er es verbarg, aber sie gehorchte ihm, weil sie ihm gehorchen mußte. Sie schwang sich auf ihren Rappen, sie sah stumm auf ihn nieder und wollte ihm in ihrer und in seiner Sprache etwas sagen zum Abschied. Sie sagte es mit den Augen. Doch er wandte sich ab und verschwand in der Nacht.

Der Rappe begann zu traben, in Richtung des Flusses, von dem die feuchte Luft ihm eine Kunde gab. Die Prinzessin weinte zum ersten Mal in ihrem Leben, und es fanden die späteren Völkerwanderer einige Flußperlen in dieser Gegend, die sie ihrem ersten König brachten und die in die Heilige Stephanskrone, mit den ältesten Edelsteinen, bis auf den heutigen Tag eingegangen sind.

Als sie das freie Land gewann, ritt sie viele Tage und Nächte lang stromaufwärts, bis sie in eine Gegend kam, wo der Strom sich verlor in unzählige, nach allen Richtungen sich teilende Nebenarme. Sie geriet in einen einzigen Morast, überwachsen von krüppeligen Weidenbüschen. Noch war das Wasser auf seinem normalen Stand, die Büsche bogen und wiegten sich raschelnd im immerwährenden Wind der Ebene, in dem die Weiden sich nie erheben konnten, sondern krüppelig blieben. Sanft schwankten sie wie das Gras, und die Prinzessin hatte die Orientierung verloren. Es war, als wäre alles in Bewegung geraten, Wellen aus Weidengezweig, Wellen aus Gräsern, die Ebene lebte und kein Mensch außer ihr lebte darin. Die Fluten der Donau, erleichtert, dem Zwang der unverrückbaren Ufer entronnen zu sein, nahmen ihren eigenen Lauf, verloren sich im Labyrinth der Kanäle, deren Geäder die aufgeschütteten Inseln durchschnitt in breite Straßen, durch die das Wasser mit Getöse dahinschoß. Lauschend, zwischen den schäumenden Stromschnellen, den Wirbeln und Strudeln, begriff die Prinzessin, daß das Wasser den sandigen Strand unterwusch und Stücke Ufers mit ganzen Weidengruppen verschlang. Inseln versanken, und Inseln schüttete es neu auf, die jeden Tag Gestalt und Größe änderten, und so würde die Ebene leben, wechselvoll, bis zu der Zeit des Hochwassers, wenn unter den steigenden Fluten Weiden und Inseln spurlos verschwinden. Am Himmel war ein rauchiger Fleck, aber nichts war von den blauenden Höhenzügen des Landes der Prinzessin zu sehen. Sie wußte nicht, wo sie war, sie kannte nicht die Thebener Höhen, die Ausläufer der Karpaten, die alle namenlos waren, und sie sah nicht die March, die sich hier in die Donau stiehlt, und noch weniger wußte sie, daß hier einmal eine Grenze durchs Wasser gezogen würde, zwischen zwei Ländern mit Namen. Denn es gab damals keine Länder und keine Grenzen dazu.

Auf einer Schotterbank war sie von ihrem Rappen gestiegen, der nicht mehr weiterkonnte, sie sah die Fluten schlammig und schlammiger werden und fürchtete sich, weil es das Anzeichen für Hochwasser ist, sie sah keinen Ausweg mehr aus der befremdlichen Landschaft, die nur aus Weiden, aus Wind und aus Wasser war, sie führte ihr Pferd langsam weiter, betört von dem Reich aus Einsamkeit, einem verschlossenen verwunschenen Reich, in das sie geraten war. Sie begann, nach einem Nachtlagerplatz Ausschau zu halten, denn die Sonne ging unter, und das ungeheure Lebewesen, das dieser Strom war, verstärkte seine Laute und Stimmen, sein Klatschen, sein anschwellendes Gelächter am Ufergestein, sein zartes Flüstern an einer ruhigen Strombiegung, sein zischendes Aufkochen, sein beständiges Grollen auf dem Grund, unter allen Geräuschen der Oberfläche. Schwärme grauer Krähen näherten sich am

Abend und die Kormorane fingen an, die Ufer zu säumen, die Störche fischten im Wasser und Sumpfvögel aller Art kreisten mit gereizten, weithin hallenden Schreien in der Luft.

Man hatte der Prinzessin als Kind von diesem ernstesten Land an der Donau gesprochen, von seinen Zauberinseln, wo man Hungers starb, aber auch die Gesichte bekam und das höchste Entzücken im Furioso des Untergangs erlebte. Die Prinzessin meinte, daß die Insel sich mit ihr bewegte, trotzdem war es nicht die dahindonnernde Wasserflut, vor der sie Furcht überkam, sondern es waren Angst und Verwunderung in ihr und eine niegekannte Unruhe, die von den Weiden ausging. Etwas Tiefbedrohliches ging von ihnen aus und legte sich schwer auf das Herz der Prinzessin. Sie war an die Grenze der Menschenwelt gekommen. Die Prinzessin beugte sich zu ihrem Rappen nieder, der sich erschöpft hingestreckt hatte, einen klagenden Laut von sich gab, denn auch er fühlte, daß es keinen Ausweg mehr gab, und er verlangte, mit einem schon sterbenden Blick, nach der Verzeihung der Prinzessin, er konnte sie nicht mehr durch das Wasser und über das Wasser tragen. Die Prinzessin legte sich in die Mulde neben dem Pferd nieder, und eine Bangnis wie noch nie war in ihr, die Weiden zischelten immer mehr, sie raunten, sie lachten, sie schrien schrill auf und stöhnten seufzend. Kein Heer von Soldaten verfolgte sie mehr, aber ein Heer fremder Wesen umzingelte sie, die Myriaden von Blättern flatterten über den buschigen Häuptern der Weiden, sie war in der Region des Flusses, wo er ins Totenreich führt, und sie hatte die Augen weit offen, als die gewaltigste Kolonne aus Schattenwesen auf sie zurückte, und einen Augenblick, um das Heulen des fürchterlichen Winds nicht mehr zu hören, vergrub sie den Kopf in ihren Armen und sprang sogleich wieder auf, von einem tappenden scheuernden Geräusch wachsam gemacht. Sie konnte nicht vor und nicht zurück, sie hatte nur die Wahl zwischen dem Wasser und der Übermacht der Weiden, aber in der größten Finsternis ging ein Licht an vor ihr, und da sie wußte, daß es kein Menschenlicht, sondern nur ein Geisterlicht sein konnte, ging sie in Todesangst darauf zu, aber bezaubert, bestrickt.

Es war kein Licht, es war eine Blume, gewachsen in der entfesselten Nacht, röter als rot und nicht aus der Erde gekommen. Sie streckte die Hand nach der Blume aus, da berührte ihre Hand zugleich mit der Blume eine andere Hand. Der Wind und das Gelächter der Weiden verstummten, und in dem aufgehenden Mond, der weiß und befremdlich die stiller werdenden Wasser der Donau beschien, erkannte sie den Fremden in dem schwarzen Mantel vor sich, er hielt ihre Hand und mit zwei Fingern der anderen Hand bedeckte er seinen Mund, damit sie nicht wieder fragte, wer er sei, aber er lächelte aus den dunklen warmen Augen auf sie nieder. Er war schwärzer als vorher das Schwarz um sie, und sie sank zu ihm hin und in seinen Armen auf den Sand nieder, er legte ihr die Blume wie einer Toten auf die Brust und schlug den Mantel über sie und sich.

Die Sonne stand schon hoch am Himmel, als der Fremde die Prinzessin aus ihrem totenähnlichen Schlaf weckte. Er hatte die wahren Unsterblichen, die Elemente, zum Schweigen gebracht. Die Prinzessin und der Fremde begannen zu reden, wie von alters her, und wenn einer redete, lächelte der andere. Sie sagten sich Helles und Dunkles. Das Hochwasser war gesunken, und ehe die Sonne unterging, hörte die Prinzessin ihren Rappen aufstehen, schnauben und durch das Gebüsch traben. Sie erschrak bis in ihr tiefstes Herz und sagte: Ich muß weiter, ich muß noch den Fluß hinauf, komm mit mir, verlaß mich nie mehr!

Aber der Fremde schüttelte den Kopf, und die Prinzessin fragte: Mußt du zu deinem Volk zurück?

Der Fremde lächelte: Mein Volk ist älter als alle Völker der Welt und es ist in alle Winde zerstreut.

So komm doch mit! rief die Prinzessin, vor Schmerz und Ungeduld, aber der Fremde sagte: Geduld, hab Geduld, denn du weißt ja, du weißt. Über Nacht hatte die Prinzessin das zweite Gesicht bekommen, und darum sagte sie unter Tränen: Ich weiß, wir werden einander wiedersehen.

Wo? fragte der fremde lächelnd, und wann? denn wahr ist der endlose Ritt.

Die Prinzessin sah auf die erloschene, welkende Blume, die auf dem Boden liegengeblieben war, und sagte, die

Augen schließend, auf der Schwelle des Traumes: Laß mich sehen!

Langsam begann sie zu erzählen: Es wird weiter oben am Fluß sein, es wird wieder Völkerwanderung sein, es wird in einem anderen Jahrhundert sein, laß mich raten? es wird mehr als zwanzig Jahrhunderte später sein, sprechen wirst du wie die Menschen: Geliebte …

Was ist ein Jahrhundert? fragte der Fremde.

Die Prinzessin nahm eine Handvoll Sand und ließ ihn rasch durch die Finger laufen, sie sagte: Soviel ungefähr sind zwanzig Jahrhunderte, es wird dann Zeit sein, daß du kommst und mich küßt.

Dann wird es bald sein, sagte der Fremde, sprich weiter!

Es wird in einer Stadt sein und in dieser Stadt wird es in einer Straße sein, fuhr die Prinzessin fort, wir werden Karten spielen, ich werde meine Augen verlieren, im Spiegel wird Sonntag sein.

Was sind Stadt und Straße? fragte der Fremde betroffen. Die Prinzessin geriet ins Staunen, sie sagte: Aber das werden wir bald sehen, ich weiß nur die Worte dafür, doch wir werden es sehen, wenn du mir die Dornen ins Herz treibst, vor einem Fenster werden wir stehen, laß mich ausreden! es wird ein Fenster voller Blumen sein, und für jedes Jahrhundert wird eine Blume dahinter aufgehoben sein, mehr als zwanzig Blumen, daran werden wir erkennen, daß wir am richtigen Ort sind, und es werden die Blumen alle wie diese Blume hier sein!

Die Prinzessin schwang sich auf ihren Rappen, sie ertrug die Wolken nicht mehr, denn der Fremde entwarf schweigsam seinen und ihren ersten Tod. Er sang ihr nichts mehr zum Abschied, und sie ritt ihrem Land mit den blauen Hügeln entgegen, das in der Ferne auftauchte, in einer fürchterlichen Stille, denn er hatte ihr den ersten Dorn schon ins Herz getrieben, und inmitten ihrer Getreuen im Burghof fiel sie blutend von ihrem Rappen. Sie lächelte aber und lallte im Fieber: Ich weiß ja, ich weiß!

*(1971)*

11 Giorgione: *Das Gewitter (Der Sturm)*. Öl auf Leinwand. Um 1508

ALFRED ANDERSCH

# Fragen zu Giorgione

Während Fabio noch übte, kam das Kind der Witwe herein, blieb, die Arme auf dem Rücken gekreuzt, an der Wand stehen und hörte zu. Es blickte ernst zu ihm auf, und Fabio warf ihm einen ernsten Blick zu; er lächelte nicht. Ihre Begegnungen verliefen immer ernsthaft, wie zwischen zwei Erwachsenen oder zwei Kindern; ein Kind, zu dem er sich als Erwachsener hätte verhalten müssen, wäre für Fabio bei den Violin-Exerzitien nicht zu ertragen gewesen. Übrigens kam die Kleine nicht, oder nicht in erster Linie seines Geigenspiels wegen zu ihm ins Zimmer. Sie hörte ihm zwar gerne zu, besonders wenn er klare, leichtverständliche Melodien spielte, aber was sie zum erstenmal und dann immer wieder in sein Zimmer gezogen hatte, war das Bild, eine kleine Abbildung von Giorgiones *Sturm*, die, ohne Rahmen, auf seinem Tisch stand, gegen die Wand gelehnt. Fabio hatte die Reproduktion in einem Bildergeschäft neben der Accademia gekauft, aber er besuchte auch in gewissen Zeitabständen die Galerie selbst, um sich das Original anzusehen. Er beobachtete, wie die kleine Serafina sich auch heute wieder, an der Wand entlang, lautlos zum Tisch hinschob und das Bild betrachtete. Sie hatte ein dreieckiges braunes Gesicht unter einem Wald von dichten braunen Haaren. Fabio wußte, daß Serafina am meisten von dem Akt des Stillens beeindruckt war, den die nackte Frau auf Giorgiones Bild an ihrem Säugling vollzog; Serafinas Mutter hatte ihm erzählt, daß die Kleine sie einmal gefragt hatte, warum sie nicht an ihrer Brust trinken dürfe. Aber heute fragte sie, als Fabio seinen Bogen abgesetzt hatte: »Ist der Mann da der Mann von der Frau?«

Fabio blickte auf das Bild und antwortete: »Wahrscheinlich.«

»Warum steht er dann nicht bei seiner Frau?« fragte das kleine Mädchen.

»Der Fluß ist zwischen ihnen«, sagte Fabio.

»Der Fluß ist gar kein Fluß, er ist nur ein kleiner Bach«,

sagte Serafina, »der Mann könnte ganz leicht hinübergehen, zu der Frau und zu seinem kleinen Kind.«

»Siehst du nicht, daß er ein Mann ist, der zu seiner Arbeit geht?« fragte Fabio. »Er ist ziemlich sicher ein Fischer, er trägt eine lange Bootsstange.«

»Er soll nicht fortgehen, wenn gerade ein Gewitter ist«, sagte das kleine Mädchen. Es deutete auf den Blitz im Gewölk des Hintergrundes.

Fabio Crepaz blickte traurig auf die braunen Haare des Kindes, das nicht verstehen wollte, warum es keinen Vater hatte. Es war gerade so alt, daß es eben gelernt hatte, den Namen seines Vaters zu lesen; es las ihn, wenn es aus dem Hause trat, auf der großen Gedenktafel für die während des Krieges von der SS verschleppten und ermordeten venezianischen Juden; sie war an dem Haus angebracht, in dem Fabio bei Serafinas Mutter Wohnung genommen hatte, gegenüber der alten Synagoge. Fabio hatte dafür gesorgt, daß der Name seines Freundes Tullio Toledano dort eingetragen wurde, obgleich Tullio sogar zurückgekehrt war, heimgekehrt aus dem schalltoten Raum als ein Sterbender; fünf Jahre lang war er an einer Tuberkulose gestorben, die er sich in Maidanek geholt hatte. Für ihn, Fabio, hatte das Bild eine ganz andere Bedeutung als für die kleine Serafina. Für ihn war es die Darstellung der ewigen Trennung zwischen Mann und Frau. Auf dem einen Ufer saß die Frau, nackt und innig in ihren kleinen Fruchtbarkeits-Ritus verzaubert, hell beleuchtet, eine klare biologische Formel, während auf dem anderen Ufer der Mann stand, dunkel, schön, lässig, genießerisch, verliebt, er hatte ein Kind gezeugt, und das Glied spannte sich schon wieder im Lederbeutel der Tracht des Jahres 1500; jung und getrieben, geistig und rätselhaft, hatte er sich noch einmal umgewendet, aber das Wasser – »er könnte ganz leicht hinübergehen« – lag unüberschreitbar dunkel und tief zwischen ihm und der Mutter mit ihrem Kind, indes der Wolkenhimmel aller Jahrhunderte von einem großen Blitz durchzuckt wurde; er illuminierte eine Stadt, einen Fluß und Bäume, wie es sie im Veneto gab, im Hinterland von Mestre und Dona di Piave, Gegenden, in denen Fabio zu Hause war.

»Es gibt viele Frauen, die keine Männer haben«, sagte er zu Serafina. Wenn ich ein Kind hätte, dachte er, würde ich ihm nichts vormachen. Auch nicht, wenn ich etwas zu erklären hätte. »Weiß du«, sagte er, »die Menschen sterben zu verschiedenen Zeiten. Sie können nicht zusammenbleiben.«

Serafina hörte ihm offenbar gar nicht zu. Sie kratzte mit dem Fingernagel auf dem Kopf des Säuglings herum; ihre braunen Haare fielen ihr übers Gesicht, Fabio sah von ihr nur diese braunen Haare und ihr blaues Waschkleid.

»Ich wollte, ich hätte so einen kleinen Bruder«, sagte sie.

»Was würdest du denn mit ihm machen?«

»Ich würde mit ihm auf dem Campo spielen«, sagte Serafina.

»Da müßtest du aber gut aufpassen, daß er nicht in den Kanal fällt«, sagte Fabio. Er blickte über das Synagogendach hinweg, auf die vielstöckigen Häuser am Campo di Ghetto Nuovo. Wegen dieser Aussicht hatte er die Wohnung gemietet, einige Zeit, nachdem Tullio gestorben war, hatte er den Blick auf die hohen asymmetrischen Häuser mit ihren bleichen verwaschenen Fronten gern, das Ghetto war ein bleiches, stilles, fast totes Viertel in Venedig, der Todesengel war durch das Ghetto gegangen, durch die schwarzen Trödlergassen um Longhenas spanische Synagoge, über den weiten Campo, an dem die hohen, die ganz unvenezianischen Häuser standen, ein Dickicht von Wohnungen, das nun fast ausgeleert und stumm erschien. Fabio Crepaz lebte gern unter den zurückgebliebenen Juden von Venedig, in einem ihrer schweigsamen Häuser, in denen es männerlose Frauen und Männer ohne Frauen gab und nur wenige Kinder, Kinder, über die Giorgione ein Trauma von vaterloser Existenz, ein Netz der Sehnsucht nach Brüsten voller Milch und Fruchtbarkeit werfen konnte. Der Schauplatz der schrecklichsten Niederlage des Jahrhunderts war der richtige Platz für einen Mann der verlorenen Revolution; der Sturm – auch jener Sturm, den Giorgione gedämpft und tragisch über sein Bild spielen ließ – hatte ihn an einen Strand geworfen, der von den wenigen bewohnt wurde, die dem großen Morden entgangen waren.

Er legte das Instrument beiseite und spielte mit Serafina ein Würfelspiel, bis ihre Mutter kam und die Kleine zum Abendessen holte.

*(1958/1972)*

THEO ANGELOPOULOS

# Der schwebende Schritt des Storches

*Szenen 2, 18, 20*

**2.** Der aus dem Hintergrund kommende Militärjeep läßt die Hauptstraße hinter sich und biegt vorsichtig in einen Feldweg ein.

Ein Schild an der Straßenkreuzung: »Grenzgebiet. Fotografieren verboten.«

Der Oberst, der neben dem Fahrer sitzt, ein Mann um die 50, mit breiten Schultern und sonnenverbranntem Gesicht, wendet sich Alexandros und dem Team zu.

– Nun verstehen Sie, warum ich Ihnen gesagt habe, daß Sie Ihr Auto bei den Kasernen lassen sollen. Grenzen sind oft verminte Gebiete. Sie wären Gefahr gelaufen, auf ein Minenfeld zu geraten.

Alexandros antwortet nicht. Er schaut auf die schlammige Straße und die kahlen Bäume. Der Oberst wirkt gereizt. [...]

Kurz nach der Straßenkurve sehen sie eine große Eisenbrücke. »Belley« wurde sie in der Zeit des Krieges genannt. Eigenartig weiten sich ihre rostigen Bögen über dem Evros, dem breiten Fluß, der die natürliche Grenze zwischen Griechenland und der Türkei und weiter oben zwischen Griechenland, der Türkei und Bulgarien bildet.

Der griechische Grenzposten liegt in dichter Vegetation, fast unsichtbar versteckt. In der Nähe des Flusses, beinahe am Ufer, der Beobachtungsturm. Wie ein seltsamer Vogel erhebt er sich hoch über die Wipfel der kahlen Bäume.

Überall Wachposten mit Gewehren in der Hand.

Ein kleiner Soldatentrupp kommt aus der Wachstube und nimmt Aufstellung.

Der Oberst grüßt den jungen Offizier.

– Wie geht's, Unterleutnant?

Danach stellt er die Soldaten vor.

Jungs aus verschiedenen Teilen des Landes. Erst sind sie schüchtern vor der Kamera, dann fassen sie Mut und sprechen über die Erfahrung, wie es ist, an der Grenze zu leben.

Einer von ihnen sagt, ihn schrecke nichts, außer der Stille des Flusses in der Nacht; einen anderen schrecke die Zeit, die nicht vergeht; einen dritten die falsche Bewegung, die schicksalhaft sein kann.

Der Oberst führt Alexandros und das Team auf die Brücke.

Die zerfressenen Bretter knirschen unter ihren Füßen.

Sie laufen langsam, achtsam, die Gedanken denen gegenüber zugewandt. Der Offizier erklärt, was Grenzen für ihn sind.

Die türkische Wache gegenüber ist unruhig geworden, seit sie die Männer auf der Brücke laufen sieht. Ein Soldat, mit einer Maschinenpistole in der Hand, geht einige Schritte auf sie zu, bleibt dann jedoch in Abwartestellung stehen. Ihr Offizier beobachtet das Geschehen durch einen Feldstecher. Der Oberst und Alexandros mit dem Team erreichen die Mitte der Brücke. Unter ihren Füßen rauscht der Fluß langsam dahin.

Da sehen sie vor sich, auf dem hölzernen Boden der Brücke, drei farbige Streifen; ein jeder dreißig Zentimeter breit.

Weiß für das Niemandsland in der Mitte. Rot für die Türkei und blau für Griechenland. Eine sonderbare längliche Flagge, die die Brücke zweiteilt. Die Grenze.

Der Oberst betritt die blaue Linie. Er verharrt einen Augenblick reglos.

Dann hebt er den einen Fuß und steht da wie ein Storch.

Er dreht seinen Kopf Alexandros zu.

– Wenn ich einen Schritt mache, sagt er rätselhaft lächelnd, bin ich … woanders …

Er dreht sich um und blickt auf den türkischen Wachposten.

– …oder ich sterbe, fügt er hinzu.

Stille. Das Rauschen des Flusses.

Sie gehen auf den Beobachtungsturm.

Der Posten grüßt mit aufstampfendem Fuß. Durch den Feldstecher, der auf die andere Seite der Grenze gerichtet ist, ist ein türkisches Dorf zu sehen. Rennende Kinder, ein schaufelnder Bauer, weidende Tiere.

Alexandros' Blick gleitet über den Fluß hinweg nach drüben. Plötzlich packt ihn die Hand des Oberst am Arm. Der Feldstecher schwebt gefährlich in seinen Händen.

– Hören Sie?

– Nein. Was? Ich versteh' nicht.

Der Offizier lächelt.
– Kommen Sie mit mir.
Sie steigen in den Jeep.

Das Auto fährt eine Weile parallel zum Fluß.

Nach einem Kilometer halten sie. Sie steigen ruhig aus und schreiten schweigsam los. Der Oberst bleibt plötzlich stehen.

Er gibt Alexandros ein Zeichen, sich zu nähern.

Ein winziges Floß fährt, auf der Reise zum anderen Ufer, längs über den Fluß. Anfangs erscheint es seltsam, doch dann sieht Alexandros zwei Menschen, einen jungen Griechen auf der hiesigen Seite und einen türkischen Soldaten am gegenüberliegenden Ufer, die das winzige Floß mit einem Unterwassersystem aus Seilen lenken. Auf dem Floß ein Kassettenrekorder, aus dem Musik, ein Schlager, dringt. Zwei Schritte neben dem Griechen eine Dreiradpritsche voller Kassetten.

– Sehen Sie, wie hier der Handel abläuft?, flüstert der Oberst. Die hält nichts zurück!

Er verläßt sein Versteck und erscheint hinter dem Kleinschmuggler, der fassungslos ist. Der Türke beeilt sich, hinter den Bäumen zu verschwinden.

Alexandros lächelt.

Der Offizier ist verärgert; jedenfalls wirkt er so.

– Das ist das dritte Mal, daß ich dich erwische, daß du das hier machst! Beim nächsten Mal werde ich dich einlochen. Was, zum Teufel! Begreifst du nicht?
Letztes Jahr hat eine Stange Zigaretten, die übers Wasser ging, bei einem Zusammenstoß mit denen gegenüber zehn Tote gekostet.

Der Typ senkt den Kopf, stottert etwas wie eine Rechtfertigung, nimmt die Dreiradpritsche und verschwindet schnell, bevor sich der Offizier eines anderen besinnt.

Der Jeep fährt den Hang hoch und kommt diesmal an einem Wachposten an der Grenze zu Bulgarien an. Der Oberst führt sie auf einen verschneiten Hügel, auf dem zwei Beobachtungstürme im Abstand von 30 Metern stehen. Ein bulgarischer und ein griechischer. Sie steigen auf den griechischen; durch das Fernglas schauen sie sich um. Schnee und Ödnis bis weit ins bulgarische Gebiet, doch auf griechischer Seite, in unmittelbarer Nähe, erstreckt sich zwischen zwei Bergen ein kleines Grenzstädtchen.

– Wissen Sie, wie diese Stadt von den Einheimischen genannt wird?, fragt der Offizier.

Er lächelt.

– Wartesaal …

Und er erklärt, daß in einer alten, verlassenen Siedlung am Rande der Stadt seit vielen Jahren Flüchtlinge aus verschiedenen Ländern wohnen; Flüchtlinge aus benachbarten Ländern und anderen; Männer, Frauen, Kinder; Türken, Kurden, Polen, Rumänen, Albaner, Iraner – die irgendwann einmal verfolgt über die Grenze kamen und um Asyl baten. Die griechische Regierung hat sie in dieser Siedlung abgesondert, doch mit der Zeit sind sie zahlreicher geworden und haben sich über die Stadt ergossen. Alle warten auf die Papiere, um auszureisen, um woanders ihr Leben neu zu beginnen.

Und dieses »woanders« hat für sie eine eigenartige Bedeutung erlangt. Eine mythische.

**18.** Mittag.

Der Transporter kommt an einem Wald vorbei und hält geräuschlos zwischen den Bäumen am Rande des Waldes. Zwei Lastwagen voller Menschen, die schweigsam warten, sind bereits dort. Alexandros stellt fest, daß sie alle Flüchtlinge aus der Siedlung sind. Auf der Ladefläche eines Lastwagens sieht er das Mädchen als Braut gekleidet, und neben ihr ihren Vater, die Greisin und ihre kleinen Geschwister. Etwas weiter drüben der Fluß, der die Grenze zu Albanien bestimmt. Plötzlich, als wäre eine Parole gefallen, steigen sie lautlos hinab.

Stille. Nur das Rauschen des Flusses und ab und an das Auffliegen eines Vogels.

Ein Pfiff ist zu hören, daraufhin schreiten die Flüchtlinge, das Mädchen, ihr Vater, die Greisin und die anderen beiden Kinder los und stellen sich am Flußufer auf.

Im selben Augenblick erscheinen zwischen den Bäumen des gegenüberliegenden Ufers, auf albanischem Boden, über hundert Menschen; Männer, Frauen, Kinder, die sich auf ihrer Flußseite ausbreiten.

Die beiden Gruppen, von der einen und von der anderen

Seite des Flusses, betrachten sich einen Augenblick mit Rührung. Einige weinen stumm.

Dann beginnen sie mit Zeichen zu sprechen, mit stummen Bewegungen; Zeichnungen in der Luft, wobei der eine versucht, vom Munde des anderen zu lesen, sich mit ihm zu verständigen und ihm zu erzählen. Gleich Taubstummen. Alexandros und das Team sind fassungslos. Der Grieche aus Albanien, mit dem Kreuz auf dem Arm, den sie neben sich haben, erklärt leise, daß beide Gruppen aus denselben griechischen Dörfern Albaniens sind, die sich in der Nähe der Grenze, entlang der anderen Flußseite befinden.

Alle hier haben jemanden auf der anderen Seite; Vater, Mutter, Geschwister. Getrennte Familien, die Hälfte hier, die Hälfte dort. Ihr Treffpunkt wechselt jedoch jedes Mal, damit sie sich nicht den albanischen Behörden verraten.

Zwischen den Bäumen auf der griechischen Seite erscheint ein Pope auf einem Fahrrad. Die Gruppen unterbrechen die stumme Verständigung. Der Pope nähert sich den Flüchtlingen.

Er steigt vom Fahrrad und kommt ganz nah an das Ufer des Flusses.

Aus der Gruppe der Menschen von der gegenüberliegenden Seite löst sich ein blonder, junger Mann, indem er zwei Schritte vorgeht. Er ist etwas besser gekleidet als die anderen.

Er hält eine weiße Blume.

Eine Stimme, ein Name, ist plötzlich in der Stille zu hören. Das kleine Mädchen, die Schwester der Braut, hat den Namen des jungen Mannes gerufen. Die neben ihr stehende Greisin hält ihr den Mund mit der Hand zu und bricht den Nachklang ab. Aller Augen richten sich auf die Braut. Da nimmt ihr Vater sie an die Hand und bringt sie nach vorn neben den Popen. Dann tritt er zurück. Die Braut hebt die Hand für den Bräutigam gegenüber, und er hebt die Blume. Rundum Stille. Allein der Fluß.

Dann beginnt die Hochzeitsfeier.

Stumm. Wie die ganze bisherige Verständigung. Der Pope verliest Die Schrift und macht Bewegungen in der Luft. Das Brautpaar führt die traditionelle Zeremonie aus, als befänden sie sich nebeneinander.

Das Team filmt diese einzigartige Begegnung.

Die Feier geht zu Ende.

Alle umarmen und küssen die Jungvermählten, oder ahmen das Umarmen nach. Danach ziehen sich die beiden Gruppen zurück und verschwinden zwischen den Bäumen und lassen die Braut hier und den Bräutigam am gegenüberliegenden Ufer eine Weile allein.

Alexandros und das Team mit dem jungen Mann aus Albanien ziehen sich mit den anderen zurück.

Die Flüchtlinge steigen auf die Lastwagen und warten schweigsam. Am Ufer Bräutigam und Braut, einander gegenüber, reglos eine Weile.

Dann nimmt die Braut den Kranz mit dem weißen Schleier von ihrem Kopf und wirft ihn fort in den Fluß auf die Seite des Bräutigams.

Der Kranz bleibt auf dem Wasser und gleitet mit der Strömung fort. Die Schatten der beiden werden größer, während die Sonne langsam versinkt.

Aus der Ferne beobachtet Alexandros stehend ihre Gestalten, die allmählich in der Abenddämmerung verblassen und mit der sanft sich senkenden Nacht verschwinden.

Das Glimmen einer Zigarette bleibt der einzige leuchtende Punkt, wie weiter drüben ein anderes Glimmen vom Vater der Braut, der ebenfalls stehend, fern von den anderen, der Stille lauscht.

Alexandros wendet sich dem Kellner aus Albanien zu, der hinter ihm ist, und flüstert ihm das Wort zu, das das Mädchen rief an jenem Abend, als sie sich liebten, und später in der Umarmung ihres Vaters nach ihrem Weglaufen.

– Ist das ein Name? Ist das ein Wort?
Was heißt das?

In dem Augenblick sind Schritte im Dunkeln zu hören. Rennend kommt die Braut. Sie nimmt auf dem Lastwagen neben ihrem Vater Platz; die Autos mit den Flüchtlingen fahren los und verschwinden zwischen den Bäumen, auf dem Weg zurück.

– The game is over, sagt der Produktionsleiter.
Geh'n wir. Morgen früh müssen wir in Athen sein.

Er ist hinter Alexandros.

– Ich komme nicht mit euch, sagt Alexandros. Ich gehe dorthin zurück. Laßt mich auf der Autobahn raus.
– Du bist verrückt!, empört sich der andere.

Alexandros steigt wortlos in den Transporter.

– Mach was du willst.

Der Produktionsleiter wirkt enttäuscht.

Er steigt ein. In der Dunkelheit fahren sie los und nehmen den entgegengesetzten Weg der Lastwagen. […]

**20.** Er wacht spät auf und geht hinaus. Der Tag ist hell. Er fühlt sich ruhig, anders.

Die Wache hat sich zu ihren täglichen Routinearbeiten verteilt.

Ein Soldat grüßt ihn von fern.

– Guten Morgen.

Er läuft ein wenig den Fluß entlang. Er hört etwas. Er bleibt stehen und lächelt. Musik, die über das Wasser läuft. Der Kassettenschmuggel.

Er wendet sich wieder der Brücke zu und sieht in dem Augenblick, wie eine Streife mit einer koreanischen Familie, die in der Nacht über die Grenze kam, auf die Wachstube zugeht.

Die Bevölkerung der Flüchtlingssiedlung wächst.

Das jüngste der Kinder der koreanischen Familie blickt ihn im Vorbeigehen neugierig an.

Er geht auf die Brücke. Er schaut nach drüben. Der türkische Grenzposten.

Der Soldat mit der Maschinenpistole in der Hand. Er läuft langsam. Das Rauschen des Flusses. Seine Schritte knirschen auf dem zerfressenen Holz. Er erreicht die Mitte. Die drei Streifen. Der blaue, der weiße, der rote. Die Grenze.

Auf die blaue Linie tretend, steht er einen Augenblick reglos da.

Sein Gesicht ist ernst, gezeichnet von einer plötzlichen Anspannung, als ginge es darum, einen entscheidenden Schachzug zu machen.

Er hebt den Fuß, wie damals der Offizier, in die eigenartige Stellung eines Storches auf einem Bein, und verharrt so einen Augenblick.

Seine Fußspitze schwebt leicht, als bereite er sich vor, den nächsten Schritt zu setzen.

Da hört er eine Stimme. Die Stimme kommt vom griechischen Grenzposten. Er dreht sich um. Der Offizier winkt und schreit.

Etwas ist passiert.
Er rennt zum Grenzposten.

Ein Landfahrzeug, Datsun, bringt ihn wie lebensmüde auf die Straße neben dem Fluß und spritzt Schlammwasser hoch. Lärmend klappert sein Blech in den Schlaglöchern. Aus der Ferne sieht er Autos und Menschen am Ufer des Flusses. Keuchend kommt er an.

Ein Streifenwagen und Polizisten, der Jeep und der Oberst, der Junge, der das Boot an jenem Tag im Regen in die Hütte gebracht hatte, und weiter drüben die Frau. Sie steht neben einem Taxi mit laufendem Motor. Eine reglose, starre Gestalt.

Der Oberst wendet sich an Alexandros. Er ist aufgeregt.

– Ein Dorfpolizist, der mit einem Moped sehr früh hier vorbeikam, sah von weitem, wie er am Ufer den Fluß betrachtete.
  Er trug einen Koffer.
  Er rief ihm zu, aber er hörte nicht.
  Weil er sich Sorgen machte, hat er sofort die Polizei benachrichtigt.
  Kurz darauf habe ich dich in der Wachstube angerufen.

Der Polizeioffizier, der danebensteht, greift ein.

– Ja, aber ungefähr zur selben Zeit, hat eine Frau gesagt, daß sie ihn in der Stadt, an der Endhaltestelle des Busses, warten gesehen hat.
  Sie erinnert sich auch, daß er einen Koffer trug …
  Und noch mehr. Wir haben in der Siedlung gefragt.
  Nun. Ein Flüchtling versichert, daß er mit der Gruppe der Flüchtlinge weggegangen ist, die an der Grenze die Telefonkabel ausbessert.
  Letzte Aussage.
  Sie haben ihn gesehen, wie er sich auf dem Grenzweg entfernte.

Er schweigt. Dann:

– Wir konnten von alldem nichts bestätigen!

Der Oberst blickt in die Ferne zum Fluß, zur Grenze.

– Ich weiß nicht, sagt er zu Alexandros, ob der, den du gesucht hast, aber … das ist nun wahrscheinlich auch nicht von Bedeutung.

Er gibt ihm die Hand. Er steigt in den Jeep und entfernt sich auf dem Grenzweg. Kurz darauf folgt ihm der Streifenwagen mit dem Polizeioffizier und den anderen.

Der Ort leert sich.

Alexandros dreht sich zu der Frau. Ihre Blicke begegnen sich. Aufgeregt öffnet sie die Tür und schlüpft ins Auto. Das Taxi wendet und verschwindet auf der Straße in die Stadt.

Alexandros bleibt mit dem Jungen allein.

Sie betrachten den Fluß, die Grenze in der Ferne.

– Ich habe ihn gesehen, sagt der Junge plötzlich.

Alexandros dreht sich auf einmal um und blickt ihn an.

– Du hast ihn gesehen?

Die Augen des Jungen blinzeln, als träume er.

– Ich brachte ihm immer das Brot vom Grenzweg, und da hab ich ihn gesehen.
  Er schritt über das Wasser des Flusses wie Christus, mit dem Koffer in der Hand.
  Er lief und lief, bis er die Grenze überwand und verschwand.

Sie schweigen.

– Die Geschichte mit dem Papierdrachen hat er mir nie zu Ende erzählt, sagt er leise.

Alexandros lächelt leicht.

– Vielleicht wollte er, daß du sie beendest …

Der Junge schaut ihm in die Augen.

– Leb wohl, sagt er.

– Leb wohl.

Der Junge geht zwei Schritte, doch bleibt dann stehen.

Er dreht sich um. Eine Abschiedsbewegung mit der Hand, dann entfernt er sich, mit den Händen in den Taschen.

Alexandros setzt sich ans Ufer. Das Rauschen des Flusses.

Er schaut in die Ferne. Die Sätze von der Kassette fallen ihm ein:

… alles, was ich berühre, schmerzt mich …

… Reise …

– Du hast nicht mal einen Namen, flüstert er.

*(1991)*

VII

# Vom Leben und Reisen an den Flüssen

Ich erinnerte mich so lebhaft, wenn ich manchmal stand, und dem Wasser nachsah, mit wie wunderbaren Ahnungen ich es verfolgte, wie abenteuerlich ich mir die Gegenden vorstellte, wo es nun hinflösse, und wie ich da so bald Grenzen meiner Vorstellungskraft fand; und doch mußte das weiter gehen, immer weiter, bis ich mich ganz in dem Anschauen einer unsichtbaren Ferne verlor. –

*Goethe, Die Leiden des jungen Werther.*
*Zweites Buch, am 9. Mai 1772*

12 Pieter Brueghel d. Ä.: *Flußlandschaft mit Gleichnis vom Sämann.* Detail. Öl auf Leinwand. 1557

CLAUDE FOUCART

# Der Fluß – ein Schatz vielfältiger Mysterien

[...] In den *Historien* Herodots begegnet man etwas Rätselhaftem: den Ursprüngen des Nils. Vom Borysthenes sagt der Historiker, daß »niemand dessen Quellen kannte«. Im Verlauf des Berichts von dessen Erkundung kommt er auf die Nasamonen zu sprechen, auf jenes libysche Volk, das an den Küsten der Syrte lebte, und Herodot kommt nun zum Wesentlichen: »[...] die Menschen, zu denen sie gelangten, waren alle Zauberer«.[1]

Jeder Fluß ist auf ähnliche Art von der Magie seines eigenen Ursprungs umschlossen, und der Mensch bleibt begierig, dem Wesen des Flusses auf den Grund zu kommen, das Göttliche zu erfassen. Der kanadische Schriftsteller Gatien Lapointe siedelt schon im ersten Vers seiner *Ode an den St.-Lorenz-Strom* den Menschen dort an, »wo seine Harmonie entsteht«. Das Geheimnis der Ursprünge des Wassers ist um so undurchdringlicher, als es auch das des Lebens ist. Lapointe zeichnet die großen Linien seines Unterfangens vor: Er will das Geheimnis seines Lebens finden. Die geographische Befragung, welche die Erkundung des Nils durch Herodot kennzeichnet, ist nur der Widerschein einer Befragung mit menschlichen Dimensionen. Die Beschwörung der Ursprünge des Göttlichen bedeutet auch Entdeckung des Urquells des Lebens. Lapointe weist uns den Weg, den es einzuschlagen gilt: »Ich blicke in die tiefsten Tiefen der Erde.«[2]

Wir sind weit entfernt von einer Reise, bei der sich die Speläologie des Geistes auf das Erfassen des Mysteriums der Wasser beschränkt. In der Moderne begnügen sich die Dichter nicht mehr damit, den einfachen Bezug zwischen dem Menschen und seiner Sicht auf die Flußwelt zu beschreiben.

1 Hérodote: *Histoire.* Übers. von Ph. E. Legrand. Paris: Club français du Livre, 1957, S. 133 [dt.: Herodot: *Historien.* Griechisch – Deutsch. Hg. von J. Feix. 2 Bde., 4. Aufl. München 1988.]

2 Gatien Lapointe: *Ode au Saint-Laurent.* Montréal: Les Éditions du Jour, 1963, S. 65.

Sie sind bestrebt, das Band zu erfassen, das diese Annäherung an das Mysterium des Flusses mit dem Ursprung des Menschen selbst als einem Wesen aus Fleisch und Blut verknüpft. Lapointe verwendet diese letzten beiden Wörter gerade bei der Definition des »verborgenen Gleichklangs im Innern des Blutes«, den er erfassen will. Eines gilt ihm als gewiß: »Um den Menschen geht es von nun an.«[3]

Um noch präziser zu sein, verleiht Lapointe dieser tiefen Korrelation zwischen dem Strömen des Flusses und dem des Blutes derart Gestalt: »Ich werde meinen Körper zu einer Meßlatte machen.« Die Instrumente dafür entstammen dem Bereich der physischen Realität. Der Blick begnügt sich nicht damit, das vom Rätsel seines Ursprungs umschlossene Wasser zu beschreiben, sondern er setzt das Mysterium vom Entspringen eines Flusses mit dem vom »Sein«, vom Körper gleich: »Ich versichere mich einer fleischlichen Erinnerung.« Das Wasser wird zur »Erfahrung«. Immer, wenn der Dichter einen Fluß betrachtet, assoziiert er den Gedanken vom Anfang: »Ich folge den Zeitläuften rückwärts / Ich spreche vom Anfang der Welt.«[4] Doch von dem Augenblick an, da er sich anschickt, bis zur Quelle zu gelangen, bis zum Urgeheimnis des Flusses, nimmt er auch die Flußwelt als Konfusion wahr, als die Konfusion eines Flusses, der »mit dem ersten Gesicht des Menschen« erwacht[5] und dann seinem Wesen nach der Raum des Menschen ist. Der Einstieg in die tiefsten Tiefen der Erde am Anfang des »Ereignisses« Fluß[6] bedeutet für Lapointe Beobachtung des Körpers unter der Wirkung jener »warmen grünen Sprache«[7] des Flusses. Und was bisher nur der Vergleich zweier Register des Mysteriums war, wird auf einmal Annäherung an das Unsagbare im Körper [...]; das Mysterium des Wassers wird zum Geheimnis der Begierde. Dem zu folgen, was der Dichter den »Gang des Flusses« nennt, bedeutet hinabzusteigen in die »Lenden der Quellen«.[8]

3 Ebd., S. 66 f.
4 Ebd., S. 69 f.
5 Ebd., S. 76 f.
6 Ebd., S. 66 f.
7 Ebd., S. 70.
8 Ebd., S. 67.

Um jenes Geheimnis des Flusses zu illustrieren, ist Katja Behrens' Erzählung *Der Fluß* nicht durch Zufall so aufgebaut, daß sie alles auf das Wasser bezieht, nicht als Ursprung aller Bewegung des Menschen, sondern als Möglichkeit, die verborgene Vibration des physischen Begehrens zu erfassen. Sie rückt mit dieser ersten Erzählung aus ihrem Zyklus über das Wasser[9] Ciceros Beschreibung von der Originalität des Thalesschen Gedankens in ein neues Licht, demzufolge das »Wasser der Ursprung der Dinge« sei und Gott »der Intellekt, der alles auf der Grundlage des Wassers schafft«. Was den Fluß anbelangt, so ist der zweite Teil dieser Definition wesentlich. Er nimmt die Äußerung des Aetius zu Thales auf: »[...] über die elementare Feuchte wandelt eine göttliche Kraft, die ihr Bewegung verleiht«.[10] Will man in den Tiefen der Quelle die Begierde erfassen, bedeutet das, diese als Hervortreten des Feuchten zu sehen und dem Fluß eine imaginäre Realität zu verleihen, die sich von der, die man dem Meer zuspricht, ganz und gar unterscheidet. Der Fluß ist Auf und Ab der Sinne, Explosion, Sprudeln der Kraft und Rückkehr zum Ausgangspunkt: zur Geburt der Begierde. Katja Behrens verweist auf den Gedanken von Thales und schließt damit an das Herangehen von Lapointe an. [...]

Die Quelle ist der Ort, auf den sich jeder Blick, jedes Begehren richtet und dem sich der Mensch nur ängstlich und ehrfürchtig nähert. Das Begehren hat die Furcht zu ihrer Begleiterin. Diese Assoziation von Furcht vor den »Fluten« und Angst vor der »Lava«, vor dem, was Wilhelm Reich in seiner Widerlegung der Thesen Freuds zum »ozeanischen« Gefühl als »biologische Aktivität des Organismus« bezeichnet, »die ein Teil des Universums ist«, hat Klaus Theweleit in seiner Studie über *Männerphantasien*[11] deutlich herausgestellt. In *La descente du fleuve* bewältigt Pierre Moinot

9 Katja Behrens: Der Fluß. In: K. B.: *Mit dem Wasser tanzen.* Ein Erzählzyklus. Frankfurt a. M.: Fischer Taschenbuch, 1993, S. 5–23.

10 Vgl. *Die Vorsokratiker. Die Fragmente und Quellenberichte.* Übers. und eingel. von Wilhelm Capelle. Stuttgart: Kröner, 1968, S. 71 f.

11 Klaus Theweleit: *Männerphantasien.* Bd. 1. Reinbek: Rowohlt, 1990, S. 256 und 260.

eine Strecke, die ihn zu den Quellen des Niger vordringen läßt, dem Ort, an dem sich das Blut eines geopferten Zickleins mit dem Strom vereinigt […] und der Held zur gleichen Zeit dem Flußgott ein Foto von der Frau opfert, die er liebt. Im Schoß der Wasser werden die Bande der Liebe geknüpft, körperliche Bande, die sich mit dem mysteriösen Göttlichen vereinigen; Litanei und menschliche Fruchtbarkeit verschmelzen hier: »Er hat lange um den Segen für dich, mich, meine Familie, meine Nachkommen gefleht.« Die Konfigurationen des Begehrens respektieren die Wege des Wassers. Sie sind eins mit jenem Wasser, in dessen Schoß sich das geopferte Foto verliert. So gesehen ist das Wasser des Flusses selbst Siegel des Begehrens: »Ich sagte mir, daß ich dich mit diesem Wasser markieren müßte, um dich an mich zu binden […].«[12]

Die Entdeckung der Quelle bedeutet auch die Entdeckung einer sakralen Weltanschauung, die der Autor zu Beginn seines Romans ankündigt – eine schwierige Annäherung an den verbotenen Ort, an dem sich Wasser und Begehren, Fluß und Blut vereinigen,[13] denn das Rauschen des Flusses wird mit dem Rauschen des Blutes gleichgesetzt. […] Das Bild des Flusses holt das des Begehrens ein, begleitet die Wahrnehmung dessen, was Lapointe ganz schlicht »das Herz voller Rätsel« nennt, und es wird ein Band geknüpft zwischen dem Ursprung des Begehrens und seinem Ziel: »Dein Mund ist der Beginn des Meeres.« Zugleich wird der Mund, der ein Brunnen ist und die Quelle des Flußwassers, zum Ursprung aller Freuden, allen explosiven Begehrens: »Ich vereine den Mund mit den bebenden Lenden.«[14]

In diesem Flußuniversum spielt die Quelle eine entscheidende Rolle. Sie verleiht dem Fluß einen gewichtigen Teil seiner imaginären Konfiguration, die aus der Assoziation des Tiefen, Göttlichen mit dem Verbotenen, dem Begehren, dem Erwachen der Leidenschaft im Schoß des Körpers besteht […]. In seinem Ursprung wird der Fluß zu einer ima-

12 Pierre Moinot: *La descente du fleuve.* Paris: Gallimard, 1991, S. 166 ff.

13 Ebd., S. 81.

14 Lapointe, a. a. O., S. 69.

ginären Realität, die nicht mit der des Meeres eins werden kann, das zugleich Fruchtbarkeit und Tod ist.[15]

Der Fluß steht so im Mittelpunkt aller Reflexion, die einem Begehren Konsistenz und Form verleihen will, das aus physischen Regungen und dem Streben nach dem dennoch unerreichbaren Unendlichen besteht. [...]

Ist es auf der einen Seite leicht auszumachen, daß zwischen Fluß und Begehren eine dauerhafte metaphorische Verknüpfung vorliegt, wenn ein »Gefühl des Strömens der Lust« existiert (wie Deleuze und Guattari in ihrem Buch über den Anti-Ödipus und in ihrer Nachfolge Theweleit festhalten), so darf man auf der anderen Seite nicht außer acht lassen, daß dieses Gefühl den Ideen zufolge, die wir bei Chateaubriand finden, vom Göttlichen nicht zu trennen ist, genau in dem Maße nicht, wie letzteres als Präsenz des Unbeschränkten, »Ozeanischen« verstanden wird, um hier den Ausdruck aufzugreifen, den Sigmund Freud in seiner Arbeit *Das Unbehagen in der Kultur* gebraucht und der bei Romain Rolland in einem Brief an den Psychoanalytiker Verwendung findet. Als die Rede auf Religiosität kommt, sucht er Freud davon zu überzeugen, daß das »Gefühl« der Ewigkeit gerade zum Bereich der Wasser gehört. Wie Theweleit analysiert, schafft das Gefühl des Strömens eine Bindung des Menschen an die »vitale Energie des Kosmos«, die außerhalb von ihm da ist. [...] Trotz seiner Vorbehalte stellt Freud doch mit Bedacht heraus, was er zwar als »Illusion« bezeichnet, was aber als ein »Gefühl der unauflösbaren Verbundenheit, der Zusammengehörigkeit mit dem Ganzen der Außenwelt« wahrgenommen wird.[16] Reich wird darauf zurückkommen, daß Freud das »ozeanische« Gefühl verwirft, und er wird seinerseits jenes »Gefühl der Einheit mit dem Ursprung und Gott oder was die Leute Gott nennen, und der Natur«[17] be-

15 Vgl. Carl Gustav Jung: *Wandlungen und Symbole der Libido.* München: Deutscher Taschenbuch Verlag, 1990, S. 217 und 408 (»Das mütterliche Meer ist auch die verschlingende Mutter«.)

16 Sigmund Freud: *Das Unbehagen in der Kultur.* Frankfurt a. M./Hamburg: Fischer Bücherei, 1956, S. 91.

17 Zit. nach Theweleit, a. a. O., S. 480.

tonen. Der Fluß ist dann das metaphorische Vehikel des Begehrens, seines Ergießens und seines Mysteriums. Es wäre demnach vergeblich, wollte man bis zu dem letzten Geheimnis dieser verbotenen Zone vordringen, in der die Flußenergie freigesetzt wird. [...]

Dennoch wäre es sehr schwierig, die Originalität des Flusses in der menschlichen Vorstellungswelt zu definieren, ohne vom Ausgang jenes Aufbrausens des Begehrens zu sprechen, von seinem Ziel und damit vom Übergang des Flusses zum Meer. Paracelsus hatte Ströme, Flüsse und Bäche von seiner Definition der Meeresgewässer, wie er sie in seinem Traktat über die Minerale auffaßt, abgesetzt. Das Meer ist für ihn zugleich Fruchtbarkeit und »Grab«.[18] Es gewährt Leben und umfängt den Tod, nährt das Mineral und nimmt seine toten Verzweigungen auf, aus denen andere Reichtümer entspringen. Bewußt lehnt es Paracelsus also ab, im Fluß etwas anderes als den Lebensquell zu sehen. In der Skizze über eine dem Blutkreislauf ähnelnde Austauschbewegung sieht er in den Meeresgewässern sogar die Nahrung für diesen Lebensfluß, der sich übrigens nicht zwangsläufig im Meer auflöst. Man braucht hier nur an den Fluß Alpheios zu erinnern. Wenn sich aber an seinen Ursprüngen, zu denen der Mensch hartnäckig zurückkehrt, der Fluß stets mysteriös, unvorhersehbar verliert, wie dies Roger Caillois formuliert,[19] gibt es noch ein anderes Gesetz in der Vorstellungswelt vom Fluß; [...] Theweleit faßt es in einer einfachen Formel zusammen: »Die Menschen dagegen, die vom und im Fluß leben, sterben, wenn die Ströme versiegen.«

So gesehen, kann die Vorstellungswelt vom Fluß nicht ohne Anspielung darauf auskommen, was mit dem Verlust des Flusses einhergeht, da – so Theweleit – »als Ende des Fließens der Tod erscheint«.[20] Während das Meer mit seiner Fruchtbarkeit als ständig erneuerter Quell und Reichtum definiert wird, so wie Dante es im *Fegefeuer* als aus einem ewigen, dem »Willen Gottes« unterliegenden Quell kommend be-

18 Paracelsus: *Die Geheimnisse. Ein Lesebuch aus seinen Schriften*. München: Knaur, 1970, S. 111.

19 Roger Caillois: *Le Fleuve Alphée*. Paris: Gallimard, 1978, S. 11.

20 Theweleit, a. a. O., S. 274 ff.

schreibt, holt der Fluß Atem und haucht ihn aus.[21] Er ist ein Ganzes, ob er gerade entspringt oder versiegt, ständig bedroht, im Meer zu versinken, von diesem »unersättlichen« Meer aufgesaugt zu werden, das uns Jung beschreibt.[...]

Für den Fluß hat sein Lauf in den Tod begonnen. Eine Unterbrechung des Fließens ist eine Störung der natürlichen Ordnung. Denn in dem Fluß, in seinem Strömen selbst, liegt eine Dramaturgie, die unser Wissen um die Riten des Sterbens weitgehend respektiert, die wir mit dieser Annäherung an das Meer verknüpfen. In seinem *Portrait de fleuve* beschäftigt sich Emmanuel Venet mit dem Tod des Vaters, und er bringt dessen Abschied vom Leben mit dem Wasser des Flusses in Verbindung. C. G. Jung spricht einmal vom »Todesholz«[22] und beschreibt, wie es durch den »Totenbaum« möglich wird, die Bestattungsregeln einzuhalten und den Toten in den ausgehöhlten Baum zu legen. Genauso ist das Wasser, die Lebenssubstanz, wie Bachelard bemerkt, auch Todessubstanz.[23] Venet schildert, wie der Vater in die Tiefe gezogen wird. Sonderbarerweise beobachtet er, daß der väterliche Schleppkahn verschwunden ist: »[...] mitten in der Nacht ein Wegreißen der Verankerung, und unser Vater wäre weit stromab erwacht«. Gewiß, es handelt sich hier nicht um einen körperlichen Tod. Es kommt zur Rückkehr des Schiffers und zum Verzicht auf eine »literarische Karriere« – ein Zeichen des Todes. Mit dem Ineinandergreifen von leiblicher Realität der Erzählfigur und ihrem literarischen Leben spielend, führt der Autor schließlich eine Situation herbei, die uns zum Todesholz zurückbringt: »Niemand hat die Phantasie, sich vorzustellen, daß eines Abends ein Text, der

21 Vgl. Dante Alighieri: *La Divina Commedia* (Purgatorio XVIII, 121–126) [Dt.: »Das Wasser hier aus keiner Ader quillt, / Die tauend nährt der Wolke Naß, der Welle / Des Stromes gleich, des Odem ebbt und schwillt: / Es rinnt aus ewig unerschöpfter Quelle, / Die Gottes Wille stets von neuem speist, / Wie sichs ergießt in zweierlei Gefälle.« Aus: Dante: *Die Göttliche Komödie*. 2 Bände. Mit fünfzig Zeichnungen von Botticelli. Deutsch von Friedrich Freiherr von Falkenhausen. 3. Aufl. Frankfurt a. M.: Insel, 1980, Bd. 1, S. 280.]

22 Jung, a. a. O., S. 232.

23 Bachelard: *L'eau et les rêves*. Paris: José Corti, 1942, S. 99.

stärker war als die vorangegangenen, seiner eigenen Logik folgen und den Dichter zum Fluß treiben würde, noch, daß es für gewisse Texte das beste Schicksal sein könnte, versenkt zu werden.«[24] Eines steht fest für die Präsenz des Flusses innerhalb dieser Welt: Der Fluß spielt im Figürlichen die Rolle des Begehrens weiter, die ihm von der Quelle an zufiel, aber zugleich verkörpert er am Ende seiner Reise den Tod. [...] Auf den bekannten Kreislauf des Wassers, der vom Meer beherrscht wird, – den »Mythos von der Rückkehr« – anspielend, erkennt der Autor, daß er allein ist, »erstarrt, wie durchdrungen von der Kälte der metallenen Reling«.[25]

Der Fluß offenbart sich also als ein Ganzes, das keinesfalls allein auf das Meer hinausläuft, das innerhalb der »Dramaturgie des Todes« – wie C. G. Jung betont – die letztendliche Rückkehr des Menschen zur Mutter ist. Im Zyklus der ozeanischen Gewässer kommt es zur Wiedergeburt.[26] Doch der Fluß bewirkt, daß der Mensch Geist und Sinne den Regionen zuwendet, die so wesentlich für sein Leben sind, daß er sie durch Riten schützt, die der moderne Schriftsteller nicht vergessen kann. Sobald die Imagination des Menschen mit dem Fluß konfrontiert wird, fühlt sie sich zu diesen Regionen hingezogen. Das Begehren lockt uns in die tiefsten Tiefen der Quelle und zwingt uns dadurch, dem Wasserlauf stromauf zu folgen, um das Göttliche in seiner absoluten Notwendigkeit zu erahnen, die darin besteht, daß der Mensch die Präsenz des Unendlichen in sich selbst erleben kann [...]. Angezogen vom geheimnisvollen Aufkommen der Begierde, wird der Mensch getrieben, dem Fluß bis an den Ort zu folgen, den Paracelsus als Quell allen Lebens und als Grab definierte: das Meer. Als unauflösbare Einheit dieser beiden konträren Bewegungen und als Bekräftigung der dauerhaften Bindung zwischen Begierde und Tod ist der Fluß ein Ort der Angst und der nostalgischen Freuden.
Denoch wäre es bedauerlich, hier eine letzte Charakteristik

24 Emmanuel Venet: *Portrait de fleuve.* Paris: Gallimard, 1991, S. 53 f.
25 Ebd., S. 124.
26 Vgl. Jung, a. a. O., S. 232 f. (»Der Tote wird der Mutter übergeben zur Wiedergeburt«.)

des Flusses zu übersehen. Gegenüber dem Meer, das die Verkörperung der Kraft ist, einer alles »verschlingenden« Kraft, ist der Fluß andererseits Schwäche. Mit Recht sieht Venet Flüsse als »lächerliche Kratzer in der Rinde der Erde«. Er kommt auf die mangelnde Kraft der Flüsse im Schoß der modernen Welt zu sprechen und unterstreicht zugleich die »Eigensinnigkeit des Wassers«. Zum Kampf des Blutes (Begierde und Tod, Leben und Vergehen, Fruchtbarkeit und Dürre) kommt jene Angst vor der »Notwendigkeit« zu »verströmen« und die vom Menschen gewollte und verursachte Austrocknung.[27] So gesehen, bezeugt die Vorstellungswelt vom Fluß, die aus Begehren und Sterben erschaffen ist, wie Kämpfe entstehen, die zum Dasein des Wassers in der Zivilisation gehören. Das Verströmen, das Hinabgleiten in den ozeanischen Tod ist dem Menschen versagt. Und dieser Wandel der Welt verlangt nach dem, was Venet mit Recht einen Gedächtnisakt nennt: die Rückbesinnung auf die fundamentalen Bedürfnisse des Menschen im Angesicht des Urelements der Schöpfung.

*(1992)*

27 Venet: a. a. O., S. 122.

ALEXANDER VON HUMBOLDT

# Der Rio Negro

Der Rio Negro ist dem Amazonasstrom, dem Rio de la Plata und dem Orinoko gegenüber nur ein Fluß zweiten Ranges. Der Besitz desselben war aber seit Jahrhunderten für die spanische Regierung von großer politischer Wichtigkeit, weil er für einen eifersüchtigen Nachbarn, für Portugal, eine offene Straße ist, um sich in die Missionen in Guayana einzudrängen und die südlichen Grenzen der *Capitania general* von Caracas zu beunruhigen.

Der Rio Negro und der Japura sind zwei Nebenflüsse des Amazonenstromes, die in Länge der Donau wenig nachgeben und deren oberer Lauf den Spaniern gehört, während der untere in den Händen der Portugiesen ist. Als ich mich am spanischen Rio Negro befand, war, infolge der auseinandergehenden Politik der beiden Höfe von Lissabon und Madrid, das systematische Mißtrauen, dem die Kommandanten der benachbarten kleinen Forts auch in den ruhigsten Zeiten gerne Nahrung geben, noch stärker als gewöhnlich.

Diese Eifersucht ist nicht ohne Einfluß auf den Umstand gewesen, daß unsere geographische Kunde von den Nebenflüssen des Amazonenstroms bis jetzt so mangelhaft ist. Wenn die eine Nation an der Mündung, die andere im oberen Flußgebiet sitzt, so fällt es den Kartenzeichnern sehr schwer, genaue Erkundigungen einzuziehen. Die periodischen Überschwemmungen, besonders aber die Trageplätze, über die man die Kanoes von einem Nebenfluß zum anderen schafft, dessen Quellen in der Nähe liegen, verleiten zur Annahme von Gabelungen und Verzweigungen der Flüsse, die in Wahrheit nicht bestehen. Die verschiedenen Indianerstämme, welche dieses Wasserlabyrinth befahren, geben den Flüssen ganz verschiedene Namen, und diese Namen werden durch Endungen, welche »Wasser, großes Wasser, Strömung« bedeuten, unkenntlich gemacht und verlängert. Wie oft bin ich beim notwendigen Geschäft, die Synonymie der Flüsse ins reine zu bringen, in größter Verlegenheit gewesen, wenn ich die gescheitesten Indianer vor mir hatte und sie mittels eines Dolmetschers über die Zahl der Nebenflüsse, die Quellen und die Trageplätze befragte! Da in derselben Mission drei, vier Sprachen gesprochen werden, so hält es sehr schwer, die Aussagen in Übereinstimmung zu bringen. Unsere Karten wimmeln von willkürlich abgekürzten oder entstellten Namen. Um herauszubringen, was darauf richtig ist, muß man sich von der geographischen Lage der Nebenflüsse, fast möchte ich sagen, von einem gewissen etymologischen Takt leiten lassen. Man ließ nicht gerne einen leeren Raum auf den Karten, damit sie recht genau aussehen möchten, und so erschuf man Flüsse und legte ihnen Namen bei, ohne zu wissen, daß dieselben nur Synonyme waren. Erst in der neuesten Zeit haben die Reisenden eingesehen, wieviel darauf ankommt, daß man in der Namengebung korrekt ist.

Wenn man in den Missionen der Andaquies sich nach dem wahren Ursprung des Rio Negro umsah, so konnnte dies um so weniger zu etwas führen, da man den indianischen Namen des Flusses nicht kannte. In Javita, Maroa und San Carlos hörte ich ihn Guainia nennen. Southey, der gelehrte Geschichtsschreiber Brasiliens, sagt ausdrücklich, der Rio Negro heiße auf seinem unteren Laufe bei den Eingeborenen Guiari oder Curana, auf seinem oberen Lauf Ueneya. Das ist soviel wie Gueneya statt Guainia; denn die Indianer in diesen Landstrichen sprechen ohne Unterschied Guanaracua und Uanaracua, Guarapo und Uarapo.

Es ist hier nicht der Ort, von den Quellen des Rio Negro zu sprechen, über welche die Geographen schon lange im Streit liegen. Diese Frage erscheint nicht allein darum wichtig, weil es sich um den Ursprung eines mächtigen Stromes handelt, was ja immer von Interesse ist; sie hängt mit einer Menge anderer Fragen zusammen, mit den angeblichen Gabelungen des Caqueta, mit den Verbindungen zwischen dem Rio Negro und dem Orinoko, und mit dem örtlichen Mythos von Dorado, früher Enim oder das Reich des Großen Paytiti geheißen. Studiert man die alten Karten dieser Länder und die Geschichte der geographischen Irrtümer genau, so sieht man, wie der Mythos vom Dorado mit den Quellen des Orinoko allmählich nach Westen rückt. Er entstand auf dem Ostabhang der Anden und setzte sich zuerst im Südwesten vom Rio Negro fest. Seit vielen Jahren habe ich nach den ältesten Karten und einem ansehnlichen, von mir gesammelten, nicht veröffentlichten Material mit anhaltendem Eifer Untersuchungen über die Geographie Südamerikas nördlich vom Amazonenstrom angestellt. Da ich meinem Werke den Charakter eines wissenschaftlichen Werkes bewahren möchte, darf ich mich nicht scheuen, von Gegenständen zu handeln, über die ich hoffen kann, einiges Licht zu verbreiten, nämlich von den Quellen des Rio Negro und des Orinoko, von der Verbindung dieser Flüsse mit dem Amazonenstrom, und vom Problem vom Goldlande, das den Bewohnern der Neuen Welt so viel Blut und so viel Tränen gekostet hat.

Da die Geographen schon im 16. Jahrhundert die Überzeugung gewonnen hatten, daß in Südamerika zwischen verschiedenen Flußsystemen Gabelteilungen bestehen, die sie gegenseitig voneinander abhängig machen, so nahmen sie an, daß die fünf großen Nebenflüsse des Orinoko und des Amazonenstroms, Guaviare, Inirida, Rio Negro, Caqueta oder Japura und Putomayo oder Ica untereinander zusammenhängen. Diese Hypothesen, welche auf unseren Karten in verschiedenen Gestalten dargestellt sind, entstanden zum Teil in den Missionen in den Ebenen, zum Teil auf dem Rücken der Kordilleren der Anden.

Die imposante Größe des Rio Negro fiel schon Orellana auf, der ihn im Jahre 1539 bei seinem Einfluß in den Amazonenstrom sah. Acuña hatte im Jahre 1638 an der Einmündung des Rio Negro gehört, einer seiner Zweige stehe mit einem anderen großen Strom in Verbindung, an dem die Holländer sich niedergelassen. Dies beweist, wie stark und vielfach damals der Verkehr unter den Völkern dieser Länder gewesen. Acuña selbst dachte nicht daran, daß der große Strom, dessen Mündung die Holländer besaßen, der Orinoko sei. [...]

*(1805–1834)*

NIKOLAUS LENAU

# An Emilie von Reinbeck

Auf dem Rhein, 2. Juli 1832

Liebe Freundin!

Mein Schiff schwankt so stark, daß ich keinen festen Buchstaben machen kann; mag aber auch die Schrift schwank sein und unstet, das, wofür sie Ihnen ein Zeichen sein soll, ist es nicht.

[…] Die Rheingegenden sind wirklich allerliebst. Stille, bescheidene Schönheit ist ihr Charakter, wie der einer schönen deutschen Seele, wie der Ihrige. Nie hab ich so schöne Dörfer gesehen, so viel Ruinen und Kapellen, wechselnd mit frischen Wäldern, Weingärten usw. Nur schade, daß die Menschen gar so schrecklich fleißig sind und jedes Flecklein Erde bändigen. Ihr Fleiß dringt bis zu den Wellen des Rheins herunter, er badet sich, sozusagen, seine (etwas unsauberen) Füße darin. Ich würde mich des breitesten auslassen, wenn ich nicht ihren lieben Vater fürchtete, liebe Freundin, der den Kerl in Schutz nimmt; ja, der Kerl ist so frech und ohne Pietät gegen den alten Rhein, daß man fürchten oder vielmehr wünschen muß, er möchte drin ersaufen. Doch ich sehe die ernsthaften, strafenden Augbrauen meines verehrten Freundes Hartmann auf mich gerichtet und hör ihn sagen: die Menschen müssen leben, was kümmert sie so ein reisender Poet, obs dem recht ist oder nicht, und er hat recht, ich bin schon still. Nur eine Bemerkung erlaube ich mir noch. Der bewußte, schmutzfüßige Lümmel hat alles Wild von den Ufern des Rheines verscheucht, namentlich sieht man gar kein Wassergeflügel darauf. Das ist doch arg! ein Fluß ohne Vögel kommt mir so gedankenlos vor. Doch still! lieber, lieber Geheimrat, nur nicht böse auf mich; ich möchte lieber mein ganzes Leben keinen Wasservogel mehr sehen, als Sie, teurer Mann, einen Augenblick erzürnen.

*(1832)*

MARK TWAIN

# Der Traum aller Jungen

Zu meiner Kindheit hatten wir Jungen in unserem Nest[1] am Westufer des Mississippi alle nur einen Wunsch, der von Dauer war, nämlich zur Dampfschiffahrt zu gehen. Mitunter wollten wir auch etwas anderes werden, doch das hielt nie lange an. War ein Zirkus dagewesen, brannten wir darauf, Clowns zu werden; die ersten Neger-Minstrels, die in unserer Gegend auftraten, ließen uns mit der Sehnsucht zurück, uns unters fahrende Volk zu mischen, und hin und wieder gaben wir uns sogar der Hoffnung hin, Gott würde uns, wenn wir immer hübsch brav blieben, Seeräuber werden lassen. Diese Wunschträume verblaßten einer nach dem andern, der mit dem Dampfschiff aber ließ uns nicht mehr los.

Täglich einmal kam ein billiges, buntes Paketboot stromaufwärts von St. Louis und eins stromabwärts von Keokuk. Davor war der Tag voll herrlicher Erwartung, danach tot und leer. Nicht nur für uns Jungen, sondern für den ganzen Ort. Noch heute, nach all den Jahren, sehe ich das genauso vor mir wie damals: Die weißen, im Sonnenschein eines Sommermorgens dösenden Häuser; die Straßen leer oder so gut wie leer; vor den Läden in der Water Street sitzt hier und da ein Kommis auf einem Stuhl mit Korbsitz, hinten gegen die Wand gekippt, das Kinn auf der Brust, den Hut übers Gesicht gestülpt, ist er eingeschlafen, und die vielen Holzschnipsel ringsum zeigen, was ihn so erschöpft hat; den Bürgersteig schnüffelt eine Sau mit ihren Ferkeln entlang und labt sich an Melonenabfällen; am Landeplatz liegen ein paar vereinsamte Häufchen Fracht und auf der Schräge des gepflasterten Kais ein Stapel Ladebalken, in deren Schatten der fuselduftende Dorftrunkenbold seinen Rausch ausschläft; vorn am Pier schaukeln zwei, drei Holzprahme, doch nirgends eine Menschenseele, um dem friedlichen Dagegenplätschern der Wellen zu lauschen; der große Mississippi, der majestätische, der herrliche Mississippi wälzt seine Fluten meilen-

1 Hannibal in Missouri.

weit dahin und glitzert in der Sonne; drüben auf der anderen Seite der dichte Wald, dann die beiden ›Points‹ oberhalb und unterhalb der Stadt, die den Blick begrenzen und den Fluß in eine Art Meer verwandeln, in ein unbewegtes, glänzendes, einsames Meer überdies. Plötzlich steigt über einer jener fernen Baken schwacher dunkler Rauch auf. Sofort läßt ein farbiger Lastträger, berühmt wegen seines scharfen Auges und seiner gewaltigen Stimme, den Ruf erschallen: »Daaampfboot kooommt!«, und mit einem Schlag verändert sich das Bild! Der Trunkenbold reibt sich die Augen, die Ladenschwengel wachen auf, es folgt ein Rattern und Rumpeln von Rollwagen, aus jedem Haus und jedem Laden ergießen sich Menschen, und im Nu kommt Leben in die tote Stadt. Wagen, Karren, Männer, Jungen, aus allen Ecken und Enden hasten sie demselben Zentrum zu, dem Kai. Alles, was sich dort versammelt, starrt auf den einlaufenden Dampfer wie auf ein Wunder, das sie zum erstenmal erblicken. Und es ist auch eine Augenweide, dieses lange, schnittige und schmucke Schiff. Es hat zwei hohe, phantastisch ausgezackte Schornsteine, zwischen denen eine vergoldete Verzierung hängt; auf dem dahinterliegenden Texasdeck thront ein bombastisches Steuerhaus, ganz aus Glas und im Zuckerbäckerstil; an den Radkästen prangt, umrahmt von einem goldenen Strahlenkranz oder unter einem Bild, der Name des Schiffes; Maschinendeck, Oberdeck und Texasdeck sind mit schneeweißen Relings verziert; vom Göschstock weht eine staatliche Flagge; die Kesseltüren stehen offen, und munter flackern die Feuer; die oberen Decks sind schwarz von Passagieren; neben der großen Glocke steht ruhig und imponierend der Kapitän, beneidet von allen; aus den Schornsteinen rollen und quellen sich Massen schwärzesten Rauches – eine billige Pracht, kurz vor Ankunft in einer Stadt mit ein paar Kloben Pechtanne erreicht; auf dem Vorderdeck hat sich die Mannschaft versammelt; am Bug wird die breite Landebrücke weit nach backbord hinausgeschoben, auf ihrem Ende malerisch mit einer Rolle Tau in der Hand ein bewunderter Matrose; zischend schießt der gedrosselte Dampf durch die Ventile; der Kapitän hebt die Hand, eine Glocke ertönt, die Räder stocken, greifen noch ein paarmal rückwärts aus, buttern das Wasser zu Schaum, und der Dampfer liegt ruhig. Und dann das Durcheinander und Gehaste und Gejage, um an Bord zu kommen und von Bord zu kommen und Fracht einzuladen und Fracht auszuladen, alles zur gleichen Zeit, und dazu das Gebrüll und Gefluche, mit dem die Maate die Arbeit erleichtern! Zehn Minuten später ist der Dampfer schon wieder auf Fahrt, aber ohne daß am Göschstock eine Fahne flattert und ohne daß schwarzer Rauch aus den Schornsteinen aufsteigt. Noch einmal zehn Minuten, und die Stadt liegt wieder wie ausgestorben da, und der Trunkenbold schläft neben seinen Ladebalken weiter.

Mein Vater war Friedensrichter, und ich bildete mir ein, er besitze Macht über Leben und Tod aller Menschen und könne jeden, der ihn beleidigte, hängen lassen. An sich genügte mir das schon, um in der Welt etwas vorzustellen, doch der Wunsch, zur Dampfschiffahrt zu gehen, brach trotzdem immer wieder durch. Zuerst wollte ich Kabinenboy werden, damit ich mit einer weißen Schürze um herauskommen und ein Tischtuch über der Reling ausschütteln könnte, wo mich alle meine alten Freunde sehen würden. Später wäre ich lieber der mit dem Tau auf der Gangway stehende Matrose geworden, denn der fiel noch viel mehr auf. Aber das waren alles nur Träume – zu schön, um wahr zu werden. Eines Tages ging ein Junge von uns auf und davon, und man hörte lange Zeit nichts mehr von ihm. Schließlich tauchte er wieder auf – als »Hilfsmaschinist« auf einem Dampfschiff. Alles, was man mir in der Sonntagsschule beigebracht hatte, wurde dadurch von Grund auf erschüttert. War dieser Junge doch seit jeher ein notorischer Weltling, ich aber das ganze Gegenteil, und trotzdem hatte ihn das Schicksal nun so erhoben, während es mich in Verborgenheit und Elend weiterschmachten ließ. In seiner Größe war er übrigens kein bißchen edelmütig. Legte sein Schiff bei uns an, wußte er es stets so einzurichten, daß er gerade einen verrosteten Bolzen abzuschmirgeln hatte, und da saß er dann auf dem inneren Deckvorsprung und schrubbte an dem Bolzen rum, wo wir ihn alle sehen mußten und ihn beneideten und verabscheuten. Und jedesmal, wenn sein Schiff abtakelte, kam er nach Hause und stolzierte in seinen schwärzesten und verschmiertesten Klamotten durch die Stadt, damit auch ja alles daran erinnert wurde, daß er auf einem Dampfer war, und mit Fachausdrücken vom Dampfschiff warf er um sich wie ein alter Hase, der vergessen hat, daß gewöhnliche Sterbliche das nicht verstehen. Er sprach von der »Backbordseite« eines Pferdes, als sei es das Natürlichste von der Welt – man hätte ihn an die Wand klatschen mögen. Und von »St. Lui« redete er wie ein alteingesessener Bürger. Betont beiläufig ließ er Phrasen fallen wie: »Als ich die Fourth Street runterkam« oder »Ich wollte gerade am Planter's House vorbei«, oder er erzählte, wie es dort gebrannt und er an den Feuerlöschpumpen vom »alten Vater Missouri« mitgeholfen hatte, und dann schwindelte er uns weiter an, wie viele Städte von der Größe unserer an dem Tage da unten niederbrannten. Zwei oder drei von uns hatten lange großes Ansehen genossen, weil sie schon mal in St. Louis waren und ein bißchen über seine Wunder Bescheid wußten, aber mit ihrem Glanze war es jetzt vorbei. Sie wurden kleinlaut und lernten, sich zu verkrümeln, wenn der unbarmherzige Hilfsmaschinist aufkreuzte. Und Geld hatte dieser Kerl auch noch und konnte sich Pomade leisten. Außerdem eine unscheinbare silberne Uhr mit protziger Messingkette. Er trug nicht etwa noch Hosenträger, sondern einen Ledergürtel. Wenn je ein Junge von seinen Kameraden aus vollstem Herzen bewundert und gehaßt wurde, dann er. Kein Mädchen konnte seinem Zauber widerstehen. Er stach jeden Burschen im Ort aus. Als sein Schiff endlich explodierte, erfüllte uns das mit einer so beruhigenden Zufriedenheit, wie wir sie seit Monaten nicht mehr kannten. Doch als er in der nächsten Woche quicklebendig und ruhmbeladen nach Hause kam und arg mitgenommen und von oben bis unten in Binden verpackt in der Kirche erschien, jeder Zoll ein strahlender Held, von jedermann beglotzt und bewundert, fanden wir, daß die Parteinahme der Vorsehung für ein unwürdiges Reptil einen Grad erreicht hatte, wo Kritik erlaubt war.

Die Karriere dieser Kreatur konnte nur eins zur Folge haben, und das ließ auch nicht lange auf sich warten: ein Junge nach dem anderen schaffte es, auf den Fluß zu gehen. Der Sohn des Pfarrers wurde Maschinist, die Jungen vom Arzt und vom Postverwalter wurden »Zahlmeisteraspiranten«, der vom Schnapsgroßhändler übernahm auf einem Schiff die Theke, vier Söhne von unserm größten Kaufmann und zwei vom Bezirksrichter wurden Lotsen. Lotse, das war das Großartigste von allem. Der Lotse hatte selbst in jener Zeit der geringen Löhne ein fürstliches Einkommen: hundertfünfzig bis zweihundertfünfzig Dollar monatlich und Kost und Logis frei. In zwei Monaten verdiente er soviel wie ein Geistlicher im ganzen Jahr. Wir, die wir zurückbleiben mußten, waren untröstlich. Wir durften nicht auf den Fluß – wenigstens ließen uns die Eltern nicht.

So bin ich dann schließlich ausgekniffen. Ich nahm mir fest vor, nie wieder nach Hause zurückzukehren, ehe ich nicht als Lotse glorreich Einzug halten könnte. Aber irgendwie wollte es mir nicht glücken. Demütig ging ich an Bord von ein paar Schiffen, die zusammengequetscht wie die Ölsardinen am langen Kai von St. Louis lagen, und fragte ergebenst nach den Lotsen, doch die Maate und Zahlmeister ließen mich mit kurzen Worten abblitzen. Wohl oder übel mußte ich mich mit dieser Behandlung zufriedengeben, tröstete mich aber mit Tagträumen von einer Zukunft, wo ich als großer und angesehener Lotse haufenweise Geld haben würde und ein paar von diesen Maaten und Zahlmeistern einfach zertreten und dafür bezahlen könnte.

*(1875)*

---

THOMAS MANN

## Verloren in den Anblick des Fließens

Wie alle Gewässer vom Meere bis zum kleinsten Schilftümpel liebe ich Bäche sehr, und wenn mein Ohr, im sommerlichen Gebirge etwa, das heimliche Geplantsch und Geplauder eines solchen von ferne vernimmt, so gehe ich dem flüssigen Laute wohl lange nach, wenn es sein muß, um seinen Ort zu finden, dem versteckt-gesprächigen Söhnchen der Höhen ins Angesicht zu sehen und seine Bekanntschaft zu machen. Schön sind Gießbäche, die zwischen Tannen und über steile Felsenstufen mit hellem Donnern herabkommen, grüne, eiskalte Bäder bilden und in weißer Auflösung senkrecht zur nächsten Stufe stürzen. Aber auch den Bächen der Ebene sehe ich mit Vergnügen und Neigung zu, ob sie nun flach sind, so daß sie kaum die geschliffenen, silbrig-schlüpfrigen Kiesel ihres Bettes bedecken, oder so tief wie kleine Flüsse, die im Schutze beiderseits tief überhangender Weiden voll und kräftig dahinwallen, in der Mitte rascher strömend als an den Seiten. Wer folgte nicht auf Wanderungen dem Lauf der Gewässer, wenn er nur frei ist, seine Wahl zu treffen? Die Anziehungskraft, die das Wasser auf den Menschen übt, ist natürlich und sympathetischer Art. Der Mensch ist ein Kind des Wassers, zu neun Zehnteln besteht unser Leib daraus, und in einem bestimmten Stadium unserer Entwicklung vor der Geburt besitzen wir Kiemen. Für meine Person bekenne ich gern, daß die Anschauung des Wassers in jederlei Erscheinungsform und Gestalt mir die weitaus unmittelbarste und eindringlichste Art des Naturgenusses bedeutet, ja, daß wahre Versunkenheit, wahres Selbstvergessen, die rechte Hinlösung des eigenen beschränkten Seins in das Allgemeine mir nur in dieser Anschauung gewährt ist. Sie kann mich, etwa gar die des schlafenden oder schmetternd anrennenden Meeres, in einen Zustand so tiefer organischer Träumerei, so weiter Abwesenheit von mir selbst versetzen, daß jedes Zeitgefühl in mir abhanden kommt und Langeweile zum nichtigen Begriffe wird, da Stunden in solcher Vereinigung und Gesellschaft mir wie Minuten vergehen. Aber auch über das Geländer eines Steges, der über einen Bach führt, gebeugt, könnte ich stehen, solange ihr wollt, verloren in den Anblick des Fließens, Strudelns und Strömens, und ohne daß jenes andere Fließen um mich und in mir, das eilige Schleichen der Zeit, mir in Angst oder Ungeduld etwas anzuhaben vermöchte. Solche Sympathie mit der Wassernatur macht es mir wert und wichtig, daß die schmale Gegend, in der ich wohne, zu beiden Seiten von Wasser eingefaßt ist.

*(1918)*

BERTOLT BRECHT

# Vom Schwimmen in Seen und Flüssen

1

Im bleichen Sommer, wenn die Winde oben
Nur in dem Laub der großen Bäume sausen
Muß man in Flüssen liegen oder Teichen
Wie die Gewächse, worin Hechte hausen.
Der Leib wird leicht im Wasser. Wenn der Arm
Leicht aus dem Wasser in den Himmel fällt
Wiegt ihn der kleine Wind vergessen
Weil er ihn wohl für braunes Astwerk hält.

2

Der Himmel bietet mittags große Stille.
Man macht die Augen zu, wenn Schwalben kommen.
Der Schlamm ist warm. Wenn kühle Blasen quellen
Weiß man: ein Fisch ist jetzt durch uns geschwommen.
Mein Leib, die Schenkel und der stille Arm
Wir liegen still im Wasser, ganz geeint
Nur wenn die kühlen Fische durch uns schwimmen
Fühl ich, daß Sonne überm Tümpel scheint.

3

Wenn man am Abend von dem langen Liegen
Sehr faul wird, so, daß alle Glieder beißen
Muß man das alles, ohne Rücksicht, klatschend
In blaue Flüsse schmeißen, die sehr reißen.
Am besten ist's, man hält's bis Abend aus.
Weil dann der bleiche Haifischhimmel kommt
Bös und gefräßig über Fluß und Sträuchern
Und alle Dinge sind, wie's ihnen frommt.

4

Natürlich muß man auf dem Rücken liegen
So wie gewöhnlich. Und sich treiben lassen.
Man muß nicht schwimmen, nein, nur so tun, als
Gehöre man einfach zu Schottermassen.
Man soll den Himmel anschaun und so tun
Als ob einen ein Weib trägt, und es stimmt.
Ganz ohne großen Umtrieb, wie der liebe Gott tut
Wenn er am Abend noch in seinen Flüssen schwimmt.

*(1919)*

13 Georges Seurat: *Ein Badeplatz in Asnières.* Öl auf Leinwand. 1883/84

HENRY MILLER

# Ein Samstagnachmittag

*This is better than reading Vergil.*

Es ist Samstagnachmittag, und dieser Samstagnachmittag unterscheidet sich von allen anderen Samstagnachmittagen und ähnelt in keiner Weise einem Montagnachmittag oder einem Donnerstagnachmittag. Während ich an diesem Tag auf die Brücke von Neuilly zufahre, an der kleinen Robinsoninsel und dem an ihrem Ende stehenden Tempel vorbei, in dem sich die kleine Statue wie ein Samenlappen in der Höhlung einer Blütenglocke ausnimmt, habe ich ein solches Heimatgefühl, daß es mir unbegreiflich erscheint, daß ich in Amerika geboren bin. Die glatte Stille des Wassers, die Fischerboote, die Eisenstangen, die das Fahrwasser abgrenzen, die tiefbordigen Schlepper mit schwerfällig ausgebuchteten Rümpfen, die schwarzen Fährboote und die glänzenden Deckstützen, der unveränderliche Himmel, der in vielen Biegungen sich hinziehende Fluß, die sich weit hinstreckenden und immer das Tal umschließenden Hügel, das ständig wechselnde und sich doch gleichbleibende Panorama, die Buntheit und Bewegung des Lebens unter dem unveränderlichen Zeichen der Trikolore, das alles ist die Geschichte der Seine, die mir im Blute liegt und in das Blut aller eingehen wird, die nach mir kommen, wenn sie an einem Samstagnachmittag an diesen Ufern entlangfahren.

Als ich auf der nach Meudon führenden Straße die Brücke in Boulogne überquere, wende ich und fahre bergab auf Sèvres zu. In einer menschenleeren Straße sehe ich ein kleines Gartenrestaurant. Die Sonne sickert durch die Blätter und wirft helle Flecke auf die Tische. Ich steige ab – Was ist besser als Vergil zu lesen oder Goethe auswendig zu lernen (alles Vergängliche ist nur ein Gleichnis usw.)? Nun, in Issy-les-Moulineaux im Freien unter einem Sonnendach für acht Francs zu essen. *Pourtant je suis à Sèvres.* Macht nichts.

Mir ist kürzlich der Gedanke gekommen, ein *Journal d'un Fou* zu schreiben, das ich, wie ich mir einbilde, in Issy-les-Moulineaux gefunden habe. Und da ich selbst zum größten

Teil dieser *fou* bin, esse ich nicht in Sèvres sondern in Issy-les-Moulineaux. Und was sagt der *fou*, wenn die Kellnerin mit der Maß Bier kommt? *Bekümmern Sie sich nicht um die Fehler, wenn Sie schreiben. Die Biographen werden sie schon erklären*. Ich denke an meinen Freund Carl, der die letzten vier Tage damit zugebracht hat, die Beschreibung der Frau, die er in seinem Roman darstellen will, in Fluß zu bringen. »Es gelingt mir nicht, ich bring's einfach nicht zuwege!« sagt er. »Schön«, erwidert der *fou*, »dann laß es *mich* für dich tun. *Beginne!* Das ist die Hauptsache.« Wenn sie nun keine Adlernase hat? Angenommen, es ist eine Himmelfahrtsnase? Was ist der Unterschied? Wenn ein Porträt schlecht beginnt, so kommt es daher, daß du nicht die Frau beschreibst, die du im Sinne hast. Du denkst mehr an jene, die das Porträt besichtigen werden, als an die Frau, die dir das Bild sitzt. Nimm van Norden – ein anderer Fall. Er versucht seit zwei Monaten, mit seinem Roman anzufangen. Jedesmal, wenn ich ihn treffe, hat er einen neuen Anfang für sein Buch. Es kommt nie über den Anfang hinaus. Gestern sagte er: »Du siehst, wo das Problem für mich liegt. Es handelt sich nicht nur darum, wie man beginnen soll – nein, die erste Zeile entscheidet über den ganzen Guß des Buches. Schau, so habe ich neulich angefangen: Dante hat ein Gedicht über einen Ort namens H – geschrieben. H – Gedankenstrich, weil ich keine Unannehmlichkeiten mit der Zensur haben will.«

Man stelle sich ein Buch vor, das mit H – Gedankenstrich beginnt. Eine kleine Privathölle, damit die Zensur keinen Anstoß nimmt! Ich sehe, daß Whitman, wenn er ein Gedicht beginnt, schreibt: »Ich, Walt, 37 Jahre alt und bei vollkommener Gesundheit! ... Ich nehme es mit meiner Vision auf ... Ich bin in mich selbst verliebt – Walt Whitman, ein Kosmos, Manhattans ungeratener Sohn, fleischig, sinnlich, trinkt und zeugt! Schraubt die Schlösser von den Türen! Reißt noch dazu die Türen von ihren Pfosten ... jetzt oder später, das ist mir gleich ... Ich bin wie ich bin, und das genügt! ...«

*Bei Walt ist es immer Samstagnachmittag.* Wenn die Frau schwer zu beschreiben ist, gibt er es zu und hört bei der dritten Zeile auf. Am nächsten Samstag fügt er, wenn das Wetter es erlaubt, vielleicht einen fehlenden Zahn oder einen Knöchel hinzu. Alles kann warten, bis seine Stunde kommt.

»Ich akzeptiere die Zeit vollkommen.« Wogegen mein Freund Carl, der die Vitalität einer Bettwanze hat, in die Hose pißt, weil er nach Verlauf von vier Tagen nur ein Negativ in der Hand hat. »Ich sehe keinen Grund«, sagt er, »warum ich jemals sterben sollte – es müßte denn ein unvorhergesehener Unfall eintreten.« Dann reibt er sich die Hände und schließt sich in sein Zimmer ein, um seine Unsterblichkeit zu überleben. Er lebt wie eine unter der Tapete verborgene Wanze.

Die heiße Sonne dringt durch das Zeltdach. Ich bin aus dem Häuschen, weil es mit meinem Sterben so schnell geht. Jede Sekunde zählt. Ich höre die Sekunde nicht, die gerade weggetickt ist – ich klammere mich wie ein Verrückter an diese Sekunde, die sich noch nicht angekündigt hat ... Was ist besser als Vergil zu lesen? Dies! Dieser explodierende Augenblick, der sich noch nicht in Tick oder Tack umgesetzt hat, dieser ewige Augenblick, der alle Werte, Abstufungen und Unterschiede zerstört. Dieser aus einer verborgenen Quelle hochaufschießende Sprudel. Da sind keine Wahrheiten zu verkünden, keine Weisheiten mitzuteilen. Ein Aufsprudeln und ein Gebabbel, das sich gleichzeitig an alle Menschen wendet, wo sie auch seien und welche Sprache sie auch sprechen mögen. Jetzt ist der Schleier, der den Wahnsinn von der Vernunft trennt, am dünnsten. Jetzt ist alles so einfach, daß es einem lächerlich vorkommt. Von diesem Gipfel der Trunkenheit rollt man auf das Plateau der guten Gesundheit, wo man Vergil, Dante, Montaigne und alle anderen liest, die nur von dem Augenblick, von der Explosion des Augenblicks gesprochen haben, die einem für immer in den Ohren bleibt ... Zu allen Menschen auf einmal sprechen. Ein sprudelndes Gebabbel. Dies ist der Augenblick, wo ich das Glas an die Lippen hebe, wobei ich gleichzeitig die Fliege bemerke, die sich auf meinen kleinen Finger gesetzt hat, und die Fliege ist für diesen Augenblick genauso wichtig wie meine Hand oder das Glas, das sie hält, oder das Bier im Glas oder die Gedanken, die vom Bier geboren werden und mit ihm sterben. Dies ist der Augenblick, wo ich weiß, daß man einen Wegweiser mit der Aufschrift »Nach Versailles« oder »Nach Suresnes«, jeden und alle Wegweiser, die nach diesem oder jenem Ort zeigen, gar nicht beachten, sondern immer dahin gehen sollte, wohin kein Wegweiser zeigt. Das ist der Augenblick, wo die verlassene Straße, an der ich Platz genommen habe, von Menschen wimmelt und alle überfüllten Straßen leer sind. Dies ist das beste Essen, wenn es auch das schlechteste ist, das ich je gekostet habe. Dies sind Speisen, die allein das Genie berühren wird – immer zur Hand, leicht verdaulich und einen Appetit nach weiteren erregend. »War der Roquefort gut?« fragt die Kellnerin. »Göttlich!« Der ranzigste, der wurmigste, der lausigste Roquefort, der je hergestellt wurde, wimmelnd von den Würmern Dantes, Vergils, Homers, Boccaccios, Rabelais' und Goethes, von allen Würmern, die es je gegeben hat und die in Käse übergegangen sind. Man muß Genie haben, um diesen Käse zu essen. Dies ist der Käse, in dem ich mich begrabe, ich, Miguel Feodor François Wolfgang Valentine Miller.

Die Anfahrt zur Brücke ist mit Kieseln gepflastert. Ich fahre so langsam, daß jeder Kiesel für sich eine besondere Botschaft zu meiner Wirbelsäule entsendet und durch die Wirbel hindurch zu dem zerbrechlichen Käfig, in dem die Medulla oblongata ihre Signale aufblitzen läßt. Und als ich in Sèvres über die Brücke fahre, wobei ich nach rechts und links schaue, überquere ich jede Brücke, die es gibt, ob sie über die Seine, Marne, den Ourcq, die Aude, Loire, den Lot, den Shannon oder den Liffey, den East River oder den Hudson geht, über den Mississippi, den Colorado, den Amazonenstrom, Orinoko, Jordan, Tigris oder Irawadi, überquere ich alle möglichen Flüsse, und ich habe sie alle überquert, eingeschlossen den Nil, die Donau, die Wolga, den Euphrat, und als ich in Sèvres über die Brücke fahre, brülle ich wie der besessene heilige Paulus: »Tod, wo ist dein Stachel?« Hinter mir Sèvres, vor mir Boulogne, aber das, was unter mir fließt, diese Seine, die irgendwo in einer Myriade kleiner Rinnsale ihren Anfang nahm, diese stille, aus einer Myriade Wurzeln weiterrieselnde Wasserader, dieser glatte Spiegel, der die Wolken weiterträgt und die Vergangenheit erstickt, immer und immer weiterströmend, während querdurch zwischen dem Spiegel und den Wolken ich mich bewege, ein vollkommenes, organisiertes Wesen, ein Weltall, in dem unzählige Jahrhunderte ihren Abschluß finden, ich und das, was über mir schwimmt, und alles, was durch mich hindurchzieht, ich und dies, ich und alles Übrige, in einer ununterbrochenen Bewegung vereint, diese Seine und jede von einer Brücke überspannte Seine ist für einen Menschen, der sie mit dem Fahrrad überquert, das Wunder.

*Dies ist besser als Vergil zu lesen …*

Auf der Rückfahrt nach St. Cloud läuft das Rad sehr langsam, während der Geschwindigkeitsmesser in dem zerbrechlichen grauen Käfig wie ein Projektionsapparat rasselt. Ich bin ein Mensch, dessen Manometer intakt ist, ein Mensch auf einer Maschine, die ich in der Gewalt habe. Ich fahre bergab mit angezogenen Bremsen, ich könnte genauso zufrieden eine Tretmühle bestrampeln und den Spiegel über mir und die Geschichte unter mir vorbeiziehen lassen oder umgekehrt. Ich fahre im vollen Sonnenschein, unzugänglich für alles außer für das Phänomen des Lichts. Vor mir zur Linken erhebt sich der Hügel von St. Cloud, die Bäume neigen sich über mich, um mich zu beschatten, die Straße ist angenehm und nimmt kein Ende, die kleine Statue ruht in der Glocke des Tempels wie ein Samenlappen. Jedes Mittelalter ist gut, sowohl beim Menschen wie in der Geschichte. Es ist heller Sonnenschein, und die Straßen gehen nach allen Richtungen, und alle Straßen gehen bergab. Ich möchte die Straße nicht eben machen und ihr auch keinen ihrer Buckel nehmen. Jeder Stoß sendet eine neue Botschaft in den Signalturm empor. Ich habe mir jede Stelle im Vorübergehen eingeprägt. Um meine Gedanken wiederzufinden, brauchte ich nur zurückzufahren, von neuem alle diese Buckel zu fühlen.

An der Brücke von St. Cloud mache ich halt. Ich habe es nicht eilig – ich habe den ganzen Tag zur Verfügung, um mich in Ruhe auszupissen. Ich stelle mein Rad in das Gestell unter dem Baum und gehe zu der Bedürfnisanstalt, um mein Wasser abzuschlagen. Alles ist würzig und saftig, selbst das Pissoir. Wie ich so dastehe und an den Häuserfronten hinaufschaue, beugt sich eine schüchtern aussehende junge Frau aus dem Fenster, um mich zu betrachten. Wie oft habe ich so in dieser lächelnden, anmutigen Welt gestanden, während die Sonne mich beschien und die Vögel mich liebestoll umzwitscherten und eine Frau mich von oben aus einem offenen Fenster betrachtete. Ihr Lächeln bricht in kleine, weiche Bissen auseinander, welche die Vögel mit ihren Schnäbeln ergreifen und manchmal an einem Pissoir niederlegen, wo das Wasser melodisch gurgelt, und siehe, da kommt auch schon ein Mann mit offenem Hosenlatz und schickt sich an, den dampfenden Inhalt seiner Blase auf die Krümchen zu schütten, die sich davon auflösen. Wenn ich so dastehe, Herz, Hose und Blase weit offen, scheint es mir, als ob ich mich an alle Bedürfnisanstalten erinnere, die ich je betreten habe. All die höchst angenehmen Empfindungen, all die höchst köstlichen Begebenheiten kommen mir dann wieder zum Bewußtsein, als wäre mein Gehirn ein mächtiger, mit weichen Kissen belegter Diwan und mein Leben ein langes Hindösen an einem heißen, einschläfernden Nachmittag. Ich finde es nicht so sonderbar, daß Amerika in die Mitte der Pariser Ausstellung in Chicago eine Bedürfnisanstalt gestellt hat. Ich glaube, daß sie dort hingehört und halte sie für eine Huldigung, die alle Franzosen schätzen müßten. Es war zwar nicht nötig, dort die Trikolore zu entfalten. *Un peu trop fort, ça!* Und doch, wie soll ein Franzose wissen, daß eines der ersten Dinge, die einem amerikanischen Besucher auffallen, das ihn bis in die Eingeweide erregt und erwärmt, dieses allgegenwärtige Pissoir ist? Wie sollte ein Franzose wissen, daß das, was den Amerikaner so tief beeindruckt, der eine *Pissotière* oder eine *Vespasienne* oder was auch der Name sei, die man diesem Ding gibt, betrachtet, eben die Tatsache ist, daß er sich inmitten eines Volkes befindet, das die Notwendigkeit, pissen zu müssen, offen zugibt und auch weiß, daß man, wenn man schon pissen muß, auch ein Pissoir benötigt und daß, wenn man es nicht in aller Öffentlichkeit tut, man es verstohlen tun muß und daß es nicht ungereimter ist, auf der Straße als unter der Erde zu pissen, wo irgendein altes menschliches Wrack einen beobachten kann, um zu sehen, daß man keinen Unsinn treibt! [...]

Wenn ich auf Toiletten zu sprechen komme, erlebe ich von neuem einige der schönsten Augenblicke meines Lebens. Wenn ich im Pissoir von Boulogne stehe, der Hügel von St. Cloud zu meiner Rechten, die Frau im Fenster über mir, und die Sonne auf das stille Wasser des Flusses scheint, sehe ich, wie der sonderbare Amerikaner, der ich bin, seine stille

Weisheit anderen Amerikanern überliefert, die mir folgen und einst in vollem Sonnenschein in einem bezaubernden Winkel Frankreichs stehen und ihre vollen Blasen erleichtern. Und ich wünsche ihnen alles Gute und keinen Gries in den Nieren.

Im Vorübergehen empfehle ich einige andere Pissoirs, die ich gut kenne, wo vielleicht keine Frau auf einen herunterlächelt, wo aber ringsum zerbröckelndes Mauerwerk ist, ein alter Burgturm, die Fassade eines Palais, ein Platz mit farbigen Markisen, ein Tränktrog für Pferde, ein Schwarm Tauben, ein Bücherstand, ein Gemüsemarkt ... Fast immer haben die Franzosen den richtigen Platz für ihre Pissoirs gewählt. Mir fällt eines in Carcassonne ein, das mir, wenn ich die richtige Stunde wählte, eine unvergleichliche Aussicht auf die Zitadelle bot. Es ist so gut hingestellt, daß einen, wenn man nicht gerade bedrückt oder zerstreut ist, derselbe Stolz, dasselbe Staunen und dieselbe Ehrfurcht, dieselbe heiße Liebe zu dem Ort ergreift, die der müde Ritter oder der Mönch fühlten, wenn sie am Fuß des Berges rastend, wo jetzt der Fluß fließt, der einst die Epidemien hinwegspülte, aufblickten und ihre Augen auf den grimmigen, heißumkämpften Mauertürmchen ruhen ließen, die gegen einen vom Wind durchtosten Himmel standen.

Und gleich fällt mir noch ein anderes ein – gerade neben dem Papstpalast in Avignon. Nur einen Steinwurf weit von dem reizenden kleinen Platz, der in einer Frühlingsnacht mit Samt und Spitzen, mit Masken und Konfetti bestreut scheint. So still fließt die Zeit dahin, daß man den fernen, schwachen Klang von Hörnern hören kann; die Vergangenheit gleitet wie ein Geist vorbei und ertrinkt dann im tiefen Baß des Gehämmers der Glockenschläge, welche die lautlose Musik der Nacht in Stücke schlagen. Gerade einen Steinwurf weit von dem dunklen kleinen Viertel, wo die roten Laternen brennen. Dort findet man in der Abendkühle die gewundenen, von Leben summenden Gäßchen, die Frauen im Badeanzug oder Hemd, die Zigarette im Mund, auf den Türschwellen kauern und den Vorbeigehenden zurufen. Bei Einbruch der Nacht scheinen die Häuser immer näher zusammenzurücken, und von allen Gäßchen, die in die Schlucht münden, ergießt sich eine Menge neugieriger und ausgehungerter Männer, welche die engen Straßen füllen, herumwirbeln, aufs Geratewohl hierhin und dorthin vorstoßen, wie geschwänztes Sperma auf der Suche nach dem Ei, und schließlich von den offenen Mäulern der Bordelle verschluckt werden.

Wenn man sich heute in dem Pissoir neben dem Palast befindet, ahnt man kaum dieses andere Leben. Der Palast erhebt sich plötzlich, kalt wie ein Grabdenkmal, vor einem trostlosen, weiten Platz. Gegenüber steht ein lächerliches Gebäude, das sich Musikakademie nennt. Da stehen sie sich beide gegenüber, getrennt durch einen leeren Platz. Verschwunden die Päpste, verschwunden die Musik. Verschwunden die Farbe und die Sprache einer ruhmreichen Zeit. Wenn nicht das kleine Viertel hinter der Akademie wäre, wer könnte sich vorstellen, wie einst das Leben hinter den Mauern dieses Palastes war? Zur Zeit, wo dieses Grabmal lebendig war, gab es, glaube ich, keine Trennung zwischen dem Palast und den gewundenen Gäßchen. Ich glaube, daß die kleinen, schmutzigen Häuser mit den Ziegeldächern sich bis vor die Tore des Palastes erstreckten. Ich glaube, daß ein Papst, wenn er aus seinem prächtigen Bienenkorb in die glitzernde Sonne trat, sofort mitten in dem ihn umgebenden Leben stand und an ihm teilnahm. Einige Spuren dieses Lebens bewahren die Fresken noch: Ein Leben unter freiem Himmel. Jagd und Fischfang, Reiherbeizen, Hunde, Frauen und blitzende Fische. Ein großzügiges, katholisches Leben mit intensivem Blau und leuchtendem Grün, ein Leben der Sünde, der Gnade und der Buße, ein Leben voll knalligem Gelb und goldenem Braun, von weinbefleckten Kleidern und lachsfarbigen Flüssen. [...]

*(um 1934/35)*

ERNST JANDL

## nasses gedicht

das schwimmen hat mir immer sehr geschadet
ich habe niemals gern in meer see teich gebadet

ich fühlte nie des schwimmers todeslust
hab immer stracks zurück zum strand gemußt
mein abscheu gilt auch fließendem gewässer
celan rannte der seine ins scharfe messer
die karpfen blöde aus der donau äugen
von hallenbädern laß ich mich nicht säugen
bei jedem atemzug drängt sich ein wasserguß
in meinen mund bis ich ersticken muß
ich lieber halte mich an trocken holz
fern von des haies und torpedos stolz
auch badehosen trug ich nur mit scham
weil drin mein genital nur wenig raum einnahm

*(1982–1989)*

THOMAS KUTZLI

## Flußaufwärts in die Gegenwart

Die folgenden Gedanken sind im Gehen entstanden. Meistens, und im Computerzeitalter mehr denn je, wird im Sitzen gedacht, und es ist zu fragen, ob da nicht qualitative Unterschiede empfunden werden können. Auch liegend faßt der Mensch Gedanken und, soweit es nicht Träume und wehende Einschlafassoziationen sind, handelt es sich dabei etwa um dem Schmerz abgetrotzte des chronisch Kranken oder den wohligen *après l'amour-aperçus* zweier beieinanderliegender

Menschenkinder, einmal davon abgesehen, daß weite Teile der Weltliteratur im Bett »nachgedacht« werden dürften. Vergessen werden soll auch nicht die bewährte Methode des Einschlafens mit Fragen und Aufwachens mit Lösungen.

Welches wäre aber der Charakter von Wandergedanken? Vom Schreibtisch aufspringen und hin und her gehen ist *der* intensive Moment des Nachdenkens, das ist deutlich. Wie denkt es sich auf langen Strecken? Die Geschichte vom zehnjährigen chinesischen Marsch und wie Mao-Tse-Tungs Leute je ein Schriftzeichen auf dem Rücken trugen und so durch die immer andere Marschordnung lesen lernten … die Gedanken der Migranten und Flüchtlinge jetzt, im Kosovo und anderswo, die Gedanken eines unbekannten Strafgefangenen beim Hofgang, die Übungen des Aristoteles und der Peripatetiker in Wandelhallen und unter Laubengängen, … die klassische Einsamkeit des Langstreckenläufers gehörten hierher.

Ich wandere an der Donau.

Flüsse sind – unter anderem – kongeniale Bilder des Gedankenstromes. So nach und nach will ich bis zum Delta kommen. Möglich wäre es auch umgekehrt: von der Mündung her aufwärts. Zwei ganz verschiedene Herangehensweisen an die Welterkenntnis: Synthese und Analyse. Synthese schläfert eher ein, führt aber zu Gesamtheiten, dem weltumspannenden Ozean … man muß bloß immer weiter wandern und kommt garantiert ohne Karte und Kompaß ans Meer. Analyse macht wach oder fordert Wachheit. Schon bei der ersten Verzweigung flußaufwärts muß ich überlegen: welches ist der Haupt-, welches der Nebenfluß? Ich forsche und erforsche ganze (Fluß-)Systeme und gelange – zu den Quellen.

Ich wandere die Donau entlang, von der Quelle – wo ist sie wirklich? – aus abwärts. Alles verändert sich selbst für den Fußgänger sehr zügig, aber das Motiv einer Entwicklung ist von Geburt an zu erkennen. So hat sich der noch bescheidene, plätschernde Bach nach einigen Kilometern bereits mit melodischem Ausschwung nach Süden hin eine weite Gras- und Weidefläche geschaffen. Es ist wie ein Atemholen, insofern Flüsse dies können, vor dem unglaublichen und auch unwahrscheinlichen Durchbruch durch die Kalkschichten der Schwäbischen Alb (genauso wird sie es, ungleich melodramatischer, mit Puszta und Eisernem Tor machen). Auf dieser Weidefläche stehen wie Markierungen verstreut ältere und neuere Heuschober. Örtliche Speicher für die Vorräte des Winters.

So ähnlich oder eigentlich genauso stellen wir uns doch unser Gedächtnis vor: Ablagerungen, die bei Bedarf abgerufen, geleert werden können. »Speichern« heißt es nicht umsonst links oben am Bildschirm des Computers. Wie die Geburt den Tod hat aber das Erinnern einen Bruder, einen Blutsbruder sozusagen: Das Vergessen.

Der Fluß Lethe, die Zone des Vergessens, will überquert werden, um neuer, völlig anderer Wirklichkeiten gewahr zu werden! Ist das Entlangwandern noch einigermaßen prosaisch zu nennen (von lat. prorsa, sc. oratio = »geradeausgehende Redeweise«), werden durch Überqueren ganz andere Qualitäten wirksam.

Ich will es einmal so sagen: mein Wachbewußtsein ist ein Boot, ein kleines gefährdetes, das nicht nur auf schmalem mythologischem Strom, vielmehr auf den Kaventsmännern eines Ozeans von Weltunterbewußtsein schaukelt, zitternd leergeschöpft mit Eimerchen, die man mir in Schule, gesellschaftlicher Sozialisation und Erziehung gegeben hat.

Was ich vergesse, sinkt in unendliche Tiefen. Mal wie ein Stein, mal sich hin und her wiegend wie ein welkes Blatt und mit jeder Balance einen Schwung tiefer ins Dunkel gleitend.

Erinnernd bin ich ein Fischer. Was ich erinnere, hole ich aus den Tiefen herauf! Aber weiß ich wirklich, was im Netz ist? Manchmal, meistens kommt es mir bekannt vor. Aber ist es noch dasselbe?

Ich wandere. Den Fluß entlang und auch durchs Leben. Mit Gauguin: Wo komme ich her? Das hatten wir. Wer bin ich? Bleibt als Frage. Wo gehe ich hin? Ins Ungewisse.

Zukunft ist zuallererst das Unerfahrene und nicht Bewanderte.

Jedes Einschlafen ist zum Beispiel so ein Fallen ins völlig Ungewisse. Woher nehme ich die Sicherheit, ohne Angst einzuschlafen? Es ist die allabendliche Mutprobe pur. Denn wo gelange ich da hin? Ich weiß es nicht.

Zuweilen passiert es, daß ich noch im letzten Augenblick des Dämmerns ins Bewußtsein zurückstürze, jeder von uns kennt diesen blitzschnellen Fall. Die Füße und auch die Hände sind, so seltsam es scheinen mag, Organe dieser Ungewißheit. Was liegt hinter der nächsten Flußbiegung? Ich gehe einfach hin und schaue. (Ist es deswegen, daß nach altem Brauch ein Toter immer mit den Füßen voran zum Haus hinausgetragen werden muß?) Gehend schlafe ich (ein) – in Bekanntes hinein. In meinem Beispiel folge ich einfach dem Flußufer. Auch die eingeübte Handbewegung (des Handwerkers) geschieht wie im Schlaf – sieht darum auch so elegant aus. Ich kann sie »im Schlaf«.

Ist aber etwas Neues zu entscheiden, *zögere* ich. So passiv dieses erscheint, so umwerfend ist es: Innehalten. Ein Zauber haftet ihm an. Alles ist offen, unentschieden, möglich. Der Riese »Handlung« am Rande des Erwachens. Ich wache mit einemmal auf. Komme auf meine Entscheidung zurück. Das war falsch! Wie mache ich es anders, was *wähle* ich? Ich nehme die eine oder aber die andere Abzweigung des vor mir liegenden Weges (hier ist im übrigen auch der Ursprungspunkt der Tragödie angesiedelt). Bewußtsein entsteht im Zurückgehen, im Besinnen, in der »Reflexion«.

Ich wandere am Strom entlang, ich fühle ihn in zweifacher Weise auf mich einströmen. Es gibt einen Strom aus der Vergangenheit: ich verhalte mich so, weil ich so geprägt worden bin (ich habe in der Schule u. a. Homer gehört); und es gibt einen Strom aus der Zukunft: Ich tue etwas genau in der Art und Weise, damit ich ein bestimmtes oder mir mehr vorschwebendes Ziel erreiche. Beide Ströme treffen sich in der Gegenwart *und befähigen idealerweise das Ich zum freien Handeln.*

Ich setze mich ans Ufer des Stromes, schreibe und resümiere:

Liebste Irene!

Eben bin ich dabei, über diesen faszinierenden Nullpunkt nachzudenken, der »Gegenwart« heißt, und den jeder von uns mit sich herumträgt – seitdem wir sterbliche Menschen geworden sind. Mit ihm, oder durch ihn hindurch, wie durch ein Nadelöhr, *erinnern* wir: schaffen so die Vergangenheit neu, oder verwandeln uns unmerklich mittels Befreiung der

Vergangenheit. Ist es das, was man jetzt und in Zukunft Evolution nennen könnte?! Aber durch ihn, den Todespunkt, ziehen wir auch Zukünftiges ins Jetzt herein. Insofern fokussieren wir aus beiden Richtungen her Ewigkeit, Überfülle, Weltkomplexität und allseitige Bedingtheit und machen ein »Nu« daraus, etwas, was weniger als eine -zigstel Sekunde ist, aber zugleich konzentriertester Wille, hochwirksame Energie. Wir sind Brennpunkte! Bloß meist erloschen in Unaufmerksamkeit ... Und Kreativität erscheint im Erwachen zum Todespunkt hin: die präzise Charakteristik des Phänomens (Selbst-)Bewußtsein.

Liebste Grüße im Nu! Dein Thomas

*(1998)*

VIII

# Flußkulturen des 20. Jahrhunderts

Sie wandern an dem Strom, der schwarz und breit
Wie ein Reptil, den Rücken gelb gefleckt
Von den Laternen, in die Dunkelheit
Sich traurig wälzt, die schwarz den Himmel deckt …

*Georg Heym, Die Dämonen der Städte*

JORIS-KARL HUYSMANS

# Die Bièvre

*Für Henry Céard*

Nur schwach und verletzt ist die Natur anziehend. Ihre Reize und Herrlichkeiten will ich nicht leugnen, wenn sie durch ihr unbändiges Lachen die Corsage ihrer dunklen Felsen platzen läßt und ihre Brust mit den grünen Spitzen zur Sonne hebt, aber ich gestehe, vor ihren schwellenden Säften nicht den Zauber zu empfinden, den ein trostloser Winkel in einer großen Stadt in mir hervorruft, ein aufgerissener Hügel, ein Rinnsal, das zwischen zwei dürren Bäumen dahinweint.

Im Grunde liegt die Schönheit einer Landschaft in ihrer Traurigkeit. So entzückt mich die Bièvre mit ihrem verzweifelten Gebaren und der nachdenklichen Art von Leuten, die leiden, mehr als alles andere, und die Zerstörung ihres Bettes und der Bäume an ihren Ufern klage ich an als höchstes Verbrechen! Es blieb uns nur noch dieses traurige Land, dieser Fluß in Lumpen, diese Ebene in Fetzen, und man wird sie zerstückeln. Jeden Quadratmeter Erde wird man veröden, jedes Wasserloch versteigern, die sumpfigen Stellen mit Sand aufschütten, die Wege einebnen, Löwenzahn und Brombeersträucher ausreißen, alles, was auf Schotter und Brachland blüht; die Rue Pot-au-Lait und der Chemin de la Fontaine in Mulard, die eine von Schlacken und Mauerschutt verdreckte Heide umschließen, holperig von alten Polstern und zerbrochenen Blumentöpfen, hier und da besät mit faulen, von Maden zerfressenen Früchten, mit Asche und Pfützen, verpestet durch die weichgewordenen Innereien von Matratzen und Haufen von Unrat in dem schlammigen Brei, diese Straßen werden verschwinden, und der melancholische Rundblick auf einen artesischen Brunnen und die Butte aux Cailles, diese Ferne, wo Panthéon und Val-de-Grâce, unterteilt von Fabrikschloten, ihre beiden Kuppeldächer vor der verlöschenden Glut der Wolken runden, all das wird einem hübschen Blödsinn Platz machen, der banalen Parade neuer Häuser!

Ach! Die Leute, die die Ausbeutung und Plünderung dieser Ufer beschlossen haben, sind wohl nie von der verzweifelten Trägheit der Armen gerührt worden, von dem stöhnenden Lächeln der Kranken? Sie bewundern also nur eine stolz geschmückte Natur? Sind sie nie an Tagen der Schwermut auf die Anhöhen gestiegen, die neben der Bièvre aufragen? Am Ende haben sie also nie diesen sonderbaren Fluß betrachtet, dieses Drecksgeschwür, diesen Pfuhl in der Farbe von Schiefer und geschmolzenem Blei, da und dort in einem grünlichen Strudel brodelnd, geschmückt mit trübem Auswurf, der vor einem Abflußrohr blubbert und sich schluchzend in einem Mauerloch verliert? Stellenweise scheint das Wasser gelähmt und von Lepra zerfressen zu sein, es stockt, dann bewegt es wieder seinen fließenden Ruß und fährt fort in seinem von Schlamm gebremsten Lauf. Auf der einen Seite armselige Hütten, finstere Schuppen, verwittertes Gemäuer, verrottete Ziegel, eine ganze Palette düsterer Farben; darüber stößt, aus einem Fenster hängend, ein Federbett aus rotem Perkal wie ein Wecker seinen Alarmton aus; auf der anderen Seite türlose Verschläge für die Weißgerber, Karren, die ihre vier Eisenstangen in den Himmel recken, eine dreizackige Hacke, Klumpen von Wollabfällen, ein Haufen Gerberlohe, auf dem ein Huhn mit scharlachroten Kehllappen und schwarzem Schwanz herumpickt. In der Luft Schaffelle, an denen der Wind zerrt, abgeschabte Häute, die sich dehnen und mit ihrem grellen Weiß sich deutlich von der Verwesung mit Grünspan überzogener Gestelle abheben; auf der Erde wassersüchtige Kübel, riesige Fässer, in denen schmierige Lederschwarten in der Farbe von modrigem Laub und schmutzigem Blau vor sich hin marinieren; etwas weiter schließlich stehen Pappeln im Lehmmatsch, und eine Menge alter Buden steigen eine über der anderen an und halten sich gegenseitig aufrecht, schäbige Ställe, wo eine ganze Bevölkerung von Gören hinter den mit schmutziger Wäsche beflaggten Fenstern aufwachsen.

Nun ja, die Bièvre ist nichts als ein Misthaufen in Bewegung! Aber sie versorgt die letzten Pappeln der Stadt mit Wasser; ja sie verströmt widerlichen Kloakengeruch und die herben Düfte des Leichenhauses, doch stellt zu Füßen einer ihrer Bäume einen Leierkasten, der in ausgiebigem Schluckauf die Melodien ausspucken würde, von denen sein Bauch voll ist, laßt in diesem Jammertal die Stimme der Armut sich erheben, die klagend an den Wassern die traurige Weise singen wird, die sie zufällig bei Konzerten aufgeschnappt hat, eine Romanze, die den Gesang der Vögel preist und nach Liebe fleht, und sagt, ob dieses Stöhnen euch nicht ans Herz greift, ob diese schluchzende Stimme nicht das verzweifelte Geheul einer armseligen Vorstadt ist!

Ein wenig Sonne, und – Wunder trostloser Freuden – Frösche quaken unter dem hohen Schilf, ein Hund streckt alle viere von sich und den Schwanz in die Luft, eine Frau geht vorüber mit einem kleinen Korb am Arm, ein Mann mit einer Schirmmütze schlendert, die Stummelpfeife im Mund, den Weg entlang, und, unter der Aufsicht von kleinen Knirpsen, die sich im Dreck balgen, grast der Schatten einer weißen Mähre.

Die Arbeiten haben begonnen. Schon versperrt der aufgeschüttete Damm der Rue de Tolbiac den Horizont; die Kalkmilch wird mit ihrem eintönigen Weiß die buntblühenden Geschwüre des leidenden Viertels maskieren; die großen grauen Himmel, vor denen noch die Trockengestelle der Lederarbeiter und der Gerber aufragen, werden bald vermauert sein. Dann wird es für immer zu Ende sein mit dem für Eingeweihte unvergeßlichen, zauberhaften Spazierweg, in dem Brachland, das die unermüdliche und elende Bièvre mühsam durchzieht.

*(1877/1880)*

---

## FRANZ HESSEL

Auf dunklen Wassern rauscht die Nacht,
sie fliessen und gehn,
die Linden wehn –
in allen Linden weht die Nacht,
sie wiegen und wehn.

Ich lieg, aus halbem Traum erwacht,
und meine armen Augen sehn
die schwarzgeballte Wolkenmacht
aufwallen zu den Höhn –

Die weissen Blüten all sind tot,
der Fliederduft verweht.
Ein letztes müdes Sonnenrot
in Nebelnacht – glüht auf – erloht
– zergeht.

*(1901)*

14 Conrad Felixmüller: *Brüder am Rhein*. Radierung. 1920

GEORG TRAKL

# Vorstadt im Föhn

Am Abend liegt die Stätte öd und braun,
Die Luft von gräulichem Gestank durchzogen.
Das Donnern eines Zugs vom Brückenbogen –
Und Spatzen flattern über Busch und Zaun.

Geduckte Hütten, Pfade wirr verstreut,
In Gärten Durcheinander und Bewegung,
Bisweilen schwillt Geheul aus dumpfer Regung,
In einer Kinderschar fliegt rot ein Kleid.

Am Kehricht pfeift verliebt ein Rattenchor.
In Körben tragen Frauen Eingeweide,
Ein ekelhafter Zug voll Schmutz und Räude,
Kommen sie aus der Dämmerung hervor.

Und ein Kanal speit plötzlich feistes Blut
Vom Schlachthaus in den stillen Fluß hinunter.
Die Föhne färben karge Stauden bunter
Und langsam kriecht die Röte durch die Flut.

Ein Flüstern, das in trübem Schlaf ertrinkt.
Gebilde gaukeln auf aus Wassergräben,
Vielleicht Erinnerung an ein früheres Leben,
Die mit den warmen Winden steigt und sinkt.

Aus Wolken tauchen schimmernde Alleen,
Erfüllt von schönen Wägen, kühnen Reitern.
Dann sieht man auch ein Schiff auf Klippen scheitern
Und manchmal rosenfarbene Moscheen.

*(1912)*

JOÃO CABRAL DE MELO NETO

## Landschaft des Capibaribe

Die Stadt wird von dem Fluß durchzogen
wie eine Straße
von einem Hund durchzogen wird;
wie eine Frucht
von einer Klinge.

Bald erinnerte der Fluß
an die zahme Zunge eines Hundes,
bald an den traurigen Bauch eines Hundes,
bald an den anderen Fluß
wäßriger Schmutzlappen
aus Hundeaugen.

Jener Fluß
war wie ein Hund ohne Federn.
Nichts wußte er vom blauen Regen,
von der rosafarbenen Quelle,
vom Wasser im Wasserglas,
vom Wasser des Kruges,
von den Fischen des Wassers,
vom Wind im Wasser.

Er wußte um die Krebse
aus Morast und Rost.
Er wußte um den Schlamm
wie um eine Schleimhaut.
Er wußte wohl um die Tintenfische.
Er wußte sicherlich
um die fiebrige Frau die Austern bewohnt.

Jener Fluß
erschließt sich nie den Fischen,
dem Glanz,
der Unruhe von Messern
die sich in Fischen findet.
Nie erschließt er sich in Fischen.

Er erschließt sich in Blumen
arm und schwarz
wie Neger.
Er erschließt sich in einer Flora
schmutzig und bettelhafter
als es schwarze Bettler sind.
Er erschließt sich in Mangroven
aus harten Blättern und kraus
wie ein Neger.

Glatt wie der Bauch
einer fruchtbaren Hündin
wächst der Fluß
ohne je zu bersten.
Der Fluß kommt
flüssig und wirbellos nieder
wie eine Hündin.

Nie sah ich ihn schäumen
(wie gärender
Brotteig schäumt).
Schweigend
trägt der Fluß, schwanger von schwarzer Erde,
seine arme Fruchtbarkeit.

Schweigend gibt er sich:
in Umhängen aus schwarzer Erde,
in Stiefeletten oder Handschuhen
aus schwarzer Erde
für den Fuß oder die Hand
die eintaucht.

Wie es bisweilen
bei den Hunden geschieht,
schien der Fluß stillzustehen.
Dann flossen seine Wasser
dichter und lauer;
flossen mit den
dichten und lauen Wellen
einer Schlange.

Dann hatte er etwas
vom Stillstand eines Irren.
Etwas vom Stillstand
des Hospitals, der Strafanstalt, der Armenhäuser,
des schmutzig-stickigen Lebens
(der schmutzig-stickigen Wäsche)
durch das er sich schleppte.

Etwas vom Stillstand
angefaulter Paläste,
angefressen
von Schimmel und Vogelkraut.
Etwas vom Stillstand
feister Bäume,
vertropfend den tausendfältigen Zucker
pernambukanischer Speisezimmer,
durch die er sich schleppte.

(Und dort,
doch mit dem Rücken zum Fluß,
brüten »die großen geistigen Familien« der Stadt
die dicken Eier
ihres Geschwätzes aus.
Im runden Frieden der Küchen
seht sie lasterhaft rühren
in den Töpfen
ihrer zähflüssigen Faulheit.)

Sollte das Wasser jenes Flusses
Frucht eines Baumes sein?
Warum schien es
reifes Wasser zu sein?
Warum, immer,
als ließen sich Fliegen auf ihm nieder?

Jener Fluß
hüpfte er fröhlich irgendwo?
War er Lied oder Quelle
irgendwo?

Warum also
seine Augen blau gefärbt
auf den Landkarten?

*(1949/1950)*

YAŞAR KEMAL

## Die Tragödie des Wassers

[...] Ich habe in der Türkei den Einfluß des Menschen auf die Natur mitgelebt. So wie in meinen Romanen jedes Individuum seine inneren Konflikte und Widersprüche hat, so hat auch jedes Stück Natur seine Konflikte und Widersprüche. Also will ich die Natur als handelnde, bewegende Kraft zeigen, in ihrer ganzen Wechselwirkung mit dem Menschen. Die Natur ist ja keine Kulisse. Sie ist für den Menschen wie das Blut in seinen Adern, ihre Wärme ist auch seine Wärme, ihre Lebenskraft ist auch für ihn die Lebenskraft. Was der Mensch der Natur antut, das tut er sich selbst an.

Ich habe das miterlebt. Unter anderem war ich lange Zeit Wächter auf einer Reisplantage in der Ebene. Immer wieder ging ich dem Flußlauf nach bis hinauf zur Quelle in den Bergen. In meiner Beziehung zu diesem Fluß lernte ich, daß jedes Stück Natur seine eigene Individualität hat. In all diesen Jahren begriff ich, daß dieser Wasserlauf ganz anders war als jeder andere Wasserlauf. Genau wie zwei Bäume, auch wenn sie nebeneinanderstehen und genau gleich groß sind, ihren völlig eigenen Charakter haben. Ich war von diesem Fluß so fasziniert, daß ich mir, noch bevor ich meinen ersten Roman geschrieben hatte, sagte: Der Held meines ersten Buches wird dieser Fluß sein. Diesen Roman habe ich noch nicht geschrieben. Ich hoffe, daß ich eines Tages die schriftstellerische Kraft haben werde, ihn zu schreiben. An der Quelle ist dieser Fluß kristallklar, und er zieht durch einzigartige

Lichterwunder, durch ganze Welten verschiedenster Farben und Gerüche und Landschaften. Und dann, sobald er die Ebene erreicht, greift der Mensch ein und verwandelt ihn in einen einzigen, riesigen Sumpf. Für mich war das eine Tragödie. Die Tragödie des Wassers. Und es war auch die Tragödie des Menschen. In diesen Sümpfen brüten die Moskitos, und Tausende von Kindern sterben. [...]

In den Sümpfen gibt es bereits Mückenarten, gegen die alle Insektizide wirkungslos sind. Eine Gesellschaft, in der der Mensch des Menschen Feind ist, macht natürlich auch die Natur zu ihrem Feind. Wir übertragen so unsere gesellschaftlichen Widersprüche auf unser Verhältnis zur Natur. So wie sich die Lebensbedingungen der Menschen verschlechtern, so verschlechtert sich auch die Existenzform der Natur. Ausbeutung ist etwas Totales. Wo die menschliche Arbeit darunter leidet, dort wird auch die Natur ausgeplündert. Ich will zeigen, daß sich mit der Natur auch die Lebensweise der Menschen ändert. Ein Niedergang tritt ein. Er hat viele Ursachen. Eine davon ist, daß man den Boden, die Natur, unter den Füßen verliert. [...]

Wir sind keine Nostalgiker und werden darum auch nicht untergehen. Die Maschine ist der größte Sieg der Menschheit, wir können ihre Kraft einsetzen, um die Natur neu zu schaffen. Geben Sie mir die Technik, und ich mache in 25 Jahren aus der Cukurova wieder ein Paradies – und ein produktives dazu. Ohne Maschinen würde das 500 Jahre dauern [...]. Wir müssen die Technik erobern. Was sie zerstört hat, wird sie wieder aufbauen müssen.

*(1984)*

KURT DRAWERT

# Die Parthe

[…] Ohne Sedativum oder zumindest ohne Alkohol oder Kettenrauchen oder Verzweiflungsvögeln, was irgendwie die Treppe herauf und in die Wohnung hereinkam, hätte ich die Jahre, die ich hier gelebt habe und gelebt haben mußte und gelebt worden bin, nicht überstanden. An dieser Berlinerstraßewohnung, die umgeben ist von einer Großküche links, aus der alles Ungeziefer dieses Breitengrades herüber- und heraufgekrochen kommt und sich, wie ich sehe erfolgreich, eingenistet und ausgebrütet hat …, von einer nur Nervenvernichtung bringenden Straße rechts …, mit einem bis zur letzten Schraube veralteten Heizkraftwerk, einer morschen Kohlenhandlung und einer Campingwagenfickecke hinter dem Haus …, und mit dem Vorgelände des Bahnhofs und seinem stillgelegten Schienennetz, auf deren verrosteten, brüchigen Gleisen ein paar vergessene, von Moosen befallene und gewaltsam aufgebrochene Vorkriegswaggons stehen, in denen verwahrloste Kinder Erwachsenenspiele treiben und mit wilden, alterskranken Katzen sprechen, vor dem Haus …, an dieser Berlinerstraßewohnung in diesem Berlinerstraßehaus, in dem es von einst acht Mietern nur noch zwei und mit mir drei Mieter gibt und in dem bereits fünf Mieter entweder gestorben oder verschollen oder zwangsausgesetzt sind …, an dieser Berlinerstraßewohnung führt auch noch die Parthe vorbei, und was das bedeutet, kann nur ein Geruchszeuge wissen. Aber während eine Augen- oder Ohrenzeugenschaft in Sprache gebracht mitgeteilt werden kann, kann eine Geruchszeugenschaft nicht mitgeteilt werden, und das ist mehr als innerhalb aller existierender Informationssysteme skandalös. Skandalös, weil diese Halbmillionenstadt zu einem Großteil aus Geruchszeugen besteht, die ihre schon in die Sinnesimmunität und Empfindsamkeitsabstumpfung vorangeschrittene Erfahrung, die in dieser Stadt eine zu 80 % bedeutende Geruchserfahrung und zu 20 % bedeutende Verfallserfahrung anderer Art darstellt, nicht mitteilen können, um über diese so ausgebliebene Mitteilung hin immer wieder verrottungsschaulustige Touristen zu empfangen. Wüßten diese Liebhaber des Nekrophilen, von denen es ganze Tausendschaften wöchentlich gibt, was für hochtoxische Geruchskulturen sie erwarten, sobald sie die Zug- oder Autotür öffnen, würden sie sich eher ihre neurotische Reiseabsicht therapieren lassen, als diese Stadt auch nur einen Augenblick zu betreten. Und es sind, habe ich beobachtet, meistens Japaner, die ein paar Tage länger durchhalten und von keinem Gesichtstuch geschützt im Freien herumgehen. Die Berlinerstraßegegend jedenfalls, in die sich auch ein Japaner nicht mehr verirrt, ist die wohl grauenhafteste Gegend in Leipzig, obwohl sich freilich schwer sagen läßt, was die grauenhafteste Gegend in Leipzig ist, denn Leipzig und das ganze durch Braunkohleabbau verwüstete und durch desolate Industrie verunstaltete Umland von Leipzig ist eine Ineinanderschachtelung grauenhafter, sich in Verwesungszustand befindlicher Gegenden, die mal hier, mal dort helle, freundliche Stellen aufweisen, an denen alle Industriestadtmenschen an den Sonntagen sich treffen und eng wie in einer Schlacht aneinanderkleben. Was aber die Berlinerstraßegegend neben allem Genannten noch zusätzlich unerträglich macht, ist ihre unmittelbar von der Parthe durchzogene Lage. Was die Parthe einmal in früheren Jahrhunderten war, wird in Geschichtsbüchern stehen, heute ist sie nur mehr ein wie durch ein Naturwunder noch fließfähig gebliebener Fäkalienbrei. Zu dem allgemeinen Schicksal, das die Parthe mit den anderen Flüssen der Stadt und der Gegend teilt, Opfer eines großangelegten Naturverbrechens zu sein und innerhalb eines gewaltigen Naturverbrecherplanes zur Transportrinne von Produktionsrückständen verwahrlost zu sein, kommt doch das besondere die Parthe betreffende Schicksal hinzu, durch den Zoologischen Garten zu fließen und alle Auswürfe und Ablassungen aufnehmen zu müssen, die ein Zoologischer Garten mit seinen geschundenen, versklavten und zwangsdomestizierten Tieren verursacht. Und ich werde, von hier aus, von diesem Ort aus, an dem ich mich nur noch schmutzig machen kann, vom Fenster dieses Raumes aus werde ich es noch zu sehen bekommen, wie die Parthe im Dreck ersticken und ins schöne Erdreich absacken wird.

*(1993)*

15–17 Mo Edoga: *Vater Rhein und Mutter Neckar.* Schwemmholzplastik. 1991

MICHAEL HERL

# Unten am Fluß

Der Main ist dunkelbraun und aufgewühlt. Es nieselt. Kurz vor vier am Nachmittag, drüben am anderen Ufer, gehen bereits die ersten Lichter an. Frankfurt bereitet sich vor auf den Winter. Die großen Herbstmessen sind vorüber. Droben am Römerberg, gerade hundert Schritte entfernt, haben sie einen haushohen Tannenbaum aufgestellt. Etwas zerzaust sieht er aus, ein Sparmodell, die Stadt ist arm geworden. Männer hämmern an den hölzernen Buden für den Weihnachtsmarkt, in wenigen Tagen werden sie hier Bratwürste verkaufen, Lebkuchen, heißen Apfelwein und russisches Blechspielzeug. Und vom Turm der Nikolaikirche werden abends Choräle geblasen.

Drunten am Main macht sich Willi fertig für die Nacht. Es ist noch feuchter hier, noch klammer, noch nieseliger. Kaum ein Spaziergänger verläuft sich mehr an die Uferpromenade. Willi ist nun 68 und wohnt seit fünf Jahren hier. Beste Innenstadtlage, große Terrasse, unverbauter Blick auf den Fluß. »Städte an Flüssen haben immer etwas Besonderes«, sagt Willi. Er trägt einen grauen Bart, einen grauen Anzug, eine halblange, hellbraune Felljacke, braune Boots und einen etwas speckigen, beigefarbenen Lederhut.

Zum Schlafen setzt er den Hut ab und zieht die Schuhe aus. Dann legt er sich auf das braune Sofa, das ihm vor einigen Monaten zwei Polizisten vorbeigebracht haben. Willi wickelt sich in die grüne Wolldecke, drückt noch einen Zigarrenstummel in seine Meerschaumpfeife, raucht. Kurz bevor er einschläft, humpelt die dreibeinige Ratte wieder vorbei. Wie immer am späten Nachmittag macht sie sich auf den Weg in die Holzhütte.

Diese Holzhütte. Seit mehr als sechs Jahren steht sie nun windschief neben der Untermainbrücke, die Frankfurts Innenstadt mit dem Stadtteil Sachsenhausen verbindet. Die Hütte ist mittlerweile weltberühmt. Kamerateams aus Japan waren da, aus den USA, aus ganz Europa. Haben Features gedreht, Newsclips, haben die Bilder in Filmchen über das fröhliche Frankfurt eingebaut. Haben gezeigt, daß die Deutschen nie den Kopf hängen lassen und selbst aus der Armut noch das Beste machen. »Lindenstraße« als Reality TV, Familiendramen unterhalb der Armutsgrenze. Sogar Reisegruppen kommen gelegentlich vorbei, geleitet von sozialkritischen Fremdenführern, die ihren Gästen auch schon mal die Startbahn West zeigen. Dallas in Texas, Schabbach im Hunsrück, das Glottertal im Schwarzwald, die Hütte am Main. Berühmte Drehorte, von Touristen gerne besucht.

Die Helden der Schmuddelserie sind Eugen, der Hüttenchef, seine Gattin Michaela und der Hund King. Sie sind es, die in der Hütte wohnen. Auch Willi spielt meistens mit, wenn auch nur in einer Nebenrolle. Er nölt ständig, ist aber dennoch der gute Geist. »Vadder« nennen sie ihn. Sein Polizeibett steht zwanzig Meter hinter der Hütte, unter dem ersten Brückenbogen. Daneben das von Rolli und einige andere. Lagerstätten für die ständig wechselnden Nebendarsteller und Komparsen.

Der »Sarg«, ein flach gelegter Einbauschrank neben dem Müllcontainer, ist das Gästezimmer. In letzter Zeit liegt dort ein Tscheche auf der Durchreise. Im »Zelt«, einer Konstruktion aus Preßspanplatten, wohnt seit einem halben Jahr Hans. Er kam aus dem Knast und hatte keine Bleibe. Das Übliche. Und gestern kam eine hübsche, dunkelhaarige Frau mit einem Mercedes aus Düsseldorf und brachte eine dunkelbraune Polstergarnitur vorbei. Die ist jetzt noch frei. Es kommen oft Leute vorbei und bringen Sachspenden. Das bleibt nicht aus, wenn man bekannt ist aus Funk und Fernsehen. Eine alte Dame stellt jede Woche zwei Flaschen besten Bordeaux ab, aus dem Weinkeller ihres verstorbenen Mannes. Ein Angler legt ab und zu einen Karpfen auf den Tisch. Samstags kommt Schwester Gisela vom Sachsenhauser Schiffer-Krankenhaus mit einem großen Topf Suppe. Daran hat man sich gewöhnt. Aber daß jetzt die Dame mit dem Polstermöbel ein fremdes Nummernschild hatte, das gibt ihnen zu denken. »Kam die doch glatt aus Düsseldorf, um uns die Couch zu bringen«, sagt Hans.

Gebaut haben die Hütte Ossi und Reiner. Die sind schon längst nicht mehr da. »Sind im Knast oder irgendwo in Bremen«, heißt es. Nur Rolli, der damals auch mithalf, schlurft noch hier rum. Ein kleiner, verschmitzter Kerl mit lustigen Augen und Lachfalten. Rolli ist 48 und der Dienstälteste unter der Brücke. Zu sagen hat er zwar nichts, außer, daß er ständig behauptet, die Hütte sei auf seinen Namen im Grundbuch eingetragen. Zu leben hat er auch nicht mehr lange, nach unzähligen Flachmännern und drei Herzinfarkten und zwei Jahrzehnten Nässe und Wind.

Nur einer hat das Sagen: Eugen. »In Saarbrücken, früher, vor zwanzig Jahren, da hatten sie vielleicht einen Weihnachtsbaum«, sagt Eugen. Stand auf dem Rathausplatz. Ein Riesending sei das gewesen, stolz und mächtig, glitzernd und schön. Ein richtiger Weihnachtsbaum eben. Als Kind hat er den immer gesehen, wenn sie mit dem Heim einen Spaziergang in die Stadt machten. Eugen blättert in einem Prospekt, der vorgestern der *Bild*-Zeitung beilag. Weihnachtsbäume werden da angeboten, aus Plastik. 1,35 Meter hoch und 29,85 Mark teuer. »Dieses Jahr kaufen wir uns einen, gell«, sagt Eugen, und Michaela sagt »Ja, Maus«.

Wie jeden Tag sitzen sie in der Hütte auf der runden Couchgarnitur um den kleinen Tisch, auf den sie graues PVC genagelt haben. Auf dem Fernseher steht ein beleuchtbares Segelschiffchen, an der Wand hängt eine Seeschlacht als Riesenposter. Daneben das Poster einer weißen Taube in Ketten, die sehnsüchtig durch ein kleines Fenster nach draußen sieht. Die Hütte hat keine Fenster, daran hat beim Bau keiner gedacht. Sie sollte warm halten und trocken sein und vor diesem Draußen schützen. Warum also Fenster.

Sie spielen Kniffel, wie fast immer. Eugen und seine Frau Michaela, Hans und Heiko. Willi kommt nie herein, er braucht Luft und Licht, seine Freiheit. Außerdem hat er »seit zwei Jahren kein Wasser mehr gesehen«, sagt Eugen. Und er meint damit nicht den Main. Den schaut sich Willi jeden Tag mindestens zehn Stunden lang an. Unter dem Tisch liegt King, der Mischlingshund. Der Fernseher läuft ständig. Sie empfangen fast alle Programme, seit Eugen die Satellitenschüssel gekauft und in Fließrichtung des Mains ausgerichtet hat. Sie reden wenig, und wenn, dann nur Belangloses. Über die Würfel, über die Bundesliga, über die Filme, die abends im Fernsehen kommen, über Willi.

Gegen Abend kocht Michaela auf dem kleinen Zweiplattenherd. Jeder der ständig Anwesenden zahlt monatlich zweihundert Mark an Eugen, dafür dürfen sie hier wohnen, werden von ihm beschützt und von Michaela bekocht. Bratkartoffeln, Quark, Erbsensuppe, Pfannkuchen mit Konfitüre, Nudeln mit Soße. Kochen und Essen laufen nebenher, neben dem Fernsehen und Würfeln. Es hat nichts Gemeinsames, nichts Verbindendes. Es gibt auch keinen Unterschied zu einer typischen deutschen Familie. Nur in der Fernseh-»Lindenstraße« essen sie noch gemeinsam. [...]

Von der Räumung sind sie nicht mehr bedroht, das »Lindenstraßen«-Idyll bleibt der reichen Stadt am Main vorerst erhalten. Klar, die Hütte war illegal erbaut, damals vor sechs Jahren. Doch mittlerweile sind sie geduldet, die Frankfurter Vorzeigepenner. Sogar kostenlosen Strom hat man ihnen gelegt. Vor einigen Jahren, als die Untermainbrücke saniert wurde, da zogen sie ein Kabel hinunter zur Hütte. Gleichzeitig jedoch wurden andere Entwurzelte, weniger etablierte, vom Mainufer verscheucht und in den Westhafen abgedrängt. Es waren die Säufer, die Alkoholiker, die Krakeeler, die Junkies aus dem nahen Bahnhofsviertel. Kommen nun Junkies oder einige von den 6000 Frankfurtern, die kein Dach über dem Kopf haben, aber keinen Obolus leisten können oder wollen, so geht Eugen mit dem Hund raus, und es fließt auch schon mal Blut.

Es ist eine kleine Siedlung, so wie viele in Deutschland. Hunde passen auf, Menschen sehen fern und kochen einmal am Tag warm, streiten sich, machen Liebe, trinken. Doch sie sind nicht zufrieden. »Ich will hier raus«, sagt Eugen, und Michaela nickt. Seit langem schon stehen sie auf der Liste der Bewerber für eine Sozialwohnung. Alle andern auch, außer Willi und Rolli. Es war noch nie ein Paradies unten am Main, auch wenn sie es da besser haben als Tausende andere in der Stadt. Doch auch hierher kommen nachts die Ratten, und manchmal, in harten Winternächten, da geht Willi stundenlang spazieren, weil er sich sonst den Arsch abfriert, Eugen wacht mittags von einem Schläfchen auf und sagt: »Ich habe gerade so schön davon geträumt, wie ich im Knast war.« Dann steht er auf, geht mit King raus und bringt Willi das Essen rüber unter den ersten Brückenbogen. Willi geht immer schon am späten Nachmittag schlafen. »Viel Schlaf und täglich ein warmes Essen«, sagt er, das halte ihn gesund. Und für den Fall, daß Eugen mal wieder die Rindswürste alleine ißt und ihm nur Bratkartoffeln bringt, kauft er sich mittags oben an der Trinkhalle eine Frikadelle. Konflikten aus dem Weg gehen und vorausschauend denken, das ist eine seiner Lebensweisheiten.

Dann legt er sich hin, schläft. Egal, ob die Hafenbahn direkt an seinem Bett vorbeirumpelt, ob Eugen wieder den Hund auf einen Junkie hetzt oder ob sich mal wieder zwei Polen unbemerkt nebenan in den Sarg legen. Sommer oder Winter, das macht keinen Unterschied. Nur, daß im Sommer »der Main seinen richtigen Weg fließt«, wie Willi oft sagt. Nicht braun sei er dann, nicht aufgewühlt, ruhig. Ein schöner Fluß. Und daß die dreibeinige Ratte erst kurz vor Mitternacht vorbeihumpelt.

*(1994)*

# Glossar

*Achelo(i)os* – der größte Fluß von ganz Hellas, der Sage nach der älteste und König der dreitausend Bruderflüsse, die Tethys* dem Okeanos* geboren hat. Er scheint ursprünglich wie die stammverwandten Namen Acheron* und Inachos das Element des Wassers überhaupt zu bezeichnen, was die Existenz mindestens eines halben Dutzends anderer, kleinerer Flüsse mit demselben Namen erklärt.

*Acheron* – einer der Ströme, die nach griechischem Mythos die Unterwelt umgeben, in volkstümlicher Vorstellung der Fluß des »Ach und Wehs«, der Fluß der Schmerzen.

*Alpheios* – der größte Fluß im Peloponnes. *Personifiziert:* Flußgott, Sohn des Okeanos* und der Tethys* (vgl. *Peneios**).

*Apollon, Apollo* – Sohn des Zeus* und der Leto, einer der höchsten Götter der Griechen und Römer. Sein Zuständigkeitsbereich: die prophetische Weissagung, die Künste, besonders die Musik und das Bogenschießen.

*Atlantis* – antiker Name einer sagenhaften Insel, nach Platon »außerhalb der Meerenge« (von Gibraltar, vgl. *Säulen des Herakles**) gelegen.

*Atlas* – Sohn des Titanen* Iapetos und der Okeanide Klymene. Zur Strafe für die Teilnahme am Kampf gegen Zeus* mußte er die Säulen des Himmelsgewölbes stützen und bewachen oder, wie man später glaubte, den Himmel selbst auf seinen Schultern tragen.

*Bacchus* – lat. Form von Dionysos*.

*Böotien* – Landschaft im östlichen Mittelgriechenland zwischen dem Kanal von Korinth und dem Golf von Euböa.

*Borysthenes* – Fluß in Skythien, mit dem heutigen *Dnjepr* in der Ukraine identisch.

*Charon* – in der griechischen Mythologie der Totenfährmann, der die Seelen der Verstorbenen in seinem Nachen über die die Unterwelt umgebenden Gewässer schifft.

*Chimära* – feuerschnaubende Ziege mit Löwenkopf und Schlangenschwanz.

*Delos* – kein »Land«, sondern eine schwimmende Insel, auf der Apollon* geboren wurde.

*Dionysos* – Gott des Weines und der Ekstase, Sohn des Zeus* und der Semele.

*Dircäischer Schwan* – Metapher für Pindar (um 518–um 444 v. Chr.), nach der Quelle und dem Flüßchen Dirka bei seiner Heimatstadt Theben. Der Schwan ist der Vogel Apollons* und der Musen.

*Dithyramben* – lyrische Heldenlieder aus dem Kult des Dionysos*.

*Dryaden, Hamadryaden* – Nymphen, die in den Bäumen leben.

*Elischer Palmzweig* – der Siegespreis der Olympischen Spiele.

*Eridanos, Eridanus* – einer der Hauptströme im Altertum; ein mythischer Strom, von den Griechen im fernen Nordwesten, nahe den Enden der Welt, lokalisiert. Nach Vergil der Fluß in der Unterwelt, an dem Tantalos seine Qualen erlitt. *Personifiziert:* Sohn des Okeanos* und der Tethys*.

*Evros, Hebros* – Grenzfluß zwischen Griechenland, der Türkei und Bulgarien im Norden. In altgriech. Zeit oft auf Kupfermünzen als Flußgott dargestellt: bärtig, mit nacktem Oberkörper, den rechten Fuß auf ein umgestürztes Gefäß setzend, dem Wasser entquillt.

*Hades* – Gott der Unterwelt, Sohn des Kronos* und der Rhea*; das von Hades* und Persephone* beherrschte finstere Reich der Toten, in dem die Seelen der Verstorbenen ihr wesenloses Schattendasein führen.

*Hamadryaden* – vgl. *Dryaden**.

*Herakles, Hercules* – berühmtester Heros der Hellenen, Sohn des Zeus* und der Alkmene; vgl. *Säulen des Herakles**.

*Ikaros, Ikarus* – Sohn des Daidalos. Auf der Flucht vor dem Tyrannen Minos, der ihn gemeinsam mit seinem Vater in das Kretische Labyrinth gesperrt hatte, kam er mit seinen durch Wachs zusammengehaltenen Flügeln der Sonne zu nahe und stürzte unweit von Samos ins Meer.

*Kalypso* – Tochter des Atlas*, Nymphe auf der Insel Ogygia, Gespielin des schiffbrüchigen Odysseus*.

*Kentauren, Centauren* – Fabelwesen mit Brust, Kopf und Armen eines Mannes, aber Leib und Beinen eines Pferdes.

*Kirke, Circe* – Tochter des Sonnengottes Helios und der Okeanide Perse. Eine mächtige Zauberin, die auf der Insel Aiaia lebte. Gespielin des schiffbrüchigen Odysseus*.

*Kokytos* – der Fluß der Wehklagen in der Unterwelt und wie der Acheron* auch Fluß im Land der Thesproter.

*Kronos* – König der Titanen, jüngster Sohn des Uranos (Himmel) und der Gaia (Erde). Er heiratete seine Schwester Rhea*, stürzte zusammen mit den anderen Titanen Uranos und befreite seine Brüder aus dem Tartaros*.

*Lethe* – Strom des Vergessens: er umfließt die elysischen Gefilde der Unterwelt, in denen die Frommen in ewiger Glückseligkeit leben.

*Mahomet* – zu Goethes Zeiten allgemein gebräuchliche Sprachform für *Mohammed.*

*Matinische Biene* – Metapher für den Dichter Horaz, der vom Berg Matinus an der Grenze zwischen Kalabrien und Apulien stammt.

*Naiaden* – Nymphen, die in den Quellen leben.

*Narkissos, Narziß, Narcisse* – Sohn des böotischen Flußgottes Kephissos und der Naiade* Leiriope, der von Nemesis mit unstillbarer Selbstliebe bestraft wurde, weil er die Liebe der Nymphe Echo verschmähte.

*Nausikaa* – Tochter des Phäakenkönigs* Alkinoos, die den schiffbrüchigen Odysseus* mit Kleidern und Ratschlägen versorgte, als er an den Strand der Insel Scheria gespült wurde.

*Nereiden* – Nymphen, die im Meer leben.

*Odysseus* – König von Ithaka, Sohn des Laertes und der Antikleia, Gemahl der Penelope*. Er galt als tapfer, klug und verschlagen. Auf seinen Rat wurde im Trojanischen Krieg das Hölzerne Pferd erbaut, mit dem Troja erobert wurde. Hauptperson in Homers *Odyssee,* die seine Irrfahrten und die Heimkehr nach dem Fall Trojas schildert.

*Okeanos* – bei Homer der den äußersten Rand der Erde umkreisende, in sich selbst zurückströmende, tief flutende und ruhig fließende Weltstrom. *Personifiziert:* ein Titan*, Sohn der Gaia (Erde) und des Uranos (Himmel), Gemahl der Tethys*, mit der zusammen er die Götter und Nymphen aller Flüsse, Seen und Meere einschließlich der dreitausend Okeaniden zeugte.

*Ophelia* – weibliche Hauptfigur aus Shakespeares Tragödie *Hamlet. Prinz von Dänemark* (um 1600/01), die Hamlet unerwidert liebt, den Fortgang der familiären Verstrickungen und Katastrophen nicht verkraftet, dem Wahnsinn verfällt und im Fluß ertrinkt.

*Orion* – ein riesiger Jäger aus Böotien*, Sohn des Meeresgottes Poseidon und der Euryale.

*Orkus* – in der römischen Mythologie die Unterwelt.

*Orpheus* – Sohn des thrakischen Flußgottes Oiagros (oder des Apollon*) und der Muse Kalliope; sagenhafter Dichter, wunderbarer Sänger und Lyraspieler, der mit seiner Musik wilde Tiere bezaubern und sogar Bäume und Felsen bewegen konnte. Die römischen Dichter Vergil und Ovid machten seine Geschichte bekannt.

*Peneios* – Hauptfluß von Thessalien, der von Herakles* zusammen mit dem Fluß Alpheios* umgeleitet wird, um die Ställe des Augias, des Königs von Elis, innerhalb eines Tages reinigen zu können. *Personifiziert:* Sohn des Okeanos* und der Tethys*.

*Penelope* – Gemahlin des Odysseus*, die zwanzig Jahre lang geduldig und treu auf seine Heimkehr wartete.

*Periphlegethon, Phlegethon* – Feuerstrom im Zentrum der Unterwelt, der den von einer dreifachen Mauer umschlossenen Tartaros* umfließt; in ihn werden die Frevler nach ihrem Tod gestoßen.

*Persephone, Proserpina* – Gemahlin des Hades*, Göttin der Unterwelt.

*Phäaken* – aus der *Odyssee* Homers bekanntes Volk, das auf der Insel Scheria lebte; vgl. *Nausikaa**.

*Phasis* – Fluß in der Kolchis. *Personifiziert:* Gott des gleichnamigen Flusses, Sohn des Okeanos* und der Tethys*.

*Rheia, Rhea* – Titanin*, Tochter des Uranos (Himmel) und der Gaia (Erde), Gemahlin des Kronos*. Sie gebar Kronos sechs göttliche Kinder: Hestia, Demeter, Hera, Hades*, Poseidon und Zeus*.

*Säulen des Herakles* – nach altgriechischer Anschauung an verschiedenen Randpunkten des Erdkreises, angeblich von Herakles aufgerichtet, vor allem an der Meerenge von Gibraltar; *vom Phasis bis an die Säulen des Herakles* – vom Schwarzen Meer bis nach Gibraltar: die Grenzen der bekannten Welt.

*Styx* – der Hauptstrom der Unterwelt. *Personifiziert:* Tochter des Okeanos* und der Tethys*.

*Tartaros* – in der griechischen Mythologie Teil der Unterwelt, wo die Strafen für die Missetaten auf Erden verbüßt werden; aus dem Chaos hervorgegangene Gottheit.

*Tethys* – Gemahlin und Schwester des Okeanos*.

*Tibur* – alte Stadt in Latium nahe Rom, an den Wasserfällen des Anio gelegen; das heutige Tivoli, dessen Kühle und Gärten den Stadtrömer anlockten; der Sage nach von einem Tiburnus gegründet.

*Titanen* – das von Uranos (Himmel) und Gaia (Erde) abstammende zweite Geschlecht der Götter (sechs Söhne und sechs Töchter), das von Zeus* und seinem Geschlecht besiegt und in den Tartaros* geworfen wurde. Die T. erscheinen als Gegenkräfte gegen die Weltordnung der olympischen Götter.

*Ulixes* – lat. Form von Odysseus*.

*Werdandi, Verdandi* – eine der Nornen, der Schicksalsgöttinnen in der germanischen Mythologie: Urd – das Gewordene, Werdandi – das Seiende, Skuld – das Werdende.

*Zephyr(os)* – Personifizierung des Westwindes, der die Harpyie (Sturmdämonin) Podarge schwängerte, als sie in Gestalt eines Stutenfohlens auf den Wiesen am Okeanos* weidete. Allgemein galt der Westwind als der freundlichste und willkommenste der Winde.

*Zeus* – Sohn des Kronos* und der Rhea*, höchster Gott der Griechen.

# Nachwort

Wie viele überlieferte Begriffsbildungen mit letztlich ungeklärter Herkunft hat sich auch *panta rhei* in der abendländischen Kulturgeschichte zu einer vielzitierten Kurzformel und geradezu inflationären Metapher entwickelt. Wörtlich aus dem Altgriechischen übersetzt heißt es »Alles fließt«, und mit dieser Bedeutung wurde es im Laufe der Jahrhunderte in wechselnden philosophischen, psychologischen und lebensweltlichen Kontexten benutzt – als Umschreibung der ewigen und an sich regellosen Bewegung alles Wahrnehmbaren.

Als Initiator der Formulierung gilt der Vorsokratiker Heraklit, doch in keinem seiner rund 125 erhaltenen Fragmente ist diese These wörtlich nachweisbar. Schon Platon geht ausweichend auf die Quellenlage ein: »Herakleitos sagt irgendwo, daß alles in Veränderung begriffen ist und nichts dauert. Er vergleicht daher die Dinge mit der Strömung eines Flusses ...«,[1] und Aristoteles greift den Gedanken in lapidarer Kurzform später wieder auf, die aber auch nicht wörtlich dem berühmten *panta rhei* entspricht: »Platon war [...] von Jugend auf vertraut zunächst mit Kratylos und den Lehren Heraklits, daß nämlich alle Sinnesdinge in dauerndem Flusse seien und eine Erkenntnis von ihnen nicht möglich sei.«[2] Gleichwohl ist das griechische Kurzzitat ältestes und bekanntestes Zeugnis dafür, was der Fluß als Naturphänomen in der Vorstellungswelt des Menschen bewirkt: er dient als Imaginationsfläche für die Phantasie, da er – im Gegensatz zu anderen Elementen der Landschaft – etwas Lebendiges, sich stets Veränderndes und damit dem Menschen Ähnliches verkörpert. Was lebt, bewegt sich. Was sich bewegt, verändert sich. Seine Physiognomie, seine anthropomorphen Züge sind verantwortlich dafür,

1 Aus: Platon: *Kratylos* 402 A, übers. von Wilhelm Capelle. In: *Die Vorsokratiker. Die Fragmente und Quellenberichte.* Hg. von Wilhelm Capelle. Stuttgart 1968, S. 132; vgl. dazu den Text Platons in Abt. I der Anthologie.

2 Aristoteles: Die Grundlegung der Metaphysik, in: Ders.: *Einführungsschriften.* Übers. und hg. von Olof Gigon. Zürich; München 1961, S. 188. Wörtlich findet sich *panta rhei* zum erstenmal bei Simplicius [Cilicius], einem Erklärer des Aristoteles: *Commentaria in Aristotelis physicorum libros IV posteriores.* Hg. von Hermann Diels. Berlin 1895, S. 1313.

daß der Fluß immer wieder als Sinnbild des menschlichen Lebens betrachtet wird. Natur und Kultur, die beiden Antipoden, die sich seit der Aufklärung unversöhnlich gegenüber stehen, treffen in diesem Bild zusammen und scheinen sich zu vereinen. In diesem Sinne ist der Fluß als kulturelles Symbol selbstevident. Er ist Auslöser verschiedenster Bilder, er schärft die Wahrnehmung des Menschen für sich selbst.

## I.

Das naheliegendste und am meisten verbreitete Bedeutungsfeld, das mit dem Bild des Flusses und seines Fließens verbunden ist, kreist um den Aspekt der Zeit und der Vergänglichkeit alles Irdischen. Diesen dynamischen Aspekt, die Vorstellung vom *fluxus temporis*, vom Strom der Zeit, hat der römische Dichter Ovid, Heraklit zitierend, in seinen *Metamorphosen* anschaulich auf den Punkt gebracht: »… es ist nichts in der ganzen Welt, was Bestand hat. / Alles fließt, es bildet sich wechselnd jede Erscheinung. / Selbst die Zeit, auch sie entgleitet in steter Bewegung – / gleich wie der Fluß. Denn es kann der Fluß nicht stehn, und nicht stehn die / flüchtige Stunde. Und wie von der Welle die Welle gejagt wird, / wie, von der kommenden selbst gedrängt, sie die vorige drängt, so / flieht und verfolgt zugleich auch die Zeit, und doch ist sie immer / neu; denn, was vorher gewesen, es ist vorbei, und es wird, was / niemals gewesen zuvor; und all das Bewegen erneuert sich.« (Met. XV, 177–185).[3] Was bei Heraklit noch verschlüsselt dargestellt ist (vgl. Fragment 49a), wird bei Ovid deutlich. Auffällig ist, daß das Zerrinnen der Zeit in der antiken Welt mit keiner Wertung verbunden ist. Es wird als solches hingenommen. Weder Heraklits, noch Platons oder Ovids Texte zeugen von Trauer oder Verlustempfinden angesichts dieser kosmischen Gesetzmäßigkeit. Zwar ist auch der Mensch von diesen Zusammenhängen betroffen, aber er steht nicht im Mittelpunkt der Betrachtung und sieht sich folglich nicht als Opfer der Zeit. Auch der Text von Tschuang-Tse, aus dem asiatischen Kulturraum kommend und somit anderen philosophischen Traditionen verpflichtet, die das Zurücktreten des Individuums vor den Weltzusammenhängen lehren, weist diesen Gleichmut auf. »Zeit kennt kein Stillestehn«, heißt es dort, doch im Hinblick auf die Relativität von Größe und Unerheblichkeit, von Wert und Wertlosigkeit ist die Frage nach der Ausdehnung von Zeit

3 In: Ovid [= Publius Ovidius Naso]: *Metamorphosen.* Lateinisch–Deutsch. In deutsche Hexameter übertragen von Erich Rösch. Hg. von Niklas Holzberg. Zürich; Düsseldorf 1996, S. 565.

nur eine von vielen Fragen zur Verhältnismäßigkeit im Dialog zwischen Meeres- und Flußgeist. Die Temporalisierung der Naturgeschichte spielt bei Tschuang-Tse keine Rolle.

Bei den Texten Augustinus' dagegen führt der Aspekt der Ausdehnung von Zeit ins Zentrum der Reflexion. Im XI. Buch seiner *Confessiones* führt Augustinus den Zeitbegriff dorthin zurück, wo er ihn am konsequentesten wahrnimmt: ins Empfindungsvermögen des einzelnen. Obwohl unter einem höheren Gesetz stehend, grenzt sich der Mensch als ein reflektierendes Wesen von den kosmischen Vorgängen um sich herum ab. Das Ich steht zwar im Zeitstrom, muß aber begreifen lernen, daß seine Vergangenheit »nicht mehr« ist und seine Zukunft »noch nicht« begonnen hat. Der scheinbar realste Abschnitt der Zeit, die Gegenwart, verliert sich – gerade durch die Reflexion – in einer Vielzahl flüchtiger Augenblicke, die ihm, kaum sind sie erlebt, wieder entrinnen. Halt im Zeitstrom verschafft die Erinnerungsfähigkeit; doch auch das menschliche Leben selbst ist »zerteilendes Ausdehnen«, »zerfetzt vom Aufruhr der Mannigfaltigkeiten«. Diesem orientierungslosen Prozeß steht die Hingabe an Gott (»bis ich in dir zusammenfließe, gereinigt und flüssig geworden im Feuer deiner Liebe«) als ein Akt der Selbsterkenntnis gegenüber, die durch die Vereinigung mit dem göttlichen Bewußtseinsstrom zu innerer Selbstgewißheit führt.

Im 17. Jahrhundert zeichnet sich eine ausgeprägte *vanitas*- und *memento-mori*-Bewegung ab, wie sie z.B. Andreas Gryphius in seinen Oden und Sonetten mit Hilfe der Strommetapher zum Ausdruck brachte: »Wach' auff mein Hertz undt dencke; / Das dieser zeitt geschencke / Sey kaum ein augenblick / Was du zu vor genossen / Ist als ein strom verschossen / Der keinmahl wider fält zu rück.«, heißt es in der 13. Strophe seiner Ode *Vanitas! Vanitatum Vanitas!*[4] Auch Jacob van Ruisdaels brausende Wasserfälle aus den 50er und 60er Jahren des 17. Jahrhunderts sowie die allgemeine Popularität von Wasserfalldarstellungen waren typisch für den »Vergänglichkeitswahn« der Zeit, der das wegfließende, hinabstürzende Wasser als unausweichlichen Weg zum Tode interpretierte. Der Weg des Wassers schien, einer Einbahnstraße gleich, ausschließlich von oben nach unten zu führen, vom Kreislauf des Wassers war nicht die Rede. Vor diesem Hintergrund bildet Paul Flemings Sonett eine Kontrafaktur und läßt die Empfindung des Individuums in den Vordergrund treten: »Fliest / fliest so / wie Ihr thut / Ihr zweyer Brunnen Bäche ...« Sein Tränenfluß, der mit den gleichen Qualitäten ausgestattet ist wie Wasserfälle

4 Andreas Gryphius: *Gesamtausgabe der deutschsprachigen Werke.* Hg. von Marian Szyrocki und Hugh Powell. Bd. 2: Oden und Epigramme. Tübingen 1964, S. 20.

oder hüpfende und springende Bergbäche, kräftig, beharrlich, Steine erweichend, versinnbildlicht ebenfalls die Fließrichtung von oben nach unten, endet jedoch nicht mit einer *memento-mori*-Vorstellung, sondern verweist bereits auf die Zeitlosigkeit der Bewegung.

Ende des 18. Jahrhunderts, etwa in Goethes Gedicht *An den Mond*, steht der Mensch im Zentrum der Betrachtung und macht sich die Natur zum Gefährten. Im pantheistischen Weltbild der Zeit spielt die wiederkehrende, regenerierende Funktion des Wassers eine wichtige Rolle. So kann das Rauschen des Flusses, bei Goethe als ein *Verrauschen* dargestellt, den Menschen wiederum trösten, da seine zyklische Bewegung höheren Gesetzmäßigkeiten unterliegt. Der Aspekt der für immer verlorenen Liebe taucht hier auf, der vor allem von den deutschen Romantikern mit dem Bild des fortfließenden Wassers besetzt wurde. *Laß rauschen, Lieb, laß rauschen!*, ein Volkslied aus dem 16. Jahrhundert, das Clemens Brentano um 1806 für die Sammlung *Des Knaben Wunderhorn* bearbeitete, ist ein paradigmatisches Beispiel dafür: »... Ich hör' ein Hirschlein rauschen, / Wohl rauschen durch den Wald, / Ich hör mein Lieb sich klagen, / Die Lieb verrauscht so bald. / Laß rauschen, Lieb, laß rauschen, / Ich weiß nicht, wie mir wird, / Die Bächlein immer rauschen, / Und keines sich verirrt.«[5]

In Hugo von Hofmannsthals Gedicht *Über Vergänglichkeit* steht Betroffenheit und Verlustempfinden angesichts des Zeitflusses an oberster Stelle. Daß »alles gleitet und vorüberrinnt«, wird zum Signum eines Verfallsbewußtseins, wie es die Literatur des *fin-de-siècle* geprägt hat. Auch Fernand Khnopffs Kreidezeichnung *Mon cœur pleure d'autrefois* (vgl. Abb. 2) ist beispielhaft für diesen Kontext. Das Vertrauen in das Element Wasser, sein lebensspendender Aspekt, ist verlorengegangen.

Ralph Waldo Emerson dagegen, Vertreter einer spezifisch amerikanischen Philosophie des Transzendentalismus, sieht den Menschen erneut als Zentrum allen Lebens und Erfahrens. Natur wird als Symbol begriffen; was die Natur offenbart, ist das, was die Seele des Erlebenden intuitiv schon weiß. In einer seiner naturphilosophischen Schriften bezeichnet Emerson die Natur als »das große Organ, durch welches der universale Geist zum einzelnen spricht und wodurch er den einzelnen zu sich zurückzuführen sucht«.[6] Sein Gedicht *Zwei*

5 In: *Des Knaben Wunderhorn. Alte deutsche Lieder.* Gesammelt von Ludwig Achim von Arnim und Clemens Brentano. Vollst. Ausgabe nach dem Text der Erstausgabe von 1806/1808. Mit e. Nachw. von Willi A. Koch. Darmstadt 1961, S. 324.

6 Ralph Waldo Emerson: *Nature.* In: R. W. E.: *The Complete Works.* Hg. von Edward Waldo Emerson. Bd. 1: Nature. Addresses and Lectures. London; Boston; New York, 1904, S. 7–77, hier S. 62.

*Flüsse* spiegelt diese Beziehung zwischen Natur und Seele wider. Der zweite, der imaginäre und idealisierte Strom in seinem Text, der neben dem Fluß Musketaquit besungen wird, sprengt alle Grenzen. Es ist ein Strom der Freiheit, der, zunächst im Natürlichen verhaftet, solche Dimensionen annimmt, daß er sogar die Grenzen des Kosmos überwindet und sich über die Konventionen der Zeit hinwegsetzt, die sich im Vergleich zu seiner Größe als unerheblich ausnehmen – wie Tropfen in einer Flut (»And ages drop in it like rain«). Er setzt damit die beiden Konstanten der Betrachtung, den Fluß und die Zeit, zueinander in Relation, indem er die Zeit dem Fluß unterordnet. Was Jean-Claude Beaune in seinem Essay *Der Fluß der Zeit* als Frage aufwirft, nämlich ob man – angesichts der Tatsache, daß es sich bei beiden Phänomenen um eine fortlaufende Bewegung von kreativer Dauer handelt – Wasser und Zeit in Tropfen und Momente teilen kann, hat Emerson knapp 150 Jahre zuvor mit Hilfe seiner metaphysischen Betrachtungsweise bereits beantwortet.

## II.

Nach jüdischer Tradition stehen die heiligen Flüsse des Paradieses symbolisch für den Fluß von oben, d.h. für den himmlischen Gnadeneinfluß. Pison (Indus), Gihon (Ganges), Hiddekel (Tigris) und Euphrat kommen von oben, aus der Senkrechten, und fließen dann vom Zentrum der Welt aus in der Horizontale weiter, nach den vier Grundrichtungen, bis zu den Enden der Erde. In der christlichen Kunst wurden die vier Paradiesflüsse häufig so dargestellt, daß sie einem Hügel entspringen, auf dem Christus oder das Gotteslamm stehen. So symbolisieren sie zugleich die vier Evangelien, die »aus Christus fließen«. Die mosaische Vorstellung stimmt mit der indischen überein: Nach dem Glauben der Inder fließen die vier Hauptflüsse Asiens (Brahmaputra, Ganges, Indus, Oxus) aus dem Paradiese oder vom mythischen Weltenberg Meru.

Diese topographischen Entwürfe verbinden die großen mono- und polytheistischen Weltreligionen; ihre Schöpfungsmythen beeinflußten sich wechselseitig. Auch in der Vita ihrer Propheten spielen die Flüsse eine zentrale Rolle: von Moses heißt es, er sei als Säugling von der Tochter des Pharaos in einem Körbchen auf dem Nil treibend gefunden worden (2. Mose 2, 1–10); alle Legenden, die sich um das Leben Buddhas ranken, münden irgendwann in einen Fluß, und man erzählt, er habe sechs Jahre am Ufer eines Flusses ausgeharrt, um Leben und Erleuchtung ringend. Von Homer, dem ältesten bekannten Dichter der griechischen Kultur, wird »Melesigenes« als ursprünglicher Name angegeben – das bedeutet »der vom Fluß Meles

Herstammende«; demnach wäre Homer ein Sohn des Meles bei Smyrna gewesen, d.h. ein Sohn des gleichnamigen Flußgottes. Selbst Plutarch war noch der Meinung, Homer sei göttlichen Ursprungs gewesen.

Diese Mythologeme haben rituelle Entsprechungen. So wird das Wasser übernatürlicher Herkunft als Weihwasser, Taufwasser oder für reinigende Waschungen benutzt. »Pilgern« heißt im Sanskrit »Tirtha Yatra«: die Reise zu den Flüssen (oder genauer: zu der Furt), und nur in Indien wird dem Naturphänomen Fluß als Pilgerstätte heute noch gehuldigt. Am Ende des 20. Jahrhunderts hat das fließende Wasser als religiöses Ereignis – mit Ausnahme des Ganges – nur in der Literatur überlebt, dies aber um so weitreichender. Die Vorstellungen vom reinigenden und heilenden Element sind ländergreifend. Ein bekanntes Beispiel dafür ist Hermann Hesses Erzählung *Siddhartha*, in der die Titelfigur ihre entscheidenden Wendungen im Leben den Impulsen verdankt, die sie am Ufer von Flüssen erhält. Wiederholt fungiert der Fluß in dieser Erzählung als »Lehrmeister«. »Siddharta« ist zugleich der weltliche Name Buddhas, des indischen Fürstensohns und Religionsstifters, um 560 v. Chr. geboren und Siddhartha Gautama genannt. Hesse rekurriert auf dessen Lebenslauf, setzt Parallelen allein dadurch, daß sein Protagonist ein lebensrettendes Schlüsselerlebnis hat, das dem Buddhas der Sage nach ähnlich ist: Jener soll seine »Erleuchtung«, die ihm den Weg als Propheten wies, unter einem Feigenbaum (Bodhi-Baum) erhalten haben – Siddhartha widerfährt dies unter einem Kokosbaum am Ufer eines Flusses. In Nikos Kazantzakis' unbekanntem Drama *Buddha. Der blaue Fluß*, das der Autor als seinen »Schwanengesang« bezeichnete, kündigt sich am Ende des Stückes der Jangtsekiang als dämmebrechende Flut auf der Bühne an und löst damit eine apokalyptische Endzeitstimmung aus. Was sich zunächst als Hochwasservision ausnimmt, stellt sich dann als Epiphanie dar: die Niederkunft Buddhas als Fluß, als Jangtsekiang.

Von Mythenbildung im Zusammenhang mit fließenden Gewässern, die Quell der Inspiration und der schöpferischen Tätigkeit werden, spricht ein Text des 20. Jahrhunderts, Viktor Jerofejews Bericht über eine Reise zum Ganges. – Vor allem die »Metamorphose« des selbstverliebten Jünglings Narziß, die Ovid erzählte, ist hierfür prototypisch.

Was hat Narziß mit Flüssen zu tun? Zunächst einmal stammt er, genealogisch betrachtet, aus dem Geschlecht der Flußgötter (vgl. *Glossar*). Der Architekt und Kunsttheoretiker Leon Battista Alberti behauptete 1436 in seinem *Trattato della Pittura*, Narziß sei der eigentliche Erfinder und Begründer der Malerei gewesen: »Was ist Malerei anderes als der Versuch, mit Mitteln der Kunst die Wasseroberfläche jenes Quells zu umarmen?«[7] Es kommt nicht von ungefähr, daß man bei diesem Satz sofort an die Maltechnik der Impressionisten denkt, die die Spiegelungen der Wasseroberfläche als Indizes für die Autonomie der Reflexe oft zum Sujet ihrer Werke wählten. Fasziniert vom Eigenleben und der permanenten Verwandlung ihrer »Bildvorlage« richteten sie sich ihre Ateliers direkt auf kleinen Booten ein, um sich dann langsam auf den Flüssen treiben zu lassen, arbeitend, die Nähe des Wassers suchend, das gleichzeitig ein Garant für den Fluß der Ideen und der kreativen Energien zu sein schien. Edouard Manets Bild *Die Barke* aus dem Jahr 1874 drückt diese Zeitempfindung deutlich aus. – Doch die körperliche Nähe zum Wasser bedeutet noch mehr: Sie ist der Versuch, für sich selbst ein Stück natürlicher Befindlichkeit zurückzugewinnen, das der Mensch in seinem Evolutionsprozeß verloren hat. Narziß widerfährt dies unfreiwillig, da er als Preis für die Selbstbetrachtung und seine Selbstverliebtheit in eine Narzisse verwandelt wird. Der grundsätzliche Unterschied zwischen einer glatten Spiegelfläche aus Glas oder Metall und einer Spiegelfläche aus Wasser macht die *Quelle des Narzißmus* aus, über die Gaston Bachelard schreibt.

## III.

Lust ist nicht nur ein erotisches Phänomen. Es ist auch ein Zustand, der für Augenblicke anhält, sich dem Gedächtnis einprägt und später erinnernd, verbunden mit dem Bild der entsprechenden Situation, als unvergeßliche Momentaufnahme im Bilderstrom des Lebens wieder abrufbar ist. Was Buson mit seinem Haiku *Im Sommer durch einen Fluß waten* meint, ist *ein* Aspekt dieser mit »Lebenslust« nur lapidar umschriebenen Befindlichkeit, die zu seiner Zeit, Mitte des 18. Jahrhunderts, noch stark mit dem Genuß von Natur verbunden war. Das Gefühl des Glücks, das den Körper dabei durchströmt, diese Art der Sinneswahrnehmung, wurde schon von Lukrez im vierten Buch seines philosophischen Poems *De rerum natura* untersucht. Denn nach seiner Auffassung ist die Welt *fluxus* (Fluß) und *tactus* (Berührung), eine Welt der Empfindungen, weich, durchlässig, geschmeidig, eine Welt der leiblich-sinnlichen Wahrnehmung. Die fluidale Struktur des menschlichen Körpers gilt bei Lukrez für alle Körper, auch die Luft sieht er erfüllt von panoramatisch entströmenden zarten Bildern, und im besonderen trifft diese Struktur auf Gefühle zu. Er greift dabei auf die Vorstellungen der Vorsokratiker

7 Zit. nach Christiaan L. Hart Nibbrig: *Spiegelschrift. Spekulationen über Malerei und Literatur.* Frankfurt a. M. 1987, S. 57.

zurück (v. a. auf Empedokles), denen zufolge sogar das Sehen so funktioniert, daß von der Oberfläche der Dinge ein ununterbrochener Strom feiner Abdrücke abfließt und sich durch das poröse Auge in uns überträgt.[8]

Vom Fließen der Körpersäfte im Sinne eines ständigen Durchströmtseins des Leibes von Zu- und Abflüssen ausgehend – ein Kreislauf auf allen Ebenen des Lebens, von der Nahrungsaufnahme bis zur Zeugung – läßt sich ermessen, was Flüsse für die Landschaft bedeuten: Sie tränken sie, halten sie fruchtbar, bringen sie zum Erblühen oder zum Verwelken, wenn sie austrocknen. Die seit der Antike verbreitete Analogie zwischen dem Körper des Menschen und dem Körper der Erde findet besonders im Bild des Flusses ihre konkrete Veranschaulichung.

Vor diesem Hintergrund wird deutlich, warum Bäche, Quellen und kleine Flüsse zum unabdingbaren Bestandteil des klassischen *locus amoenus* gehören, einer seit den Griechen so benannten fiktiven pittoresken Landschaftsform, ursprünglich als Staffage für die pastorale Dichtung gedacht, die sich im wesentlichen durch vier Attribute auszeichnet: Baum, Quell oder Bach, Wiese und Blüten.[9] Vor allem Theokrit und Vergil haben den Topos des »Lustorts« in ihren Dichtungen geprägt; Jacopo Sannazaro setzte die Tradition im Neulateinischen fort.[10] Als ein unbekanntes, aber prägnantes Beispiel hierfür steht der Text von Tiberianus aus konstantinischer Zeit.

Der Lustbegriff in den Texten Goethes und Tiecks ist bereits stark vom Körperlichen geprägt und durch das klassische Motiv von der nackten Schönheit im Bade beeinflußt, auf das Bachelard in Verbindung mit der Funktion plätschernder und murmelnder Bäche eingeht. Was bei Ludwig Tieck jedoch verhalten und nur indirekt ausgesprochen wird – die Erfüllung der Lust in den »kühlen Wellen« des erotisierenden Waldbaches – ist bei Goethe offen dargestellt: die erotische Initiation des jugendlichen Wilhelm Meister beim gemein-

8 Vgl. dazu Hartmut Böhme und Gernot Böhme: Welt aus Atomen und Körper im Fluß. Gefühl und Wahrnehmung bei Lukrez, In: Dies.: *Feuer, Wasser, Erde, Luft.* Eine Kulturgeschichte der Elemente. München 1996, S. 172–193.

9 Siehe dazu Ernst Robert Curtius: *Europäische Literatur und lateinisches Mittelalter.* 8. Aufl. Bern; München 1973, S. 191–209.

10 In seiner 1504 erschienenen Pastoraldichtung *Arcadia* tritt der Fluß als erheiterndes, Schwermut lösendes und erotisierendes Gewässer auf; vgl. dazu Horst Bredekamp: Wasserangst und Wasserfreude in Renaissance und Manierismus. In: *Kulturgeschichte des Wassers.* Hg. von Hartmut Böhme. Frankfurt a. M. 1988, S. 145–188.

samen Bad mit dem Sohn des Fischers. Interessant und der Konnotation von der Nacktheit der Frau entgegenwirkend ist dabei die homoerotische Komponente und der Verlauf der Handlung, der auf den Gebrauch des Motivs bei den Romantikern verweist: Denn der unter feurigen Küssen entflammten Freundschaft zwischen Wilhelm und dem Fischerknaben ist ein jähes Ende gesetzt: schon einen Tag später ertrinkt der Junge in dem sonst so »tragenden Elemente«. Die Verbindung von Eros und Tod an oder in der Nähe von Flüssen erlangt vor allem für die Rheinlyrik der Romantiker Bedeutung (vgl. Abt. V.).

Von »Liebesschauerlust« spricht Eduard Mörike bei der Vereinigung mit »seinem« Fluß. Körper und Wasser bilden eine Einheit. Das Murmeln des Flusses, die singenden Wellen, die Wogen, die den Körper umfassen, das Blau des Himmels, das sich im Wasser spiegelt, das »Eintauchen« von Geist und Sinn in diese »Bläue« – diese synästhetische Welt der Wahrnehmung kann nur *einem* Vergleich standhalten: der Empfindung der Liebe. Was sich Wilhelm Busch 40 Jahre später rein metaphorisch erschließt, wird bei Mörike und wieder bei Bertolt Brecht als Entität erlebt. In allen drei Gedichten sind jedoch die Attribute des *locus amoenus* noch präsent und daran beteiligt, daß die Lust – wie Brecht sagt – »den Willigen« gewiß ist.

In den Texten Henry Millers und Harold Brodkeys hat der Fluß als organisches Wesen mit erotisierender Funktion ausgedient. Lust wird nicht mehr vor dem Hintergrund beseelter Natur und selten in freier Landschaft erlebt, sondern durch die Rückerinnerung von Natur in geschlossenen Räumen. Der Blick aus dem Fenster hat die Synthese von Körper und Landschaft ersetzt, der Leib, »muskulös und flußgleich«, all die Funktionen auf sich vereinigt, die zuvor den Phänomenen der Natur vorbehalten waren. Das Brausen der Körpersäfte vor dem inneren Ohr verursacht die Wogen der Glückseligkeit; der Lustbegriff hat sich auf die sexuelle Komponente reduziert.

## IV.

Mit Strömen verbindet man im allgemeinen gemächliche, breite, ruhig dahinziehende Gewässer, die nicht mehr mäandern, sondern sich zwischen gefestigten, geraden Ufern unbeirrbar ihrem Ziel, dem Meer, zubewegen. Daß diese Vorstellung nicht immer verbreitet war, zeigen die Textbeispiele aus der Zeit der deutschen Klassik vor und um 1800, in der die Ströme stark semiotisiert waren. Sie wurden meist vor dem Hintergrund mächtiger Gebirgsketten gesehen und dadurch in Zusammenhang mit Wasserfällen gebracht: Brausend und fast überschäumend galten sie zum einen als Bild des Lebens, seiner Entwicklung und Selbstentfaltung sowie – einer Lieblingsvorstellung des Sturm und Drang folgend – als Metapher für das Genie. Die *Pindar-Ode* des römischen Dichters Horaz steht paradigmatisch für diesen Kontext und hat Goethe wie Hölderlin in ihrer Sprachlichkeit beeinflußt. Zum anderen visualisierte man mit Hilfe der Strommetapher die Ideale und Ziele von Freiheit und Selbstbestimmung. Ein typisches Beispiel dafür ist Goethes Gedicht *Mahomets-Gesang*, das im Winter 1772/73 entstanden ist – ein Gesang auf Mohammed, doch das Gedicht selbst handelt nur vom Strom. Er steht gleichnishaft für einen Lebenslauf, der an Potenz und Progressivität nichts zu entbehren scheint. Der Strom wächst in Größe und Breite, trägt, führt und schafft Leben. Die Schlagworte der Französischen Revolution klingen hier bereits an, und zwar in der Rangfolge: *fraternité, liberté, égalité*. Das Ideal der Gleichheit aller Menschen in bezug auf ihre moralischen Fähigkeiten, das sich aus einer überströmenden pantheistischen Naturverehrung herleitete – denn diese machte dem Menschen seine sekundäre Rolle bewußt –, bildet die Grundlage der Theorie des Erhabenen, die sich in Goethes Gedicht widerspiegelt und in Joseph Anton Kochs Studien zum Rheinfall bei Schaffhausen ihre künstlerische Umsetzung erfährt.

Der Rheinfall war für viele Zeitgenossen *das* Natursymbol für den Freiheitskampf schlechthin. Auch Goethe äußerte sich 1797 bei seinem Anblick euphorisch: »Das dauernde Ungeheure muß uns immer wachsend erscheinen; das Vollkommene muß uns erst stimmen und uns nach und nach zu sich hinaufheben.«[11] Hinter Joseph Anton Kochs leidenschaftlicher Beschreibung des Rheinfalls aus dem Jahr 1791 steht ein Hymnus an die wilde Natur. Sein naturaler Gigantismus ist Ausdruck höchster Idealisierung. Mit einem ungeheuren moralischen Impetus wird die Erhabenheit von Natur deklamiert. Angesichts der Größe Gottes in der Natur kann der Mensch seine Bedeutungslosigkeit nur durch große Taten überwinden. Dieser Ansatz findet sich noch ein Jahrzehnt später bei Hölderlin wieder, nachdem die politischen Illusionen längst zerbrochen waren und man nach dem Ende der Französischen Revolution auf den Boden der Tatsachen zurückgefunden hatte. Die hochgesteckten Ziele waren verfehlt, die poetische Emphase der Natur ließ bei den deutschen Idealisten nach, je älter sie wurden. Doch Hölderlins zunächst gefesselter, aber sich danach um so gewaltiger aus seinen Geburtswehen befreiender Strom spiegelt die ungebrochene Euphorie und Aufbruchsstimmung wider, mit der der Autor die Erneuerung der Welt an den Ufern seiner vaterländischen Ströme ersehnte.

11 Zit. nach Hilmar Frank: *Joseph Anton Koch. Der Schmadribachfall. Natur und Freiheit.* Frankfurt a. M. 1995, S. 46.

Ströme sind oft mit dem Heimatgedanken verbunden, sie vermitteln Sicherheit und Stabilität: »Froh kehrt der Schiffer heim an den stillen Strom, / Von Inseln fernher, wenn er geerntet hat; / So käm auch ich zur Heimat, hätt ich / Güter so viele, wie Leid, geerntet«, beginnt Hölderlins Ode *Die Heimat* aus dem Jahr 1800. Der Vorstellung vom Ankommen an einem Zielort scheint der Strom am ehesten zu entsprechen – ein Fluß hat diese »Tragweite« noch nicht, ist, wie der Bach, noch zu verspielt, hat zwar schon eine Richtung und ein Ziel, aber es fehlt ihm an Durchsetzungskraft. Vor allem in der osteuropäischen und russischen Literatur ist diese gedankliche Verbindung weit verbreitet. Beispiele dafür sind Michail Scholochows Roman *Der stille Don*, aber auch viele Legenden und Mythen um Wolga, Moldau oder die Donau. In Deutschland ist nur der Rhein mit einem ähnlich intensiven Heimatpathos besetzt. Es versteht sich von selbst, daß solche Bedeutungszuweisungen in erster Linie dort entstehen, wo große Ströme die Grenzen eines Landes markieren. Der Rhein hat dies im Laufe der Jahrhunderte immer wieder getan.

Bei den deutschen Romantikern gelten Ströme als Spiegel der menschlichen Seele. Sie gehören zum Bestandteil der kultivierten und Ruhe spendenden Landschaft, in die der sich selbst entfremdete, von Rastlosigkeit umhergetriebene Geist flüchtet, um zur Besinnung zu kommen. »Die Ströme sind die Augen einer Landschaft«, schreibt Novalis in seinem Romanfragment *Heinrich von Ofterdingen*,[12] und läßt Heinrich einen verhängnisvollen Traum träumen, der den Tod seiner geliebten Mathilde durch Ertrinken in einem tiefen, blauen Strom antizipatorisch vorwegnimmt. Das Wiederfinden und das Erkennen der geliebten Person findet im Wasser statt und ist zugleich mit dem Todesgedanken verbunden: der Strom trägt die in Liebe vereinten Personen in den Tod. Daß Blumen und Bäume Heinrich im Traum ansprechen – darin kommt eine Signaturenlehre zum Ausdruck, die auf Paracelsus zurückgeht und von Schelling, der damit großen Einfluß auf die deutsche Frühromantik ausübte, in seinen naturphilosophischen Schriften ausführlicher formuliert wurde. Die Natur wird demnach nicht nur dem Menschen im physiologischen Sinne ähnlich gesehen, sie agiert auch wie ein Mensch und hat eine Sprache. Natur erscheint somit als Subjekt, als Produktivität *(natura naturans)* und nicht mehr nur als Objekt *(natura naturata)*. Sie bringt alle Dinge und Geschöpfe aus eigener Kraft hervor.

In Stefan Georges *Stimmen im Strom* verbindet sich die Vision von

12 Novalis: Heinrich von Ofterdingen. Fragmentarischer Roman. In: N.: *Schriften*. Hg. von Paul Kluckhohn und Richard Samuel. Bd. 1. Stuttgart 1977, S. 283.

der sprechenden Natur mit dem spezifischen Zeitempfinden des Jugendstils, dessen »Wasserwelten«, v. a. auf Gemälden und Keramik, von Nymphen, Nixen und Wassermännern bevölkert waren. Joseph Conrads Text repräsentiert um die Wende des 19. zum 20. Jahrhundert einen metaphorischen Umgang mit dem Bild des Stroms, der einerseits ganz in der Tradition von Lukrez' Gefühlsstrom steht (vgl. Abt. III.) und andererseits von den Strömungsmetaphern geprägt ist, die sich zu dieser Zeit in den verschiedensten kulturellen Kontexten europäischen Großstadtlebens bildeten. Vom Strom der Empfindungen, vom ständigen Sich-Verändern der Wahrnehmung, von Henri Bergsons »Lebensstrom« und August Strindbergs Stromphobie, die sich im Spannungsfeld elektrischer Felder äußerte, berichtet Christoph Asendorf.

Die Texte von Ingeborg Bachmann, Johannes Bobrowski und Harold Brodkey schließen sich an den Heimatgedanken an, jedoch mit einer eindeutigen Todeskonnotation – paradox eigentlich, geht man davon aus, daß sich mit »Heimat« immer etwas Bekanntes, Vertrautes verbindet. Da dies vom Tod nicht gesagt werden kann, steht der Strom als »Übermittler«, als Ersatz für das Vertraute, ja *selbst* als Heimat auf einem Weg, der ins Unbekannte führt. Harold Brodkey beschreibt sein Befinden am Ende des Lebens: ein unsicheres Dasein auf einem frei treibenden Floß inmitten eines Stromes, angsteinflößend, irritierend und befreiend zugleich.

## V.

Die »Vereinigung« mit dem fließenden Element hatte für den Menschen nicht immer nur freiwilligen Charakter. Tod durch Ertrinken infolge von Hochwasser und Flutkatastrophen ist eine häufige Erfahrung und deshalb auch in der Literatur als Motiv verbreitet. *Der Fluß und sein Feind* von Juan Bosch, eine Erzählung in der typisch lateinamerikanischen Form des Cuento, die sich immer durch ein zentrales bedeutsames Ereignis auszeichnet, ist ein besonders anschauliches Beispiel für den physischen Tod aufgrund einer dem Menschen feindlichen Naturgewalt. Eine konträre Vorstellung zum Fluß als »Todesraum« entwickelte Leonardo da Vinci in seinen Schriften: Davon ausgehend, daß die Erde – analog zum Körper des Menschen und seinen Blutbahnen – von unterirdischen Flüssen durchzogen ist, die für das ökologische Gleichgewicht auch auf der Erdoberfläche sorgen, entwickelte er die Schreckensvision, diese Wasseradern könnten austrocknen, verkalken und somit die Erde veröden lassen – eine apokalyptische Endzeitvision. Nicht zuletzt hat das Konzept von den »unterirdischen« Flüssen in der abendländischen Kulturgeschichte sein Fundament in der Vorstellungswelt der griechischen Mythen: der Bereich der »Unterwelt« ist dort durch eine spezielle Topographie von Strömen gegliedert, die heißes und kaltes Wasser sowie Feuer mit sich führen, und von denen jeder – ob Acheron, Kokytos, Styx, Lethe oder andere – eine eigene Funktion hat. Davon berichtet Platon in *Sokrates' letzter Erzählung*. Die Höllenflüsse aus der griechischen Mythologie wurden in die christliche Poesie übertragen. Giorgio de Santillana und Hertha von Dechend zeigen die kosmologischen Entwürfe auf, die dem Hades-Bild von der Antike bis ins Spätmittelalter in dieser Hinsicht zugrunde liegen.

Selbst die »freiwillige« Vereinigung des Menschen mit dem Wasser brachte immer Todesangst und Lustempfinden zugleich mit sich. Oft gerieten Körper im Wasser in den Strudel des Abgrunds und folgten damit einer Faszination von unten, aus der Tiefe, die nicht allein einer puren Todessehnsucht entsprang. Dem Lockruf von Nixen, Nymphen und Sirenen folgten so manche betörten Männergestalten v. a. in der Literatur des frühen 19. Jahrhunderts; Geschichten um Melusinen und Undinen wie z. B. Friedrich de la Motte Fouqués Erzählung *Undine* aus dem Jahr 1811 erfreuten sich zu jener Zeit außerordentlicher Beliebtheit und zogen unzählige Adaptionen nach sich. Auch die sich damals im deutschsprachigen Raum verbreitende Sage von der Loreley, ursprünglich einer bezaubernden Fee auf einem Felsen über dem Rhein, die den Schiffern den Kopf verdrehte und somit für deren Wassertod verantwortlich war, führte zu mannigfachen Literarisierungen. Eine Erweiterung erfuhr dieses Motiv durch »Rollentausch«: Bernhard Blume geht auf die Tradition des Ophelia-Motivs und dessen Verbreitung in der deutschen Literatur ein, denn vor allem um die Wende zum 20. Jahrhundert häuften sich in der Lyrik die Flußleichen ehemals unglücklich verliebter Frauen. Während diese Thematik jedoch bei Georg Heym und Bertolt Brecht mit beinahe persiflierender Leichtigkeit aufbereitet wird, erhält sie in der zweiten Hälfte des 20. Jahrhunderts existentialistische Bedeutungsschwere.

Iván Garcías Cuento bewegt sich noch im Mittelfeld dieser beiden Ansätze: die Flußleiche, die mit ihrem Auftauchen den Alltag durcheinanderbringt, wird weniger pathetisch als eher verwundert betrachtet; in den Texten Paul Celans und John von Düffels dagegen steht der Selbstmord im Fluß unabhängig von einer geschlechterspezifischen Argumentation als drohendes Omen gegen alle Natur, deren ursprünglich heilende Funktion sich nun umkehrt. Dabei ist die Vorstellung, gerade in den unregelmäßigen Strömungen eines Flusses ein zuverlässiges Lebensende zu erwirken, absurd: zu unsicher sind die an diesem Prozeß beteiligten Faktoren. Dennoch ist die »Kraft« des Flusses nicht zu unterschätzen; vielen gelang es, sich auf diese Art von sich selbst zu »befreien«. Celan hat sich im April 1970 in der Seine ertränkt, sein Freund und Interpret Peter Szondi folgte ihm eineinhalb Jahre später in Berlin auf dem gleichen Weg nach. Daß Celan vor allem in seiner späten Lyrik diese »Todesart« zu facettenreichen Metaphern verdichtete, wirkt geradezu prophetisch. Sein Schicksal scheint sich in seinem Werk anzudeuten.

## VI.

Den Fluß kennzeichnet im Vergleich zu anderen Gewässern die Tatsache, daß er nur zwei, einander gegenüberliegende Ufer hat. Diese topographisch bedingte Parallelität, die für sich betrachtet Ausdruck einer harmonischen Form im Gefüge einer Landschaft ist, bildet die Grundlage für Gegensätze und Feindbilder, sobald sich der Mensch dazugesellt.

Seit jeher haben Flüsse auch geographisch-politische Funktion. Sie markieren die Grenzen eines Reiches, trennen zwei oder mehrere Länder voneinander. Nicht selten bildeten sie »eiserne« Grenzen zwischen verfeindeten Völkern, wie dies bei Jordan, Rhein oder Donau der Fall war. Wer sich auf der anderen Seite des Ufers befand, wurde als gefährlich, als Bedrohung der eigenen Identität verstanden. »Vom anderen Ufer sein« stand im Sprachgebrauch der 70er Jahre als Metapher für Homosexualität. Schon die Episode aus dem Buch der Richter zeugt von diesem tief verwurzelten dualistischen Prinzip: Auf der Flucht vor den Männern von Gilead mußten die Ephraimiter beim Überqueren der Jordanfurten das Wort »Schibboleth« (= *hebr.* für Wasserflut, Ähre) sagen; wer den Worttest nicht bestand und sich durch den ephraimitischen Dialekt verriet, mußte sterben. *Schibboleth* wurde somit zum Erkennungscode für das Eigene und das Fremde.

Paradigmatisch für einen Grenzfluß steht seit Beginn des 19. Jahrhunderts der Rhein. In unzähligen Liedern und Versen wurde er von Deutschen und Franzosen besungen und zum Zankapfel patriotischer Expansionsbestrebungen. Wie der Begriff Schibboleth wurde *Rhein* zum Code, zur »Losung«, wie Max von Schenkendorf in seinem *Lied vom Rhein* 1814 formulierte. Zur Zeit der Besatzung Deutschlands durch die französischen Revolutionsarmeen und Napoleon (1792–1814) blühte der Mythos vom »Vater Rhein« wieder auf, den der römische Dichter Martial kreierte, indem er den Rhein als Vater der Nymphen und Bäche anrief: »Nympharum pater amniumque, Rhene!«[13] Ernst Moritz Arndts berüchtigte Abhandlung von

13 Zit. nach Horst J. Tümmers: *Der Rhein. Ein europäischer Fluß und seine Geschichte*. München 1994, S. 24.

1813 *Der Rhein. Teutschlands Strom, aber nicht Teutschlands Gränze* hat den Grundstein für die politische Rheinlyrik gelegt.[14] Was Max von Schenkendorf vor dem Hintergrund eines wachsenden nationalen Selbstgefühls in der Schlußstrophe seines Rheinliedes verkündete, wurde in Max Schneckenburgers 1840 entstandener *Wacht am Rhein* zum pathetischen Aufruf vaterländischer Verteidigung: »Der deutsche Jüngling, fromm und stark / Beschirmt die heilge Landesmark. / Lieb Vaterland, magst ruhig sein; / Fest steht und treu die Wacht am Rhein!«[15]

Grenzflüsse stehen aber auch symbolisch für die Trennung zwischen zwei verschiedenen »Welten«, realen wie visionären. In Hermann Kasacks Roman *Die Stadt hinter dem Strom,* der 1947 erschien, bildet ein breiter Fluß die Grenze zwischen dem imaginären Totenreich als Abbild eines totalitären Staates, in dem nur noch ein mechanisiertes, entseeltes Leben möglich ist, und der Nachkriegswirklichkeit Deutschlands. Vorbild für diesen Entwurf war u.a. Alfred Kubins 40 Jahre zuvor erschienener phantastischer Roman *Die andere Seite,* das visionäre Porträt eines Überwachungsstaates hinter einer mächtigen Wasserader, die bei dem apokalyptischen Untergang des Traumreiches überquillt und – zuletzt eine stinkende und zähe, mit Kadavern und Leichnamen angefüllte Masse – das Land verheert. Die »andere Seite« steht hier als Chiffre für das Böse, für das, was in der jüdischen Mystik *sitra achra* genannt worden ist, die Rückseite des Guten, demselben Prinzip entspringend und vom Guten untrennbar.

Kodierungen dieser Art gehen meist auf die Vorstellungen von Unterweltflüssen in der griechischen Mythologie zurück, die die Grenze bilden zwischen Leben und Tod, zwischen Wahn und Wirklichkeit (vgl. Abt. V.). Doch auch außerhalb der antiken Welt haben sie Tradition: als *ein* Beispiel mag das *Nibelungenlied* genannt sein, in dem die Flußüberquerung als Fahrt ohne Wiederkehr interpretiert wird. Für die Überquerung der Grenzflüsse in der griechischen Mythologie ist der Totenfährmann Charon zuständig, der dafür ein Wegegeld erhält. Das Ritual der Tributzahlung bleibt in der europäischen Literatur mit den Figuren von Fährleuten fest verknüpft.

Anders als sein literarisches Vorbild, der Donaustrom in Algernon Blackwoods phantastischer Erzählung *Die Weiden* (1907), ist das »un-

14 Vgl. Luzian Pfleger: Die politische Rheindichtung. In: *Über den Wassern. Halbmonatsschrift für Kultur und Geistesleben.* Bd. 4 (1911), S. 221–229 u. 262–269.

15 Max Schneckenburger: Die Wacht am Rhein. In: *Politische Lyrik. Deutsche Zeitgedichte des 19. und 20. Jahrhunderts.* Hg. von Wolfgang Gast. Stuttgart 1973, S. 9 f.

geheure Lebewesen, das dieser Strom war«, in Ingeborg Bachmanns Legende aus dem Roman *Malina* nicht nur das Abbild einer irreal anmutenden Wasserlandschaft, sondern vor allem ein Grenzfluß, der ins Reich der Toten führt. Was ihn aber von anderen Grenzflüssen dieser Art unterscheidet, ist die Lokalisation seiner »Schattenwelt«: sie ist nicht auf einer der Uferseiten situiert, sondern der Strom führt aus der Menschenwelt heraus direkt ins Totenreich hinein. Durch das zusätzliche Motiv der lang ersehnten Liebe, die sich für die Protagonistin auf ihrem Ritt stromabwärts mit zunehmender Entfernung aus dem Reich der Menschen erfüllt, bekommt der Strom eine doppelte Zeichenfunktion: einerseits ist er Grenze, andererseits steht er als Brücke zwischen den Welten und führt die Personen zusammen. Der Fremde, »Retter« der Prinzessin, offenbart sich jedoch als eine Allegorie des Todes, aus einem Land der Metamorphosen und der Phantasie kommend. »Ich weiß, wir werden einander wiedersehen«, sagt die Prinzessin unter Tränen – doch ihr Tränenfluß schafft seinerseits eine Grenze: der Schleier vor dem Auge der Betrübten unterbindet den direkten Blickkontakt.

In seinem Roman *Die Rote* nimmt Alfred Andersch eine Interpretation des berühmten Gemäldes *La Tempestà* von Giorgione vor, die sich an der Topographie des dargestellten Flusses orientiert (vgl. Abb. 11). Das Bild, das zwischen 1505 und 1510 entstanden ist und – so vermutet man – lediglich einem engen Zirkel Eingeweihter aus den Humanistenkreisen der italienischen Frührenaissance verständlich war,[16] wird von der Romanfigur Fabio Crepaz als »Darstellung der ewigen Trennung zwischen Mann und Frau« gedeutet, für die der Fluß als Sinnbild steht – eine männliche Perspektive. In diesem Fall repräsentiert sie den Blick des eigenen auf das fremde Geschlecht. Die männliche Figur in Giorgiones Bild ist demnach der weiblichen bereits entfremdet und läßt, signalisiert durch den Blick zurück über die Schulter, die gemeinsame Welt hinter sich. Was der kleinen Serafina unbegreiflich ist, daß nämlich die Figuren auf dem Gemälde Giorgiones nicht beieinander stehen, verdichtet sich in der Phantasie des Erwachsenen zur Unvereinbarkeit biologischer Gegensätze, die als geradezu gottgegeben dargestellt werden. In dem um 1470 entstandenen Bild *Ecce agnus Dei* des Niederländers Dieric Bouts (vgl. Abb. 9) ist die diesseitige, physische Welt des Stifters der göttlichen Sphäre Christi entgegengestellt. Der Fluß trennt die beiden Welten: die Welt der Vorstellung – das Bild vor dem inneren Auge des Stifters, symbolisiert durch die auf der linken Seite des Jordan wandelnde Ge-

16 Eine (unvollständige) Übersicht der Deutungsversuche zu diesem Bild findet sich bei Salvatore Settis: *La Tempestà interpretata.* Giorgione, i committenti, il soggetto. Turin 1978, S. 74 f.

stalt Christi –, von der Welt der Auslegung, in der Johannes der Täufer am rechten Ufer mit der Geste »Siehe, das ist Gottes Lamm« (Joh 1,29) übers Wasser deutet. Christus selbst ist ganz bei sich; sein Blick ist nach vorne, zum Betrachter, gerichtet und gleichzeitig nach innen gekehrt. Wieder bildet der Fluß die vertikale Mittelachse des Bildes. – Es ist nicht nachgewiesen, daß Giorgiones Gemälde auf das des frühen Niederländers rekurriert, die gleiche Funktion des Flusses ist aber nicht zu übersehen: Er markiert nicht nur die *Grenze* zwischen den Figuren, sondern ist Zeichen dafür, daß sie a priori nicht zusammengehören.

Eine Verknüpfung politischer und geschlechtsspezifischer Konnotationen nimmt Theo Angelopoulos in seinem Film *Der schwebende Schritt des Storches* vor. Mehr als ein Viertel aller Szenen spielen an Flüssen, die Griechenland von seinen Nachbarländern Türkei, Bulgarien und Albanien trennen. Den Höhepunkt der Grenzfluß-Semantik bildet eine Hochzeit unter Flüchtlingen, deren Zeremoniell in effigie über den Grenzfluß zwischen Griechenland und Albanien hinweg vollzogen wird. Zugleich haben Angelopoulos' Flüsse auch verbindende Funktion: Wenn Jean-Claude Beaune von der Faszination des Menschen am anderen Ufer spricht, von der Sehnsucht nach dem Fremden, so zeigt sich das bei Angelopoulos in der Eingangssequenz, in der ein Kassettenrecorder – wie von Geisterhand gesteuert – auf einem kleinen Holzfloß die Uferseiten wechselt und sowohl türkische wie griechische Musik erklingen läßt. Am Schluß des Films taucht auch hier eine bekannte Christusmetapher auf: der namenlos bleibende, lang gesuchte Politiker, von dessen Leben man wenig erfährt, wohl aber, daß er ein Buch über »die Melancholie am Ende des Jahrhunderts« verfaßt hat, wurde gesehen, wie er »über das Wasser des Flusses« schritt »wie Christus, mit dem Koffer in der Hand. Er lief und lief, bis er die Grenze überwand und verschwand.« Das »Rauschen des Flusses«, ein repetitives Zeichen auf der akustischen Ebene, ist in die Sprache des Films eingegangen und steht symbolisch für das, was Beaune mit der »Dynamik des Sprachlosen« angesichts einer »ungewissen Identität« bezeichnet.

## VII.

»Ich bin in einem Land mit Bächen und Flüssen geboren, in einem Winkel der Champagne, in der Landschaft Vallage, die nach ihren vielen kleinen Tälern so benannt ist. Der schönste Aufenthalt war für mich immer am Grunde eines Tals, am Rande eines Wasserlaufs, im niedrigen Schatten der Weiden [...]. In meinen Träumen am Fluß habe ich meine Phantasie dem Wasser geweiht, dem grünen und klaren Wasser, dem Wasser, das die Wiesen grünen läßt. Ich kann mich nicht an einen Bach setzen, ohne in tiefes Träumen zu verfallen, ohne mein Glück wiederzusehen … Es braucht nicht der Bach unserer Heimat zu sein und auch nicht das Wasser unserer Heimat. Das anonyme Wasser kennt alle meine Geheimnisse. Dieselbe Erinnerung steigt aus allen Quellen auf.«[17] – Diese Zeilen schrieb Gaston Bachelard 1942 in der Einführung zu seinem Buch *Das Wasser und die Träume*, das mit seinem psychoanalytisch orientierten, kulturwissenschaftlichen Ansatz seither Studien aus den unterschiedlichsten Disziplinen beeinflußt hat. Gleichzeitig ist das Zitat Ausdruck einer Vernetzung von Leben und Werk, für die Bachelard kein Einzelfall ist. Auch auf Mark Twain, Henry Miller, Uwe Johnson, Nagib Machfus und viele andere trifft das zu. Ingeborg Bachmann fühlte sich zeitlebens der Donau verbunden. »Ich will nicht weg von der Donau!« – dieser Ausruf der weiblichen Hauptfigur in ihrem Roman *Malina* zieht sich wie ein roter Faden durch den Text. Die Donau dient als Muse und Quell ihrer Inspiration, gleichzeitig gibt sie ihr Halt. Sie prägt ihren Schreibduktus, den gedrängten, quellenden Satzbau, sie bestimmt den Rhythmus ihres Lebens und den Radius ihres Lebenskreises, denn sicher und geborgen fühlt sich »Die Frau« nicht in Anwesenheit ihrer Bezugspersonen Ivan und Malina, sondern durch die Nähe des Flusses.

Ist es die *Bewegung* des Flusses, die den Menschen veranlaßt, sich selbst zu bewegen, an ihm entlangzuwandern, zu reisen, zu forschen, gedanklich in Bewegung zu kommen? Zu Beginn des 19. Jahrhunderts nahmen in Europa die klassischen Flußreisen ihren Anfang und erfreuten sich bald großer Beliebtheit – Nikolaus Lenaus Fahrt auf dem Rhein ist ein Beispiel dafür. 1816 legte in Köln das erste Dampfschiff ab; der erste *Baedeker*, der 1835 erschien, hatte den Rhein zum Thema. Doch mehr noch als diese Form des Reisens bewirkt das *Wandern* am Fluß das, was Claude Foucart als »Sehnsucht nach Umkehr«, nach der Erkundung der Ursprünge und der Geheimnisse des fließenden Wassers beschreibt und Thomas Kutzli am eigenen Leib als ein In-Gang-Setzen seines Gedankenflusses erfährt. Denn im Gegensatz zur Schiffsreise, die immer stromabwärts führt, ermöglicht das Wandern den umgekehrten Weg, den Weg, der auch zur Quelle eines Flusses führt. Da mit dem Ursprung von Wasser immer ein Mythos verbunden ist, sind es die Quellen, die jedem Fluß seine eigene Magie verleihen. Mit Herodot und dessen Bericht vom Geheimnis um die »Geburt« des Nils begann eine jahrhundertealte Tradition dieser Faszination. Auch auf Alexander von Humboldts

17 Gaston Bachelard: *L'eau et les rêves*. Paris 1942, S. 11 f.; dt. Übers. von Martin Pfeiffer, zit. nach Simon Schama: *Der Traum von der Wildnis*. Natur als Imagination. München 1996, S. 268.

Expeditionsreisen in Lateinamerika schimmert immer wieder ein grundlegendes Interesse an den Biographien der Flüsse durch.

Das Gleiten der Wasser bewegt zum Erzählen. Die etymologische Nähe der Worte plätschern (spätmhd.: *blatschen*), platschen (dän.: *bladre*) und plaudern (Nebenform zum spätmhd. *bladern*; mnd.: *pladderen*) liegt auf der Hand. Erzählen erfordert Zeit. Die Breite des Ausdrucks entspricht der Prosa. Bachelard hat den Versuch unternommen, Kreativität zu »messen« und die literarischen Gattungen den klassischen Koordinaten von Raum und Zeit zuzuordnen. In seinem Essay *Instant poétique et instant métaphysique* aus dem Jahr 1939 schreibt er: »In jedem wirklichen Dichter kann man Elemente einer angehaltenen Zeit finden, einer Zeit, die sich der Meßbarkeit entzieht, einer Zeit, die wir vertikal nennen werden, um sie von der geläufigen Zeit zu unterscheiden, die horizontal mit dem Wasser des Flußlaufs, mit dem wehenden Wind dahinströmt. [...] Während die Zeit der Prosa horizontal verläuft, ist die Zeit der Poesie vertikal. Die Prosa [...] ist der erläuterte Gedanke, die erfahrene Liebe, das gesellschaftliche Leben, der Alltag. Das Leben verläuft linear und geht weiter. [...] Das Ziel der Poesie ist die Vertikalität, die Tiefe oder die Höhe. Der dauerhafte Augenblick oder die Gleichzeitigkeit belegen, wenn sie sich gliedern, daß der poetische Moment eine metaphysische Perspektive hat.«[18] – Vielleicht könnte man daraus folgern, daß die Verdichtung eines literarischen Textes, die zur lyrischen Form führt, nur in der *Distanz* zum Wasser gelingt. Die Nähe des Flusses verführt zur Narrativität.

## VIII.

Flüsse sind, über die Jahrhunderte hinweg, auch ein Spiegel ökologischen Denkens. Die Art ihrer Darstellung und Wahrnehmung verrät manches über die soziokulturelle Verfassung ganzer Epochen. Nicht erst im 20. Jahrhundert richtet der Mensch, selbst Teil der Natur, die Waffe gegen sich selbst. Bereits im 19. Jahrhundert dokumentiert Joris-Karl Huysmans die Verschmutzung und das Versiegen von Flüssen in seiner Elegie über die *Bièvre*. Mit der gleichen Faszination, mit der sich die deutschen Klassiker an den Ufern gewaltiger Ströme ihrer politischen Ideale versicherten, spricht Huysmans über den Zustand des Häßlichen und des Trostlosen. »Im Grunde liegt die Schönheit einer Landschaft in ihrer Traurigkeit«, schreibt er und erhebt die Verfallsgeschichte eines Flusses zum ästhetischen Phäno-

18 Gaston Bachelard: Instant poétique et instant métaphysique (1939). In: G. B.: *L'intuition de l'instant*. Paris: Éditions Gonthier, 1975, S. 104.

men. Ähnliches findet sich zu Beginn des 20. Jahrhunderts in der deutschen Lyrik. Die dunklen Gewässer in den Gedichten Franz Hessels und Georg Heyms, die stinkenden Kanäle bei Georg Trakl und Richard Huelsenbeck spiegeln die selektive Wahrnehmung von Natur und zeigen die fortschreitende Industrialisierung. Nicht die sonnendurchflutete, liebliche Flußlandschaft steht im Zentrum der Betrachtung, sondern die nächtliche Stadtlandschaft, durch die sich das Wasser wie ein Lebewesen wälzt – ein »Reptil« nennt es Heym. Die Nacht fasziniert, Natur wird nach Sonnenuntergang zelebriert.

Wenn Ökologie die Wissenschaft von den Beziehungen zwischen Organismus und umgebender Außenwelt ist, dann läßt sich am Zustand der Außenwelt die Befindlichkeit des Subjekts ablesen. Die Stadtlandschaft in Kurt Drawerts Text aus den frühen 90er Jahren ist ein Beispiel dafür. Die Parthe ist dort nur noch ein »fließfähig gebliebener Fäkalienbrei« und macht den Autor zum unfreiwilligen »Geruchszeugen« seiner Umgebung, aus der er sich längst zurückgezogen hat. Damit hat auch die Stadtlandschaft an ästhetischem Wert verloren. Wie Huysmans *Bièvre* droht die Parthe »an ihrem Dreck zu ersticken«, im Erdreich zu versickern, aber Drawert schickt ihr keine Träne hinterher.

Einst waren die Ströme für die Entstehung großer Kulturen verantwortlich (Nil, Euphrat, Tigris u. a.), heute kann man allenfalls den Verfall kultureller Werte an den Ufern unserer begradigten Wasserstraßen feststellen. Zugunsten eines überzivilisierten Leistungswahns sind sie, wie der Mensch selbst, dem Gesetz der Geschwindigkeit und der Effektivität unterworfen. Sowohl die ökologischen als auch die sozialen Aspekte gegenwärtiger Flußkulturen stimmen bedenklich. Die Texte Yaşar Kemals und Michael Herls bezeugen diese Situation. Das Gedicht des Brasilianers João Cabral de Melo Neto umschreibt den Zustand einer ganzen Nation zu Zeiten wirtschaftlicher Depression.

Was sich hier vielleicht als ein peripheres Thema ausnehmen mag, das sich eher zufällig in literarischen und dokumentarischen Texten im Bild des Flusses expliziert, erweist sich bei genauerem Hinsehen als bedrohliche Realität. Die Hochwasserkatastrophen der 90er Jahre vor allem in Deutschland und den Niederlanden bewirkten einen allmählichen Konnotationswandel im allgemeinen Bewußtsein. Die Vision von der regenerierenden Lebensader wurde durch die Erfahrung einer gefährdeten und dem Menschen gefährlich werdenden Naturkraft verdrängt. Neugier und Schauder zugleich trieb sensationslustige Touristen im Sommer 1997 in den Oderbruch, um die überschwemmten Gebiete und das Elend der betroffenen Bewohner in Augenschein zu nehmen. Mit einer ähnlichen Haltung werden die

Obdachlosen unserer Gesellschaft beäugt, die sich an den Ufern einiger Großstadtflüsse angesiedelt haben.

Der in Mannheim ansässige nigerianische Arzt und Künstler Mo Edoga dokumentiert die Verfallsgeschichte mitteleuropäischer Flußkulturen mit Witz und Einfallsreichtum als künstlerisches Ereignis: In seinen Schwemmholzplastiken (vgl. Abb. 15–17), die sich aus dem Wohlstandsmüll unserer Gesellschaft zusammensetzen, werden die *objets trouvés*, die er aus dem Rhein zieht, zu Beweisstücken unseres Umgangs mit der Natur.

Berlin, im Mai 1999 *Ute Seiderer*

## Quellen und Anmerkungen

Die mit einem (*) gekennzeichneten Titelgebungen sowie die Kürzungen der Texte stammen von der Herausgeberin.

ALFRED ANDERSCH (1914–1980)
Fragen zu Giorgione (*)
Aus: A. A.: *Die Rote.* Roman. Neue Fassung. Zürich: Diogenes, 1974, S. 25–28. Copyright © 1972 by Diogenes Verlag AG Zürich.
Überarbeitete Fassung des in den Jahren 1958/59 entstandenen Romans.

THEODOROS ANGELOPOULOS (* 1936)
Der schwebende Schritt des Storches (Szenen 2, 18, 20)
In: T. A.: *Der schwebende Schritt des Storches.* Filmnovellen. Übers., eingel. und hg. von Giorgis Fotopoulos. Berlin: Henschel, 1991, S. 204–268, hier S. 206–210; 256–259; 264–267. © Henschel Verlag, Berlin 1991.
Der gleichnamige Film zu diesem Drehbuch (O.: Le pas suspendu de la cigogne) wurde am 17. Mai 1991 unter der Regie von Theodoros Angelopoulos bei den Filmfestspielen in Cannes uraufgeführt, mit Marcello Mastroianni und Jeanne Moreau in den Hauptrollen.

CHRISTOPH ASENDORF (* 1955)
Ströme und Strahlen
Aus: C. A.: *Ströme und Strahlen. Das langsame Verschwinden der Materie um 1900.* Kap. IX: Ströme. Gießen: Anabas, 1989, S. 133–138.

AURELIUS AUGUSTINUS (354–430 n. Chr.)
Bekenntnisse (XI. Buch, 20–21 und 29)
In: Kurt Flasch: *Was ist Zeit? Augustinus von Hippo. Das XI. Buch der Confessiones.* Historisch-Philosophische Studie. Text – Übersetzung – Kommentar. Frankfurt a. M.: Klostermann, 1993, S. 259 ff. und 277.

GASTON BACHELARD (1884–1962)
Die Quelle des Narzißmus (*)
Aus: G. B.: *L'eau et les rêves. Essai sur l'imagination de la matière.* Kap. 1: Les eaux claires, les eaux printanières et les eaux courantes. Les conditions objectives du narcissisme. Les eaux amoureuses. Paris: Librairie José Corti, 1942, S. 31–37. Aus dem Französischen von Bernadette Ott.

Die Funktion des Natürlichen (*)
Ebd., S. 47–49. Aus dem Französischen von Bernadette Ott.
© Reclam Verlag Leipzig 1999.

INGEBORG BACHMANN (1926–1973)
Strömung
In: I. B.: *Werke.* Hg. von Christine Koschel, Inge von Weidenbaum und Clemens Münster. Bd. 1: Gedichte, Hörspiele, Libretti, Übersetzungen. 2. Aufl. München/Zürich: Piper, 1982, S. 156. © Piper Verlag GmbH, München 1978.

Die Geheimnisse der Prinzessin von Kagran
Aus: I. B.: *Malina.* Roman. Frankfurt a. M.: Suhrkamp, 1980, S. 62 bis 69. © Suhrkamp Verlag Frankfurt am Main 1980.

JEAN-CLAUDE BEAUNE (* 1942)
Der Fluß der Zeit
Der Mensch am anderen Ufer
Beide aus: J.-C. B.: Eaux mortes, eaux vives. In: *Le fleuve et ses métamorphoses.* Actes du Colloque International tenu à l'Université LYON 3 – JEAN MOULIN les 13, 14 et 15 mai 1992. Hg. von François Piquet. Paris: Didier Érudition, 1993, S. 69–73. Aus dem Französischen von Helga Bergmann. © Reclam Verlag Leipzig 1999.

HANS-GEORG BEHR (* 1941)
Heilige Flüsse – dämonische Ufer
H.-G. B.: Heilige Flüsse – dämonische Ufer. Gebräuche aus dem Katmandu-Tal. In: *Kursbuch 92.* Reinbek: Rowohlt, 1988, S. 33–40. © Hans-Georg Behr, Hamburg.

FELIX BERNER (1918–1985)
Abends am Fluß
In: *Deutsche Lyrik.* Gedichte seit 1945. Hg. von Horst Bingel. Stuttgart: Deutsche Verlags-Anstalt, 1961, S. 107. © Berta Berner, Ludwigsburg. Die Datierung des Textes des Stuttgarter Lyrikers, Essayisten und Verlagslektors bezieht sich auf seine Ersterscheinung.

BERNHARD BLUME (1901–1978)
Das ertrunkene Mädchen. Rimbauds *Ophélie* und die deutsche Literatur
In: B. B.: *Existenz und Dichtung.* Essays und Aufsätze. Ausgewählt von Egon Schwarz. Frankfurt a. M.: Insel, 1980, S. 258–274. © Insel Verlag Frankfurt am Main 1980.

JOHANNES BOBROWSKI (1917–1965)
Heimweg
Aus: J. B.: *Schattenland Ströme.* In: J. B.: *Sarmatische Zeit. Schattenland Ströme.* Gedichte. Neuausgabe in einem Band. Stuttgart: Deutsche Verlags-Anstalt, 1962, S. 103. © 1998 Deutsche Verlags-Anstalt GmbH, Stuttgart.

JUAN [EMILIO] BOSCH [GAVIÑO] (*1909)
Der Fluß und sein Feind
In: *Den Tod sterben und das Leben.* Dominikanische Erzählungen der Gegenwart. Hg. von Frauke Gewecke. Frankfurt a. M.: Vervuert, 1990, S. 23–36. Aus dem Spanischen von Petra Albütz und Beatrice von Wuthenau.

BERTOLT BRECHT (1898–1956)
Der Fluß lobsingt
In: B. B.: *Werke.* Große kommentierte Berliner und Frankfurter Ausgabe. Hg. von Werner Hecht, Jan Knopf, Werner Mittenzwei, Klaus-Detlef Müller. Bd. 13: Gedichte III. Gedichte und Gedichtfragmente 1913–1927. Bearb. von J. K. und Brigitte Bergheim unter Mitarb. von Annette Ahlborn, Günter Berg und Michael Duchardt. Darmstadt: Wissenschaftliche Buchgesellschaft, 1998, S. 163. © Suhrkamp Verlag Frankfurt am Main 1993.

Vom ertrunkenen Mädchen
Aus: Bertolt Brechts Hauspostille. Fünfte Lektion: Die kleinen Tagzeiten der Abgestorbenen. In: B. B.: *Werke.* Bd. 11: Gedichte I. Sammlungen 1918–1938. Bearb. von Jan Knopf und Gabriele Knopf. Darmstadt 1998, S. 109. © Suhrkamp Verlag Frankfurt am Main 1988.

Vom Schwimmen in Seen und Flüssen
Aus: Bertolt Brechts Hauspostille. Zweite Lektion: Exerzitien. In: Ebd., S. 72 f.

CLEMENS BRENTANO (1778–1842)
Ich eile hin
Aus: C. B.: Der Sänger (Erzähl-Fragment, 1801). In: C. B.: *Gedichte.* Hg. von Wolfgang Frühwald, Bernhard Gajek und Friedhelm Kemp. München: Deutscher Taschenbuch Verlag, 1977, S. 69 f.

HAROLD BRODKEY (1930–1996)
Kindliche Leidenschaft
Aus: H. B.: *Profane Freundschaft.* Roman. Aus dem Amerikanischen von Angela Praesent. Reinbek: Rowohlt, 1994, S. 19–25. Copyright © 1994 by Rowohlt Verlag GmbH, Reinbek.

Die Taue sind gelöst
Aus: H. B.: Die Taue sind gelöst. Zuerst in: *DIE ZEIT*, Nr. 6 vom 2. Februar 1996, S. 49. Außerdem in: H. B.: *Die Geschichte meines Todes.* Aus dem Amerikanischen von Angela Praesent. Copyright © 1996 by Rowohlt Verlag GmbH, Reinbek.
Der letzte Text, den der Autor zur Veröffentlichung bestimmt hat. Brodkey starb am 27. Januar 1996 in New York an Aids.

WILHELM BUSCH (1832–1908)
Wärst du ein Bächlein, ich ein Bach
In: W. B.: *Zwiefach sind die Phantasien.* Erzählungen. Gedichte. Autobiographie. 5. Aufl. Leipzig: Reclam, 1988, S. 32.

TANIGUCHI [YOSA] BUSON (1716–1783)
Im Sommer durch einen Fluß waten
Aus: Liebe, Tod und Vollmondnächte. Gedichte aus dreizehn Jahrhunderten. In: *Japanische Lyrik.* Übertragen von Manfred Hausmann (1951). Zürich: Die Arche, 1990, S. 7–61, hier S. 37. Copyright der deutschen Übersetzung © 1974, 1980, 1990 by Verlag Die Arche, Zürich.

JOÃO CABRAL DE MELO NETO (* 1920)
Landschaft des Capibaribe
Aus: J. C. d. M. N.: Der Hund ohne Federn. In: J. C. d. M. N.: *Der Fluß.* Das Triptychon des Capibaribe: Der Hund ohne Federn. Der Fluß. Tod und Leben des Severino. Aus dem brasilianischen Portugiesisch und mit e. Nachw. von Curt Meyer-Clason. St. Gallen/Berlin/São Paulo: Edition diá, 1993, S. 11–14. © 1954 João Cabral de Melo Neto.

PAUL CELAN [Paul Anczel] (1920–1970)
In den Flüssen nördlich der Zukunft
Die Schwermutsschnellen hindurch
Beide aus: P. C.: Atemwende. In: P. C.: *Gesammelte Werke in 5 Bänden.* Hg. von Beda Allemann und Stefan Reichert. Bd. 2. Frankfurt a. M.: Suhrkamp, 1986, S. 14 ff. © Suhrkamp Verlag Frankfurt am Main 1986.

Eingeschlossen in die Smaragdbahn
Aus: P. C.: Zeitgehöft. Späte Gedichte aus dem Nachlaß. In: Ebd., Bd. 3, S. 78. © Suhrkamp Verlag Frankfurt am Main 1976.

JOSEPH CONRAD (1857–1924)
Ein Morgen auf Borneo (*)
Aus: J. C.: *Almayers Wahn.* Die Geschichte eines fernöstlichen Flusses. Aus dem Englischen von Heide Steiner. Leipzig: Dieterich'sche Verlagsbuchhandlung, 1982, S. 83–89. © Sammlung Dieterich Verlagsgesellschaft mbH, Leipzig 1982, 1992.

LUCIANO DE CRESCENZO (* 1928)
Panta rhei
Aus: L. d. C.: *Alles fließt, sagt Heraklit.* Aus dem Italienischen von Linde Birk. Berlin: Albrecht Knaus, 1995, S. 59–73.

DANTE ALIGHIERI (1265–1321)
Die Hölle (VII. Gesang, Vers 100–130)
Aus: D. A.: *Die Göttliche Komödie.* Italienisch und Deutsch. Übersetzt von Hermann Gmelin. 1. Teil: Inferno – Die Hölle. Stuttgart: Klett-Cotta, 1949, 4. Aufl. 1994, S. 89 ff.

Dante erzählt in diesem epischen Gedicht von seiner Wanderung durch die drei Reiche des Jenseits: Hölle, Fegefeuer und Paradies, und seiner Begegnung mit den Seelen meist berühmter Verstorbener. Zur Quelle der Styx begleitet ihn Vergil, der in seiner *Aeneis* selbst den Abstieg des Aeneas in die Unterwelt darstellte, mit dem Schatten seines Vaters Anchises als Jenseitsführer.

KURT DRAWERT (* 1956)
Die Parthe (*)
Aus: K. D.: Haus ohne Menschen. Ein Zustand. In: *Klagenfurter Texte. Ingeborg-Bachmann-Wettbewerb 1993*. Hg. von Hannes Hauser und Siegbert Metelko. München/Zürich: Piper, 1993, S. 17–25, hier S. 24 f. © Suhrkamp Verlag Frankfurt am Main 1993.
Mit der Erzählung *Haus ohne Menschen. Ein Zustand* gewann Drawert 1993 den Ingeborg-Bachmann-Preis.

JOHN VON DÜFFEL (* 1966)
Vom Wasser
Aus: J. v. D.: *Vom Wasser.* Roman. Köln: DuMont, 1998, S. 282–287. © 1998 DUMONT Buchverlag Köln.

JOSEPH [FREIHERR] VON EICHENDORFF (1788–1857)
Die Hochzeitsnacht
Aus: J. F. v. E.: Ahnung und Gegenwart. In: J. F. v. E.: *Gedichte. Ahnung und Gegenwart.* Hg. von Werner Bergengruen. Zürich: Manesse, [1955], S. 608–611.

RALPH WALDO EMERSON (1803–1882)
Two Rivers / Zwei Flüsse
R. W. E.: *The Complete Works.* Hg. von Edward Waldo Emerson. Bd. 9: *Poems.* London/Boston/New York, 1904, S. 248. Aus dem Englischen von Beate Schäfer. © Reclam Verlag Leipzig 1999.

PAUL FLEMING (1609–1640)
An seine Thränen / Als Er von Ihr verstossen war
In: P. F.: *Deutsche Gedichte*. Hg. von Volker Meid. Stuttgart: Reclam, 1986, S. 118.

CLAUDE FOUCART (* 1936)
Der Fluß – ein Schatz vielfältiger Mysterien
C. F.: *Le fleuve: Trésor aux multiples mystères.* In: *Le fleuve et ses métamorphoses.* Actes du Colloque International tenu à l'Université LYON 3 – JEAN MOULIN les 13, 14 et 15 mai 1992. Hg. von François Piquet. Paris: Didier Érudition, 1993, S. 379–384. Aus dem Französischen von Helga Bergmann. © Reclam Verlag Leipzig 1999.

[NESTOR TORIBIO] IVÁN GARCÍA [GUERRA] (*1938)
Tod auf Tod
In: *Den Tod sterben und das Leben.* Dominikanische Erzählungen der Gegenwart. Hg. von Frauke Gewecke. Frankfurt a. M.: Vervuert, 1990, S. 69–78. Aus dem Spanischen von Ilona Groß und Gabi Müller.

STEFAN GEORGE (1868–1933)
Stimmen im Strom
Aus: S. G.: Das Buch der hängenden Gärten. In: S. G.: *Sämtliche Werke in 18 Bänden.* Hg. von der Stefan George-Stiftung, Stuttgart. Bd. 3: Die Bücher der Hirten- und Preisgedichte. Der Sagen und Sänge und der Hängenden Gärten. Bearb. von Ute Oehlmann. Stuttgart: Klett-Cotta, 1991, S. 99.

JOHANN WOLFGANG VON GOETHE (1749–1832)
An den Mond
In: *Goethes Werke.* Hamburger Ausgabe in 14 Bänden. Hg. von Erich Trunz. Bd. 1: *Gedichte und Epen* 1. Textkrit. durchges. und komm. von Erich Trunz. 12. Aufl. München: C. H. Beck, 1981, S. 129 f.
Zweite Fassung des gleichnamigen Gedichtes aus den *Schriften 1789.* Wann sie geschrieben wurde, ist unbekannt, wahrscheinlich nach der Italienreise bei der Fertigstellung der Gedichte für den Druck. Der Text folgt der Ausgabe letzter Hand.

Mahomets-Gesang
Ebd., S. 42–44.

Der Sohn des Fischers (*)
Aus: J. W. v. G.: Wilhelm Meisters Wanderjahre oder die Entsagenden. Zweites Buch. Elftes Kapitel. In: *Goethes Werke.* Bd. 8: Romane und Novellen III. Textkrit. durchges. und komm. von Erich Trunz. 11. Aufl. München: C. H. Beck, 1981, S. 269–276.

Ich erinnere mich so lebhaft …
Aus: J. W. v. G.: Die Leiden des jungen Werther. Zweites Buch (Eintrag vom 9. Mai 1872). In: *Goethes Werke.* Bd. 6: Romane und Novellen I. Textkrit. durchges. von Erich Trunz. Komm. von E. T. und Benno von Wiese. 10. Aufl. München: C. H. Beck, 1981, S. 73.

HEINRICH HEINE (1797–1856)
Ich weiß nicht, was soll es bedeuten
Aus: H. H.: Buch der Lieder. In: H. H.: *Sämtliche Schriften in zwölf Bänden.* Hg. von Klaus Briegleb. Bd. 1. München/Wien: Hanser, 1975, S. 107.

HERAKLEITOS VON EPHESOS (um 550–480 v. Chr.)
Fragmente
Die Zählung der Fragmente erfolgt nach: *Die Fragmente der Vorsokratiker.* Griechisch und Deutsch von Hermann Diels (1903). Hg. von

Walther Kranz (1934–1937). 3 Bände. 8. Aufl. Berlin: Weidmannsche Verlagsbuchhandlung, 1956.
Die deutschen Übersetzungen stammen von Diels/Kranz (FR. 91); Wilhelm Nestle: *Die Vorsokratiker.* Düsseldorf/Köln: Diederichs, 1956 (FR. 12; 62; 126), und Wilhelm Capelle: *Die Vorsokratiker. Die Fragmente und Quellenberichte.* Stuttgart: Kröner, 1968 (FR. 49a; 88).

MICHAEL HERL (* 1959)
Unten am Fluß
In: *ZEITMAGAZIN*, 49. Jg., Nr. 51, vom 16. Dezember 1994, S. 30–37. © Michael Herl, Frankfurt a. M.

DER PROPHET HESEKIEL (47, 1–12)
Der wunderbare Strom aus dem Tempel
In: *Die Bibel oder Die ganze heilige Schrift des Alten und Neuen Testaments nach der Übersetzung Martin Luthers.* 5. Aufl. Stuttgart: Württembergische Bibelanstalt, 1973, S. 989 f.

HERMANN HESSE (1877–1962)
Am Flusse
Aus: H. H.: *Siddhartha. Eine indische Dichtung.* Frankfurt a. M.: Suhrkamp, 1988, S. 80–82. © Suhrkamp Verlag Frankfurt am Main 1988.

FRANZ HESSEL (1880–1941)
Auf dunklen Wassern rauscht die Nacht
In: *Avalun.* Ein Jahrbuch neuer deutscher lyrischer Wortkunst. Hg. von Richard Scheid. München: Verlag Avalun, 1901. Heft 9, Abt. XII (unpag.). [Reprint 1979]
Der deutsch-jüdische Feuilletonist, Essayist und Erzähler Franz Hessel wurde im Berlin der zwanziger Jahre durch seine Proust- und Balzac-Übersetzungen und sein Buch *Ein Flaneur in Berlin* bekannt, in dem Walter Benjamin die »Wiederkehr des Flaneurs« in der deutschen Literatur sah. 1933 erhielt Hessel Schreibverbot, 1938 emigrierte er nach Frankreich, wurde bei Kriegsbeginn in dem berüchtigten Lager Les Milles interniert und starb an den Folgen.

GEORG HEYM (1887–1912)
Ophelia I, II
In: G. H.: *Dichtungen und Schriften.* Gesamtausgabe. Hg. von Karl Ludwig Schneider. Bd. 1: Lyrik. Hamburg/München: Ellermann, 1964, S. 160 ff.

Sie wandern an dem Strom …
Ebd., S. 186.

HUGO VON HOFMANNSTHAL (1874–1929)
Über Vergänglichkeit
In: H. v. H.: *Sämtliche Werke.* Kritische Ausgabe. Hg. von Rudolf Hirsch,

Clemens Köttelwesch, Heinz Rölleke, Ernst Zinn. Bd. 1: Gedichte I. Hg. von Eugene Weber. Frankfurt a. M.: S. Fischer, 1984, S. 45.

FRIEDRICH HÖLDERLIN (1770–1843)
Der gefesselte Strom
In: F. H.: *Sämtliche Werke.* Stuttgarter Hölderlin-Ausgabe. Im Auftrage des Württembergischen Kultministeriums. Hg. von Friedrich Beißner. Bd. 2: Gedichte nach 1800. Hg. von F. B. Stuttgart: Kohlhammer, 1951, S. 67.

QUINTUS HORATIUS FLACCUS (65–8 v. Chr.)
Oden IV 2, 5–32
In: Q. H. F.: *Oden und Epoden.* Lateinisch und Deutsch. Übers. von Christian Friedrich Karl Herzlieb und Johann Peter Uz. Eingel. und bearb. von Walther Killy und Ernst A. Schmidt. Zürich/München: Artemis, 1981, S. 270 f.

ALEXANDER VON HUMBOLDT (1769–1859)
Der Rio Negro (*)
Aus: A. v. H.: *Vom Orinoko zum Amazonas. Reise in die Äquinoktial-Gegenden des neuen Kontinents.* Nach der Übers. von Hermann Hauff, bearb. von Adalbert Plott. Hg. und mit e. Einf. vers. von Adolf Meyer-Abich. 4. Aufl. Wiesbaden: F. A. Brockhaus, 1964, S. 299 ff.

JORIS-KARL HUYSMANS (1848–1907)
Die Bièvre
In: J.-K. H.: Die Bièvre. Elegie auf einen Fluß. Zweisprachige Ausgabe. Hg. und mit e. Nachw. von Michael und Susanne Farin. München: P. Kirchheim, 1992, S. 5–15. Aus dem Französischen von Cornelia Hasting. 

ERNST JANDL (* 1925)
nasses gedicht
In: E. J.: Poetische Werke in 10 Bänden. Bd. 9: Idyllen. Hamburg/Zürich: Luchterhand, 1992, S. 20. 

VIKTOR JEROFEJEW (* 1947)
Das Wesen des Schöpfertums
Aus: V. J. und Gabriele Riedle: *Fluß.* Roman. Kap. 3: Vom Ganges zum Himmel ist es näher als von Berlin nach Moskau. Berlin: Aufbau, 1998, S. 141–143. Aus dem Russischen von Beate Rausch. 

DAS EVANGELIUM NACH JOHANNES (7, 37–38)
Wen da dürstet, der komme zu mir …
In: *Die Bibel oder Die ganze heilige Schrift des Alten und Neuen Testaments nach der Übersetzung Martin Luthers.* 5. Aufl. Stuttgart: Württembergische Bibelanstalt, 1973, S. 130.

NIKOS KAZANTZAKIS (1893–1957)
Buddha. Der blaue Fluß
N. K.: *Buddha. Der blaue Fluß.* Aus dem Neugriechischen von Dimitri Tsiambalos und Wieland Grommes. München: Dianus-Trikont, 1984, S. 219–222.
1922 begann Kazantzakis mit der 1. Fassung des »Jangtse«-Dramas in Form einer Blankvers-Tragödie, vernichtete die »Urfassung« Ende 1922 und konzipierte »Buddha« neu. Eine 3. Fassung war zwischen 1930 und 1932 geplant, blieb jedoch Projekt. Im Frühjahr 1941 kam es vor dem Hintergrund der Invasion Mussolinis in Griechenland und der Besetzung Kretas durch die Deutschen zu der 4. und allein erhaltenen Fassung. Die Enttäuschung sämtlicher politischer Hoffnungen Kazantzakis' spiegelt sich in der zweiten Ausarbeitung dieser letzten Fassung zwischen Oktober 1941 und Juni 1943 wider: die Vergeblichkeit allen Hoffens als ein Kernsatz der buddhistischen Lehre wird hier wie im zeitgleich entstandenen Roman *Alexis Zorbas* exponiert. *Buddha. Der blaue Fluß* wurde 1978 bei den Athener Festspielen uraufgeführt.

YAŞAR KEMAL (* 1923)
Die Tragödie des Wassers (*)
Aus: Nomaden, Rebellen, Maschinen. Interview mit Yaşar Kemal im Magazin der *Basler Zeitung* [*Basler Magazin,* Nr. 9] vom 3. März 1984, S. 1–3. © Unionsverlag Zürich.

KI NO TOMONORI (845–905)
Warm weht der Abendwind
Aus: Liebe, Tod und Vollmondnächte. Gedichte aus dreizehn Jahrhunderten. In: *Japanische Lyrik.* Übertragen von Manfred Hausmann (1951). Zürich: Die Arche, 1990, S. 7–61, hier S. 34. Copyright der deutschen Übersetzung © 1974, 1980, 1990 by Verlag Die Arche, Zürich.

Die wogenden Algenhaare
Ebd., S. 46.

JOSEPH ANTON KOCH (1768–1839)
Der Rheinfall bei Schaffhausen (*)
Aus: Das Reiseskizzenbuch von Joseph Anton Koch aus dem Jahre 1791. Mitgeteilt von Theodor Musper. In: *Jahrbuch der preußischen Kunstsammlungen,* Bd. 56. Heft 1. Berlin: G. Grote'sche Verlagsbuchhandlung, 1935, S. 167–193, hier S. 182 (Eintrag vom 1. Mai 1791).

ALFRED KUBIN (1877–1959)
Die andere Seite
Aus: A. K.: *Die andere Seite.* Ein phantastischer Roman. Dritter Teil: Der Untergang des Traumreiches. Kap. 3: Die Hölle. Reinbek: Rowohlt Taschenbuch, 1994, S. 228–235. © Christa Spangenberg, München.

MILAN KUNDERA (*1929)
Die Müdigkeit: eine stille Brücke ...
Aus: M. K.: *Die Unsterblichkeit.* Roman. Aus dem Tschechischen von Susanna Roth. Frankfurt a. M.: Fischer Taschenbuch, 1992, S. 94.


THOMAS KUTZLI (* 1944)
Flußaufwärts in die Gegenwart
Originalbeitrag des Schweizer Happening-Künstlers, Essayisten und Lyrikers für diesen Band. 

GUSTAV LANDAUER (1870–1919)
Ich kann mich nicht an die Flüsse klammern, die schon im Meere sind ...
Aus: G. L.: Brief an Hugo Warnstedt vom 13. März 1919. In: G. L.: *Sein Lebensgang in Briefen.* Bd. 2. Hg. von Martin Buber. Frankfurt a. M.: Rütten & Loening, 1929, S. 393.

NIKOLAUS LENAU [Nikolaus Franz Niembsch, Edler von Strehlenau] (1802–1850)
An Emilie von Reinbeck
In: N. L.: *Sämtliche Werke und Briefe.* In zwei Bänden. Auf der Grundlage der hist.-kritischen Ausg. von Eduard Castle. Hg. von Walter Dietze. Bd. 2. Frankfurt a. M.: Insel, [1971], S. 186 f.

LEONARDO DA VINCI (1452–1519)
Von Flüssen und unterirdischen Wasseradern (*)
Aus: L. d. V.: *Das Wasserbuch.* Schriften und Zeichnungen. Ausgew. und übers. von Marianne Schneider. München/Paris/London: Schirmer/Mosel, 1996, S. 43; 49 ff.; 84 f.; 60 f. 

NAGIB MACHFUS (* 1911)
... als junger Student ...
Aus: N. M.: Der Fluß war für mich ein magischer Ort. In: *World Media* Nr. 4: Das Wasser und sein Preis. Die Weltzeitung zur Umweltkonferenz, 30. Mai 1992, S. 52. Abdruck mit Genehmigung der American University in Cairo Press und der Liepman AG, Zürich.

THOMAS MANN (1875–1955)
Verloren in den Anblick des Fließens (*)
Aus: T. M.: Herr und Hund. Ein Idyll. In: T. M.: *Sämtliche Erzählungen.* Frankfurt a. M.: S. Fischer, 1963, S. 456.

HENRY MILLER (1891–1980)
Mademoiselle Claude
Aus: H. M.: Mademoiselle Claude. In: H. M.: *Lachen, Liebe, Nächte.* Sechs Erzählungen. Aus dem Amerikanischen von Kurt Wagenseil.

Reinbek: Rowohlt, 1997, S. 140–149, hier S. 144 f. Copyright © 1968 by Rowohlt Verlag GmbH, Reinbek.

Ein Samstagnachmittag
In: H. M.: *Schwarzer Frühling.* Erzählungen. Aus dem Amerikanischen von Kurt Wagenseil. Reinbek: Rowohlt, 1991, S. 31–46. Copyright © 1968 by Rowohlt Verlag GmbH, Reinbek.

EDUARD MÖRIKE (1804–1875)
Mein Fluß
In: E. M.: *Sämtliche Werke in zwei Bänden.* Nach den Originaldrucken zu Lebzeiten Mörikes und nach den Handschriften. Bd. 1. Mit Nachw., Anm., Bibliogr. und Zeittafel von Helmut Koopmann. 6. Aufl. Düsseldorf/Zürich: Artemis & Winkler, 1997, S. 693 f.

DAS ERSTE BUCH MOSE (2, 8–14)
Die vier Ströme des Paradieses (*)
In: *Die Bibel oder Die ganze heilige Schrift des Alten und Neuen Testaments nach der Übersetzung Martin Luthers.* 5. Aufl. Stuttgart: Württembergische Bibelanstalt, 1973, S. 12 f.

NOVALIS [GEORG PHILIPP FRIEDRICH FREIHERR VON HARDENBERG] (1772–1801)
Heinrichs Traum (*)
Aus: N.: Heinrich von Ofterdingen. Fragmentarischer Roman. Erster Teil. Kap. 6. In: N.: *Schriften.* Hg. von Paul Kluckhohn und Richard Samuel. Bd. 1. Stuttgart: Kohlhammer, 1977, S. 278 f.

PUBLIUS OVIDIUS NASO (43 v. Chr. – um 17 n. Chr.)
Verwandlungen (III. Buch, Vers 407–436)
P. O. N.: *Metamorphosen.* Lateinisch – Deutsch. In deutsche Hexameter übertragen von Erich Rösch. Hg. von Niklas Holzberg. Zürich/Düsseldorf: Artemis & Winkler, 1996, S. 109.
Das im 1. Jahrzehnt n. Chr. geschaffene Hauptwerk Ovids vereinigt als Sammelwerk etwa 250 Verwandlungssagen in 15 Büchern von je 700 bis 900 Hexametern. Verbindender Grundgedanke der vielfältigen Metamorphosen ist die große Wandlung der Welt vom Chaos des Anbeginns zum Kosmos der augusteischen Ordnung. Durch die Kosmogonie im ersten Buch und die imaginäre Rede des Philosophen Pythagoras im letzten Buch erhält das Werk einen philosophischen Rahmen, dessen Lehre lautet: »Alles wandelt sich nur, nichts vergeht.« (15,165). Ovid überbrückt Vorgeschichte, Frühzeit und Gegenwart. Der formale Rekurs auf Homer und Hesiod verleiht den *Metamorphosen* ihren mythenbildenden Horizont, der als Grundlage der Mythenkenntnis fast aller Epochen Europas gesehen werden kann.

PLATON (427–347 v. Chr.)
Sokrates über die Weisheit Heraklits (*)
Aus: P.: Kratylos 402. In: P.: *Werke in acht Bänden.* Griechisch und Deutsch. Hg. von Gunther Eigler. Bd. 3: Phaidon, Das Gastmahl, Kratylos. Bearb. von Dietrich Kurz. Deutsche Übersetzung von Friedrich Schleiermacher. Darmstadt: Wissenschaftliche Buchgesellschaft, 1974, S. 454–457.

Sokrates' letzte Erzählung (*)
Aus: P.: Phaidon. In: P.: *Gastmahl, Phaidros, Phaidon.* Ins Deutsche übertragen von Rudolf Kassner. 3., vom Übers. überarb. Aufl. Düsseldorf/Köln: Diederichs, 1959, S. 230–237.

DAS BUCH DER RICHTER (12, 4–7)
Schibboleth (*)
In: *Die Schrift.* Verdeutscht von Martin Buber und Franz Rosenzweig. Bd. 2: Bücher der Geschichte. 7., abermals durchges. und verb. Aufl. der neubearb. Ausgabe von 1955. Heidelberg: Lambert Schneider, 1979, S. 116 f. 

GIORGIO DE SANTILLANA/HERTHA VON DECHEND
(1902–1974/* 1915)
Über Zeit und die Flüsse
Aus: G. d. S./H. v. D.: *Die Mühle des Hamlet.* Ein Essay über Mythos und das Gerüst der Zeit. Auf der Grundlage der durch H. v. D. autor. Übers. von Beate Ziegs des 1969 im Verlag Gambit, Boston, ersch. Buchs *Hamlet's Mill. An Essay on Myth and the Frame of Time.* Von H. v. D. überarb. und erw. Neuausgabe. Berlin: Kammerer & Unverzagt, 1993, S. 177–187.

SIMON SCHAMA (* 1945)
Heilige Zusammenflüsse
Aus: S. S.: *Der Traum von der Wildnis.* Natur als Imagination. Aus dem Englischen von Martin Pfeiffer. München: Kindler, 1996, S. 287–292. 

MAX VON SCHENKENDORF (1783–1817)
Das Lied vom Rhein
In: M. v. S.: *Gedichte.* Mit einem Lebensabriß und Erläuterungen hg. von [Ernst] August Hagen. 5. Aufl. Stuttgart: Cotta, 1878, S. 141–143.

TIBERIANUS [GAIUS A.] (3. Jh.–4. Jh. n. Chr.)
Oden und Fragmente:
I. Ode
Aus: Ernst Robert Curtius: *Europäische Literatur und Lateinisches Mittelalter.* 8. Aufl. Bern/München: Francke Verlag, 1973, S. 202 f. Aus dem Lateinischen von Ernst Robert Curtius.
Die Zählung der Oden erfolgt nach Silvia Mattiacci: *I carmi e i fram-*

*menti di Tiberiano*. Introduczione, edizione critica, traduzione e commento. Firenze: Leo S. Olschki, 1990.

LUDWIG TIECK (1773–1853)
Ein Abend im Walde (*)
Aus: Franz Sternbalds Wanderungen. Eine altdeutsche Geschichte herausgegeben von Ludwig Tieck. Zweiter Theil, Erstes Buch, Sechstes Kapitel. [1. Fassung von 1798]. In: L. T.: *Franz Sternbalds Wanderungen*. Studienausgabe. Hg. von Alfred Anger. Stuttgart: Reclam, 1966, S. 278 f.

GEORG TRAKL (1887–1914)
Vorstadt im Föhn
In: G. T.: *Gedichte. Dramenfragmente. Briefe*. Hg. von Franz Fühmann. 2., veränd. Aufl. Leipzig: Reclam, 1985, S. 46.
*Vorstadt im Föhn* erschien zuerst im Frühjahr 1912 in der Zeitschrift *Der Brenner*, in der auch in den folgenden Jahren alle Dichtungen Trakls zum erstenmal gedruckt wurden.

TSCHUANG-TSE (ca. 365–290 v. Chr.)
Der Geist des Meeres und der Flußgeist
In: *Reden und Gleichnisse des Tschuang-Tse*. Ausgew. und mit e. Nachw. vers. von Martin Buber. Frankfurt a. M.: Insel, 1990, S. 80–86. Aus dem Englischen von Martin Buber. © Insel Verlag Frankfurt am Main 1990.

MARK TWAIN [SAMUEL (LANGHORNE) CLEMENS] (1835–1910)
Der Traum aller Jungen
Aus: M. T.: Leben auf dem Mississippi. Kap. 4. In: M. T.: *Gesammelte Werke in fünf Bänden*. Hg., mit Anm. und e. Nachw. vers. von Klaus-Jürgen Popp. Bd. 2: Durch Dick und Dünn. Leben auf dem Mississippi. Aus dem Amerikanischen von Otto Wilck. Zürich: Diogenes, 1985, S. 565–569. © Aufbau-Verlag Berlin 1960 (Ausgewählte Werke in zwölf Bänden, Bd. 3, Berlin 1960).
»Mark Twain« bedeutet: »Zwei Faden Wassertiefe markieren«. *Learning the River* war die Devise der Kindheit Mark Twains und seine lebenslange Sehnsucht, die er sich zunächst als Reiseschriftsteller auf dem Mississippi verwirklichte.

KONSTANTIN WECKER (* 1947)
Man muß den Flüssen trauen
In: K. W.: *Man muß den Flüssen trauen*. Unordentliche Elegien. München: Franz Ehrenwirth, 1980, S. 8.

ALEXANDER WIDNER (* 1940)
Ein Fluß, in dem lange niemand ertrunken ist …
Aus: A. W.: *Die Stadt*. Eine Komödie. Frankfurt a. M.: S. Fischer Theaterverlag, 1996, S. 9.

OTTO ZUR LINDE (1873–1938)
Charon
In: O. Z. L.: *Gesammelte Werke.* 1. Abt.: Gesammelte Gedichte. Bd. 4: Charontischer Mythus. Berlin: Charonverlag, 1913, S. 19 ff.
Zusammen mit Rudolf Pannwitz gründete O. Z. L. 1904 die Zeitschrift *Charon,* die bis zum Ersten Weltkrieg erschien und Publikationsorgan der »Charontiker« wurde, einer literarischen Gruppierung um O. Z. L., die mit einer eklektizistischen Mischung aus Mystik, Idealismus und Vitalismus dem »Fahrtvater Charon« als einer das Germanisch-Archaische mit dem Deutsch-Nationalen verbindenden Figur huldigte.

## *Abbildungsnachweise*

Abb. 1: Marc Chagall: *Die Zeit ist ein Fluß ohne Ufer.* 1930/39. Öl auf Leinwand. 100×81 cm. Museum of Modern Art, New York. © VG Bild-Kunst, Bonn 1999.

Abb. 2: Fernand Khnopff: *Tränen um die Zeit (Avec Grégoire Le Roy. Mon cœur pleure d'autrefois).* 1889. Kreide auf Papier. 25×14,2 cm. Privatsammlung Paris.

Abb. 3: Max Slevogt: *Morgen bei Luxor.* 1914. Öl auf Leinwand. 73×95 cm. Staatliche Gemäldegalerie, Dresden. © VG Bild-Kunst, Bonn 1999.

Abb. 4: Helga Moehrke: *Mäander der Umarmung.* 1985. Photographie. In: *›Narziß oder die Kunst-Liebe‹. Helga Moehrke. Fotoarbeiten 1980–1987.* Katalog anläßlich der Ausstellung im Neuen Berliner Kunstverein, 4. Juli–8. August 1987, S. 46. © VG Bild-Kunst, Bonn 1999.

Abb. 5: Max Ernst: *Der Garten Frankreichs.* 1962. Öl auf Leinwand. 114×168 cm. Musée National d'Art Moderne. Centre Georges Pompidou, Paris. © VG Bild-Kunst, Bonn 1999.

Abb. 6: Joseph Anton Koch: *Der Rheinfall bei der Galerie unter dem Schloß Lauffen.* Aus dem Skizzenbuch der Ferienreise an den Bodensee. 1791. Federzeichnung, braun laviert, weiß gehöht. 18,6×23,5 cm. Graphische Sammlung, Staatsgalerie Stuttgart.

Abb. 7: Alfred Kubin: *Wassermann und Nixe.* Um 1918. Federtusche, aquarelliert auf Papier. 35,8×26,2 cm. Oberösterreichisches Landesmuseum, Linz. © VG Bild-Kunst, Bonn 1999.

Abb. 8: Honoré Daumier: *Das letzte Bad (Sentiments et Passions. Le dernier Bain!)* 1840. Federzeichnung auf Stein. 43×32,5 cm. Privatsammlung Stuttgart.

Abb. 9: Dieric Bouts: *Johannes weist auf Jesus hin: »Siehe, das Lamm Gottes« (Ecce agnus Dei)*. Um 1470. Eichenholz. 53,8×41,2 cm. Bayerische Staatsgemäldesammlungen, Alte Pinakothek, München.

Abb. 10: Anonymer Künstler: *Austausch der Bräute auf dem Bidassoa*. 1615. Öl auf Leinwand. Patrimonio Nacional, Madrid.

Abb. 11: Giorgione: *Das Gewitter. (La Tempestà)*. Um 1508. Öl auf Leinwand. 82×73 cm. Gallerie dell'Accademia, Venedig.

Abb. 12: Pieter Brueghel d. Ä.: *Flußlandschaft mit Gleichnis vom Sämann*. 1557. Öl auf Leinwand. 74×102 cm. Timken Art Gallery, San Diego.

Abb. 13: Georges Seurat: *Ein Badeplatz in Asnières*. 1883/84. Öl auf Leinwand. 201×301,5 cm. The National Gallery, London.

Abb. 14: Conrad Felixmüller: *Brüder am Rhein*. 1920. Radierung. 26,4×27,8 cm. Kunstmuseum Düsseldorf im Ehrenhof. © VG Bild-Kunst, Bonn 1999.

Abb. 15–17: Mo Edoga: *Vater Rhein und Mutter Neckar*. 1991. Schwemmholzplastik. Höhe ca. 16 m. Friesenheimer Insel, Mannheim. © VG Bild-Kunst, Bonn 1999.

# Weiterführende Literatur

Bauer, Johannes B./Dinkler-von Schubert, Erika: Fluß I + II (Naturelement/ikonographisch). In: *Reallexikon für Antike und Christentum.* Bd. 8. Hg. von Theodor Klauser. Stuttgart 1972, S. 68–100.

Böhme, Hartmut (Hg.): *Kulturgeschichte des Wassers.* Frankfurt a. M. 1988.

Fáj, Attila: The Prehistory of the River Novel and Its Reappearance. In: *Elemente der Literatur. Beiträge zur Stoff-, Motiv- und Themenforschung.* Elisabeth Frenzel zum 65. Geburtstag. Hg. von Adam J. Bisanz u. Raymond Trousson. Bd. 2. Stuttgart 1980, S. 49–74.

Frank, Hilmar: Joseph Anton Koch. *Der Schmadribachfall. Natur und Freiheit.* Frankfurt a. M. 1995.

Herendeen, Wyman H.: *From Landscape to Literature. The River and the Myth of Geography.* Pittsburgh 1986.

Magris, Claudio: *Donau. Biographie eines Flusses.* Aus dem Italienischen von Heinz-Georg Held. 2. Aufl. München 1994.

Ninck, Martin: *Die Bedeutung des Wassers im Kult und Leben der Alten. Eine symbolgeschichtliche Untersuchung* (1921), Darmstadt 1967.

Perrig, Alexander: Leonardo. Die Anatomie der Erde. In: *Jahrbuch der Hamburger Kunstsammlungen.* Bd. 25 (1980), S. 51–80.

Piquet, François (Hg.): *Le fleuve et ses métamorphoses.* Actes du Colloque international tenu à l'Université Lyon III – Jean Moulin les 13, 14 et 15 mai 1992. Paris 1993.

Reuschel, Karl: Rheinpoesie. In: *Reallexikon der deutschen Literaturgeschichte.* Bd. 3, 2. Aufl. Berlin 1958 ff., S. 48 f.

Ross, Werner: Vom Schwimmen in Seen und Flüssen. Lebensgefühl und Literatur zwischen Rousseau und Brecht. In: *arcadia. Zeitschrift für Vergleichende Literaturwissenschaft.* Hg. von Horst Rüdiger. Bd. 3, Heft 3. Berlin 1968, S. 262–291.

Seelye, John D.: *Prophetic Waters. The River in Early American Life and Literature.* New York 1977.

Seiderer, Ute: Die Zeit und die Flüsse. Vom historisch bedingten Blick auf Natur am Beispiel europäischer Kunst und Literatur. In: *Wasser.* Hg. vom FORUM der Kunst- und Ausstellungshalle der Bundesrepublik Deutschland GmbH. Köln 1999.

Sens, Eberhard (Hg.): *Am Fluß des Heraklit. Neue kosmologische Perspektiven.* Frankfurt a. M./Leipzig 1993.

Sillevis, John: Het rivierlandschap. In: *Licht, lucht en water. De verloren idylle van het riviergezicht 1780–1920* (Ausstellungskatalog). 's-Hertogenbosch 1993/94, S. 11–40.

Staiger, Emil: Himmel und Strom. Zu Gedichten Goethes, Platens und Benns. In: E. S.: *Spätzeit. Studien zur deutschen Literatur.* Zürich 1973, S. 295–319.

Worster, Donald: *Rivers of Empire. Water, Aridity and the Growth of the American West.* Oxford 1992.

Zuercher, Hanspeter: *Stilles Wasser. Narziß und Ophelia in der Dichtung und Malerei um 1900.* Bonn 1975.